Eine Art zu lesen

Eine Art zu fliegen

GOYA

ELA MEYER

ES WAR SCHON IMMER ZIEMLICH KALT

ROMAN

GOYA

Das Hörbuch »Es war schon immer ziemlich kalt«
erscheint bei GOYALiT.

Dieses Buch ist auch als E-Book erhältlich.

Besuchen Sie uns im Internet:
www.goyaverlag.de

Aus Verantwortung für die Umwelt hat sich der Verlag GOYA dazu entschieden, keine Plastikfolie zum Einschweißen der Bücher zu verwenden.

Klimaneutral
Druckprodukt
ClimatePartner.com/18495-2202-1001

FSC
www.fsc.org
MIX
Papier aus verantwortungsvollen Quellen
FSC® C083411

1. Auflage 2022

Umschlaggestaltung: Fabia Schubert
Satz: Pinkuin Satz und Datentechnik, Berlin
Gesetzt aus der Warnock Pro
Druck und Bindearbeiten: CPI books GmbH, Leck
Printed in Germany
ISBN 978-3-8337-4456-3

Für meine Mutter

1

Hannes und ich saßen am ersten milden Frühlingsabend auf der Hafentreppe und starrten schweigend aufs Wasser. Unter uns wälzte sich die Elbe vorbei, die Lichter vom Freihafen und den Industrieanlagen spiegelten sich auf der schwarzen Wasseroberfläche. Hannes öffnete den Mund nur, um Bier zu trinken, und ich störte ihn nicht in seinen Gedanken, war schläfrig und dankbar, nicht sprechen zu müssen. Ich empfand die Stille zwischen uns wie einen Gleitflug, frei von Anstrengung. Erst auf dem Weg nach Hause redete er mit mir.

»Ich zieh nach Friesland zurück. In unser Dorf«, sagte er, ohne mich anzusehen.

»Schon klar.« Ich grinste und wartete darauf, dass auch er grinsen würde, aber sein Gesicht blieb ernst.

»In zwei Monaten.«

»Du spinnst!«

Hannes schüttelte den Kopf.

Vor Jahren stand ich einmal auf einem abgeernteten Maisfeld, gleich hinter unserem Dorf. Eine riesige Fläche, die abgemähten Stoppeln ragten wie Stacheln aus der Erde. Von hinten näherte sich ein Rauschen, das ich nicht einordnen konnte. Ich drehte mich um und sah eine Wand aus Regen auf mich zurasen. Mir blieb gerade noch Zeit, die Kapuze aufzusetzen, da hatte sie mich schon erreicht. Kaltes Wasser trommelte auf meinen Kopf, umschloss mich, drang durch meine Jacke. Innerhalb von Sekunden war ich durchnässt, hatte das Gefühl, zu schrumpfen, und ich hockte mich auf den Boden, umschloss meine Beine mit den Armen, um mich vor dem Regen und der Kälte zu schützen.

Jetzt, nach Hannes' Ankündigung, kam es mir vor, als würde ich wieder auf diesem Feld stehen. Er räusperte sich, als wollte er etwas sagen, aber es kam nichts. Ich beschleunigte meine Schritte, und wir bogen in unsere Straße ein. Die Laternen versprühten weißes Licht, das uns aber nicht erreichte. Alles viel zu dunkel: der Spielplatz, die Büsche, die vollgesprayten Hauseingänge und Toreinfahrten. Unter einem geparkten Auto schoss eine Katze hervor und flitzte vor unseren Füßen über den Weg. Für einen kurzen Moment wurde mir schwindelig. Ob vom Alkohol, von der Müdigkeit oder von Hannes' Ankündigung – schwer zu sagen.

»Aber warum? Was willst du da?«, fragte ich und wühlte in meiner Umhängetasche nach dem Schlüssel.

»Die Autowerkstatt von meinem Opa wieder aufmachen.«

»Das heißt, du bleibst länger?«

»Ich zieh da hin.«

»Nach Friesland? Aufs Dorf?«

»Ja, hab ich doch eben gesagt.«

Wir stapften die Treppe hoch, ich vorweg, Hannes hinter mir her. Durch die Fenster in den Eingangstüren der anderen Wohnungen schien kein Licht. Es war nach ein Uhr nachts, und ich spürte die Müdigkeit in mir hochkriechen, war seit sechs Uhr morgens auf den Beinen. Kein Wunder, dass mir Hannes' Ansage die Sprache verschlug. Er hatte den Moment günstig gewählt, spekulierte vermutlich darauf, dass ich zu fertig wäre, um mit ihm zu diskutieren.

Oben angekommen, steuerten wir ohne Umwege die Küche an. Ich schnitt dicke Scheiben Brot ab, die Hannes mit Käse belegte und in den Sandwichtoaster schob. Ganz das eingespielte Team, das wir waren. Er holte zwei Flaschen Bier aus dem Kühlschrank, und wir stießen an.

»Insa?«

»Hm?«

»Bist du sauer?«, fragte er.

Sauer, verwirrt, ich wusste es nicht. Hatte nicht vergessen, welche Befreiung es gewesen war, als wir Friesland hinter uns gelassen hatten, damals vor acht Jahren. Jedes Mal, wenn ich an unser Dorf dachte, war dort Winter. Um zu den anderen Jahreszeiten vorzudringen, musste ich tiefer in meinem Gedächtnis schürfen. Als erstes Bild tauchte immer das letzte Stück meines Heimweges vor mir auf. Es war die Abkürzung, die ich jeden Tag mit dem Rad nahm. Die Erinnerung endete stets fünfhundert Meter vor unserer Haustür, die ich nie erreichte. Wie ein Standbild, ich am Ende des Hohlwegs, Pfützen, in denen sich schmierig-braun das Wasser sammelte, Nieselregen, meine Hände am Lenker wie festgefroren, die Bäume kahl, die Rinde schwarz von der Feuchtigkeit. Das Grau des Himmels und die kurzen Tage, die die Sonne an den Rand der Welt verdrängt hatten. Stillstand, die Stille so still, dass sie in den Ohren dröhnte. Nicht nachvollziehbar, dass er dorthin zurückwollte.

Hannes stapelte die fertigen Brote auf einem Schneidebrett und stellte es auf den Tisch. Wir hockten uns nebeneinander aufs Küchensofa, ich breitete die Wolldecke über uns aus, und wir schnappten uns jeder einen Käsetoast. Seit wir zusammenwohnten, hatte ich mir das Schlingen angewöhnt. Hannes war ein schneller Esser, wenn es darum ging, zu teilen, musste ich dafür sorgen, nicht zu kurz zu kommen. Er behauptete, ich würde mindestens so ein Tempo vorlegen wie er, weshalb er aufpassen müsse, nicht abgehängt zu werden, wollte mir nicht glauben, dass er mit dem Wettfuttern angefangen hatte. Gierig riss ich mit den Zähnen große Stücke vom Toast ab, wobei ich mir den Gaumen verbrannte.

»Mir wäre es auch lieber gewesen, noch zu warten«, sagte Hannes. »Aber meine Oma macht Druck.«

Ich formte ein O mit den Lippen, sog kühle Luft ein und nickte fragend in Hannes Richtung.

»Der Bauer, der seine Maschinen in der Werkstatt unterstellt, braucht den Platz bald nicht mehr, weil er sich eine eigene Scheune baut. Meine Oma meint, wenn ich jetzt nicht zusage, dass ich die Autowerkstatt wiedereröffne, verkauft sie. Das ist meine letzte Chance.«

Schon als Kind hatte Hannes immer nur Automechaniker werden wollen, hatte sich jede freie Minute bei seinem Opa in der Werkstatt herumgedrückt und davon geträumt, sie eines Tages zu übernehmen. Wir waren fünfzehn Jahre alt, als er Nico und mir vorschwärmte, wie er später die Wände neu kalken und in dem angrenzenden Raum eine Teeküche einbauen würde.

»Mit Sofas zum Abhängen und immer einer Kanne Tee mit Rumkluntjes.« Rumkluntjes waren damals voll angesagt bei uns.

»Und dann veranstalte ich Konzerte, Heavy Metal auf der Hebebühne.«

»Keinen Punk?«, hatte Nico gefragt.

»Doch auch, aber Metal wegen Metall, Autowerkstatt.«

»Jaja, schon kapiert.«

»Und in die Werkstattgrube projizieren wir Horrorfilme. Oder ich spann draußen am Tor eine Leinwand, und davor parken die Leute. Frieslands erstes Autokino!« Hannes wurde immer lauter, klang mittlerweile wie ein Jahrmarktschreier.

»Willst du dann trotzdem noch Autos schrauben? Ich meine, trotz Autokino und Konzerten?«, fragte ich.

»Na klar, ist doch das Wichtigste!«

Hannes' Ambitionen waren also nicht neu. Aber wie ernst es ihm tatsächlich damit war, hatte ich unterschätzt, obwohl er seinem Ziel Jahr für Jahr wie ein Aufziehauto entgegengetuckert war. Lehre, Gesellenzeit, Meisterschule, immer am Schrauben und noch immer nicht genug davon.

»Ich sollte nicht so überrascht sein, oder?«, fragte ich.

»Nee, ich hab immer gesagt, dass ich das irgendwann machen will.«

»Eben, irgendwann. Ich dachte, wenn wir älter sind. Aber doch nicht jetzt. Und was wird dann aus deiner Band, deinen Freunden, deinen Lovern und … was wird aus mir?«

Ich hatte geglaubt, die Werkstatt gehörte zu der Sorte von Träumen, die man ein Leben lang hegt, aber nie verwirklicht. Weil der Traum dann kein Traum mehr wäre, weil er irgendwann so groß geworden war, dass seine Verwirklichung niemals den an ihn gerichteten Erwartungen gerecht werden konnte. Vielleicht hatte ich das auch nur glauben wollen. Ich ballte die linke Hand, die auf meinem Oberschenkel lag, zur Faust, hob sie auf Schulterhöhe und ließ sie knapp neben Hannes' Hand auf die Tischplatte fallen. Ich fühlte mich völlig überrumpelt, bisher hatte er mich immer in seine Planungen einbezogen und mich nicht vor vollendete Tatsachen gestellt. Unsere Blicke trafen sich, und an der Art, wie er den Mund seitlich verzog, erkannte ich sein Unbehagen. Seine Finger schoben sich die wenigen Zentimeter bis zu meiner Faust, die wie ein toter Vogel zum Liegen gekommen war. Er machte Anstalten, seine Hand auf meine zu legen, aber ich zog sie weg und versteckte sie unter der Achsel.

»Du könntest mitkommen«, sagte er.

»Zurück nach Friesland?«

»Ja, warum nicht?«

»Aufs Dorf?«

Er nickte, und ich schüttelte den Kopf. Hannes lachte. »Was denn? Wenn ich zurückgehe, kannst du das auch.«

»Eine Woche würde ich mir geben, höchstens. Nach einem Tag mit meiner Mutter krieg ich schon die Krise.«

»Das liegt aber nicht am Dorf.«

»Na und? Ich will hier nicht weg.«

Unsere Wohnung war klein, die Küche mit dem Sofa der größte Raum. Hannes hatte sich ein Hochbett in sein Zimmer gebaut. Darunter staute sich sein auf Flohmärkten und vom Sperrmüll zusammengetragener Krempel. Fahrrad- und Mofateile, rostige Werkzeuge, seine Sammlung altertümlicher Trockenhauben, die wie Lampenschirme an den Wänden hingen und die er als Kleiderständer benutzte. Nach und nach waren aus seinem Zimmer immer mehr Sachen in die restliche Wohnung geschwemmt. Mein Blick fiel auf den Topfuntersetzer in Katzenform, die Spielesammlung, mit der wir nie spielten, den vor Jahren angefangenen und immer noch nicht fertigen Fliegenvorhang aus Kronkorken. Unvorstellbar der Gedanke, dass all das verschwände, wenn er auszog.

»Leicht fällt es mir auch nicht, hier abzuhauen, das kannst du mir glauben. Aber ich bin ja nicht aus der Welt. Hab lange genug davon geträumt, nun ist auch mal gut. Du weißt schon: jetzt oder nie! Außerdem ist es meiner Oma nur recht, wenn sie nicht mehr länger allein in dem großen Haus leben muss.«

»Du ziehst bei ihr ein?«

»In die obere Etage, in die Wohnung, die seit Jahren leer steht, da wo früher die alte Wilken gelebt hat. So haben wir beide unseren eigenen Bereich, und ich bin bei ihr, wenn mal was ist. Sie wird langsam 'n beten tüdelig. Aber keine Sorge, ich werde auch dauernd hier sein und dich besuchen und proben und Großstadtluft tanken.«

Auf dem Brett lag noch ein Toast, ich schnitt es in der Mitte durch. Der Käse zog sich wie Kaugummi zwischen den beiden Hälften. Ich wickelte mir die Fäden um den Zeigefinger und lutschte sie ab.

»Weißt du, was komisch ist?«, fragte Hannes und biss in sein Stück. »Mit jedem Jahr, das ich nicht mehr dort wohne, erscheint mir das Dorf idyllischer. Ich weiß nicht mal mehr, warum wir es da so scheiße fanden.«

»Soll ich es dir erzählen?«

»Nee, lass mal.«

Das Dorf bestand aus einer Ansammlung von Höfen und Einfamilienhäusern inmitten riesiger Monokulturflächen, auf denen vor allem Mais wuchs. Wenn es nicht nach Gülle stank, wurden Pestizide gespritzt. Hinter den Feldern erstreckte sich nichts als Wiesen, im Sommer grün, den Rest des Jahres braun oder gelb, und vereinzelt vom Wind gekrümmte Bäume. Dann kam irgendwann der Deich, und dahinter lagen die Nordsee und das Watt. Kilometerweit graubraune Matsche, bis zum Horizont, ab und an vom Meer unter Wasser gesetzt. Ich habe die Nordsee fast nie wirklich gesehen, meistens ist sie abwesend und streckt der Welt das nackte Wattenmeer entgegen. Der ewige Wind, die einsamen dunklen Winter, die Eintönigkeit der Landschaft und die Abgeschiedenheit waren nur einige Gründe, weshalb ich froh war, nicht mehr dort leben zu müssen.

Der Kühlschrank sprang an, zwei Gläser klirrten aneinander, schienen direkt in meinem Kopf zu klirren. Ich stand auf und rüttelte am Kühlschrank, bis er verstummte. Dann zog ich meinen Tabak aus der Tasche und drehte mir eine. Meine linke Hand fühlte sich seit zwei Tagen taub an, als wäre sie eingeschlafen, und obwohl ich dauernd an ihr herumdrückte und sie schüttelte, wurde es eher schlimmer als besser. Die Kippe hatte die Form eines Regenwurms.

»Solange du nicht von mir erwartest, dass ich mich für dich freue«, sagte ich zwischen zwei Zügen.

Hannes nuckelte an seinem Bier und duckte den Kopf. Ich kannte das von ihm, dieses Halseinziehen, als wäre er aus Gummi. Das hatte er zu Hause bei seinen despotischen Eltern gelernt, vor denen er sich auch immer wegducken musste.

»Was ist mit deinen Alten? Hast du ihnen schon die frohe Kunde überbracht, dass ihr bald Nachbarn sein werdet?«

»Oma hat es ihnen erzählt.«

»Und? Freuen sie sich?«

Hannes antwortete nicht, vermied meinen Blick, sah stattdessen zur Uhr, die in Form eines Apfels über der Spüle hing. Ein Rankgewächs, das ich von meiner Mutter geschenkt bekommen hatte, schmiegte sich um das Ziffernblatt, es sah aus, als würde der Apfel eine grüne Perücke tragen. Inzwischen war es zwei Uhr morgens, und ich war seit über zwanzig Stunden wach.

»Macht bestimmt Spaß, sie jeden Tag zu sehen.«

Er antwortete nicht.

»Kannst sonntags immer schön mit ihnen essen.«

»Ist gut, ich hab verstanden. Du findest die Idee zum Kotzen. Aber denk auch mal an meine Oma.«

»Okay, nur mal angenommen, deine Oma wäre noch fit oder schon tot. Würdest du dann auch zurückgehen?«

»Sag so was nicht!« Es entging mir nicht, wie Hannes reflexartig mit der rechten Hand ans hölzerne Tischbein klopfte. Er glaubte, damit Unheil und Pech abzuwenden.

»Stell dich nicht so an. Würdest du? Ja oder nein.«

»Ja.«

»Also, dann komm mir nicht mit der Samariternummer.«

Hannes wurde rot, der Kühlschrank sprang wieder an, und die Gläser klirrten erneut. Ich trat dagegen, und er verstummte. Viel lieber hätte ich Hannes getreten. Ich schluckte die Tränen hinunter, die sich ihren Weg hinausbahnen wollten, legte den Kopf in den Nacken und sah an die Decke, damit sie wieder zurückrollten, dorthin, von wo sie gekommen waren. Über mir schaukelten Spinnweben und Staubfäden im Luftzug, der durch die undichten Fenster drang.

Hannes war seit dem Kindergarten mein bester Freund, war wie ein drittes Bein, an das ich mich gewöhnt hatte und das mir Stabilität und Standhaftigkeit gab. Wir benutzten dieselbe Gesichtscreme, hatten Magendarmgrippen, Herpes und Läuse miteinander geteilt, und die Vorstellung, ohne ihn auf Konzerte, in die Kneipe oder ins Kino zu gehen, ohne ihn zu kochen und zu essen, Fernsehen zu glotzen und herumzuhängen, verursachte mir Übelkeit. Es war, als hätte er mir die Decke weggerissen, unter der wir beide eben noch nebeneinandergesessen hatten.

»Ich wollte nie wirklich weg aus Friesland.« Hannes' Stimme hatte einen trotzigen Ton angenommen. »Du warst die, die dauernd rumgejammert hat, wie schrecklich sie da alles findet. Mir gefällt es dort, die Ruhe, die frische Luft, die Weite.«

Der Stillstand, die Gülle, die dörfliche Enge hätte ich dagegensetzen können. Aber er hatte recht. Nico und ich waren es, die die Tage gezählt hatten, bis wir dem Ganzen endlich den Rücken kehren konnten. Hannes war zufrieden gewesen mit dem Geschraube bei seinem Opa, seiner improvisierten Mofawerkstatt, unserem Schuppen und der Band. Wenn er nicht so viel Stress mit seinen Eltern gehabt hätte, die weder seine Berufswahl akzeptierten – sie hatten den Plan gehabt, dass er mal ihre Apotheke übernahm – noch dass er schwul war, wer weiß, vielleicht wäre er sogar geblieben.

»Dann sei doch froh, dass du das alles bald wiederhast«, sagte ich.

»Bin ich auch.«

»Dann ist ja gut. Seit wann steht dein Plan?«

»Als ich nach Neujahr meine Oma besucht habe, kam das Thema auf, aber fest ist es erst seit gestern. Da hab ich mit der Bank geredet, wegen Kredit und so.«

Das Lachen tat mir im Hals weh. Hannes auf der Bank wegen Kredit und so. Ich erinnerte mich an die riesige Dose Neujahrskuchen, die seine Oma ihm mitgegeben hatte und die, inzwischen leer, oben auf dem Regal stand. Mit keinem Wort hatte er die Werkstatt erwähnt, weder am Abend seiner Rückkehr, als wir die Dose erst bei Tee und später bei Grog fast geleert hatten, noch in den folgenden Tagen.

»Warum hast du mir nicht früher was gesagt? Das war vor drei Monaten!«

»Ich hatte Angst, dass du sauer wirst, und ich wusste ja auch nicht, ob es klappt.«

Da war sie wieder, Hannes' Angst vor Konflikten. Mir war klar, wie schwer es ihm fiel, mich in seine Zukunftspläne einzuweihen. Er musste gewusst haben, dass ich nicht begeistert sein würde, da ich nicht in ihnen vorkam. Wie es aussah, wäre er am liebsten in der Sofaritze verschwunden. Zog immer schnell den langen, dünnen Hals ein und machte sich klein, wenn es mal ungemütlich wurde. So wie jetzt, die schlaksigen Arme und Beine unter der Decke zusammengeklappt, die dünnen blonden Haare vom langen Tag an den Kopf geklebt, die Brille schief auf der Nase, die er zu klobig fand, ich aber genau richtig. Manchmal beneidete ich ihn um diese Nase, die ohne Hemmung groß und krumm zwischen seinen hohlen Wangen thronte. Ohne diesen Zinken würde er vermutlich belanglos aussehen. Jetzt wirkte Hannes traurig, müde und ein bisschen betrunken. Alles in seinem Gesicht hing schlaff nach unten. Vermutlich sah ich ähnlich aus.

»Los, lass uns schlafen gehen«, sagte ich, nahm meine Tasche vom Stuhl, die ich vorhin daraufgeworfen hatte, und verließ die Küche. Erst als ich die Tür zu meinem Zimmer geschlossen hatte, hörte ich, wie Hannes vom Sofa aufstand und ins Bad schlurfte. Mein Körper sank tonnenschwer auf die Matratze. Eine Wohltat, dieser Schmerz der Entspannung. Ich angelte nach dem Kuli, der neben meinem Bett auf dem Boden lag, und markierte, bis wohin die Taubheit meiner linken Hand reichte. Die zweite Linie verlief mehr als einen Zentimeter über der ersten von heute Morgen. Mit der Rechten knipste ich die Nachttischlampe aus. Wäre ich weniger müde gewesen, hätte ich mir vielleicht mehr Sorgen gemacht, aber so schloss ich einfach die Augen, und der Schlaf überfiel mich wie ein ausgehungertes Tier.

2

Am nächsten Morgen erwachte ich vom Zuknallen der Wohnungstür. Hannes' Schritte polterten die Treppe hinunter. Mein Wecker zeigte fast halb zwölf an. Durch das Fenster drangen das Gekreische der Nachbarkinder und das monotone Gurren der Tauben. Im Zimmer war es kalt, da das Fenster die Nacht über gekippt gewesen war. Heute war mein einziger freier Tag in der Woche, und Hannes und ich hatten verabredet, zusammen auf den Flohmarkt zu gehen, danach wollten wir in der Frühlingssonne Kaffee trinken und ein paar Freunde zum Essen einladen. Nach dem gestrigen Abend war ich mir nicht mehr sicher, ob wir den Tag gemeinsam verbringen würden. Wie ich ihn kannte, hatte Hannes sich verkrümelt, um mir und eventuellen Diskussionen aus dem Weg zu gehen.

Wäre er zu Hause und zwischen uns alles im Reinen, hätte ich ihn gefragt, ob er mir einen Kaffee brächte. Das war unser Ritual, uns an freien Tagen gegenseitig Heißgetränke ans Bett zu bringen. Dann kuschelten wir uns unter die Decke, quatschten, tranken Kaffee und Tee und überlegten, was wir an dem Tag unternehmen wollten. Aber Hannes war nicht da, mit uns war nicht alles im Reinen, und ich würde meinen Kaffee selbst kochen müssen.

In der Küche hing noch der Wachsgeruch des ausgeblasenen Teelichts, das im Stövchen unter Hannes' Morgentee gebrannt hatte. Seine Zimmertür stand offen, genau wie das Badezimmerfenster, und es zog kalt herein. Im Flur klingelte das Telefon.

»Hallo.«

»Hi, ich bin's.«

Nicos Stimme war mir fast so vertraut wie meine eigene,

auch wenn wir uns nur noch alle zwei oder drei Monate sahen. Er wohnte in Hannover, hatte dort studiert und arbeitete nun als Musikpädagoge. Den Hörer zwischen Ohr und Schulter geklemmt, drehte ich die Espressokanne auf und befüllte sie mit Wasser und Pulver. Nico klang beschwingt, er kam gerade vom Joggen, war schon immer ein ehrgeiziger Läufer gewesen und bei jedem Wetter den Fluss im Dorf entlanggeprescht. Selten hatte ich ihn so gelöst gesehen wie nach einem ausgiebigen Sprint, wenn er sich ins Gras fallen ließ, die Kiefer entspannt, das schweißige Gesicht und der Blick weich von den Endorphinen, die beim Laufen durch seinen Körper gespült wurden. In solchen Momenten wollte ich mich ganz nah neben ihn ins Gras legen.

Während ich darauf wartete, dass der Kaffee nach oben blubberte, schloss und öffnete ich meine linke Hand. Das Kribbeln war bereits über die gestern gezogene Linie hinausgewachsen.

»Wie lange geht dein Job noch?«, fragte er.

»Zwei Wochen.«

»Perfekt! Und danach?«

»Keine Ahnung. Warum?«

Ich arbeitete als Aushilfsbriefträgerin. Gute Bezahlung und viel Bewegung. Mit dem schwer beladenen Rad gelangte ich in Ecken Hamburgs, die mir so fremd waren, als wäre ich in einer anderen Stadt. Angenehmer war die Arbeit im Sommer, da die Tour bei Regen und Kälte schnell zur Qual wurde. Mit rot gefrorenen Fingern die Post heraussuchen, die Umschläge und Zeitschriften, die von der Feuchtigkeit aneinanderklebten. Morgens vor Sonnenaufgang aufstehen, auch samstags. Die Temperaturen waren zwar in den letzten Tagen gestiegen. Trotzdem hatte ich nichts dagegen, dass mein Vertrag bald auslief und ich wieder Arbeitslosengeld beantragen konnte.

»Hast du Lust, mitzukommen, meine Mutter besuchen?«, fragte Nico.

»Deine Mutter?« Seine Frage überraschte mich. Immerhin hatte er seine Mutter seit seinem siebzehnten Lebensjahr, also seit über zehn Jahren, nicht mehr gesehen. Er hatte ihr nie verziehen, dass sie damals, ohne Vorankündigung oder Erklärung, eines Nachmittags ihre Sachen gepackt hatte und abgehauen war.

Nur zu gut erinnerte ich mich an den Morgen nach ihrem Verschwinden. Nico war kurz nach Sonnenaufgang bei mir zu Hause aufgetaucht, die Schatten unter seinen Augen so dunkel, dass ich im ersten Moment gedacht hatte, er wäre verprügelt worden. Seine Lederjacke war ihm von den Schultern gerutscht, die Schnürsenkel seiner Doc Martens flatterten um seine Knöchel, und die braunen Locken hingen wirr um seinen Kopf und verliehen ihm das Aussehen eines Welpen, der sich im Sturm verlaufen hatte. An diesem Morgen sah ich Nico das erste Mal weinen. Sein rostiges Schluchzen bohrte sich tief in meine Brust.

»Wann denn?«, fragte ich jetzt, schloss erst das Badezimmerfenster und dann Hannes' Zimmertür.

»In zweieinhalb Wochen. Einmal nach Spanien und wieder zurück.« Nico erzählte, dass Robert, sein Vater, zu Hause ausgemistet hatte und die letzten Sachen seiner Ex-Frau loswerden wollte. Nico habe ihm angeboten, ihr den Kram vorbeizubringen, vorausgesetzt, Hannes und ich hätten Zeit und Lust, mitzukommen. Er schlug vor, mit dem alten, hundertfach geschweißten Mercedesbus von Hannes und mir zu fahren. Erst quer durch Frankreich, dann ein paar Tage nach Spanien, zu seiner Mutter und wieder zurück, insgesamt drei bis vier Wochen.

Da ich mein Leben nicht weiter geplant hatte als bis zur Beantragung des Arbeitslosengeldes, kam mir der Vorschlag gelegen. Der Urlaub würde mir Aufschub geben, und mit etwas Abstand kam hoffentlich die nötige Klarheit, um zu entscheiden, was ich als Nächstes tun wollte.

»Warum nicht«, sagte ich.

»Cool, dann muss ich nicht alleine mit ihr sein.«

»Ist Leo denn nicht da?«

»Interessiert mich nicht, ob der da ist oder nicht!«

Leo war Nicos leiblicher Vater. Bisher waren sie sich weder begegnet, noch hatten sie jemals den Versuch unternommen, Kontakt miteinander aufzunehmen. Beide schienen so tun zu wollen, als ob der jeweils andere nicht existierte. Nico aus Solidarität mit Robert, wie ich vermutete. Über Leos Motive würde ich in wenigen Wochen vielleicht mehr erfahren. Mir war klar, dass das Leo-Thema, genau wie das Mutter-Thema, tabu war. Doch da er das eine aufgemacht hatte, war ich davon ausgegangen, dass das andere nun auch diskutiert werden durfte.

»Jaja, sorry, war nur eine Frage. Aber du bist schon sicher, dass du deine Mutter sehen willst?«

»Klar, aber ich hab auch Schiss. Ist doch normal.«

»Vermutlich.«

Seine Mutter war mir immer verdächtig vorgekommen. Alleine schon, wie sie jeden Morgen nach allen Seiten grüßend und lächelnd mit dem Rad durchs Dorf zur Arbeit gefahren war und am Nachmittag, die Fahrradkörbe vollgestopft mit Blumen, Obst und üppigen Salatköpfen, zurückgeradelt kam. Als wäre sie direkt aus der Rama-Werbung gefallen. Viel zu positiv erschien mir das alles, um echt zu sein. Und recht hatte ich behalten.

»Keiner zwingt dich, hinzufahren. Sie kann sich ihren Kram doch auch selbst abholen«, sagte ich, setzte mich mit dem inzwischen fertig gekochten Kaffee aufs Küchensofa und wickelte die Decke um mich. Ich nahm einen großen Schluck, drehte mir eine Kippe und inhalierte den Rauch. Prompt musste ich husten. Der erste Zug am Morgen war immer hart.

»Aber ich kann auch nicht ewig vor ihr wegrennen.«

»Können kannst du schon.« Ich verstand, dass Nico vor dem bevorstehenden Besuch mulmig war. Was ich nicht verstand, war, warum er sie auf einmal so unbedingt sehen wollte. Bestimmt nicht wegen der Kisten.

»Ich glaube, ich bin nie drüber weggekommen, dass sie einfach abgehauen ist. Nicht dass ich ständig daran denke, aber das alles kann nicht spurlos an mir vorbeigegangen sein. Ich hab dir doch mal davon erzählt, dass ich nachts, wenn es still ist, so ein Summen im Kopf hab. Das kommt bestimmt von dem Trauma.«

Nico hatte vor vier Monaten eine Therapie begonnen, und ich vermutete, dass sein Therapeut ihn nötigte, in den alten Geschichten herumzuwühlen.

»Du meinst deinen Tinnitus.«

»Genau. Und weißt du, was krass ist? Manchmal erinnere ich mich nicht mal mehr genau daran, wie sie aussieht. Ich hab Angst, dass ich es bereue, wenn ich ihr nicht noch mal eine Chance gebe.«

Ich hoffte, seine Mutter würde die Chance zu nutzen wissen. Wie ich Nico einschätzte, würde sie so schnell keine weitere bekommen.

Wenige Monate, nachdem sie sich davongemacht hatte, hatten Nico, Hannes und ich schon einmal zu ihr nach Spanien fahren wollen. Nico und ich waren erst siebzehn gewesen. Hannes war schon achtzehn. Er hatte gerade seinen Führerschein gemacht, das Abi ein Jahr vor den Prüfungen geschmissen und war einige Wochen zuvor von zu Hause abgehauen. Einen so radikalen Schnitt hatte ich ihm bis dahin niemals zugetraut. In der Nacht unserer Abreise hatte Hannes seinen Eltern einen letzten Besuch abgestattet. Das Auto parkte er mit der Motorhaube Richtung Straße vor dem Haus. Nico auf der Rückbank, ich auf dem Beifahrersitz, im Kofferraum unser Gepäck. Hannes war zur Haustür gerannt, hatte den Finger auf die Klingel gedrückt, die wie ein Alarm schrillte, bis sie herausgekommen waren, sein Vater und seine Mutter, beide in Bademänteln.

»Übrigens, ich bin schwul und fahr jetzt nach Spanien!« Seine Stimme hallte durch die Nacht, Nico und ich johlten und klatschten Applaus. Ohne ihnen Gelegenheit zu geben, darauf zu reagieren, war er ins Auto gesprungen und mit quietschenden Reifen losgerast. Weiter als bis nach Holland waren wir allerdings nicht gekommen, weil das Auto unter uns zusammengebrochen war. Hannes und ich wären auch bereit gewesen, bis nach Spanien zu trampen, aber Nico hatte seine Meinung geändert, sodass wir mit dem nächsten Zug zurück nach Hause fuhren.

»Schon das Neueste gehört?«, fragte ich. »Hannes will zurück nach Friesland.«

»Ich weiß. Er hat mich vor zwei Wochen oder so angerufen.«

Asche fiel von meiner Zigarette auf die Wolldecke, und als ich darüberwischte, blieb ein gräulicher Schatten auf dem orangefarbenen Stoff zurück. Hannes hatte Nico vor mir von seinen Plänen erzählt. Ich schluckte. In meinem Mund der bittere Geschmack von Eifersucht. Sie hatten ohne mich darüber geredet und dann offensichtlich beschlossen, mir nichts zu verraten.

»Der Arsch! Ihr beide! Wieso habt ihr mir nichts gesagt?«

»Er hatte Angst, dass du es ihm ausreden willst«, antwortete Nico.

»Natürlich will ich das, was sonst?«

»Siehste! Genau darum hat er dir nicht früher davon erzählt. Ich glaube, eigentlich wollte er nie wirklich weg aus Friesland. So oft, wie er seine Oma besucht, hatte er die ganze Zeit Heimweh, wenn du mich fragst. Für ihn ist das bestimmt das Richtige.«

»Aber für mich nicht.«

»Es geht aber nicht immer nur um dich. Und außerdem, wer weiß? Tut euch bestimmt ganz gut.«

Ich hatte gehofft, Nico würde auf meiner Seite sein. Er hatte Einfluss auf Hannes, konnte überzeugend argumentieren und schien immer besser als andere zu wissen, was richtig oder falsch war. Als hätte er eine Art moralischen Kompass eingebaut. Wenn er seine Meinung sagte, war es, als würde er eine Wahrheit aussprechen.

Die erste Zeit unserer Freundschaft hatte er mich gleichermaßen fasziniert und eingeschüchtert. Ich war gerade aufs Gymnasium gekommen und saß neben einem Mädchen aus dem Nachbardorf, das ständig in der Nase bohrte und die Popel danach aufaß. Niemand wollte mit ihr befreundet sein. Mir war das Gepopel egal, und wir taten uns zusammen. Zu zweit waren wir nicht länger allein. Doch die Popelfresserin wollte nicht, dass ich meine Pausen mit Hannes verbrachte, der einen Jahrgang über uns war. Sie forderte ungeteilte Aufmerksamkeit, wozu ich nicht bereit war, also wechselte ich meinen Sitzplatz. Von da an saß ich neben einem schmächtigen Jungen, der finster aus grün-braunen Katzenauen blickte und nie etwas sagte. Hannes hatte mir erzählt, dass er ihn vom Sehen kannte, er sei gerade erst bei ihm gegenüber eingezogen, sie hätten aber noch kein Wort miteinander gewechselt. In den Pausen kauerte er allein auf einem Hügel, der mit alten, halb eingebuddelten Autoreifen bedeckt war. Die Schulhofausstattung bestand aus Autoreifen, Asphalt und Bänken aus Beton, sie hatte die Stadt nicht viel gekostet. Der Neue hockte oben auf dem Autoreifenhügel, mümmelte sein Brot, hatte Kopfhörer auf seinen Ohren und nickte zum Takt einer Musik, die wir nicht hören konnten.

Hannes fand, wir sollten ihm eine Chance geben. Meine erste Frage an Nico war, ob er eine Klasse übersprungen habe. Das lag nahe, denn er reichte mir nur bis zum Kinn. Ich erfuhr, dass sein finsterer Blick noch eine Steigerung kannte, und schloss daraus, dass die Antwort Nein war. Meine zweite Frage lautete, wie es ihm hier gefalle. »Scheiße«, sagte er, und Hannes und ich klopften ihm auf die Schulter. Nico war zwar gerade erst zu uns aufs Dorf gezogen, aber hatte die begrenzten Möglichkeiten der friesischen Einöde bereits erkannt. Sein finsterer Blick beeindruckte mich. Wenn die Lehrer ihn etwas fragten, er angepöbelt oder geschubst wurde, starrte er sein Gegenüber einfach an, regungslos, und kein Muskel bewegte sich in seinem Gesicht. Schon bald stand er in dem Ruf, irgendwie gestört zu sein, was ihn in unseren Augen erst recht interessant machte.

Seitdem waren wir zu dritt, und ich wusste, ich konnte mich auf die beiden verlassen. War mich sicher, müsste ich auf einem Seil über einen Abgrund balancieren, würde Hannes seine Höhenangst überwinden, sich fest an meine Hand klammern und mich begleiten, nur um mich nicht alleinzulassen. Nico würde unten aufpassen, um uns aufzufangen, oder er würde ein Netz organisieren oder was auch immer nötig wäre, damit uns nichts passierte, falls wir abstürzten.

»Warum solltest du über einen Abgrund balancieren?«, hatte meine Mutter gefragt, als ich ihr zu erklären versuchte, wie sehr ich mich auf meine Freunde verlassen konnte. »Wenn sie wirklich wollten, dass dir nichts zustößt, würden sie dich gar nicht erst auf das Seil steigen lassen.«

»Und du, was würdest du machen?« Herausfordernd sah ich sie an.

»Mir die Augen zuhalten. Hab ich früher auch immer gemacht, wenn du ganz oben auf dem Klettergerüst rumgeturnt bist. Ich war mir sicher, dass dir am wenigsten passiert, wenn ich nicht hinsehe. Und wenn du abgestürzt wärst, hätte ich den Aufprall ja gehört.«

Meine Tasse war leer. Ich wischte mit dem Finger den restlichen Milchschaum vom Rand und leckte ihn ab.

»Gib mir mal Hannes. Ich will ihn fragen, ob er auch mitkommt«, sagte Nico.

»Der ist nicht da, und außerdem glaube ich kaum, dass er Zeit hat, zu verreisen.«

Ich musste ihm versprechen, Hannes auszurichten, dass er ihn zurückrufen sollte, legte auf und kochte mir einen zweiten Kaffee. Die Dielen unter meinen nackten Füßen waren kalt. Krümel drückten sich in meine Sohlen. Es war an der Zeit, mal wieder zu fegen, dachte ich, als ich Hannes' Schritte auf der Treppe hallen hörte. Immer stampfte er, als würde er die Stufen zertreten wollen.

»Wo warst du?«, fragte ich.

Er hielt seinen mit Motoröl verschmierten Rucksack in die Höhe, aus dem ein Lauch ragte. »Einkaufen. War ja nichts mehr da.«

»Siehst du, das gibt es in Friesland nicht, Supermärkte, die sonntags geöffnet haben.«

»Das stimmt doch gar nicht. Für die Touris ist auch am Sonntag alles auf.« Sein schnippischer Ton nervte mich.

»Aber nur während der Saison, oder? Egal. Du sollst Nico zurückrufen. Übrigens, ich wollte ihm von deinem Umzug erzählen, aber er wusste es schon. Seit zwei Wochen.«

Hannes packte Lauch, Käse, Toastbrot, Äpfel und Tomaten aus.

»Und wenn er es nicht gewusst hätte, hätte ich es ihm gern selbst gesagt«, erwiderte er.

»Na, ein Glück, dass du ihn schon eingeweiht hast, und zwar lange vor mir.«

Als Hannes die Einkäufe verstaut hatte, verließ er die Küche und schnappte sich auf dem Weg in sein Zimmer das Telefon. Durch die geschlossene Tür konnte ich nicht verstehen, worüber er mit Nico redete. Nervös drückte ich an meiner linken Hand herum. War mir nicht sicher, ob sie eher kribbelte, taub war oder beides zugleich. Ich wusste nur, dass mich das Gefühl nervte und wünschte mir, dass es aufhörte. Bisher hatte ich mir eingeredet, es läge an meiner Verspannung. Mein Trapezmuskel war hart wie ein Lederfußball, und meine Rückenmuskulatur stellte ich mir wie diese fies quietschenden Bettgestelle vor, dunkel angelaufene Metallfedern, die bei jeder Bewegung brutal knarzten. Sehnen und Fasern, die durch Widerhaken miteinander verbunden waren. Dehnte ich eine Seite, knirschte der Rest gleich mit. Wenn ich den Arm hob, zog es in der Lendenwirbelsäule. Das konnte nicht normal sein für eine Siebenundzwanzigjährige. Ich zeichnete eine dritte Linie auf meinen Arm. Wenn das Ganze nicht bald besser wurde, würde ich zu meiner Ärztin gehen müssen. Als Hannes aus seinem Zimmer getänzelt kam, ließ ich den Stift schnell zurück auf die Tischplatte fallen.

»Urlaub, yeah!« Er trommelte mit den Fingern auf meinem Kopf herum, und ich schubste ihn weg.

»Aua, lass mich! Wundert mich ja, dass du für so was noch abkömmlich bist und die Werkstatt so lange warten kann.«

Ich für meinen Teil wäre auch allein mit Nico gefahren. Aber das sagte ich nicht.

»Solange der Bauer die Scheune nicht fertig hat und seine Geräte noch in der Werkstatt stehen, kann ich nicht anfangen. Wird das eine Tattoo-Vorlage, oder was?«, fragte er und zeigte auf die Striche auf meinem Handgelenk.

»So was Ähnliches.« Ich zog den Ärmel meines Pullis hinunter. Hannes schnappte sich einen Apfel, wusch ihn ab und biss hinein.

»Kommst du mit auf den Flohmarkt?«, fragte er.

Nachdem ich mich angezogen hatte, lief ich hinter ihm die Treppe hinunter. Die drei Straßen bis zu dem Platz, wo die Stände aufgebaut waren, schwiegen wir. Erst als er in einer Kiste mit T-Shirts für einen Euro wühlte, quasselte er los. Über den Urlaub, den Bus, der vorher noch einen Ölwechsel bräuchte, und die Gasflasche vom Campingkocher, die fast leer sei. Wir könnten im Mittelmeer baden, meinen Ex Klas besuchen und Quiche essen. Ich nickte zu allem, hatte keine Lust, jetzt über Klas zu reden. Mir war es am liebsten, wenn man ihn überhaupt nicht erwähnte. Als ich einwarf, dass wir kaum alle drei ins Bett im Bus passen würden und er und Nico abwechselnd auf dem Boden schlafen müssten, zuckte er bloß mit den Schultern. Das musste sein schlechtes Gewissen sein, dachte ich, dass er nicht mal versuchte, darüber zu diskutieren.

3

Einige Tage später fühlte sich nicht nur meine Hand, sondern fast mein kompletter Arm taub an. Er kribbelte, und gleichzeitig war es, als würde er in warmem Wasser hängen. Mir wurde die Sache immer unheimlicher, ich schaffte es nicht, länger so zu tun, als käme das alles nur von der Verspannung, und ich ließ mir schnellstmöglich einen Termin bei meiner Hausärztin geben. Ich hatte gehofft, sie würde mir etwas Beruhigendes sagen. So etwas wie: Das ist nichts, das geht von allein wieder weg. Doch schon an ihrem Blick erkannte ich, dass sie mir die Angst, die mit jedem Zentimeter zunahm, den die Taubheit sich in meinem Arm ausbreitete, nicht würde nehmen können.

»Das kann viele Ursachen haben. Ich überweise Sie ins Krankenhaus. Da werden dann Tests gemacht, um auszuschließen, dass es sich zum Beispiel um Multiple Sklerose handelt«, sagte sie.

Ohne eine Ahnung zu haben, was Multiple Sklerose überhaupt war, bekam ich sofort Panik. Wie auf Knopfdruck raste mein Blut in die Füße, und der Boden unter mir schien seine Festigkeit einzubüßen. Als ob die Krankheit sich durch die bloße Erwähnung schon meines Körpers bemächtigt hätte. Wie betäubt saß ich danach zu Hause auf dem Sofa. Hannes war nicht da, das Telefon lag vor mir auf dem Tisch. Ich hätte jemanden anrufen können, der mich tröstete oder beruhigte. Aber ich befand mich in einer dicken Kruste aus zerkratztem Glas, das langsam in mich hineinwuchs, mich nach und nach von innen ausfüllte, raues Glas wie zu oft im Geschirrspüler gewaschen, unangenehm anzufassen. Ich rauchte fast ein ganzes Paket Tabak. Mein Kopf dröhnte vor Anspannung, und ich biss ins Sofakissen, bis meine Zähne schmerzten. Nachdem ich mich unter die eiskalte Dusche gestellt hatte, war ich endlich in der Lage, mich bei der Arbeit krankzumelden und meine Tasche für das Krankenhaus zu packen.

Es kam mir gelegen, dass Hannes mehrere Tage in Friesland war, um seine neue Wohnung zu renovieren. Wäre er in Hamburg gewesen, hätte er mich mit seinem Hang zur Dramatik nur noch mehr in die Panik getrieben.

Im Krankenhaus erwartete mich ein strammes Programm. Ich ließ die Untersuchungen über mich ergehen, fühlte mich seltsam losgelöst von meinem Körper, als würde er jemand anderem gehören, während ich auf Bildschirme mit herumirrenden Punkten starrte, mein Hirn gescannt wurde und man mir Blut und Rückenmarksflüssigkeit abzapfte. Obwohl es keinen eindeutigen Befund gab, bekam ich hochdosiertes Kortison. Die ersten beiden Tage waren ein Höhenflug. Ein Energieschub, wie ich ihn selten erlebt hatte. Ich rannte die Flure rauf und runter, und wenn ich nicht rannte, zeichnete ich, ohne müde zu werden. Dann, am dritten Tag, folgte der Absturz. Nach einem Höhenflug kam immer ein Absturz.

»Es ist möglich, dass das ein erster Multiple-Sklerose-Schub war. Genau wissen wir es noch nicht«, teilte mir ein Arzt am Ende des Krankenhausaufenthalts mit, und ich wurde entlassen. Mir blieb nichts anderes übrig, als den MRT-Termin in drei Monaten abzuwarten und darauf zu hoffen, dass sich bis dahin kein weiterer Schub einstellte.

Ich belauerte meinen Körper, als wäre er ein unberechenbares Tier, das mich jeden Moment angreifen und zerfetzen könnte. Jedes Kribbeln, Zwicken und Ziepen, jeder leichte Schwindel und jedes kleinste Flackern vor den Augen konnte ein Symptom sein und ließ die Sirenen in meinem Kopf schrillen. Meine Angst schob sich wie eine Nebelwand zwischen mich und alle anderen, verdeckte alle weiteren Gefühle. Mir war stärker bewusst als je zuvor, welch wackeliges Konstrukt, welch zerbrechliches Gefäß der Körper für so ein zartes Leben war und wie schnell alles aus dem Gleichgewicht geraten und auseinanderfallen konnte. Inzwischen wusste ich, dass es mitunter ewig dauerte, bis eine Diagnose gestellt werden konnte, und dass trotz der gestellten Diagnose manchmal für längere Zeit nichts mehr passierte, bis die Krankheit dann wieder zuschlug. Oder sie legte von Anfang an gleich richtig los. Nichts war vorhersehbar. Es war diese Ungewissheit, die mich wahnsinnig machte.

Am Abend nach meiner Entlassung kam Hannes aus Friesland wieder nach Hause. Während des Abendessens zählte er auf, was er vor dem Urlaub alles noch erledigen musste und was er schon geschafft hatte.

»Der Ölwechsel, die Scheibenwischer, die Innenbeleuchtung, alles fertig. In meiner neuen Wohnung stehen die Regale, der alte Teppich ist raus. Roch voll nach der alten Wilken, haha. Und morgen wird hier der Sperrmüll abgeholt. Hast du auch noch was?«

»Nein.«

Ich sehnte mich nach jemandem, an dem ich mich festhalten konnte, der mir Mut machte und mich aus dem Nebel zog, der mich einhüllte und zu verschlucken drohte. Auf Hannes brauchte ich nicht zu hoffen. Die Planung seiner Zukunft nahm ihn völlig in Anspruch, während ich mir meine Zukunft weniger denn je vorstellen konnte. Er driftete von mir fort. Es war, als ob wir bisher in einem Zug zusammen auf demselben Gleis gefahren wären, doch nun waren die Wagen entkoppelt worden, und wir rollten in entgegengesetzte Richtungen. Hannes' Hauptinteresse galt seinem Umzug und seiner neuen Firma, für die er bei einer Werkstattauflösung Schnäppchen gejagt hatte.

»Da hätte ich sonst das Dreifache für geblecht!«

»Glückwunsch.«

»Bist du immer noch sauer?«, fragte er.

»Nee, warum sollte ich?«

»Weil ich ausziehe. Außerdem klingst du so.«

»Bin ich aber nicht.«

Ich lag auf meinem Bett und starrte auf die Flecken an der Decke, Zeugnisse erschlagener Mücken aus vergangenen Sommern. Meine Zeit als Briefträgerin war Vergangenheit. Die letzten verbliebenen Tage war ich krankgeschrieben, obwohl ich es vorgezogen hätte, zu arbeiten, da mich die leeren Stunden aushöhlten. Aus den Boxen, die auf dem Boden standen, dröhnte EA80. Die Bässe vibrierten durch die Matratze.

»Was machen wir denn nun mit meinem Zimmer?«, fragte Hannes mich später am Tag. Er saß, verschwitzt vom Ausmisten, auf meinem Schreibtischstuhl und trank aus einer Coladose.

»Keine Ahnung, hab ich mir noch nicht überlegt.«

»Wenn wir aus Spanien wiederkommen, bin ich nur noch eine Woche oder so hier, und ich hab gedacht, vielleicht könnten wir auch vorher schon jemanden suchen, der das Zimmer übernimmt. Dann spare ich mir den Monat Miete. Aber nur, wenn das für dich okay ist.«

»Mir egal.«

Er sah mich an, das schmale Gesicht angestrengt in Falten gelegt. Ich sprang auf und riss das Fenster auf. Unter meiner Haut krabbelten Millionen von Ameisen. Die Panik überrollte mich. Tief atmen, redete ich mir zu. Los, atme. Luft holen. Und ganz langsam wieder raus damit.

»Du siehst nicht wirklich so aus, als ob es dir egal wäre.« Ich hörte, wie er aufstand, von seiner Cola trank und rülpste. Er schob sich neben mich ans Fenster und legte mir den Arm um die Schulter. »Ich kann auch noch warten. Aber gestern hat Jochen mir bei der Bandprobe erzählt, dass seine Schwester ein Praktikum beim NDR macht und eine Zwischenmiete für drei Monate sucht. Dann musst du dich nicht gleich fest für jemanden entscheiden«, sagte er.

»Wenn sie nett ist.«

»Ich kenne sie nicht, aber Jochen meint Ja.«

»Sehr witzig.«

Er grinste. »Hier, die Telefonnummer.« Er reichte mir einen Zettel, den ich in meine Hosentasche stopfte. Hannes zog die Augenbrauen zusammen, und ich schüttelte seinen Arm ab.

»Ich ruf sie an, versprochen.«

Er seufzte. Einer dieser typischen Hannes-Seufzer, die von tief unten aus der Lunge kamen. Genau wie bei seinem Vater. Ich war froh, diese Seufzer, in denen immer ein subtiler Vorwurf mitschwang, bald nicht mehr hören zu müssen. War froh, mich nicht mehr aufregen zu müssen, weil er nie Klopapier einkaufte und den Käse aushöhlte, ohne vorher die Rinde abzuschneiden. Er säbelte einfach die Mitte heraus, bis der Käse aussah wie die Kufe eines misshandelten Schaukelpferdes. Ganz zu schweigen von den Teepfützen, die er in seiner Tasse stehen ließ. Der letzte Schluck, den er nie trank. Überhaupt, sein Spleen mit den Teetassen. Es gab nur zwei, aus denen er trank. Alle anderen waren ihm zu dickwandig, zu groß, oder sie hatten die falsche Form.

Hannes zog los, um die Bananenkartons abzuholen, die der Gemüsehändler an der Ecke für seinen Umzug aufbewahrt hatte. Die Tür knallte ins Schloss, und ich schmiss mich wieder aufs Bett. Mehr und mehr Nebelfelder breiteten sich in mir aus und nahmen mir die Sicht. Ich hatte keine Ahnung, wohin ich trieb, wohin es mich trieb.

Um mich nicht völlig zu verlieren, zeichnete ich. Insekten. Schon als Kind hatte ich tote Käfer, Motten und Spinnen gesammelt, sie untersucht, in ihre Einzelteile zerlegt und Skizzen von ihnen angefertigt, ihre Form mit spitzem Strich aufs Papier übertragen. Auf meinen Bildern krabbelten sie aus Ohren, Nasen und Augen, krochen zu Tausenden durch Blutgefäße, legten ihre Eier ins Fleisch, zersetzten und zerkauten es und trieben so die organische Auflösung voran. Wenn ich die Augen schloss und lange genug die Luft anhielt, spürte ich, wie sich die Insekten unter meiner Haut wanden, wie sie an mir nagten und mich zerstören wollten. Ich kratzte, bis meine Arme mit Striemen überzogen waren, was das Brennen und Kribbeln nur noch verstärkte. Am liebsten hätte ich wie mit einem Reißverschluss meine Haut aufgezogen, um die drängelnde und wuselnde Masse herauszuschmeißen.

Meine Finger fuhren über die Narben, die von den Schnitten zurückgeblieben waren. Sie waren längst verheilt. Ich war stolz, mir seit Jahren keine neuen Verletzungen zugefügt zu haben. Aber der Druck nahm zu, und ich befürchtete, ich würde dem Tosen und Reißen in mir nicht mehr lange standhalten können. Ich wusste, mir war nicht zu trauen. Bald schon würde meine Hand die Klinge in meine Haut drücken, und wenn sie eindrang, würden die ersten Tropfen Blut fließen, und mit dem Blut würde die wimmelnde Masse endlich hinausgeschwemmt werden. Mein Herz würde schlagen, und erst käme der Schwindel, danach die Erleichterung und dann, später, auch die Reue.

In den letzten Tagen vor unserer Abreise landete ich fast jede Nacht bei Renate am Tresen, trank Bier und hörte der Musik zu.

»Was ist los, Lütte?«, fragte sie mich. »Du vertreibst mir noch die Gäste mit deiner miesen Laune.«

»Nichts ist los.«

»Red keinen Quatsch!« Ihre Pranke fiel auf meine Schulter und massierte an meinen harten Muskeln herum. »Ist es wegen 'nem Kerl?«

Ich schüttelte den Kopf. »Kein Kerl, ich selbst.«

»Das heißt?«

»Das heißt, dass ich keine Ahnung hab, wie es weitergeht mit mir.« Ich trank das Bier aus und erhob mich, bevor ich ihren

Tresen mit meinen Tränen volltropfen konnte. Renate hielt mich am Arm fest.

»Falls es dir weiterhilft, mein Angebot wegen der Küche steht noch. Fang an, wann du willst.«

»Ich denk drüber nach, sobald ich den Kopf frei hab.«

»Tu das, nur kein Stress.«

Würde Renate zu den Personen gehören, die sich umarmen ließen, wäre jetzt ein guter Moment dafür gewesen.

Den Verdacht der Ärzte auf Multiple Sklerose behielt ich erst mal für mich. Hannes würde ohne Frage in Panik geraten, wenn ich ihm davon erzählte, und das Letzte, was ich gebrauchen konnte, war, dass wir uns gegenseitig in unserer Angst hochschaukeln würden und sie sich so ins Unendliche multiplizierte. Außerdem war ich von dem absurden Gedanken besessen, dass es wahr werden würde, wenn ich es erst einmal ausgesprochen hätte. Ich erwähnte lediglich, dass ich einige Untersuchungen hatte durchführen lassen, weil ich so ein komisches Gefühl im Arm hatte, behauptete aber, dass alles in Ordnung sei.

Hannes gab sich Mühe und kochte abends meine Lieblingsgerichte: Linsensuppe, Ofengemüse und mit Grünkern gefüllte Paprika. Er erinnerte mich an einen Hund, der Wurst geklaut hatte und sich wegen seines schlechten Gewissens unauffällig, aber zuvorkommend verhielt. Aus seinen Äußerungen schloss ich, dass er dachte, meine schlechte Stimmung hinge ausschließlich mit seinem Auszug zusammen, und ich ließ ihn in dem Glauben. Am letzten Tag vor unserer Abreise lud er Freunde ein.

»Lasagne und Wein, das wird fein!«, reimte er und grinste verlegen.

»Ich kann die Lasagne machen.«

Kochen hatte mich schon immer beruhigt. Mich an einem Rezept entlangzuhangeln, das mir Schritt für Schritt erklärte, was als Nächstes kam. Ich hatte zwei Jahre in der Küche eines Bistros gejobbt und das anfangs eher übersichtliche Angebot um einige ausgefallene Gerichte erweitert. Und seit Jahren war ich Teil einer Küche-für-alle-Gruppe, die jeden Dienstag in einem sozialen Zentrum für alle kochte, die Lust auf günstiges, leckeres Essen in netter Gesellschaft hatten. Es war die einzige Gruppe, die mir nicht nach kürzester Zeit zu viel war.

»Schreib auf, was du brauchst, ich kauf ein. Heut geht alles auf mich!«, sagte Hannes und knuffte mich gegen die Schulter.

Als seine Schritte im Treppenhaus verklangen, kramte ich meinen Rucksack aus dem Kabuff neben der Haustür. Es war keiner dieser bunten Plastikrucksäcke, sondern ein ausgeblichener Armeerucksack, der meinem Vater gehört hatte. Nach seinem Tod bewahrte meine Mutter den Rucksack in einer Truhe mit anderen Erinnerungsstücken auf. Seitdem ich vierzehn war, begleitete er mich auf meinen Reisen. Ich stopfte alles hinein, was ich mit nach Spanien nehmen wollte.

Meine Symptome waren dank des Kortisons, das ich im Krankenhaus verabreicht bekommen hatte, fast verschwunden. T-Shirts, Regenjacke, kurze Hose. Ich wollte daran glauben, dass die Taubheit im Arm nicht wiederkäme, war entschlossen, meine Gedanken und Gefühle so weit zu kontrollieren, dass kein Platz blieb für Paranoia. Socken, Unterhosen, Sonnencreme. Doch wie sich mein Körper in Zukunft verhalten würde, wann und wie die Krankheit, die vielleicht in mir lauerte, wieder zuschlagen würde, war nicht absehbar. Zum Schluss packte ich meine Zeichensachen und den Schlafsack ein und duschte das erste Mal seit Tagen.

Es war einige Monate her, seit ich das letzte Mal meine Familie besucht hatte. Meine Mutter wohnte noch immer gemeinsam mit meiner zehn Jahre jüngeren Halbschwester in dem Haus, in dem ich aufgewachsen war. Ich war zwei gewesen, als meine Mutter mit mir aufs Dorf gezogen war und die alte Dorfschule angemietet hatte. Mein Vater kam die ersten Jahre, bis er starb, in unregelmäßigen Abständen zu Besuch. Mal blieb er nur ein paar Tage, mal mehrere Wochen oder sogar Monate.

Die alte Schule war ein grau verputztes Gebäude mit großen Fenstern. Gurgelnde Wasserleitungen sangen uns in den Schlaf, und unter der Treppe wohnte ein gigantischer Koksofen, der das ganze Haus über ein krakenartiges Rohrsystem beheizte. Trotz neuer Holzböden blieb es selbst im Sommer fußkalt, und wir trugen immer mehrere Paar Socken übereinander.

Als ich jetzt davorstand, fiel mir wieder mal auf, wie heruntergekommen das Haus war. Die Tür vom Hühnerstall, den ich als Jugendliche ausgebaut hatte, hing nur noch an einer Angel und klapperte im Wind. Die Hühner pickten auf dem Komposthaufen, der von Laub bedeckt war. Seit acht Jahren war ich schon fort, die Vertrautheit, die ich dennoch spürte, sobald ich mein altes Zuhause sah, überrumpelte mich immer wieder. Als würde ich unvermutet auf das Abbild eines früheren Selbst treffen.

Da war unsere Schaukel, gebastelt aus einem vormals rot lackierten Brett. Sie baumelte an einem Ast der Kastanie, deren Wurzeln quer über den ehemaligen Schulhof reichten. Da war der gepflasterte Weg, der in einem Bogen vom Tor zur Haustür führte und dessen Steine inzwischen absackten. Die abblätternde Farbe der Scheune, der Silogeruch der umliegenden Höfe, die Schrotträder, die unter dem Scheunendach vor sich hin rosteten. Ein Freund meiner Mutter hatte sie reparieren wollen, aber ihre Beziehung ging, wie nicht anders zu erwarten war, in die Brüche, bevor er auch nur eine Schraube gelöst hatte. Der alte Kombi parkte vor dem Tor. Rot mit blauer Motorhaube. In Hamburg gab es einen, der genauso aussah. Jedes Mal, wenn er mir entgegenkam, durchfuhr mich eine Mischung aus Wiedersehensfreude und Fluchtimpuls.

Meine Mutter winkte mir vom Küchenfenster aus zu. Sie formte übertrieben artikulierte Worte mit dem breiten Mund, den sie mir vererbt hatte. Ich verstand nicht, was sie mir mitteilen wollte, verließ meinen Platz am Zaun und ging im Slalom um die Pfützen herum, die sich zwischen den Pflastersteinen gesammelt hatten. Das Windspiel, das vor der Tür im Luftzug bimmelte, war neu. Meine Mutter erwartete mich im Eingang. Die blonden Haare hatte sie locker zusammengebunden, zwei Strähnen hatten sich gelöst und kringelten sich an ihren Schläfen. Sie empfing mich mit ausgebreiteten Armen, drückte mich an sich und schaukelte vor und zurück, als würden wir uns in einem albernen Tanz wiegen. Ich widersetzte mich dem Geschaukel und ließ den Rucksack von meinen Schultern auf den Boden rutschen, wo er neben der Treppe liegen blieb. Im Flur roch es nach Erde, Rauch und Essen.

»Die Sauce!«, rief sie und rannte albern kichernd in die Küche. Ich folgte ihr. Alles sah aus wie immer. Die vollgestopften Regale, die Eckbank, der zerkratzte Tisch, die Hängekörbe mit Obst und eingestaubten Kräutern. Die Rankgewächse, deren Nachkommen sich auch in meiner Wohnung wanden.

»Ich dachte, du kommst früher«, sagte sie, und ihre Stimme, die immer eine Spur zu laut war, schabte mir übers Trommelfell.

»Ich hab Hannes beim Kistenausladen geholfen und danach bei seiner Oma noch einen Tee getrunken.«

Sie zupfte an ihrer Schürze, die sie über dem grünen Hemd trug, und warf einen Blick auf ihr Handy. »Setz dich. Willst du Tee?«

»Ich hatte schon einen, gerade eben, bei Hannes' Oma.«

»Wie weit ist er denn mit seinem Umzug?«

»Fast fertig, fehlt nur noch ein bisschen Kleinkram.«

»Und? Fällt dir sicher schwer, ihn ziehen zu lassen, was?«

Ihr schräg gelegter Kopf, die Empathie in ihrem Blick, der vertraute Geruch des Hauses. Meine Tränen kamen unerwartet. Ich hatte nicht gewusst, dass sie so nah unter der Oberfläche gelauert hatten.

»Ach, Süße. Komm mal her.« Sie drückte mich an sich, und ich wollte versinken in ihrer Umarmung, mich verkriechen, verstecken vor der Welt. Ihr Handy piepte, und sie ließ mich so abrupt los, dass ich beinahe umgefallen wäre. Der Vanilleduft ihrer Creme hing in meinem Pulli, lag auf meinem Gesicht, hatte sich in meinen Haaren verfangen.

»Wo ist Katinka?«, fragte ich.

»Die kommt heute erst spät, hat sie gesagt.«

Die letzten Male, die meine kleine Schwester mich in Hamburg besucht hatte, hatte sie an allem herumgemäkelt. An dem Essen, der Matratze, die ich ihr neben meine gelegt hatte, dem Krach der Nachbarn, der U-Bahn, den Kneipen, dem Wetter. Nichts hatte ihr gepasst.

»Wie geht es ihr?«

»Kennst sie ja.« Meine Mutter wedelte mit der Hand, was so viel bedeuten mochte wie Katinka und ihre Launen, nimm sie nicht so ernst.

Ich nahm zwei Teller aus dem Regal. »Ich krieg kaum noch was von ihr mit.«

»Nimm das nicht persönlich. Das ist das Alter, das war bei dir auch nicht anders.«

»Trotzdem schade.«

»Sonst alles gut bei dir?«, fragte sie mich und guckte auf ihr Handy, das erneut piepte.

Plötzlich stieg in mir der Wunsch hoch, ihr vom Krankenhaus und dem Multiple-Sklerose-Verdacht zu erzählen. Mir brach der Schweiß aus bei dem Gedanken, es auszusprechen, und doch wollte ich es ihr unbedingt erzählen, ohne Aufschub, jetzt sofort. Eine kindliche Hoffnung flatterte in meinem Kopf herum. Vielleicht wäre dann alles nur noch halb so schlimm, weil sie als meine Mutter die Macht hätte, alles ungeschehen zu machen, die Krankheit und meine Angst einfach wegzupusten. Heile, heile Gänschen. Mit zittrigen Händen stellte ich die Teller auf den Tisch.

»Mama, ich muss dir was Wichtiges sagen.«

»Ich dir auch!« Sie sprang zum Kühlschrank, zupfte ein Passbild unter einem Magneten hervor, der aussah wie eine Kartoffel, und hielt es mir vors Gesicht. Darauf war ein Mann zu sehen, dunkle Locken, Schnauzer und Ohrring. Wie ein Bilderbuchpirat, also ganz ihr Typ.

»Das ist Bernd!« Sie strahlte mich an, ihre blauen Augen glitzerten. Ohne zu antworten, drehte ich mich um und riss die Besteckschublade auf. Ich fühlte mich wie ein Vogel, der immer wieder gegen dieselbe Scheibe knallt, weil er glaubt, der Himmel, die Bäume und die Idylle, die sich darin spiegelten, wären echt.

»Vor drei Monaten hat er bei uns als Rettungssanitäter angefangen«, sagte sie und klemmte das Bild wieder an den Kühlschrank. *Bei uns* hieß im Krankenhaus, in dem sie arbeitete. Seitdem ich vier Jahre alt war, kochte sie in der Krankenhauskantine. Mit eckigen Bewegungen platzierte ich zwei Gabeln und zwei Messer auf dem Tisch. Als ich fertig war, griff meine Mutter über mich hinweg ins Regal und stellte einen dritten Teller dazu.

»Ich dachte, Katinka kommt nicht.« Meine Stimme hallte in meinem Kopf wider, als wäre er ein leerer Raum.

Das Gesicht meiner Mutter leuchtete vor Aufregung. »Du und Bernd, ihr müsst euch unbedingt kennenlernen, bevor du morgen gleich weiterfährst.« Sie klatschte in die Hände und lachte wieder dieses alberne Lachen, das ich nicht ausstehen konnte. Durchs Fenster sah ich, wie ein Auto gleich hinter ihrem parkte. Der Passbildpirat stieg aus. Mein Gesicht fühlte sich wie eingefroren an und Säure schoss mir vom Magen die Speiseröhre hinauf. Ich hätte ihr das ätzende Zeug am liebsten ins Gesicht gespuckt.

»Scheiße, muss das sein? Ich wollte dir was Wichtiges sagen!« Ich knallte die Besteckschublade zu, die sofort wieder aufsprang, und haute noch einmal dagegen. Meine Mutter reagierte weder auf meine Schubladenattacken noch auf mein Geschrei. Sie riss die Küchentür auf und rannte nach draußen. Ich sah, wie sie Bernd umarmte und küsste, und mir wurde schlecht. Mit zittrigen Händen schnappte ich meine Jacke von der Eckbank und entwischte durch die Hintertür.

4

Um nicht ins Blickfeld meiner Mutter zu geraten, zwängte ich mich durch die Büsche, die längst hätten zurückgeschnitten werden müssen. Es hatte geregnet. Die Nässe vom Gras drang durch den Saum meiner Hose und von dort weiter in meine Socken. Ein Stachelbeerstrauch kratzte mich an der Hand, und ich leckte das Blut ab, das aus der Wunde trat. Der Eisengeschmack legte sich über den bitteren Ätzgeschmack der Wut.

Der Zaun am Grundstücksende war seit meiner Kindheit kaputt. Die vergammelten Pfosten hingen wie ohnmächtig an den Drähten, die sie miteinander verbanden und davor bewahrten, zu Boden zu fallen. Ich sprang hinüber und rannte zum Fluss, so wie ich es schon unzählige Male getan hatte, häufig mit dem gleichen nagenden Gefühl der Enttäuschung und dem Wunsch, nie wieder zurückzukehren. Der Fluss, auch das Tief genannt, war eigentlich ein Flüsschen. Keine Ahnung, ob es noch einen anderen Namen besaß. Das Grau des Himmels spiegelte sich auf der bräunlichen Wasseroberfläche. Binsen und Schilf, über den Winter ausgeblichen und vom Wind zerfasert, standen auf beiden Seiten des Ufers Spalier.

Ich folgte dem Tief bis zu Nicos Haus, sprang über die Pfützen und freute mich über den Wind, der an meinen Haaren zerrte, ich riss den Mund auf, damit er in mich hinein- und durch mich hindurchblies. Hier war ich, und alles war wie immer. Darauf konnte ich vertrauen. Hier würde sich so schnell nichts ändern, außer den Jahreszeiten und dem einen oder anderen Baum, der vom Sturm entwurzelt wurde. Obwohl die Zeit auch am Dorf nicht ganz spurlos vorbeiging. Hannes' Oma hatte erzählt, dass zwei Bauern ihre Höfe zu Ferienwohnungen umgebaut hatten und jetzt auf den Tourismus setzten. Der nahm jedes Jahr zu, selbst hier. Einige andere Bauern seien noch am Schwanken und überlegten, ob sie nicht auch umsatteln sollten. Hannes' Oma war in Sorge, befürchtete, dass die Dorfstruktur leiden würde, wenn im Sommer Urlauber die ehemaligen Höfe bewohnten und im Winter niemand da wäre, um sich zu kümmern.

Unser Bus parkte in der Auffahrt. Nico hantierte im Inneren und stapelte Kisten unter das Bett. Als er mich sah, sprang er heraus und breitete die Arme aus. Ohne abzubremsen, schmiss ich mich ihm entgegen. Er taumelte nach hinten und wäre gefallen, hätte er sich nicht mit dem Rücken an der Bustür abgestützt. Während ich mit vierzehn aufgehört hatte zu wachsen, war Nico da erst durchgestartet, fast so, als hätten wir uns abgeklatscht. Mit siebzehn hatte er mich dann überholt, wenn auch nur um wenige Zentimeter. Die kurze Zeit, in der wir auf Augenhöhe waren, hatte mir am besten gefallen.

»Boah, stinkst du nach Vanille.«

Ich lachte. »Sorry, ich hab den Fehler gemacht, meine Mutter zu umarmen. Kommt nicht wieder vor. Braucht ihr Hilfe?«

»Gerade fertig, hast Glück gehabt.«

Nicos Vater, Robert, kam mit einem Besen aus der Garage. Er drückte mich auf seine unbeholfene Art an sich, und ich drückte zurück, wobei ich ihm fast die Brille von der Nase riss.

»Alles gut bei dir?«, fragte er.

»Muss ja, und selbst?«

Er nickte und zeigte auf die Stelle, wo vorher die Kisten mit dem Zeug von Nicos Mutter gestanden hatten.

»Tut gut, den Kram nicht mehr hier zu haben. Bekommt man doch gleich viel besser Luft.«

Er ging wieder in die Garage, lehnte den Besen an die Wand und kehrte mit drei Flaschen Bier zurück, von denen er zwei an uns weiterreichte. »Auf dass ihr heile wiederkommt!« Er prostete uns zu.

»Machen wir, keine Sorge«, sagte Nico, und wir stießen mit Robert an, der sentimental in Richtung Bus blickte. »Da hat man direkt Lust, mitzukommen. Na ja, hilft ja nichts.« Er nahm einen Schluck von seinem Bier. »Wie sieht's aus, Kinners? Die Lasagne ist fertig. Oder hast du schon gegessen, Insa?«

»Nein, aber selbst wenn, Lasagne geht immer!« Ich hakte mich bei den beiden unter, und wir schlenderten Richtung Haus.

Auf der Küchenablage lag Bodo, der greise Kater. Er hatte ein Alter erreicht, das ihn immun gegen Erziehungsmaßnahmen machte. Robert nahm ihn hoch und setzte ihn auf sein Kissen, das auf der Fensterbank lag. Bodo ließ ein empörtes Maunzen hören, das an das Knarzen einer eingerosteten Tür erinnerte, sprang hinunter und nahm wieder seinen alten Platz auf der Küchenablage ein. Robert stöhnte und machte Anstalten, den Kater wieder zurückzutragen.

»Lass ihn doch«, sagte Nico und kraulte Bodo die Ohren. Ich erwartete schon eine Diskussion, aber dann zuckte Robert bloß mit den Schultern und öffnete den Backofen, aus dem es nach frisch geschmolzenem Käse roch. Es hatte Zeiten gegeben, in denen er und Nico sich nur gefetzt hatten. Damals hätte Robert Bodo von der Ablage gescheucht, nur um Nico zu provozieren. Die Fehde zog sich bis zum Auszug von Nicos Mutter. Mit den beiden zusammenzuleben, musste Sandra vorgekommen sein, wie mit Tom und Jerry unter einem Dach zu wohnen. Sobald Robert und Nico aufeinandertrafen, gab es Gezeter. Sie buhlten um Sandra, sie war der Mittelpunkt, um den sich alles drehte. Robert und Nico umrundeten sie wie die Zeiger einer Uhr, versuchten, sich gegenseitig zu überholen. Robert schmiss Sandras Lieblingstasse hinunter, und Nico schmierte es ihm wochenlang aufs Brot. Nico bekam eine Fünf in Mathe, Robert lachte ihn aus, und Sandra hockte in der Mitte. Sie spielte Schlichterin und Richterin, war Auslöser, Anklägerin und Friedensstifterin. Doch seit die beiden nur noch zu zweit lebten, waren diese Zeiten vorbei.

Wir setzten uns an den Küchentisch, und Robert füllte uns auf. Die Lasagne schmeckte genau richtig, schön tomatig, käsig und spinatig. Meine Mutter saß jetzt vermutlich zu zweit mit ihrem Bernd am Tisch beim Essen. Den dritten Teller hatte sie bestimmt wieder ins Regal gestellt, damit er das Bild nicht störte. Was sie Bernd wohl gesagt hatte über mein plötzliches Verschwinden? Egal, ich würde ihn eh nicht kennenlernen. Wozu auch? Er würde schneller Vergangenheit sein, als er es sich vorstellen konnte. Jetzt war ich fast froh, ihr nichts von dem Multiple-Sklerose-Verdacht erzählt zu haben. Was hätte sie schon dazu sagen können? Mir war nicht zu helfen. Mit meiner Angst musste ich allein klarkommen. Ich kannte mich aus mit Angst. Je weniger ich ihr nachgab, desto weniger Macht hatte sie über mich.

Ich blickte hoch und suchte Roberts Blick. »Darf ich dich was fragen?«

Robert zog die Augenbrauen hoch. »Seit wann brauchst du eine Erlaubnis?«

Ich zuckte mit den Achseln. »Stimmt. Warum hast du Sandras Sachen damals nicht einfach weggeschmissen? Wieso hast du sie so lange aufbewahrt?«

Ich sah, wie sich Nicos Stirn in Falten legte, eine Furche hatte sich zwischen seinen Augen gebildet. Robert legte seine Gabel neben den Teller und faltete die Hände wie zum Gebet, atmete tief durch und sah mir in die Augen.

»Weil die Sachen nicht mir gehören.« Er bekräftigte seine Worte mit einem Nicken, löste seine Hände wieder und aß weiter.

»Na ja, es ist ja aber nicht so, dass sie dir gegenüber fair gewesen wäre. Ich hätte den ganzen Scheiß einfach auf die Müllkippe gebracht.«

»Das kann ich mir vorstellen.« Nico grinste mit vollem Mund.

»Ist ja auch egal«, sagte ich. »Freut mich auf jeden Fall für dich, dass du zufrieden bist und deine Garage wieder für dich hast.«

»Ja, zufrieden, genau.« Er hob einen Zeigefinger. »Obwohl es bei der Zufriedenheit keine Konstante gibt, genauso wenig wie bei der Liebe. Aber doch, man kann sagen, dass ich mit dem jetzigen Zustand der Garage zufriedener bin als mit dem davor.«

Er nickte, lächelte und schob sich den nächsten Bissen in den Mund. Dann kaute er bedächtig, nickte wieder und spülte mit einem Schluck Bier nach.

Als Sandra aus ihrem Leben ausgebrochen und abgehauen war, hatte es Robert komplett den Boden unter den Füßen weggerissen. Samt Bettzeug war er nach unten aufs Sofa gezogen, kaum noch aufgestanden und hatte sich hängen lassen. In den ersten Stunden nach Sandras Verschwinden hatten er und Nico gedacht, sie wäre nur bei einer Freundin oder im Kino, bis Robert am Abend feststellte, dass ihre Cremes und die Zahnbürste im Bad fehlten. Als er ins Schlafzimmer rannte und den fast leer geräumten Kleiderschrank bemerkte, war er ausgerastet. Laut Nico hatte er daraufhin das ganze Haus auseinandergepflückt und akribisch notiert, was alles fehlte. Als ob solch eine Liste etwas an der Tatsache ändern könnte, dass sie weg war.

Am nächsten Vormittag war ich vorbeigekommen, um beim Aufräumen zu helfen. Das Haus hatte ausgesehen wie nach einer Razzia. Keine Schublade, kein Buch, kein Bild war mehr an seinem Platz. Robert lag auf dem Sofa und reagierte nicht. Als ich ihn begrüßte, presste er bloß die Hände aufs Gesicht und wiegte sich hin und her. Ich hatte vorgeschlagen, jemanden anzurufen, einen Verwandten, Freunde oder einen Arzt, aber Nico hatte abgewinkt.

»Der kriegt sich schon wieder ein.«

Er zog mich mit ins obere Stockwerk, und wir fingen an, das Chaos aufzuräumen. Im Arbeitszimmer waren überall Bücher verteilt, die normalerweise ordentlich nebeneinander in den Regalen standen. Einige waren mit dem Rücken aufgekommen und lagen nun mit geöffneten Seiten da. Sie machten einen seltsam defensiven Eindruck, als wollten sie zeigen, dass sie nichts zu verbergen hatten. Nach einer halben Stunde hatten wir alle Bücher wieder in die Regale sortiert, und Nico war nach unten gegangen, um den Staubsauger aus dem Abstellraum zu holen. Gleich darauf hörte ich ihn schreien: »Bist du bescheuert, oder was? Es hakt ja wohl total!«

Ich rannte hinunter. Robert hatte mit einem Küchenmesser das Telefonkabel durchgeschnitten und sich dabei auch gleich einen Schnitt am Daumen zugefügt. Auf meine Frage, warum er das getan habe, sagte er, dass er nicht bereit sei, darauf zu warten, dass sie sich meldete, während er wahnsinnig werde, weil er trotzdem die ganze Zeit nichts anderes tun könne, als auf das Klingeln des Telefons zu warten.

»Du hättest doch einfach den Stecker rausziehen können«, sagte ich.

»Ja, aber genau so leicht hätte ich ihn auch wieder reinstecken können.«

Ich konnte mich in diese Logik hineinversetzen, aber Nico war nicht auf Verständnis gepolt und schmiss das nun nutzlose Telefon nach seinem Vater. Er traf ihn am Oberkörper. Robert krümmte sich und hielt sich die Brust, in der sein Herz ziemlich sicher schlimmere Wunden zu verschmerzen hatte als einen harmlosen Telefonwurf. Danach war Robert für lange Zeit nicht wieder vom Sofa aufgestanden, wo er sich ausgiebig in seinem Schmerz suhlte.

Mein Teller war leer, ich hatte wie immer am schnellsten gegessen und legte erst mal eine kleine Verdauungspause ein. Ich sah auf Roberts Hand. Die Narbe an seinem Daumen zeichnete sich wulstig ab. Vielleicht hätte sie damals doch genäht werden müssen. Auf die Idee waren wir gar nicht gekommen. Dem Daumenschnitt wurde im Vergleich zum Kabelschnitt kaum Aufmerksamkeit geschenkt. Ich hatte einfach ein Küchenhandtuch auf die Wunde gedrückt, Rum, den ich im Küchenschrank bei den Backzutaten gefunden hatte, darübergekippt und ein Pflaster draufgeklebt.

Robert balancierte ein zweites Stück Lasagne auf meinen Teller. Die Schichten sahen in der Seitenansicht aus wie ein Bodenprofil, eine Art Minimodell, das die verschiedenen Zeitalter der Erde veranschaulichte. Als hätte er sich, ganz der Erdkundelehrer, der er war, damit besonders viel Mühe gegeben.

Armer Robert, dachte ich und stellte mir vor, wie er am nächsten Tag allein in der Küche die restliche Lasagne essen würde, höchstens mit Bodo als Tischgesellschaft. Bei dem Gedanken öffnete sich mein Mund wie von alleine, und ich fragte: »Warum kommst du nicht einfach mit uns?« Aus dem Augenwinkel sah ich, wie Nico die Backen aufblies.

»Wohin?«, fragte Robert. Es schien einige Sekunden zu dauern, bis die Frage zu ihm durchgedrungen war. Ich brauchte etwa genauso lange, bis ich sie schon wieder bereute. Zu meiner Erleichterung schüttelte er den Kopf. »Ich hab keine Zeit. Wie stellst du dir das vor?« Ich lächelte ihn schief an und atmete erleichtert aus.

Nach dem Essen räumten wir die Spülmaschine ein und verabschiedeten uns. Kaum waren wir draußen, fuhr Nico mich an: »Spinnst du! Was sollte das eben?« Seine Augenbrauen hatten sich zu einem durchgehenden Balken zusammengezogen.

»Ja, ich weiß, war etwas übereilt. Aber er hat so traurig ausgesehen.«

»Selbst wenn, glaub ich kaum, dass ihn ein Besuch bei meiner Mutter und Leo aufheitern würde. Ausgerechnet!«

»Tut mir leid. Ich fand nur den Gedanken schrecklich, dass er morgen wieder hier allein in dem großen Haus hockt.«

Nico schüttelte den Kopf und trat gegen einen Stein, der mit einem Klacken gegen die Gartenmauer prallte.

»Robert geht es gut. Er braucht dein Mitleid nicht. Oder ging es eigentlich um dich und darum, dass du Angst hast, demnächst selber allein und einsam in deiner Wohnung sitzen zu müssen?« Er grinste, zwinkerte mir zu und boxte mich in die Seite. Ich rang mir ein Lächeln ab. Nico wusste immer genau, wohin er zielen musste.

Wir waren mit Hannes am Schuppen verabredet. Der Schuppen war ein altes Gartenhaus, das Hannes' Großeltern ihm an seinem vierzehnten Geburtstag überlassen hatten. Per Hand hatte Hannes alle morschen Bretter ausgetauscht. Nico und ich durften ihm nur unter genauester Anleitung helfen. Herausgekommen war ein Häuschen, das Regen und Wind trotzte, mit einer Veranda, bei der jedes einzelne Brett in einem anderen Ton knarzte. Wir hatten unsere gesamte Jugend über fast jeden Tag hier verbracht. Der Schuppen war unser Versteck, unsere Punkrockhöhle gewesen. Eingegangen wären wir ohne ihn in dieser subkulturell kargen Zone. In diesem Paralleluniversum konnten wir uns, fern von all dem, was Eltern und Lehrer von uns erwarteten, fern von all dem, was uns zu normal und banal war, austoben.

In einer Hälfte des Raumes befand sich unsere Proberaumecke, in der anderen Hannes' Mofawerkstatt. Dazwischen lagen Sofa- und Küchenecke samt Wasserkocher, Kanister und Utensilien zum Teekochen. Ein Stoppschild auf einer leeren Bierkiste diente uns als Tisch. Es war so oft samt Flaschen, Gläsern und Aschenbechern heruntergefallen, dass die Dielen drum herum durch die ausgelaufenen Kaffee-, Tee- und Bierreste eine nicht genauer zu definierende Grau-Braunfärbung angenommen hatten, die sich nur noch mit dem Schleifer entfernen lassen würde. An den Wänden hingen Konzertplakate neben Stickern und Spuckis, die wir mit missionarischem Eifer im Dorf, in der Schule und in Jever verklebt hatten. *Eat the rich*, Frauensymbole und zerschmetterte Hakenkreuze.

Als wir im Schuppen ankamen, war Hannes schon da und hatte Tür und Fenster aufgerissen. Trotzdem roch die Luft abgestanden.

»Muss alles gestrichen werden!«, sagte er. Die Farbe blätterte von den Außenwänden, das Holz darunter sah angegriffen aus. »Wenn ich erst wieder hier bin, wird das alles schön gemacht.«

»Wat willst du denn damit? Du hast doch deine Wohnung und die Werkstatt«, fragte ich.

»Wie, wat? Das wird natürlich ein Proberaum, wenn die Band aus Hamburg kommt, und für Partys und zum Grillen und so. Insa, so richtig schön machen wir uns das hier wieder! Was meinste?« Er drückte mich an sich und schmatzte mir einen lauten Kuss auf die Wange, dessen feuchte Reste ich an seinem Pulli abwischte.

Nico ließ sich aufs Sofa fallen und wirbelte eine Staubwolke auf. Er nieste dreimal, viermal, war Allergiker, Staub und Pollen.

»Da ist glaube ich ein Mäusenest drin«, sagte Hannes und zeigte aufs Sofa. Nico sprang auf, und wir setzten uns raus auf die Veranda, lehnten uns mit dem Rücken gegen die Wand. Das Tief, das gleich hinter dem Grundstück entlangfloss, roch brackig. Die Äste der Kiefern, die davorstanden, knarrten im Wind. Hier im Schuppen war mir, als würden unzählige jüngere Versionen von uns weiterleben. Wie Schatten, die ins Holz des Bodens eingezogen und mit den Wänden verschmolzen waren. Worte, Lachen, Gedanken und Gefühle konserviert in den verstaubten Möbeln. Es tat gut, zu wissen, dass es diesen Ort noch immer gab. Mikroskopische Spuren meiner Tränen, meines Schweißes und meiner Kotze waren hier sicherlich noch zu finden, genauso wie einzelne Haare in den unterschiedlichsten Farbtönen und Längen.

Hier hatte ich mit vierzehn zum ersten Mal Sex gehabt, damals eher von Neugier getrieben als von Leidenschaft. Hier hatte ich zum ersten Mal Alkohol getrunken, erst ängstlich, dann enttäuscht, weil der Sekt wie gammelige Fanta geschmeckt hatte. Danach hatte ich auf dem Sofa gelegen, und das Karussell in meinem Kopf fühlte sich so real an wie nie zuvor. Bestand es bisher immer nur aus im Kreis rasenden Gedanken, wurde jetzt auf einmal alles an die Wände meines Schädels gepresst, drehte sich schneller, immer schneller, bis ich neben das Sofa kotzte. Hier im Schuppen hatte Nico mit mir übernachtet, als ich mal wieder von zu Hause abgehauen war. Seite an Seite hatten wir beide in unseren Schlafsäcken gelegen und die ganze Nacht hindurch dem Rascheln kleiner Tiere unter dem Fundament gelauscht, weil wir nicht schlafen konnten, aber uns auch nicht zum Reden zumute gewesen war. Er hatte meine Hand gehalten, häufig meine Nähe gesucht. Seine Gefühle, die, wie ich vermutete, nicht nur rein freundschaftlich waren, schmeichelten mir, ich war mir selber nicht sicher, ob ich sie erwiderte. Am nächsten Morgen war ich zurückgegangen, und meine Mutter hatte nicht mal gefragt, wo ich die Nacht verbracht hatte.

Jetzt wollte ich den beiden von dem heutigen Streit mit ihr erzählen, aber dann hätte ich auch über die potenzielle Diagnose reden müssen, und der Zeitpunkt schien mir unpassend. Später, sagte ich mir. Vielleicht. Der Gedanke daran war wie Dauer-PMS, dumpfe Unwohlgefühle, die im Bauch und im Kopf gärten. Ich wusste auch gar nicht, mit welchen Worten ich es ihnen hätte sagen sollen. Erst mal Urlaub, dann mal sehen. Vielleicht war ja auch gar nichts.

»Hast du Katinka schon gesehen?«, fragte Hannes.

»Nee, ich weiß auch nicht, wo sie sich rumtreibt.«

»Hab sie getroffen, vorhin, bei der Tanke. Sie jobbt da anscheinend jetzt.«

Das hatte ich nicht gewusst. Augenblicklich fühlte ich mich schuldig, hatte keine Ahnung, was meine kleine Schwester so trieb. Wenn ich in Hamburg war, dachte ich nur wenig an sie, nicht weil ich sie nicht mochte, eher weil sie kaum noch eine

Rolle in meinem Alltag spielte, seit ich nicht mehr hier lebte. Auch sie meldete sich nur selten, war schon immer eine Eigenbrötlerin gewesen und ließ sich nur ungern in die Karten gucken.

Als wir Kinder waren, hatte sie die Hälfte der Zeit bei ihrem Vater verbracht. Mein eigener Vater war gestorben, als ich noch ein kleines Kind war. Katinka besaß bei ihrem Vater zu Hause ein zweites Zimmer, Spielsachen und Kleider. Einige Male hatte ich sie übers Wochenende dort besucht. Es war, als wäre sie da eine andere Katinka, als würde sie zwischen zwei Rollen und Alltagen hin- und herswitchen. Wenn sie dann bei mir und meiner Mutter wohnte, konnte ich mich nicht von der Vorstellung lösen, dass ein Teil von ihr weiterhin in ihrem anderen Zuhause lebte und ich immer nur jeweils eine Hälfte von ihr zu sehen bekam. Ob sich die zwei Hälften wohl jemals zusammengefügt hatten?

Katinka löste häufig Schuldgefühle in mir aus. Vielleicht vermied ich es deshalb meistens, an sie zu denken. Jedes Mal, wenn sie mir einfiel, nahm ich mir vor, mich mehr um sie zu kümmern, mich häufiger bei ihr zu melden. Immerhin war ich die Ältere, würde immer die Ältere sein, auch wenn wir irgendwann steinalt sein würden und sie vielleicht Hüftprobleme hätte und ich den von jeher prophezeiten Buckel.

Ich nickte, wollte nicht zugeben, dass ich so wenig von ihr mitbekam, aber Nico hakte nach.

»Du wusstest nicht, dass sie da arbeitet, oder? Wann hast du denn das letzte Mal mit ihr geredet?«

»Keine Ahnung, vor ein paar Monaten oder so. Sie macht halt ihr eigenes Ding. Ist doch normal in dem Alter.«

Katinka war immerhin sechzehn, da wollte sie ihre Ruhe haben. Das hatte meine Mutter mir erst vor wenigen Stunden erklärt. Allerdings, seit wann glaubte ich der, seit wann wusste die, was mit ihren Töchtern los war? Und was wusste ich selbst schon? Ich war auch kein Stück besser als meine Mutter. Was für mich zugetroffen hatte, musste noch lange nicht für Katinka gelten. Nur weil ich schon lange vor meinem sechzehnten Geburtstag von meiner Familie hatte Ruhe haben wollen, hieß das nicht, dass sie genauso tickte.

Über Jahre hatte ich meine kleine Schwester mitgeschleppt, immer dann, wenn meine Mutter keine Zeit gehabt hatte und Katinka nicht anderweitig unterkommen konnte. Und das war dauernd der Fall gewesen. Wenn ich Hannes und Nico nach der Schule im Schuppen traf, war sie oft dabei, drosch auf Hannes' Schlagzeug ein oder sprang auf dem Sofa herum, bis wir alle in dicke Staubwolken gehüllt waren. Hannes hatte ihr eine Kiste gebaut, in der sie Stifte, Blöcke, Lego, Spielzeugautos und eine Sammlung besonderer Steine und Stöcke aufbewahrte. Ihre selbstgemalten Bilder hingen neben unseren Konzertplakaten an den Wänden, die Legosteinchen fanden sich überall.

Einige Male war sie lange nach ihrer Schlafenszeit spät abends bei uns aufgetaucht, die Jacke über den Schlafanzug gezogen. Sie hatte keine Angst im Dunkeln, war nie ein ängstliches Kind gewesen, hatte auch nur selten geweint. Bis heute war sie mir oft ein Rätsel, verstand ich nicht, was sie fühlte und wie sie dachte. Seit wann klebte sie mir eigentlich nicht mehr an den Hacken? Die Frage war nicht schwer zu beantworten. Nachdem ich ausgezogen war, war ich schlicht nicht mehr dagewesen, und somit hatte das An-den-Hacken-Kleben ein Ende gehabt. Die Schuldgefühle gesellten sich zum dumpfen Bedrohungsgefühl, das mich schon die ganze Zeit begleitete. Die beiden fühlten sich wohl zusammen. Wenigstens gegen eins der beiden konnte ich etwas unternehmen. Ich würde mit Katinka reden, noch bevor wir losfuhren.

Hannes' Oma näherte sich über den Trampelpfad, der sich von ihrem Haus zum Schuppen schlängelte. Früher war er doppelt so breit gewesen, eine Schneise, die sich quer über den Rasen zog. Heute benutzte kaum noch jemand diesen Weg. Das Gras hatte sich das von unseren Schritten Geklaute fast vollständig zurückerobert.

»Vielleicht können wir ihr den Schuppen vererben«, schlug ich vor.

»Wem? Meiner Oma?«, fragte Hannes. Nico sprang auf, lief ihr entgegen und nahm ihr den Korb ab, den sie in der Hand trug.

»Katinka. Damit sie auch einen Ort hat, wo niemand sie stört.«

»Wenn es das ist, was sie braucht, klar.«

Hannes' Oma hatte Apfelkuchen, eine Thermoskanne mit Kaffee und Tassen mitgebracht. Ich holte ihr einen der Klappstühle aus dem Schuppen, sie setzte sich, und ich ließ mich neben ihr auf einem Ziegelstein nieder. Sie kniff mir in die Wange, was niemand mehr bei mir gemacht hatte, seitdem ich zwölf gewesen war, höchstens. Ich war froh, niedriger als sie zu sitzen, sodass sie bequem an meine Wange heranreichen konnte. Ein Geruch, kaum wahrnehmbar, nach Melisse oder Zitrone ging von ihr aus. So hatte sie immer schon gerochen, schon als ich das erste Mal hierhergekommen war, da war ich vier oder fünf Jahre alt. Hannes hatte mich vom Kindergarten mitgeschleppt. Wir bekamen dicke Scheiben Brot mit Butter und Zucker vorgesetzt und Milch direkt vom Bauern, die mir nicht schmeckte. Doch das Zuckerbrot machte die Milch wett, zu Hause hätte ich niemals so etwas bekommen. Mein Mund war voll knisternder Süße, Hannes' Oma lächelte und fragte mich über meine Mutter aus. Ich beantwortete alle ihre Fragen und zeigte ihr stolz den Schlüssel, den ich unter meiner Jacke um den Hals trug. Meine Mutter arbeitete damals im Frühdienst in der Kantine und kam immer erst eine Stunde nach mir nach Hause. Hannes' Oma schien das nicht zu gefallen, und sie bestand darauf, dass Hannes mich von nun an häufiger mitbringen sollte. Angesichts ihres freundlichen Lächelns und des Zuckers, der mir noch immer den Mund verklebte, nickte ich.

Meiner Mutter erzählte ich nichts von der neuen Regelung. Ich hatte damals schon kapiert, dass es besser war, ihr nicht immer alles zu sagen. An den Tagen, die ich von nun an mit Hannes bei seiner Oma verbrachte, verfütterte ich das von meiner Mutter für mich vorbereitete Mittagessen, selbst gebackenes Brot mit der von ihr selbst eingekochten Marmelade, an die Enten im Tief.

Nico schlug den Europa-Atlas auf, den er mitgebracht hatte, und wir suchten die beste Route nach Katalonien heraus.

»Keine Autobahn in Frankreich. Ich will Kreisel fahren«, sagte Hannes.

»Mir egal, wie wir fahren, Hauptsache weg hier«, entgegnete ich. Von mir aus hätten wir schon am nächsten Morgen um sechs aufbrechen können, damit ich möglichst wenig Zeit mit meiner Mutter verbringen musste.

Die Tage waren noch kurz, die Temperaturen niedrig. Gegen Abend wurde uns kalt. Ich lieh mir Hannes' altes Fahrrad, ein blaues Rennrad, bei dem nur noch zwei Gänge funktionierten und dessen Hinterrad eierte. Der Weg zur Tanke führte mich aus dem Dorf hinaus über eine schmale Straße mit Wallhecken und Birken, die ihre Äste im Wind über die Fahrbahn schwenkten. Sie waren, wie jedes Frühjahr, unter den ersten, die mit ihren hellgrünen Blättern das Wintergrau durchbrachen. Vögel flatterten vor mir auf, kreuzten meinen Weg, schienen mich kaum wahrzunehmen, waren viel zu beschäftigt mit dem Nestbau. Ich hatte nur einen Kapuzenpulli an, und der kühle Wind fegte mir entgegen, blies durch den dünnen Stoff. Um besser voranzukommen, trat ich im Stehen in die Pedale. Durchgefroren erreichte ich die Tanke, an der wir früher, trotz aller Klischees, nie herumgehangen hatten. Aus dem kleinen Laden leuchtete mir blaues Licht entgegen. Zur Rechten lag der Fliegerhorst, wo die britischen Soldaten in einer eigenen Siedlung wohnten oder gewohnt hatten. Ich wusste nicht, wie die Situation inzwischen war, mehr als zehn Jahre nach der Wende und der Beendigung des kalten

Krieges. Zur Linken ging es nach Jever, das mir mit seinen über dreizehntausend Einwohnern inklusive eingemeindeter Dörfer und der kleinen Fußgängerzone früher immer wie eine Metropole vorgekommen war.

Ich stellte das Fahrrad neben der Tür ab und sah durch die Scheibe in den Laden hinein. Meine kleine Schwester saß hinter dem Verkaufstresen und las in einem Comic. Sie hatte sich ein grünes Tuch ins verfilzte Haar gebunden. Das Piercing an der Unterlippe war neu. An ihrem Arbeitsplatz sah sie seltsam erwachsen aus und kam mir ganz fremd vor.

Als ich die Tür öffnete, ertönte der Dreiklang einer elektronischen Klingel. Katinka hob den Kopf. Kurz huschte ein Lächeln über ihr Gesicht, das sofort verschwand, als sie mich erkannte, als hätte der Wind, der beim Öffnen der Tür hineingeweht war, es fortgetragen.

»Hi, Schwesterchen, alles klar?«, fragte ich.

Sie nickte.

»Wie lange arbeitest du schon hier?«

»Zwei Monate.«

Ihr Ton war bockig. Ihre Freude über meinen Besuch schien sich in Grenzen zu halten.

Ein silberfarbenes Auto hielt an einer der Zapfsäulen, und eine Frau stieg aus. Sie sah aus wie meine alte Physiklehrerin. Genau die gleiche Dauerwelle im schulterlangen Haar, genau die gleiche gebückte Haltung. Doch als sie ums Auto herumging, sah ich, dass sie es nicht war. Kaum in Friesland angekommen, schon kamen die alten Gespenster aus ihren Löchern gekrochen. Wir schwiegen, bis die Frau getankt und bezahlt hatte und wieder in ihr Auto gestiegen war.

»Wie lange musst du heute noch bleiben?«

»Halbe Stunde.«

»Okay, ich warte auf dich und lad dich auf 'ne Pommes ein.«

Zu meiner Freude nickte sie.

Ein Stück die Straße hinunter gab es einen Imbiss. Die Luft darin war fettgetränkt wie in allen Imbissen. Der Spielautomat neben der Tür bimmelte und blinkte. Wir bestellten Pommes mit Currysauce und setzten uns an einen kleinen Holztisch. Außer uns hingen nur noch drei Männer am Tresen rum, die uns neugierig anglotzten, bis ich eine Grimasse in ihre Richtung zog und sie sich wegdrehten. Katinka lachte.

»Geht's dir gut? Ich krieg dich ja kaum noch zu Gesicht«, fragte ich.

Ihr Lachen verschwand, sie zuckte mit den Schultern und tauchte eine besonders lange Pommes in die Sauce. Genau wie früher pickte sie sich zuerst die langen heraus, während ich mir zuerst die krossesten schnappte.

»Und? Was gibt's Neues?« Ich stupste mit meiner Pommes gegen ihre, damit sie reagierte. Katinka hob den Kopf und sah mich aus zusammengekniffenen Augen an. Sie hatte schon immer ihrem Vater geähnelt. War wie er unnahbar, klein und zäh. Hatte seine braunen Augen und Haare geerbt, um die ich sie beneidete. Ich kam eher nach meiner Mutter, kräftig, schmuddelblond und Augen in der Farbe eines Gewitterhimmels.

»Ich will ausziehen«, sagte Katinka nach einer kurzen Pause.

»Echt? Wohin denn?«

»Weiß ich noch nicht. Hauptsache weg hier, ich halt das nicht mehr aus mit Mama und ihrem neuen Kerl. Dann noch in diesem Scheißkaff und keiner da, mit dem man mal reden kann. Ich krieg hier 'nen Knall!«

»Was sagt Mama denn dazu?«

»Dass sie mir auf keinen Fall Kohle dazugeben wird und dass sie das viel zu früh findet. Und dann hat sie geweint, weil ich sie alleinlassen will und doch ihre Kleine sei und sie mich so lieb habe und so weiter. Bla, bla, bla, kennst sie ja. Interessiert sich doch sowieso nicht für das, was ich will!«

Mein erster Impuls war, ihr zu widersprechen, ihr zu versichern, dass sie sich täuschte. Als wollte ich sie vor einer Realität bewahren, der sie nicht gewachsen war. Aber dann hielt ich doch den Mund. Es wäre gelogen gewesen, zu behaupten, dass Mama sich auf jeden Fall für uns und unsere Wünsche interessierte. Ich hatte keine Lust, mich zur Anwältin unserer Mutter zu machen, und davon mal ganz abgesehen konnte ich meiner Schwester eh nichts vormachen. Katinka wollte bestimmt auch nicht hören, dass es nicht immer leicht für unsere Mutter gewesen war, allein mit zwei Kindern. Als sie mit mir schwanger wurde, war sie erst zwanzig und lebte mit einem Junkie, meinem Vater, zusammen, der sich ein paar Jahre später ins Jenseits schoss. Und dann all die Zeit, die sie in der piefigen Krankenhauskantine schuftete. Bestimmt nicht ihr Traumjob, aber irgendwie musste sie das Geld für die Miete, das Essen, das Auto, die Klamotten und was sonst noch so anfiel, ja zusammenkriegen. All das wusste Katinka.

Sie hatte aufgehört zu essen, schmierte stattdessen mit dem Finger in der Sauce herum, schrieb ein K, umkringelte es und sah nun gar nicht mehr erwachsen aus. Ich schwieg und sagte nichts von alldem, was mir durch den Kopf ging. Wollte sie nicht dazu zwingen, für unsere Mutter Verständnis zu haben, nachdem ich erst heute wieder einmal mitbekommen hatte, wie scheiße sich das anfühlte, wenn sie die eigenen Interessen über alles andere stellte.

»Hast du denn schon was in Aussicht?«

»Nee, gibt ja nicht so viele WGs hier, und eine eigene Wohnung kann ich mir nicht leisten. Am liebsten würd ich auch in eine Großstadt. So wie du.«

Ich stapelte drei Pommes übereinander, tunkte sie in die Sauce und stopfte sie mir in den Mund.

»Und die Schule?«, fragte ich.

»Gibt ja auch woanders Schulen, ich weiß sowieso nicht, ob ich dieses Schuljahr schaffe.«

»Ups.«

»Ja, genau. Ups.«

Ich tippte auf das Tischdeckchen vor mir, weil ich wissen wollte, ob es sich so unangenehm anfühlte, wie es aussah. Ein grob gewebter Stoff wie die, in die wir damals im Handarbeitsunterricht Kreuzstiche sticken mussten. Kalt, hart und fettig fühlte er sich an, und ich fragte mich, wer sich die Mühe gemacht hatte, so was bunt zu umsäumen. Das sah man doch, dass es davon nicht hübscher wurde.

»Aber du willst die Schule schon fertigmachen?«, fragte ich.

»Traust du mir das nicht zu?«

»Doch, na klar! Ich frag nur, weil Schule und jobben und allein wohnen ist ja nicht grad wenig auf einmal.«

»Vielleicht gibt Papa mir ja was dazu.«

»Hm, ja, auch 'ne Idee.«

Ihr Joker-Papa. Ich hatte nie einen gehabt, zu dem ich hätte gehen können, um ihn zu bitten, etwas zur Miete dazuzugeben. Ihr Papa, der sich von Anfang an um seine Tochter gekümmert hatte, auch wenn sie aus einer unbedeutenden Affäre hervorgegangen war. Der gleichzeitig nie einen Zweifel daran gelassen hatte, dass ich von ihm nichts zu erwarten hatte außer einer unverbindlichen Freundlichkeit, wie man sie den Kindern von Bekannten entgegenbrachte.

»Und zu ihm ziehen?« Ich wusste, dass Katinka ihn noch immer alle zwei Wochenenden besuchte und dass sie sich nach wie vor gut verstanden.

Sie verdrehte die Augen und schüttelte den Kopf. »Da fährt nicht mal ein Bus hin, da kann ich ja gleich hierbleiben.«

Ich verstand sie. Mehr als ich Hannes mit seinem Back-to-the-roots-Drang verstand, ohne Frage.

»Hey, wenn ich dir irgendwie helfen kann, sag Bescheid. Du weißt ja, dass du auf mich zählen kannst.«

»Kann ich das?«, fragte sie.

»Nicht?«

Nachdem Katinka erst einmal angefangen hatte, hörte sie gar nicht mehr auf, mir um die Ohren zu hauen, wie unsäglich sauer sie auf mich war und wie unendlich enttäuscht von mir. Denn ich würde mich von Jahr zu Jahr seltener bei ihr melden und mich inzwischen genauso wenig für sie interessieren wie unsere Mutter, wenn nicht weniger. Bei ihrem letzten Besuch in Hamburg hätte ich auch nur an mich und meinen Spaß gedacht. Es sei mir scheißegal gewesen, was mit ihr war. Auf ihre SMS würde ich auch immer erst voll spät antworten und manchmal gar nicht, da könne sie liebend gern drauf verzichten. Überhaupt komme sie gut ohne mich klar. Und wenn ich dächte, ich könnte sie mit einer schnöden Pommes kaufen, dann hätte ich sie unterschätzt. Zum Abschluss ihrer Tirade pfefferte sie mir eine Pommes entgegen, zum Glück ohne Currysauce dran.

Ich ließ sie toben. Die drei Tresentypen hörten interessiert zu und ließen sich auch von meinen bösen Blicken nicht mehr abschrecken. Katinka heulte in ihre Pommes. Ich zog sie hoch und lotste sie am Tresen vorbei zur Tür. Praktischerweise hatte ich schon beim Bestellen bezahlt. Der Rotz lief ihr aus der Nase. Ich bot ihr ein Taschentuch an, das ich in meiner Hosentasche fand und von dem ich nicht sicher war, ob es benutzt war. Katinka wischte sich das Gesicht damit ab und schnäuzte sich. Sie hatte einen Schluckauf, hickste alle paar Sekunden, hatte aufgehört, mich zu beschimpfen, und ich wagte es, meine Hand auf ihre Schulter zu legen. Als keine Gegenwehr kam, zog ich sie an mich, umarmte sie und fuhr ihr über den Rücken. Die Schluchzfrequenz nahm ab und auch der Schluckauf beruhigte sich.

»Es tut mir leid«, sagte ich. Sie hatte recht. Ich wusste ja selbst, dass ich mich von ihr entfernt hatte. Auch wenn mir gar nicht klar war, dass ich für sie überhaupt Wichtigkeit besaß, dass sie mich mehr brauchte als ich sie. Dabei hatte ich selbst lange genug mit meiner Mutter allein gelebt, um zu wissen, wie schwer es war, ihren Launen ausgesetzt zu sein und ihre Aufmerksamkeit zu gewinnen. Erst recht in ihren Phasen der Verliebtheit oder – noch extremer – der Trennung. Dann schleppte sie sich nur noch mit rotgeheulten Augen vom Bett zur Arbeit und von der Arbeit ins Bett. Ja, ich kannte die Ohnmachtsgefühle, die einem zusetzten, weil man nicht die Person war, nach der sie sich sehnte. Und ich wusste, das alles war noch viel schwerer auszuhalten, wenn keine Schwester in der Nähe war, die half, die Leere zu füllen. Katinka hatte recht, ich war eine miese große Schwester.

»In drei oder vier Wochen komme ich wieder, dann machen wir einen Plan«, sagte ich.

Keine Reaktion.

»Wenn du dann echt noch ausziehen willst, rede ich mit Mama wegen der Kohle und helfe dir, ein Zimmer zu finden. Ich schlepp auch deine Kisten, wenn es sein muss. Zusammen bekommen wir das hin. Versprochen.«

Sie nickte. »Okay.«

Wir gingen zu unseren Rädern, schlossen auf und fuhren schweigend nach Hause. Alle Vögel schliefen schon, bis auf die Nachtvögel, die sich aber nicht blicken ließen.

5

Später lag ich auf dem Ausziehsofa in meinem alten Zimmer, das inzwischen das Gästezimmer war, und hörte die vertrauten Geräusche. Ich lauschte in mich hinein und traute meinem symptomfreien Körper nicht. Er kam mir vor wie eine Falle, aus der ich nie wieder entkommen würde. In heißen Schwaden floss die Angst durch mich hindurch. Schweißausbrüche, die Decke war zu warm, sie erdrückte mich fast, und sobald ich sie wegstrampelte, fror ich. Kurz vor Sonnenaufgang träumte ich, in einem Boot zu sitzen, es hatte keine Ruder, rechts und links von mir ein Dschungel. Die Luft war feucht, das Atmen fiel mir schwer, und ich wusste, zwischen den Büschen im Schatten versteckten sich Menschen und beobachteten mich, unter ihnen Katinka und meine Mutter.

Das Frühstück war eine Wiederholung unzähliger früherer Frühstücke. Wir dümpelten alle drei in unserer eigenen Wolke aus Müdigkeit und schlürften Kaffee. Katinka schmierte sich ein Pausenbrot. Meine Mutter rannte aufgescheucht hin und her, weil sie ihren Schlüssel nicht fand, weil sie ihre Haare noch föhnen wollte, weil die Zeit knapp wurde. Niemand verlangte, dass ich zur Unterhaltung beitrug, ich durfte schweigend in mein Müsli muffeln, ohne dass es mir krumm genommen wurde. Zum Abschied umarmten wir uns reihum, wobei ich erneut in den Vanilledunst meiner Mutter eintauchte.

»Pass auf dich auf«, sagte sie und gab mir einen Kuss.

»Denk an das, was du mir versprochen hast«, flüsterte mir Katinka ins Ohr, und ich nickte und drückte sie so lange, bis sie sich beschwerte.

Nachdem sie aufgebrochen waren, räumte ich den Tisch ab,

verstaute den Kuchen, den meine Mutter uns für die Reise gebacken hatte, in einer Tupperdose und ging nach oben, um meine Sachen zu packen. Meine Füße kannten jede Mulde auf der Treppe, meine Ohren jedes Knarzen. Im Schlafzimmer meiner Mutter roch es wie immer ein wenig staubig, nach Honig und Holz und nach Vanille. Ich ließ mich auf die Matratze sinken und kuschelte meinen Kopf in ihr Kissen. Auf ihrem Nachttisch stand der alte Radiowecker. Wenn ich als Kind nicht schlafen konnte, schlich ich zu ihr hinüber und legte mich neben sie. Dann lauschte ich auf ihren Atem, beobachtete die Leuchtziffern des Weckers und zwang mich, nicht zu blinzeln, um den Moment nicht zu verpassen, in dem die Minutenanzeige weitersprang. So hatte ich bei ihr statt bei mir wachgelegen.

Meine Lider wurden schwer. Bevor ich erneut einschlief, rappelte ich mich hoch und hielt Ausschau nach dem Schlafsack, den sie mir herauslegen wollte. Bestanden hatte sie darauf, weil sie befürchtete, ich würde in meinem völlig mürben Uraltexemplar frieren. Ich fand ihn weder auf dem Bett noch auf dem Stuhl, weder auf dem Tisch mit der Nähmaschine noch im Flur. Ich öffnete die Schranktüren, ein einziges Chaos. Enttäuscht knallte ich ihre Schlafzimmertür hinter mir zu, schulterte meinen Rucksack und machte mich ohne ihren Schlafsack auf den Weg zu Hannes.

Der Himmel hatte sich über Nacht zu einer grauen Masse verklumpt. Feiner Nieselregen fiel auf die Landschaft, legte sich auf meine Haare, rieselte mir in den Nacken und ließ mich frösteln. Nico war schon da, als ich bei Hannes ankam, und saß hinter dem Lenkrad unseres Busses. Er bestand darauf, als Erster zu fahren, und wärmte schon mal seinen Platz vor. Ich beugte mich durchs heruntergekurbelte Fenster zu ihm in den Bus, und er küsste mich auf die Wange.

»Du stinkst schon wieder nach Vanille.«

»Ja, ich weiß. Hab ja jetzt ein paar Wochen, um es wieder loszuwerden.«

Meine Müdigkeit wurde von meiner Aufregung aufgemischt, und beide Zustände flirrten durch meinen Bauch wie aufgekratzt mit den Armen flatternde Kindergartenkinder. Im Hausflur stolperte Hannes mit der Zahnbürste im Mund an mir vorbei. Unter seinem Arm klemmten ein Handtuch und mehrere Rollen Klopapier. Wie immer erledigte er während des Zähneputzens noch andere Dinge, sagte immer, sonst würde ihm dabei zu langweilig. Zu Hause sortierte er nebenbei seine Wäsche oder die Post, kochte mit Schaum vorm Mund Tee oder las in der Zeitung, wobei ihm eine Mischung aus Zahnpasta und Spucke das Kinn hinabrann. Wehmütig dachte ich, dass er ab jetzt keine Spur aus Zahnpastatropfen mehr durch unsere Wohnung legen würde, an der ich seine Route erkennen konnte.

»Gut geschlafen?«, gurgelte er und rannte an mir vorbei nach oben. Im Flur begegnete ich Hannes' Oma, die mir eine Tüte mit Stullen, Äpfeln und gekochten Eiern in die Hand drückte.

Hannes polterte, zwei Stufen auf einmal nehmend, die Treppe hinunter, übersprang die letzten drei Stufen und landete vor meinen Füßen. Fast hätte er seine Oma umgeworfen, die, einen Briefumschlag in der Hand, in den Vorraum trat.

»Junge, gewöhn dir das man gleich wieder ab, dieses Rumgespringe auf der Treppe. Hier, für eure Urlaubskasse. Insa, nimm du das mal in Verwahrung.«

Abwehrend hob ich die Hände, wollte kein Geld von ihr annehmen, so weit kam es noch. Ich umarmte sie zum Abschied und überließ es Hannes, mit ihr zu diskutieren. Nachdem ich die Proviantüte unter den Vordersitzen verstaute hatte, setzte ich mich neben Nico, der aus dem Fenster heraus rauchte. Ich drehte mir auch eine, wollte sie gerade anstecken, da kam Hannes, klopfte mit der flachen Hand aufs Dach und rief: »Nu geiht dat los!«

Er schwang sich zu uns hinein und kletterte über mich hinweg auf den mittleren Platz, damit ich am Fenster sitzen konnte. Hannes' Oma stand in der Tür und winkte. Ich öffnete das Seitenfenster und winkte zurück, bis wir um die Ecke gebogen waren. Wir johlten und kreischten. Direkt am Dorfausgang passierten wir die Stelle, an die wir uns früher immer zum Trampen hingestellt hatten und die ungünstigerweise hinter einer Kurve lag, wo die Autos kaum anhalten konnten. Genau hier war das Dorf zu Ende, hörte der Gehweg einfach auf, endete in einem Grünstreifen, auf dem das durchgestrichene Ortsschild im Wind schwankte. Wir fuhren daran vorbei, kein Tramper weit und breit. Hätte mich auch gewundert. Nico drückte aufs Gaspedal, wir nahmen Fahrt auf, und Hannes trommelte auf das Armaturenbrett.

»Urlaub!«, schrie er und holte sich eins der geschmierten Brote aus der Tüte.

»Hast du nicht gefrühstückt?«, fragte ich ihn.

»Doch, aber sobald ich unterwegs bin, krieg ich Hunger.«

»Dann kannst du die nächsten Wochen ja viel futtern.«

»Au ja!«

Ich schloss das Fenster und sah auf die verstreuten Höfe, die an uns vorbeizogen. Berufsverkehr. In den anderen Autos saßen bestimmt auch alte Schulkameraden von uns. Ich versuchte, jemanden zu erkennen, aber die Gesichter hinter den Scheiben blieben unscharf.

»Ich hab gestern noch mit Katinka geredet«, sagte ich.

»Und? Was sagt sie?«, fragte Hannes.

»Sie will von zu Hause ausziehen.«

»Kannst ihr ja sagen, dass bei mir noch ein Zimmer frei ist.«

»Ich kann mir nicht vorstellen, dass sie da Bock drauf hat. Sie meinte, dass sie dieses Scheißkaff endlich hinter sich lassen will.«

»Aha, war ja nur ein Angebot.« Hannes beugte sich vor und drehte am Radio. Zwei Sender konkurrierten miteinander, sodass mehrere Stimmen gegen das Rauschen des schlechten Empfangs anredeten. Mir wäre nicht wohl bei dem Gedanken, dass Katinka zu ihm zöge. Ob aus Eifersucht auf sie oder ihn? Schwer zu sagen, und ja, es war vielleicht schäbig von mir, aber immerhin war ich mir dessen bewusst.

Hannes drehte das brummende Radio lauter und fummelte am Knopf für die Sender herum.

»Ich kann auch in den dritten Gang runterschalten, dann gibt es noch mehr Krach hier«, rief Nico, und ich lachte.

»Nein, danke, nicht nötig«, schrie Hannes und schaltete das Radio wieder aus. Eine Weile schwiegen wir. Der Geruch von Hannes' Salamibrot rivalisierte mit dem der Abgase, die durch ein Leck zwischen Motorraum und Fahrkabine drangen, das wir trotz wiederholter Bemühungen nicht finden konnten.

»Vielleicht schafft Katinka das Schuljahr nicht«, sagte ich.

Nico drehte den Kopf einen kurzen Moment zu mir. »Aber sie macht die Schule doch weiter?«

»Keine Ahnung, da geh ich von aus.«

Nico erklärte mir mit seiner Pädagogenstimme, betont sanft und langsam, wie wichtig es sei, Katinka Halt zu geben. Vor allem dann, wenn sie diesen Halt zu Hause nicht finde. Es sei ein guter Zeitpunkt, ihr meine Hilfe anzubieten. Sie brauche jetzt einen starken Erwachsenen an ihrer Seite zur Orientierung und so weiter. Als wäre Katinka eine der gefährdeten oder auffälligen Jugendlichen, die er betreute. Als Musikpädagoge bot Nico Bandprojekte für Kids an, die wenig bis gar keinen Rückhalt von ihren Familien bekamen. Über die Musik wollte er das Vertrauen der Jugendlichen gewinnen und sie davon überzeugen, seine Hilfsangebote anzunehmen, die, wie er meinte, aus dem Elend, dem sie zu Hause, in der Schule und auf der Straße ausgesetzt waren, herausführten. Das klang, als müsste man sich dafür nur genug anstrengen oder auf die richtigen Pädagogen hören. Wenn er seine Streetworker-Sprüche losließ, dachte ich, dass wir alle drei gut hineingepasst hätten in die Gruppe seiner Band-Kids, dass wir auch auffällige und gefährdete Jugendliche gewesen waren.

Die ersten hundert Kilometer zogen sich in die Länge. Wir fuhren höchstens neunzig, bei allem, was schneller war, ging der Spritverbrauch steil in die Höhe. Es schien unvorstellbar, in diesem Tempo jemals anzukommen, jemals die fast zweitausend Kilometer zu bewältigen, die vor uns lagen. Nico hatte ein paar neue CDs mitgebracht und legte Jeffrey Lewis ein. Er erzählte, dass seine neue Mitbewohnerin die interessante Musik mitgebracht habe, als sie eingezogen war. Ich wusste nichts von einer neuen Mitbewohnerin.

»Was ist das denn für eine?«, fragte ich.

»Heißt Anne, ist voll nett. Tischlerin aus Augsburg.«

»Und was ist mit Till?«

Till war Nicos alter Mitbewohner gewesen, ein Krankenpfleger, der mit Vorliebe Horrorgeschichten von der Intensivstation erzählte.

»Neue Freundin, Kind, zusammengezogen. Aber Anne ist ein echter Glücksfall. Auch Vegetarierin. Wir kochen fast jeden Abend zusammen, sie hat einen guten Musikgeschmack. Hat mich schon auf so einige Konzerte mitgeschleppt, auf die ich sonst nie gegangen wäre.«

Ich hoffte, auch so eine Anne als Mitbewohnerin zu bekommen. Jochens Schwester hatte ich nur am Telefon kennengelernt. Sie würde von Jochen den Schlüssel und eine Einweisung in die Besonderheiten unseres Haushalts kriegen, der jetzt nur noch meiner war. Wenn ich wiederkam, würde sie schon fast einen Monat da sein, samt ihren Sachen, ihrer Kosmetik im Bad, ihrem Essen im Kühlschrank und ihrem Geruch, der in der Luft hängen würde. Hannes fand, ich solle ihr eine Chance geben, aber dazu hatte ich keine Lust, wollte nicht, dass unser Zusammenleben schön wurde, weil ich Hannes nicht die Gelegenheit geben wollte, »siehste« zu sagen: »Siehste, ist doch gar nicht so schlimm, dass ich ausgezogen bin.«

Wegen des stärker werdenden Regens konnte ich das Fenster nicht öffnen, und ohne geöffnetes Fenster rauchten wir nicht im Bus, das war die Regel. Deshalb plädierte ich für eine Pause.

»Och, nee, wir halten doch jetzt nicht alle halbe Stunde an, nur weil du Schmacht hast. So kommen wir doch nie an«, motzte Hannes. »Warum hast du nicht vor der Fahrt geraucht?«

»Weil wir loswollten.«

Ich steckte mir die Zigarette an und öffnete das Fenster gerade weit genug, damit der Rauch abziehen konnte und nur wenig Regen hereinwehte.

»Iih, mach zu!«, beschwerte sich Hannes, der Nichtraucher, für den wir die Fenster-auf-Regelung eingeführt hatten. Ich ignorierte ihn, blies den Rauch durch den Spalt und fand die Tropfen erfrischend. Hannes zog den Reißverschluss seiner Trainingsjacke bis unters Kinn hoch und stellte die Heizung an, die uns ihren abgestandenen Atem entgegenhauchte. Der Verkehrsfunk unterbrach die Musik, das Radio schien sich endlich für einen Sender entschieden zu haben. Für uns war keine Staumeldung dabei, wir hatten freie Fahrt. Statt wieder auf die CD zurückzuschalten blieben wir beim Radio hängen und nun schallte die Musik des Senders aus den Boxen. Rod Stewarts *Sailing.* Nacheinander fielen wir mit ein, erst nur ich, dann Nico und schließlich auch Hannes. Wir sangen, so laut wir konnten. Der feine Regen sprühte durch das Fenster, ich drückte die Zigarette aus und kurbelte es hoch. Hannes legte mir den Arm um die Schulter und wir schunkelten. Der Sender trumpfte mit weiteren Hits auf. Wir grölten mit bei *Über sieben Brücken musst du gehen* von Peter Maffay, *Männer* von Grönemeyer und *We are the Champions* von Queen. Alles echt miese Perlen, so oft unfreiwillig gehört, dass Texte und Melodien sich unwiderruflich in unsere Köpfe gespült hatten.

»Was hat deine Mutter eigentlich genau dazu gesagt, dass du kommst? Muss sie doch umgehauen haben«, wollte Hannes von Nico wissen.

»Fand sie gut.«

Ich wartete, ob noch mehr von ihm käme. Aber Nico sah stur auf die Straße und setzte zu einem Überholmanöver an, was seine volle Konzentration erforderte, da jetzt ein Lkw auf die linke Spur ausscherte, uns ausbremste und die Sicht nahm.

»Hast du deiner Mutter erzählt, dass wir mitkommen?«, fragte ich.

»Ja, fand sie gut.« Nico wechselte wieder auf die rechte Spur, und wir hingen hinter dem nächsten Lkw.

»Aha, okay, dann haben wir das ja auch geklärt.« Ich fand, Nico hätte uns etwas mehr Infos geben können. Immerhin begleiteten wir ihn auf seiner Mission, hatten ihn von Anfang an begleitet, seitdem seine Mutter ihn verlassen hatte und wir mit ihm gemeinsam durch alle Phasen der Enttäuschung, Trauer und Wut geschlingert waren.

Das Schlimmste am Verschwinden seiner Mutter war die Ungewissheit gewesen, keine Ahnung zu haben, wo sie war, und wann und ob sie wiederkäme. Nico litt stumm, ohne dass er uns die Möglichkeit gab, ihm beizustehen. Es war kaum auszuhalten, das mit anzusehen. Die Augenringe klebten wie dunkelblaue Stempelabdrücke in seinem Gesicht. Er duschte nicht mehr, wechselte seine Klamotten nicht, aß kaum noch und verschwand jeden Tag ein wenig mehr. Auf unsere Fragen, wie es ihm gehe, wie es zu Hause laufe, ob es Neuigkeiten gebe, antwortete er, wenn überhaupt, einsilbig. Es war, als ob er mit dem Abtauchen seiner Mutter von der ganzen Welt abgerückt wäre und immer mehr an Substanz verlöre. Je eifriger ich versuchte, zu ihm durchzudringen, desto weniger ließ er mich an sich heran.

Die ersten Wochen sah ich jeden Tag bei ihm zu Hause vorbei. Nico verschanzte sich die meiste Zeit in seinem Zimmer, lag auf dem ungemachten Bett, starrte an die Decke, hörte laut Musik und kiffte, ohne auch nur zu versuchen, es vor Robert zu verbergen. Sein Zimmer sah aus, als wäre er beim Ausmisten unterbrochen worden, sodass es kaum noch ein Durchkommen gab. Berge an Klamotten auf dem einzigen Stuhl, Bücherstapel neben dem Bett, halbleere Getränkeflaschen mit darin herumschwimmenden Gammelstückchen. Kassetten lagen auf dem Boden, auf denen er gleichgültig herumtrampelte, dreckiges Geschirr stand auf jeder freien Fläche, und unter dem Kiffgeruch waberte der Gestank von dreckigen Kleidern und intensiv durchgeschwitzten Socken. Hannes und ich boten an, ihm beim Aufräumen zu helfen, aber keine Chance. Dafür kochten wir gehaltvolle Eintöpfe, denn Robert schien keine Kraft zu haben, sich um alltägliche Dinge wie Kochen und Einkaufen zu kümmern. Wir bereiteten Nudel- und Kartoffelgerichte mit viel Sahne und Käse zu, da Nico zusehends abmagerte. Nach drei Wochen hielt ich es nicht mehr aus. Die Situation erschien mir untragbar, und ich knöpfte mir eines Abends Robert vor, als er schlaff vorm Fernseher hing.

»Meinst du nicht, es wäre mal an der Zeit, dass du dich zusammenreißt, dein Leben wieder in den Griff bekommst und dich um deinen Sohn kümmerst? Dem geht es nämlich beschissen!«

»Lass mich in Ruhe und kümmere dich um deinen eigenen Kram!« Er stellte den Ton des Fernsehers lauter.

»Schon klar. Die schmutzige Wäsche bleibt in der Familie, aber die letzten Wochen meine Eintöpfe löffeln«, schnauzte ich ihn an. Am liebsten hätte ich ihn geschüttelt und Nico gleich mit. Der war bei dem Krach aus seinem Zimmer gekommen. Als er fragte, was los sei, verpetzte Robert mich.

»Deine Freundin hier findet, ich sorg mich nicht genug um dich.« Sein Gesicht war rot angelaufen.

Nico war über meine Hilfe nicht erfreut. »Verpiss dich und kümmer dich um deinen eigenen Scheiß!« War in diesem Punkt mit seinem Vater ganz einer Meinung. Er stürmte an mir vorbei zur Terrassentür und riss sie auf. Eisige Luft knallte uns entgegen.

»Bitte, ich mach mir doch nur Sorgen um dich!« Die Vorstellung, mitten im Streit gehen zu müssen, machte mich fertig. Beide gegen mich aufgebracht und ich um keinen Schritt weiter, im Gegenteil, alles noch schlimmer als vorher. Ich brauchte irgendeine versöhnliche Geste und legte Nico die Hand auf den Arm. Er riss ihn weg, als hätte ich ihn geschlagen.

»Es zieht kalt rein«, beschwerte sich Robert.

»O Mann, sei bloß ruhig!«, schrie Nico ihn an und schob mich raus. Ich griff nach seiner Hand. Er riss sich los und versuchte, die Tür zu schließen, während ich mich dagegenlehnte und wir verzweifelt, wütend, enttäuscht von beiden Seiten drückten. Nach einigen Sekunden ließ er ohne Vorwarnung los, und ich fiel nach vorne und stieß mir den Kopf an der Scheibe. Ohne mich noch einmal anzusehen, verschwand er im Flur.

Ein positiver Effekt meiner Einmischung war, dass Robert und Nico an jenem Abend noch lange miteinander geredet hatten.

»Siehste«, hätte ich Nico damals gern gesagt, verkniff es mir aber.

Unser Plan war, bis kurz hinter Köln zu fahren. Die Strecke betrug an die dreihundertfünfzig Kilometer, für die wir bei unserem Tempo ungefähr fünf Stunden brauchen würden, je nach Verkehr und Pausen. Piotr, ein Freund von Hannes, wohnte in Pulheim, das genau auf unserem Weg lag. Er lebte zusammen mit zehn anderen Leuten in einem alten Gasthof. Zweimal im Jahr veranstalteten sie ein großes Fest mit DJs, Bands und Lagerfeuer. Passenderweise fand heute eine dieser berühmten Partys statt. Laut Hannes der perfekte Urlaubsauftakt. Nico stimmte ihm zu, und ich sagte: »Von mir aus, na klar, warum nicht.«

Auf der Höhe von Münster klarte der Himmel auf, und die Sonne setzte sich gegen die letzten Wolkenreste durch. Wir hielten an einer Raststätte und parkten neben einer Wiese mit Bänken, die vom Regen nass waren. Die Stille nach dem Ausschalten des Motors summte in meinen Ohren. Ich öffnete die Tür und sprang hinaus, hüpfte auf der Stelle, schwang meine Arme und streckte meinen Rücken, bis er knackte. Hannes und Nico verschwanden in Richtung Klo. Meine Blase drückte auch, aber ich würde es so lange wie möglich hinauszögern, um danach hoffentlich bis Pulheim durchzuhalten. Ich schob die seitliche Schiebetür auf, öffnete die Truhe, die uns als Sitzgelegenheit und Vorratsschrank diente, und bereitete auf unserem kleinen Gaskocher Kaffee zu, der bereits blubberte, als die beiden wiederkamen.

Wir holten die Brote von Hannes' Oma aus der Tüte. Hannes bekam die mit Wurst, Nico und ich teilten uns die mit Käse. Von der Autobahn klang das Brummen des Verkehrs zu uns herüber. Neben uns quoll eine Familie aus ihrem Auto. Die ältere Tochter führte den Hund an der Leine die Miniwiese hoch und runter. Die Mutter motzte ihre jüngeren Kinder an, die nach der langen Fahrt zappelig waren und beim Spielen immer wieder Richtung Fahrbahn drifteten, und der Vater hing mit dem Oberkörper im Kofferraum und schien verzweifelt etwas zu suchen.

Anstrengende Familienurlaube waren mir weitestgehend erspart geblieben. Bis auf das eine Mal, als ich dreizehn gewesen war und mit Nico und seinen Eltern im Wohnmobil nach Dänemark gefahren war. Nico und ich wollten damals vor allem unsere Ruhe haben, was auf so engem Raum nicht einfach war. Zu dem Zeitpunkt schien mit Robert und Sandra noch alles in Ordnung zu sein. Sie verhielten sich so, wie ich mir normale Eltern vorstellte, saßen abends vor dem Wohnmobil auf Klappstühlen, tranken Wein und ließen uns bis zweiundzwanzig Uhr unser Ding machen. Meistens liefen Nico und ich einfach nur durch die Gegend oder versteckten uns zwischen den Dünen, um zu rauchen. Seine Eltern sorgten für Nahrungszufuhr und Sonnenmilch und drängten uns zu einigen kulturellen Pflichtveranstaltungen. Es schien, als wollte Sandra mich während der Reise zu ihrer Verbündeten machen. Dauernd hakte sie sich bei mir ein oder verdrehte vielsagend die Augen, wenn Robert und Nico sich wieder mal in der Wolle hatten. Erst später verstand ich, wieso Robert sich so an Nico abarbeitete. An jenem Abend, als Nico mich rausgeschmissen hatte, machte Robert endlich reinen Tisch. Er teilte mit Nico seine Befürchtung, dass Sandra bei Leo sein könnte.

Leo war Roberts bester Freund gewesen und Nicos leiblicher Vater. Sandra und Robert hatten sich ein Kind gewünscht, doch Robert war wegen einer früheren Mumpserkrankung, die zu einer Hodenentzündung und weiteren Komplikationen geführt hatte, zeugungsunfähig. Daher schlug er vor, dass Leo einspringen könnte. Ganz offen und pragmatisch sollte alles sein. Es war sogar Roberts Idee gewesen, denn er und Sandra wünschten sich ein Kind, unbedingt. Alles war besprochen, alle waren einverstanden, der beste Zeitpunkt ausgerechnet. Beim ersten Versuch führte Sandra das Sperma mittels einer Spritze ein. Zwei Wochen später bekam sie ihre Menstruation. Nach demselben Muster verfuhren sie über mehrere Monate hinweg, ohne das gewünschte Ergebnis zu erzielen. Sie beratschlagten zu dritt, denn der Kinderwunsch war längst keine Sache mehr nur zwischen Sandra und Robert. Keiner wusste später mehr genau, wer den Vorschlag gemacht hatte, es auf natürliche Weise zu probieren. Während Leo und Sandra also vögelten, saß Robert im Kino.

»Krass! Und wie fand Robert das?«, hatte ich Nico gefragt, als er uns diese unglaubliche Geschichte erzählte. Wir saßen damals im Schuppen und tranken Bier. Nico hatte einige Tage gebraucht, um die verstörenden Neuigkeiten zu verdauen und sie mit uns zu teilen. Mittlerweile hatte Sandra sich gemeldet und Roberts Verdacht bestätigt. Sie war tatsächlich zu Leo gefahren, der in Spanien lebte. Die Geschichte um Nicos Zeugung faszinierte mich. So etwas Unkonventionelles hätte ich seinen Eltern niemals zugetraut.

»Hat es denn dann gleich auf Anhieb geklappt?«, fragte Hannes.

»Was weiß ich? Keine Ahnung, will ich auch gar nicht so im Detail wissen«, wehrte Nico ab.

Es musste Robert eine riesige Überwindung gekostet haben, Nico von der ganzen Geschichte zu erzählen.

»Wenn man Leo haben kann, wer will dann noch mich?«, soll er gefragt haben. Ich sah Robert vor mir, wie er sich auf dem Sofa unter der Bettdecke verkroch. Seine Angst, Nico zu verlieren. Die Befürchtung, dass Nico es Sandra gleichtun und ihm den Rücken zukehren würde, sobald er Leo kennengelernt hatte. Roberts Selbstmitleid und sein unstillbares Bedürfnis nach Bestätigung, genährt von seiner jahrelang gehegten Eifersucht auf Leo, müssen für Sandra zermürbend gewesen sein.

»Das Schlimmste, was er sich vorstellen konnte, ist eingetreten«, sagte ich. Nico und Hannes hatten genickt, doch dann hatte Hannes den Kopf geschüttelt. »Nein, das Schlimmste wäre, Nico, wenn du auch noch zu diesem Leo gehen würdest.«

So hatten die drei sich das damals sicher nicht vorgestellt. Der Plan hätte klappen können. Der positive Schwangerschaftstest, auf den sie zu dritt angestoßen hatten. Leo, der von Anfang an gesagt hatte, dass er nichts mit der Kindererziehung zu tun haben wolle. Robert, der der alleinige Vater sein würde. Sandra, die vermutlich so was sagte wie: »Das wird sich schon alles finden.« Unglaublich und tragisch war mir die ganze Geschichte vorgekommen.

»Armer Robert!« Hannes seufzte, und ich dachte, ja, armer Robert, aber auch armer Rest der Familie.

Für Nico stand es nie zur Debatte, Leo kennenzulernen. Das hatte sich nicht geändert. »Wenn er ein Interesse daran hätte, mich zu sehen, hätte er sechzehn Jahre Zeit dazu gehabt.«

»Aber es gab doch die Abmachung, dass er sich raushalten sollte.« Ich konnte Nicos Desinteresse an Leo nicht verstehen.

Ich hätte gerne einen anderen Vater gehabt, nachdem meiner so früh gestorben war, hätte mich gefreut, wenn auf einmal so ein Leo in meinem Leben aufgetaucht wäre.

»Ich hab einen Vater, und zwar Robert. Alles andere ist mir egal.«

»Und wann kommt Sandra zurück?«, fragte ich.

»Hat sie nicht gesagt.«

»Und wenn wir bei diesem Leo mal vorbeifahren?«, schlug ich vor.

»Nach Spanien?« Nico guckte ungläubig, während Hannes in die Hände klatschte und rief: »Plan! Das machen wir!«

Nicos Zeit der Trauer und des Trübsals dauerte nicht mehr lange an. Stattdessen verlieh ihm die Wut auf seine Mutter ein Übermaß an Energie. Er kümmerte sich um Robert, seinen neuen Verbündeten, beide vereint in ihrer Rolle als Leidtragende von Sandras Verrat. Er kaufte ein, kochte, putzte und brachte Robert dazu, ein schmales Bett in sein Arbeitszimmer zu stellen, in dem er, unbehelligt vom Anblick des Ehebetts, schlafen konnte. Die beiden entwickelten zu Hannes' und meiner Freude eine Leidenschaft fürs Backen, wobei sie ständig versuchten, den anderen mit ihren aufwendig verzierten Torten und Kuchen in den Schatten zu stellen. Sie gingen einmal die Woche ins Kino, dauernd italienisch, indisch oder chinesisch essen, machten Wochenendtrips nach Amsterdam und Hamburg und spielten Badminton und Backgammon.

Auf einmal waren sie beste Freunde. Mehr als je zuvor. Sandra war weg, keiner musste mehr um sie buhlen, alle konnten sich entspannen, die Schuldigen waren ebenso wie die Opfer identifiziert. Ich konnte nie ganz nachvollziehen, warum Nico sich weigerte, mit ihr zu reden und ihre Version der Geschichte zu hören.

Nachdem Hannes das Steuer übernommen hatte und wir weiterhin zwischen Lkws hingen, legte ich mich ins Bett, das quer unter dem Rückfenster angebracht war. Mir war schwindelig. Ich hoffte, dass es nur am Schlafmangel lag, hoffte, dass es kein neues Symptom war, denn ungefähr alles konnte ein Symptom sein, wenn man den reichhaltigen Infos aus dem Internet glaubte. Seit der Pubertät litt ich unter niedrigem Blutdruck. Schwindelanfälle hatte ich seit Jahren, aber jetzt gab es die Kategorie »harmlos« nicht mehr, ab jetzt gab es nur noch Alarm. Mein Herz pochte viel zu stark. Ich kroch in meinen Schlafsack und versuchte, tief zu atmen, gegen die Angst. Ich sah auf die Autos und Lkws hinter uns und schloss die Augen, bis mich das Motorengeräusch und das Schunkeln entgegen meiner Erwartung in den Schlaf wiegten.

6

Ich erwachte davon, dass Hannes bremste, und brauchte einen Moment, um mich zu orientieren. Um uns herum krochen die Autos, wir tuckerten in Fahrradgeschwindigkeit dahin, bis wir schließlich ganz stehen blieben. Ich zog mir Schuhe an, streifte einen Wollpulli über und schob meinen Kopf zwischen Hannes und Nico.

»Stau«, sagte Hannes. Wir waren im Großraum Köln angelangt. Bis Pulheim war es nicht mehr weit. Ich bot an, weiterzufahren. Hannes rutschte rüber und half mir, ein Kissen in meinen Rücken zu stopfen, da sich der Sitz nicht nach vorne bewegen ließ. Wer fuhr, durfte die Musik aussuchen. Ich schob Microphone Mafia in den CD-Player, schließlich befanden wir uns in ihrem Revier, und klickte aufs erste Lied. *Her mit dem schönen Leben.* Nico reichte mir eine Zigarette und gab mir Feuer. Ich kurbelte das Fenster herunter und drehte die Boxen auf. Die Sonne schien, und ich fühlte mich so gut wie schon lange nicht mehr. Wusste, dass ich einem Klischee aufsaß. Die Kippe im Mundwinkel, hinter dem Lenkrad unseres Busses Richtung Süden unterwegs, die Mucke an, die Sonne im Gesicht, meine besten Freunde neben mir – es lief. Ich trommelte den Takt aufs Lenkrad und angelte nach meiner Sonnenbrille, die die Welt in sanfte Sepiatöne tauchte. Im Stop-and-go eierten wir Richtung Köln, über den Rhein und damit Meter für Meter unserem Ziel entgegen.

Bei unserer Ausfahrt fuhren wir von der A1 ab und wechselten auf die Landstraße. Ich nutzte die letzte Möglichkeit, noch einmal aufs Gas zu drücken. Hannes kramte in seiner Tasche nach der Partyeinladung, auf der die Wegbeschreibung stand. Felder und Bäume zogen an uns vorüber, dann, in einer Kurve, kurz vor dem Städtchen, die Abzweigung. Eine schmale Straße. Schon von Weitem konnten wir die geparkten Autos und Busse sehen, die Leute, die auf einer Wiese saßen, und zwei Hunde, die sich gegenseitig jagten.

Wir parkten als Letzte in der Reihe, schalteten den Motor aus, öffneten die Seitentür und fremdelten plötzlich nach so vielen Stunden eingesperrt zu dritt. Nico kochte einen Espresso, den wir nebeneinander in der Tür sitzend tranken. Die Sonne im Gesicht atmeten wir die frische Luft ein, auf der Wiese neben uns kämpften sich Frühlingsblumen zwischen dem alten Gras vom Vorjahr nach oben. Insekten summten und flogen kreuz und quer, ein laues Lüftchen blies.

Hinter uns hielt ein alter, grün angepinselter Leichenwagen. Zwei Frauen stiegen aus und bemerkten uns erst, als sie sich zum Pinkeln hinter ihr Auto hocken wollten. Lachend sprangen sie auf und rannten, die bereits geöffneten Hosen mit beiden Händen festhaltend, die Straße hinunter und verschwanden hinter einem Busch.

»Kommt ihr mit Piotr suchen?«, fragte Hannes.

Die ehemalige Gaststätte, in der die WG jetzt wohnte, befand sich neben der Wiese. Auf einem halbrunden Platz davor reckte eine riesige Kastanie ihre Zweige bis übers Dach. Die geflügelte Eingangstür war weit geöffnet, dahinter lag ein ewig langer Flur mit Türen zu beiden Seiten und einer weiteren Flügeltür am Ende, die zu einem Saal führte. Ein typischer Raum für Jubiläen und Hochzeiten, so groß, dass erst ab fünfzig Personen der Eindruck der Leere schwinden würde. Links neben der Tür war ein rustikaler Tresen, auf der anderen Seite ein Billardtisch, umringt von alten Sofas in ausgeblichenen Farben. An der Stirnseite befand sich eine Bühne, auf der ein paar Typen mit angestrengt-wichtigem Gesichtsausdruck Verstärker verrückten. Nico schlenderte hinüber und besah sich das Equipment. Hannes und ich zuckelten hinter ihm her wie Küken hinter einer Glucke, als würde uns eine unsichtbare Leine miteinander verbinden. Einer der Typen stand breitbeinig vorm Mikro und sagte immer wieder »One, two, three, four, test, test«. Rückkopplungen unterbrachen seine Ansagen, und eine Frau drehte an den Reglern eines Mischpults.

Die großen Fenster an der Querseite des Saals gaben den Blick frei auf eine Wiese, auf der vier Leute dicke Äste aus einer Schubkarre abluden und zu einem Lagerfeuer stapelten. Die beiden Frauen aus dem grünen Leichenwagen kamen angelaufen, sie wurden überschwänglich von den anderen umarmt. Ich wäre auch gern so begrüßt worden und drängte mich dichter an Nico und Hannes. Wir standen so nah beieinander, als wäre kein Platz im Saal oder als wären wir weniger sichtbar, wenn wir nur möglichst wenig Raum einnahmen. Piotr war offensichtlich nicht hier, also traten wird den Rückzug an, liefen schweigend den Flur mit den Türen entlang, Hannes voran, Nico und ich hinter ihm her. Auf einmal waren rechts von uns Stimmen zu hören, und Hannes blieb so abrupt stehen, dass wir in ihn hineinrannten. Ich musste lachen. Hannes klopfte an die Tür neben uns. Dahinter lief Musik, irgendwas Elektronisches, übertönt von einem lauten Klirren. Als keiner reagierte, öffnete er die Tür einen Spaltbreit und steckte den Kopf hindurch.

»Hey! Wie cool, du bist hier!«, hörte ich eine aufgedrehte Männerstimme sagen. Hannes öffnete die Tür noch ein bisschen weiter. Gegen das Licht, das durch die großen Fenster fiel, zeichneten sich die Umrisse von drei Personen ab, die an einer Arbeitsfläche standen und Essen zubereiteten.

»Piotr, Alter!« Hannes und Piotr fielen sich in die Arme und klopften sich auf Rücken und Schultern. Piotrs feuerrote Haare bildeten einen Kontrast zu seiner giftgrünen Schürze. Er stellte uns die beiden Frauen vor, die mit ihm in der Küche werkelten, beides Mitbewohnerinnen von ihm. Piotr bot uns Bier an, das wir dankend annahmen. Ich war froh, etwas in der Hand zu halten. In der folgenden Stunde halfen wir beim Kochen, schnippelten und raspelten große Mengen Gemüse für das abendliche Buffet. Die beiden Frauen kochten Suppe und tranken Likör aus Eierbechern. Hannes und Piotr brachten sich auf den letzten Stand, tratschten die gemeinsamen Freunde und Bekannten durch. Sie hatten sich bei einem jährlich stattfindenden Fußballturnier kennengelernt, das von wild zusammengestückelten Hobbymannschaften bestritten wurde, eine dilettantischer als die andere.

»Er hat das entscheidende Tor für uns geschossen!« Piotr haute Hannes erneut auf die Schulter.

»Ich dachte, ihr wärt in gegnerischen Mannschaften gewesen?«, fragte ich.

»Das waren wir auch, Eigentor!« Sie brüllten vor Lachen. Nico und ich tauschten einen kurzen Blick aus, grinsten und schnippelten weiter. Nachdem ich mit den Möhren und meinem Bier fertig war, ging ich nach draußen und ums Haus herum an einem riesigen Gehege vorbei, in dem Hühner pickten, durchquerte ein kleines Waldstück und gelangte schließlich auf die Wiese mit der Feuerstelle. Auf der Straße parkten viel mehr Autos als noch vor einer Stunde, und aus dem Saal schallten jetzt die Klänge eines Schlagzeugs. Es dämmerte bereits, und ich steuerte den Bus an, um mir eine Jacke zu holen. Schwalben flogen über die Wiese auf der Suche nach Insekten, jagten in Wellenbewegungen umeinander herum. Ich hätte gern selbst meine Arme wie Flügel ausgebreitet, meine Brust plötzlich ganz weit, und ein Zerren in mir, halb Sehnsucht, halb Traurigkeit, eine Unruhe und Leere, von der ich wusste, dass ich sie niemals würde füllen können.

Die beiden Leichenwagenfahrerinnen saßen auf ihrer Motorhaube und tranken Sekt. Sie hatten die Kapuzen ihrer Jacken über die bunt gefärbten Haare gezogen. Ich hatte keine Lust, angesprochen zu werden, ihr Lachen und ihre gute Laune vertrugen sich nicht mit meiner Melancholie. Unschlüssig stand ich am Rand der Wiese, von den sekttrinkenden Frauen nur durch die schmale Straße getrennt. Über mir wiegten sich die Zweige der Bäume. Weiden, wie mir schien. Im Gegensatz zu meiner Mutter, die bei gemeinsamen Spaziergängen jeden Baum und jedes Kraut am Wegrand kannte, war ich nie eine große Baumkennerin gewesen. Ich konnte mich nicht überwinden, meine Jacke aus dem Bus zu holen, hatte keine Lust, mit den beiden zu quatschen. Unsere emotionalen Welten lagen Lichtjahre voneinander entfernt. Das Gefühl war nichts Neues für mich, aber seit dem Krankenhausaufenthalt war es, als ob die durchsichtige Wand, die mich in solchen Momenten umschloss, noch undurchdringlicher geworden wäre. Als würde ich plötzlich in einer völlig anderen Liga spielen als die meisten anderen.

Ich verlagerte mein Gewicht, wobei ein Ast unter meinem Fuß knackte. Eine der Frauen sah auf, entdeckte mich und schwenkte die Sektflasche in meine Richtung.

»Hey, du da! Auch einen Schluck?«

Widerwillig verließ ich mein Versteck, schlurfte über die Straße und nahm die Sektflasche entgegen.

Sie stellten sich als Silke und Jasmin vor, plauderten miteinander, wobei klar war, dass sie das Gespräch für mich führten, um mir ein bisschen von sich zu erzählen. Auf diese Weise erfuhr ich, dass sie vor Kurzem ein Café eröffnet hatten, nur ein paar Käffer weiter, dass sie sich seit ihrem Soziologiestudium kannten, von dem beide nicht wussten, inwiefern es ihnen von Nutzen sein sollte, und dass Silke früher einmal hier in der WG gewohnt hatte. Dann war ich dran.

»Ich hab früher Trompete gespielt, bin eine gute Köchin und zeichne Insekten. Meine kleine Schwester findet mich scheiße, aber das wird ab jetzt hoffentlich wieder anders.« Ich trank von dem Sekt und fuhr fort: »Ich fahre mit meinen beiden besten Freunden nach Spanien, kriege Arbeitslosengeld und habe keine Ahnung, was ich danach machen soll. Aber vielleicht bleibe ich ja auch einfach da, oder mir kommt unterwegs eine zündende Idee. Oder wisst ihr, die ihr studiert habt, was ich machen könnte, was nicht langweilig ist, nicht zu anstrengend, gut bezahlt und wo ich mir meine Zeit selbst einteilen kann?«

Sie lachten, hielten meine Frage offensichtlich für einen Scherz, und ihr Lachen steckte mich zu meinem Erstaunen an. Ich holte meine Jacke aus dem Bus, wir leerten die Flasche, hakten uns unter und gingen zum Haus hinüber, aus dem jetzt laute Musik vom Band schallte. Inzwischen war es dunkel geworden, über uns leuchteten die Sterne, so hell und zahlreich, wie man sie in der Stadt nicht zu sehen bekam. Silke und Jasmin hatten die erste Tresenschicht übernommen, sagten, sie wollten endlich mal wieder Bier verkaufen anstatt immer nur Kaffee und Kuchen, und fragten, ob ich nicht Lust hätte, mitzumachen.

Hannes und Nico standen seitlich neben der Bühne. Sie balancierten beide einen Teller mit Essen in den Händen, und Hannes winkte mit seiner Gabel, als ich auf sie zukam.

»Wo warst du?«, fragte er.

»Ich hab mit unseren Nachbarinnen Sekt getrunken, und gleich fängt meine Tresenschicht an.« Ich klaute mir eine Olive von seinem Teller, auf dem sich Salat, Fladenbrot und Tsatsiki häuften.

»Cool, dann sitzen wir ja direkt an der Quelle.« Hannes schob sich ein Stück Brot in den Mund und sah interessiert zur Bühne hinüber, wo sich jetzt eine Frau hinter das Schlagzeug klemmte und sich zwei Männer Gitarre und Bass umhängten. Hannes und Nico gaben mir Geleit bis zur Theke, und ich stellte sie Silke und Jasmin vor. Noch war der Saal nicht mal zur Hälfte gefüllt. Für uns gab es kaum etwas zu tun. Silke drehte einen Joint und reichte ihn mir weiter. Nach dem zweiten Zug kehrte der Schwindel zurück, der sich nach meinem Mittagsschlaf kurz gelegt hatte. Doch diesmal hatte ich keinen Zweifel, was die Ursache dafür war.

Die erste Band spielte ein paar Akkorde. Hannes und Nico wuschen ihre Teller in der dafür vorgesehenen Schüssel ab und ließen sich nach vorne treiben. Ich sah zu, wie ihre Köpfe durch die dichter werdende Menge schwebten. Der von Hannes wippte blond auf dem dürren Hals, Nicos war dunkel gelockt und wurde immer wieder verdeckt von anderen Gästen. Der Saal füllte sich unablässig. Mittlerweile bediente ich ohne Pause die Gäste mit Getränken und bekam nicht viel mit von der Musik, verlor bald den Überblick, wie lange ich schon hinterm Tresen stand. Die Band spielte zwei Zugaben. Noch bevor sie von der Bühne sprangen, stürmten alle los, um möglichst schnell ans nächste Bier zu gelangen. Silke, Jasmin und ich tanzten wie choreografiert umeinander herum, holten Flaschen aus den Kisten, öffneten sie, kassierten im Takt der Musik, die jetzt wieder vom Band kam. Ich stellte mir vor, wie es wäre, mit den beiden eine Kneipe zu betreiben. Es wäre unser eigener Laden. Ich würde hinter dem Tresen stehen und wie Renate Weisheiten sammeln, um sie bei passender Gelegenheit auszuspucken, würde wie ein Whisky reifen und eine Menge Leute kennenlernen, die meine Angst übertönen würden. Die Leere in meiner Brust würde ich nicht bemerken, und wenn, wäre es kein Problem, auch mal mies drauf zu sein, solange die Leute ihr Bier bekamen.

»Stellt euch mal vor, wir hätten unsere eigene Kneipe«, rief ich Silke und Jasmin in einem ruhigeren Moment zu.

»Bloß nicht«, sagte Jasmin und lachte. »Ich hab jahrelang in Kneipen gejobbt. Jeden Tag Besoffene, das blöde Gelaber, die Kotzlachen neben dem Klo. Nicht ohne Grund haben wir uns für Kaffee und Kuchen entschieden.«

»Ja, stimmt auch wieder. Aber wäre trotzdem cool!« Ich hob meine Flasche, und Silke prostete mir grinsend zu. Insgeheim musste ich Jasmin recht geben. Der Platz in der Küche war mir auch immer lieber gewesen als der am Tresen. Sowohl in dem Bistro, in dem ich gearbeitet hatte, als auch bei der Küche-für-alle im sozialen Zentrum. Er war nicht weniger stressig, im Gegenteil, aber dort sah mir niemand auf die Finger oder zwang mir ein Gespräch auf. Der Spaß am Kochen war eine der wenigen Sachen, die ich mit meiner Mutter teilte. Als ich ein Kind war, hatten wir uns stundenlang neue Rezepte ausgedacht und Probe gekocht, mit Hannes als Unterstützung, der es liebte, Teig zu kneten und in den Töpfen zu rühren.

Der Saal war inzwischen so voll, dass man sich lässig nach hinten fallen lassen konnte, ohne umzukippen. Unsere Ablösung kam, als die zweite Band auftrat, erst mal mit ordentlich Rückkopplung, unklar, ob beabsichtigt oder nicht, aber auch egal, denn sie waren echt Punk. Schnell und schräg, mit Texten, die unmöglich zu verstehen waren, weil die Bassistin und Sängerin sie so schludrig ins Mikro brüllte, dass ihre Stimme eher wie ein weiteres, stark angerostetes Instrument klang. Hannes schubste mich, und wir sprangen hinein in die Menge, die sich vor der Bühne scharte, und mischten das Stehpublikum auf, was die Sängerin mit einem gerülpstem »Fuck, yeah!« kommentierte. Wir grölten mit und schmissen uns aufeinander wie ein Haufen junger Hunde. Selbst als mir ein Springerstiefel auf die Chucks sprang, regte ich mich nicht auf. Hannes hüpfte in seiner grünen Trainingsjacke wie eine Heuschrecke umher, wirbelte seine Arme über den Köpfen der anderen und ließ sich mit begeistert aufgerissenen Augen herumschubsen. Nico baggerte sich mit angewinkelten Ellenbogen und vorgeschobenem Kinn durch die Menge.

Das Geschubse wurde immer wilder, einige ließen sich kopfüber von der Bühne fallen und wurden von hochgereckten Armen aufgefangen. Der Schweiß rann mir den Rücken hinunter, und der Saal drehte sich um mich. Die Musik schob mich an, schüttelte mich. Ich stampfte und johlte, fühlte mich als Teil von etwas. Fühlte mich zugehörig und wollte alle umarmen. Wir klatschten, pfiffen und sprangen, dass der Boden unter uns bebte.

Die Band war nicht einmal besonders gut, aber das war nicht wichtig.

Gegen Ende des Auftritts suchte ich Hannes und fand ihn, die Brille schief auf der Nase, Arm in Arm mit einem glatzköpfigen Typen auf und ab springend. Hannes' Gesicht glühte, er warf den Kopf in den Nacken, lachte mit weit geöffnetem Mund und sah glücklich aus. Unbemerkt ging ich an ihm vorbei und ließ mich von der durstigen Menge in Richtung Theke treiben, wo ich auf Nico traf. Er unterhielt sich mit Jasmin und winkte zu mir herüber. Ich hörte den beiden eine Weile dabei zu, wie sie sich über ihre Uni-Erfahrungen austauschten.

Die nächste Band begann, ihre Instrumente zu stimmen. Gleich das erste Lied klang wie die fünfhundertste Kopie von Pearl Jam. Nico, Jasmin und ich verließen den Saal, stolperten durch das Waldstück hindurch bis zum Lagerfeuer. Ein dichter Kreis von Leuten wärmte sich daran. Die einzigen freien Plätze waren dort, wo der Rauch hinwehte. Wir setzten uns trotzdem und rutschten jedes Mal, wenn jemand aufstand, ein Stück weiter, bis wir nach einer halben Stunde einigermaßen rauchfrei saßen. Jasmin erzählte von ihrer dreijährigen Tochter, die an diesem Wochenende bei ihrem Ex-Freund sei, dem Vater des Kindes, und wollte wissen, ob wir auch Kinder hätten. Wir schüttelten beide den Kopf.

»Lieber nicht«, winkte ich ab. »Ich hab schon genug damit zu tun, nur auf mich aufzupassen.«

»Mit einem Kind werden die Probleme, die dir jetzt riesig erscheinen, auf einmal klein. Dafür ist dann kein Platz mehr da«, sagte sie.

»Woher weißt du, was meine Probleme sind?«, fragte ich.

»Na ja, dein Jobdebakel und deine Schwester, die dich scheiße findet.«

»Ach so, das meinst du, ja, genau.« Wie froh ich wäre, wenn ich sonst keine Probleme hätte, dachte ich. Die letzten Stunden hatten sich so leicht angefühlt. Ich hatte die Sorgen um meine Gesundheit, meine Zukunft, nur aus den Augenwinkeln wahrgenommen. Doch nun sprang mich die Panik frontal an, als hätte sie sich aufgestaut, als versuchte sie, mich unter sich zu begraben. Ich nahm die Kapuze ab und öffnete meine Jacke, weil ich das Gefühl hatte, sonst zu ersticken. Neben mir plauderten Nico und Jasmin weiter. Sie schienen mir ewig weit entfernt zu sein. Um die Distanz zu überbrücken, streckte ich meine Hand aus und legte sie auf Nicos Unterarm. Ohne mich anzusehen, nahm er sie in seine, die viel wärmer war als meine. Ich hielt mich an ihm fest und meine Atmung beruhigte sich langsam. Nein, ich hatte nicht vor, mir von der unbestätigten Diagnose den Urlaub verderben zu lassen, würde gegen meine Angst ankämpfen, wie ich es bei all meinen Ängsten tat. Wenn wir wieder zu Hause waren, konnte ich mir immer noch genug Sorgen machen, oder noch besser erst dann, wenn die Diagnose sich tatsächlich bewahrheite.

Jasmin erzählte immer noch von ihrer Tochter. Wie anstrengend es sei, alles zu koordinieren, und dass sie es früher nie für möglich gehalten hätte, mit so wenig Schlaf auszukommen.

»Ja, so ein Kind, das muss man erst mal wollen mit dem ganzen Stress, der dazugehört«, sagte ich.

»Manchmal passieren die Dinge auch einfach.« Jasmin wandte sich an Nico. »Und du? Willst du mal Kinder haben.«

»Ja, klar.«

Nicos Antwort überraschte mich. Wie häufig hatten wir gemeinsam über Freunde gelästert, die nach und nach in ihre Kleinfamilien abtauchten und deren Themen sich nur noch auf Stillprobleme, U1- bis U9-Untersuchungen und Impfen ja oder nein beschränkten. Die uns das Gefühl gaben, auf einem Bahnsteig zurückgelassen zu werden, von dem aus wir ihnen hinterherwinkten, bis sie verschwanden, mit einem letzten Tuten aus der Ferne, dort, wo die Gleise mit dem Horizont verschmolzen.

»Wie jetzt?« Ich sah ihn an, aber er blickte stur in die Flammen, die seine Augen orange leuchten ließen, und zuckte mit den Schultern.

»Seid ihr eigentlich zusammen?«, fragte Jasmin, und ich schüttelte den Kopf. Zu meiner eigenen Verwunderung hätte ich in dem Moment gerne gesagt, dass Nico und ich ein Paar seien. Das musste die Mischung aus Kiffen, Alkohol und Angst vor der Zukunft sein, die mich denken ließ, eine Beziehung, auch wenn sie mit dem besten Freund war, gäbe mir Sicherheit. Nico reagierte nicht. Er schien in Gedanken versunken zu sein. Nach einer Weile stand er auf, fragte, ob er uns auch noch ein Bier mitbringen sollte, und verschwand in der Dunkelheit. Jasmin winkte einem Freund, der zu uns kam und sich auf Nicos leeren Platz setzte. Ich sah den Funken nach, die zum Himmel stoben, als ob sie sich mit den Sternen verbinden wollten.

Nico ließ auf sich warten. Schließlich räumte ich meinen hart erkämpften Platz, um nach ihm zu suchen. Der Saal hatte sich geleert. Die letzte Band spielte Emocore mit Cello, wie ich schon von draußen gehört hatte. Ich entdeckte Nico auf der Tanzfläche. Er bewegte sich mit geschlossenen Augen zur Musik, nicht weit von ihm Hannes, der mit hochgezogenen Schultern und schräg gelegtem Kopf im Takt wippte. Ich holte mir ein Bier, schlängelte mich durch die Tanzenden, bis ich auf einer Höhe mit Hannes und Nico war, und nahm den Rhythmus auf. Das Cello strich mir übers Trommelfell, und ein wohliger Schauer überlief mich. Ich berührte Nicos Arm. Er sah mich an und lächelte. Ich lehnte mich an ihn und gab ihm einen Kuss auf die Wange. Hannes tauchte neben mir auf und legte mir den Arm um die Schultern. Ich fasste ihn um die Taille, unter meiner Hand die spitzen Knochen seines Beckens. Sein vertrauter Geruch fand den Weg durch den Zigarettenqualm und den Schweiß der Tanzenden bis in meine Nase, eine Mischung aus Motoröl und Kernseife, und darunter sein ganz eigener Geruch, ein bisschen wie Erde, die nach langer Trockenheit den Regen aufgesaugt hat.

7

Im Bus roch es nach Alkohol, Kaffee und Lagerfeuer, als ich wach wurde. Neben mir röchelte Nico im Schlaf. Hannes hatte bereits Wasser für einen Tee aufgesetzt. Auf der Flamme daneben zischte die Espressokanne. Ich setzte mich auf, und er hielt fragend eine Tasse hoch. Ich nickte, krabbelte aus meinem Schlafsack und kletterte über Nico hinweg. Der drehte sich um, und das Röcheln verstummte.

»Wie spät?«, grunzte er.

»Viertel nach zwölf«, antwortete Hannes, während Nico den Kopf unter seinem Kissen hervorwühlte. Die Locken standen ihm vom Kopf ab, und das Kissen hatte Abdrücke in seinem Gesicht hinterlassen. Ich sah aus der Tür. Der grüne Leichenwagen war verschwunden. Hinter uns parkte nur noch in mehreren Metern Entfernung ein roter Kombi. Mit dem Kaffee in der Hand setzte ich mich neben Hannes in die offene Seitentür.

»War voll gut gestern, oder?« Hannes schlürfte von seinem Tee, für den er extra eine seiner Lieblingstassen mitgenommen hatte, ein hellblaues Retromodell.

»Ja, total.« Ich nickte zustimmend.

Mit zufriedenem Gesichtsausdruck biss er in eins der verbliebenen Stücke Mohnkuchen von meiner Mutter. Vögel piepsten, Schmetterlinge flatterten, Brummer brummten, eine Kuh muhte.

»Schön hier«, stellte Hannes fest. »Wenn ich mit allem fertig bin, mach ich auch eine fette Einweihungsparty, mit zwei oder drei Bands und allem Drum und Dran.«

»Dann helf ich dir«, sagte ich, obwohl ich den Anlass nicht zum Feiern fand. Doch angesichts der Morgenidylle und der friedvollen Stimmung, die uns umgab, war es, als würden meine Widerstände gegen Hannes' Auszug schrumpfen.

»Ich helf dir auch.« Nicos Stimme klang so verknittert, wie er aussah. Umso erstaunlicher war, dass er sich seine Jogginghose anzog, zwischen Hannes und mir hindurchschlüpfte und losrannte.

»Das kann nicht gesund sein«, sagte Hannes, und ich knuffte ihm grinsend in die Seite.

Gestärkt vom ersten Kaffee und Tee schlurften wir zum Haus. In der Küche saßen an die fünfzehn Personen um den großen Holztisch. Wir quetschten uns dazu, frühstückten gemeinsam und halfen danach beim Aufräumen.

Es war bereits drei Uhr, als wir den Motor anließen und vollgegessen und frisch geduscht vom Gelände fuhren. Piotr winkte uns zum Abschied. Als Proviant hatte er uns eine Flasche Sekt und sechs Eier frisch aus dem Hühnerstall mitgegeben. Ich saß am Lenkrad, das Fenster heruntergekurbelt. Der Fahrtwind pustete mir den Kopf frei und trocknete mir die ungeföhnten Haare. Die Zeit maß sich in Kilometern, wurde durch die Lücken zerhackt, die den Mittelstreifen in gleich große Streifen unterteilten. Hannes schlief, Nico döste, mein Fuß lag schwer auf dem Gaspedal, und ich hörte Sixty Stories, die ich kurz vor dem Urlaub noch live in Hamburg gesehen hatte. Links rauschten Autos an uns vorbei, rechts die Landschaft. Auf der Höhe von Trier fuhr ich von der Autobahn ab, und wir kauften uns ein Eis, das wir mit Blick auf die Mosel verzehrten. Nach der Pause übernahm Hannes das Steuer. Die Grenze nach Luxemburg passierten wir, fast ohne es zu bemerken. Mein Handy teilte es mir mit. Wir jubelten, endlich raus aus Deutschland. In Luxemburg hielten wir nur kurz, um zu tanken.

Den ersten Kreisel kurz nach der französischen Grenze begrüßten wir mit Applaus und Gejohle. Im zweiten und dritten hängten wir uns noch schräg in die Kurve und imitierten quietschende Reifen. Danach war der Witz abgenutzt, der auf Hannes Kreisel-Obsession zurückging. Jedes Mal, wenn die Rede von Frankreich war, erwähnte er sie. Zwar gab es in Deutschland inzwischen auch welche, aber nicht in dieser Menge, und wie Hannes sagte, waren es billige Kopien von den französischen. Unser Tagesziel war Metz. Nach einem kurzen Stopp beim Supermarché ging es weiter. Nico hatte den aufgeschlagenen Atlas auf den Knien liegen und dirigierte uns. Stand Metz nicht auf den Schildern im Kreisel, entschieden wir uns für *Toutes directions,* was wie der Refrain meines Lebens klang. *Toutes directions:* Bloß nicht festlegen, schön alles offenhalten. Am liebsten hätte ich mir so ein Schild abmontiert und über mein Bett genagelt.

Graue Häuser, beige Häuser und eine unübersichtliche Zahl an Brücken erwarteten uns in Metz. Brücken, die über die Mosel führten, über Nebenarme und auf eine Moselinsel. Schon bald verlor ich den Überblick. Wir machten uns auf die Suche nach einem Schlafplatz und fuhren durch ein Wohngebiet mit fünf- bis sechsstöckigen Häuserblöcken, viereckige Klötze, alle gleich. Hinter einer Unterführung lag eine Art Park, der mehr eine ungemähte Wiese war mit Zaun drum herum und Bäumen darauf. Daneben parkten Autos kreuz und quer auf einem Parkplatz, der perfekte Ort für uns, hier würden wir kaum auffallen.

Wir packten uns Proviant für ein abendliches Picknick ein, schlossen den Bus ab, liefen Richtung Innenstadt und überquerten eine der besagten Brücken. Die Sonne ging langsam unter, einzelne Strahlen bohrten sich noch durch die Wolkendecke. Die Häuserwände reflektierten das Licht in pastellfarbenen Orangetönen. Das Orange erlosch, alle Farben verblassten, und der Himmel sank blau auf die Erde und legte sich wie eine dunkle Decke auf uns.

Im Übergang von Tag zur Nacht, wenn die Farben ins Blau kippten, war es, als würde sich alles um mich herum auflösen, gleich einem täglichen Weltuntergang. Das Verwischen der Farben und die sich auflösenden Konturen ließen alles vage erscheinen, unklar, wo das Außen aufhörte und ich anfing.

Auf der anderen Uferseite, die Mosel entlang und rund um uns herum, ragten zahlreiche Kirchturmspitzen in den Himmel. Hannes und Nico diskutierten darüber, was das größere Übel sei, die katholische oder die evangelische Kirche, obwohl klar war, dass beide weder mit der einen noch der anderen etwas anfangen konnten. Wir lehnten uns über das Brückengeländer und sahen die Spiegelung unserer Köpfe, einer neben dem anderen, wie sie von der Strömung des Wassers aus der Form gerissen wurden und ineinander verschwammen. In diesem Moment dachte ich, dass mir mit den beiden nichts passieren konnte, auch nicht in der Dämmerung. Früher hatte ich nie daran gezweifelt.

Wir setzten uns auf ein paar Stufen auf einem kleinen Platz mit Blick auf die Kathedrale. Ein kühler Wind wehte, und ich zog den Reißverschluss meiner Jacke hoch. Kaum jemand befand sich auf den Straßen. Die Geschäfte hatten schon geschlossen, und es war noch zu früh für die Nachtschwärmer. Metz strahlte die typische Langeweile eines frühabendlichen Samstags aus, die ich aus Jever und Wilhelmshaven kannte. Die Markisen der Cafés flatterten im Wind, eine Plastiktüte wehte über das Pflaster, mich fröstelte.

»Los, was essen. Oder habt ihr keinen Hunger?«, fragte ich.

Geschützt unter ein paar Bäumen, am Ufer der Mosel, fanden wir eine Bank, auf der wir uns niederließen. Über uns rauschten die frisch ausgetriebenen Blätter im Wind, der sich durch unsere Kleider wühlte. Ein Schwanenpaar glitt über das Wasser und näherte sich uns, in der Hoffnung, dass wir ihnen Brot abgaben. Hannes holte aus und warf ihnen ein Stück zu. Gierig schnappte einer der beiden danach. Nico war bei der Ankunft der Schwäne auf die Rückenlehne der Bank geklettert und hatte die Füße auf die Sitzfläche gestellt. Seitdem er als Jugendlicher im

Schlosspark neben unserer Schule von einem Schwan gebissen worden war, fürchtete er sich vor ihnen.

»Hör auf, sonst werden wir die nie wieder los!« Er schubste Hannes, der das nächste Stück Brot warf.

»Entspann dich mal, die gucken doch voll lieb.«

Im Schlosspark hatte es immer schon Schwäne, Pfauen und Enten gegeben. An einem Freitag nach der letzten Stunde hatten wir uns mit einem Sixpack und ein paar Snacks dorthin verzogen, um das Wochenende einzuläuten. Die Sonne schien, es war sommerlich warm, nicht so kühl und windig wie hier an der Mosel. Die Enten lungerten in einiger Entfernung herum und warteten entspannt, ob etwas von unserem Picknick für sie abfiel, aber die beiden Schwäne hatten an diesem Tag keine Geduld. Sie stiegen aus dem Wasser und rannten mit wogender Brust und vorgerecktem Schnabel auf uns zu. Der Größere nahm Nico ins Visier, der gerade ein Brötchen in der Hand hielt, und biss ihn in den Arm. Die Wunde blutete und Nico kreischte, als ob der Schwan ihm den ganzen Arm abgebissen hätte. Wir mussten ihn hinten auf den Gepäckträger bugsieren und in die Notaufnahme bringen, wo er eine Tetanusspritze bekam.

»Zeig mal deine Narbe, sieht man die noch?«, fragte ich.

»Klar sieht man die noch.« Er klang gereizt, schob seinen linken Ärmel nach oben und hielt mir den Arm unter die Nase. Im diffusen Schein der Straßenlaternen konnte ich nichts erkennen.

»Ist zu dunkel«, sagte ich, und Nico zog den Ärmel wieder herunter. Hannes stand auf und ging ein Stück am Ufer entlang. Die Schwäne schwammen neben ihm her, und er warf ihnen Krümel ins Wasser.

»Das nervt. Er weiß doch genau, dass ich die nicht mag«, sagte Nico.

Wir beobachteten, wie Hannes weiter Brot warf. Einer der Schwäne richtete sich auf und flatterte mit den Flügeln, wofür Hannes ihn mit einem extra dicken Stück belohnte.

»Angeber«, murmelte Nico, und ich lachte. Ein Mann in einem dunklen Mantel kam mit seinem Schäferhund auf uns zu. Der Hund schnupperte an unseren Essensresten. Ich hätte ihn gern gestreichelt, traute mich aber nicht. Schnüffelnd folgte er dem Uferstreifen. Als er auf der Höhe von Hannes angekommen war, sprang er bellend in Richtung Wasser, woraufhin die Schwäne aufgeschreckt zum anderen Ufer flüchteten. Auch Hannes machte erschreckt einen Satz zur Seite, ruderte mit den Armen und fluchte laut.

»Alles okay?«, rief ich.

»Geht so.« Er kam zurück, ließ sich neben uns auf die Bank fallen und zog seinen linken Turnschuh aus.

»Blöder Köter«, sagte er. »Bin vor Schreck ins Wasser getreten.«

Er wrang seine Socke aus und hängte sie über die Rückenlehne der Bank. Ich drehte mir eine Zigarette und reichte den Tabak an Nico weiter. Der beobachtete die Schwäne, die nun zurück in die Richtung schwammen, aus der sie gekommen waren. Wir rauchten. Hannes klopfte Nico aufs Bein.

»Siehste, die waren ganz lieb.« Nico antwortete nicht.

Die Kälte und die Müdigkeit trieben uns kurz darauf zum Bus zurück. Bevor ich einstieg, zog ich mein Handy aus der Tasche und schrieb eine SMS an Katinka.

Hey, sind jetzt in Frankreich. Bis in drei Wochen!

Da die Kälte tief in mich hineingekrochen war und ich befürchtete, dass mir mein alter Schlafsack allein zu kühl sein würde, zog ich an der Decke, die wir unter dem Bett über die Kisten gelegt hatten. Eine gelbe Wolldecke, kratzig und staubig, aber warm. Ich zog, sie klemmte, ich stieg aus und öffnete die Hintertüren. Die Decke hatte sich am Riegel verhakt. Ich löste sie, und als ich sie aus dem Bus gezogen hatte, fiel mir der alte Bassverstärker auf, der zwischen den Kisten von Nicos Mutter stand. Ein Röhrenverstärker der Firma Laney, bei dem sich die

Drehknöpfe wie durch Butter drehten. Das hatte Klas, mein Ex, immer gesagt, als er noch Bass bei uns in der Band gespielt hatte. Bevor er weggegangen war.

»Was macht bitte der Verstärker von Klas hier?«, rief ich ins Businnere hinein.

»Der stand noch im Schuppen. Und weil Barcelona doch auf dem Weg liegt, dachte ich, wär doch nett, ihm den vorbeizubringen.« Hannes klang arglos, er ahnte offensichtlich nichts von dem Sturmtief, das der Anblick des Verstärkers und seine Worte in mir ausgelöst hatten. Ich sah zu Nico. Sein entgeisterter Blick sagte mir, dass er genauso wenig von dem Plan gewusst hatte wie ich und genauso wenig davon angetan war. Ich legte mir die Decke um die Schultern, knallte die Tür zu und blieb draußen in der Dunkelheit stehen. Mir schoss durch den Kopf, dass wir uns vorher mal ausführlicher hätten unterhalten sollen über diese Reise und dass unsere Kommunikation auch schon mal besser geklappt hatte.

Ich drehte eine Runde um den Bus. Drinnen war es still. Eine Kerze wurde angezündet. Ich wickelte die Decke fester um mich und drehte eine zweite Runde. Von drinnen war leises Gemurmel zu hören. Bei der dritten Runde wurde es lauter, und ich konnte einzelne Wörter verstehen. Nico schrie »O Mann!«, und Hannes hielt einen Monolog. Vermutlich sagte er so etwas wie: Ich verstehe das Problem nicht, das liegt doch auf dem Weg, bla, bla, bla. Die Hintertür wurde aufgestoßen. Ich stand schräg hinter dem Bus, gut versteckt in der Dunkelheit.

»Insa!«, rief Nico. »Hast du mit Hannes abgesprochen, dass wir Klas besuchen?«

Ich zog mir die Decke über den Kopf und stellte mir vor, wie es wäre, wenn ich mich einfach wegbeamen könnte. Wie bei *Raumschiff Enterprise*. Ich kannte alle Folgen, hatte sie mit Hannes zusammen gesehen. Nicht weil mich die Serie interessierte, sondern weil er Fan war und ich es gemütlich fand, sie mit ihm gemeinsam zu gucken. Ich stellte mir vor, jetzt zu Hause zu sein und in der Badewanne zu liegen. Ruhige Musik, dazu ein Glas Wein.

»Insa! Wo bist du denn?«, brüllte Hannes, und das imaginierte Badewasser wurde kalt und strudelte in den Abfluss. »Insa, wir haben doch darüber geredet, auf dem Flohmarkt.« Das Klacken der Hintertür, und ein Lichtschein kam näher und leuchtete durch die Decke, durchdrang den gelben Stoff, tat, als wäre es Sonnenlicht. Die beiden tuschelten, dann traf mich etwas Weiches an der Schulter. Ich zog mir die Decke vom Kopf. Sie hatten ein Kissen nach mir geworfen. Der hellblaue Stoff hob sich vom dunklen Grau des Straßenbelags ab. Ich hob das Kissen auf und warf es zurück in den Bus, wobei es fast Nico traf, der im letzten Moment den Kopf einzog.

»Mit mir hast du da bestimmt nicht drüber geredet!«, rief ich. Klas war Vergangenheit für mich. Das hatte ich mir fest vorgenommen, hatte mir geschworen, ihn nie wiederzusehen, wusste, das war das Vernünftigste. Ich warf die Decke dem Kissen hinterher, schwang mich durch die Hintertür aufs Bett, ließ mich auf den Rücken fallen und knabberte an meinen Fingernägeln.

»Hör mal auf damit.« Nico hielt meine Hände fest.

»Hey«, Hannes zupfte an meinem Ärmel. »Als wir auf dem Flohmarkt waren, gleich nachdem Nico angerufen hatte und uns von der Reise erzählt hat, da haben wir darüber geredet.« Ein Erinnerungsfetzen streifte mich. Hannes mit dem Kopf in einem Klamottenkarton. »Und du hast genickt und gesagt, dass du nicht auf dem Boden vom Bus schlafen willst.«

»Was hat denn das eine mit dem anderen zu tun?« Nico ließ meine Hände los.

»Du hast recht, Hannes. Scheiße, da war was.« Das hatte ich voll verdrängt, und ich wünschte mir, dass es für immer an dem Ort geblieben wäre, an dem alles Verdrängte vor sich hin schimmelte.

»Trotzdem hättest du mich ebenfalls fragen müssen!«, sagte Nico.

»Finde ich auch«, sagte ich. »Außerdem ist es nicht so, dass ich wirklich Ja gesagt habe.« Das hatte ich nicht, da war ich mir sicher. Niemals hätte ich solch einem Vorschlag zugestimmt.

»Na ja, du hast genickt«, sagte Hannes und wandte sich an Nico. »Sorry, dass ich dich nicht gefragt habe, ist irgendwie untergegangen. Aber ich dachte, es ist klar, dass wir Klas besuchen, wenn wir schon über Barcelona fahren. Und dafür, dass ihr den Verstärker erst jetzt entdeckt habt, kann ich nichts. Ist ja nicht so, dass ich ihn extra vor euch versteckt hätte. Aber jetzt mal ehrlich, mir war nicht klar, dass das so ein Problem für euch ist.«

Beinahe hätte ich gelacht. Typisch Hannes, auszublenden, wie filmig das zwischen Klas und mir gewesen war, und auch Nico hatte Klas nie wirklich ausstehen können. Während der ersten Monate, die wir gemeinsam in der Band spielten, waren sie noch halbwegs miteinander klargekommen. Nachdem Klas und ich etwas miteinander angefangen hatten, war es schwierig zwischen ihnen geworden. Rumgezicke bei der Probe, die ständige Besserwisserei, Nicos Belehrungen, Klas, der ihn ignorierte und seine musikalische Überlegenheit heraushängen ließ. Hannes meinte damals, sie seien eifersüchtig aufeinander und dass es dabei um mich gehe, aber Nico und Klas waren einfach grundverschieden und hätten sich auch ohne mich nicht verstanden.

Selbst wenn keine böse Absicht dahintersteckte, nervte mich Hannes' Teilamnesie, was Streitereien und Konflikte betraf. Ich wusste, dass er und Klas noch in Kontakt miteinander standen. Sie waren immer dicke gewesen, schrieben sich E-Mails, und Hannes hatte ihn mehrmals besucht. Unvergessen blieb der Gegenbesuch von Klas vor drei Jahren.

Beide waren davon ausgegangen, dass ich das Wochenende nicht zu Hause, sondern mit einer Freundin an der Ostsee verbringen würde. Allerdings hatte es die ganze Zeit geregnet, und wir waren früher nach Hause gefahren. Bei meiner Ankunft war alles dunkel, keiner war da. Ich legte mich ins Bett und schlief ein, bis ich mitten in der Nacht aufwachte, weil jemand meine Tür öffnete. Die Scharniere knarzten, der grelle Schein des Deckenlichts knallte mir ins Gesicht. Ich riss die Augen auf, und vor mir stand Klas. Der lange Pony, der ihm wie immer über die hellen Augen fiel. Der schöne Mund mit den weichen Lippen zu einem erstaunten O geformt. Ich, die sich die Decke bis unter die Nasenspitze zog und schrie: »Scheiße, was macht der hier!« Hannes, der sich an Klas vorbei ins Zimmer drängelte und mit Panikstimme und verknoteten Armen fragte: »Und du? Warum bist du zu Hause?« Klas, der sich zurückzog und aus meinem Blickfeld verschwand. Hannes, der ihm hinterherrief, er solle einfach auf dem Sofa pennen. Nach wenigen Sekunden war meine Zimmertür wieder zu. Nicht ein Wort hatten Klas und ich gewechselt.

Natürlich hatte ich danach wach gelegen und mit mir gekämpft, ob ich nicht zu ihm in die Küche gehen sollte. Zu wissen, dass er keine vier Meter von mir entfernt lag, machte mich fertig. Als ich mich endlich dazu durchgerungen hatte, aufzustehen und ihm gegenüberzutreten, hörte ich, wie die Federn des Sofas quietschten, gefolgt von Schritten auf dem Flur. Mein Herz klopfte zu laut, in der Hoffnung, er würde hereinkommen, es nicht länger auf dem Sofa aushalten, sich über meine Forderung hinwegsetzen, mich in Ruhe zu lassen. Er schien sich Mühe zu geben, leise zu sein, schlich auf Zehenspitzen über den Flur, vorbei an meiner Tür und der von Hannes, und dann öffnete und schloss sich die Wohnungstür. Ich hätte hinterherrennen können, ihn aufhalten, aber ich blieb einfach liegen. Klas lief die Treppe hinunter, und jede Stufe, die er nahm, tat mir in der Brust weh. Nachdem die Haustür ins Schloss gefallen war, hörte ich nur noch das Blut in meinen Ohren rauschen. Erst gegen Morgen war ich wieder eingeschlafen. Das war das letzte Mal, dass ich Klas gesehen hatte. Hannes war die Sache furchtbar peinlich gewesen. Er entschuldigte sich so oft, bis es nervte und ich ihm sagte, er solle endlich die Fresse halten.

»Ich hab mich nie gut mit Klas verstanden«, sagte Nico jetzt, und ich nickte.

»Okay.« Hannes hob die Hände. »Dann nehmen wir den Verstärker eben wieder mit nach Hause, ist ja kein Problem. Tut mir leid, wenn ich das falsch eingeschätzt habe.«

Mein Magen zog sich zusammen, die Enttäuschung schmeckte schal. Mein mühsam aufgebauter Anti-Klas-Wall war am Bröckeln. Ich schluckte und wartete auf das, was Nico sagen würde. Der lehnte sich an die Wand des Busses, die Arme um die Knie geschlungen.

»Mir egal«, sagte er. »Von mir aus können wir ihm das Ding vorbeibringen. Wir müssen ja nicht die ganze Zeit zusammen abhängen.«

Jaaaa! jubilierte es in mir, und gleichzeitig brach mir der Schweiß aus.

»Und du, Insa?«, fragte Hannes.

»Ja, meinetwegen. Wir müssen ja nicht die ganze Zeit zusammen abhängen«, wiederholte ich Nicos Worte und wusste, dass ich mir selbst in die Tasche log.

In der Nacht konnte ich nicht schlafen und lauschte auf die Atemgeräusche meiner Freunde, die nebeneinander im Bett lagen, während ich es mir auf dem Boden mithilfe von zwei Isomatten und diversen Klamotten mehr oder weniger bequem gemacht hatte. Nico hatte nachgehakt, was es damit auf sich hatte, dass ich nicht auf dem Boden schlafen wolle, und warum er auch davon nichts wusste. Ich hatte abgewinkt und gesagt, dass das genauso wenig ernst gemeint war wie mein Nicken auf Hannes Vorschlag hin, Klas zu besuchen.

Klas, Klas, Klas. Sein Gesicht tanzte vor meinen Augen in der

Dunkelheit wie das von Paulchen im Vorspann vom *Rosaroten Panther.*

Unsere Beziehung war ein Fluch und ein Segen, beides in einem, wie bei so vielen Dingen. Wir waren verliebt, ich zum allerersten Mal, und ich war überzeugt, alles unter Kontrolle zu haben, niemals von ihm abhängig zu sein. Es trifft sicher zu, dass mir die Hormone das Hirn vernebelt hatten oder mein Mangel an Erfahrung Schuld war. Alles richtig. Aber ich habe mir dennoch nie verziehen, wie sehr ich für Klas über meine Grenzen gegangen bin.

Gleich zu Beginn, als wir das erste Mal knutschten, sagte er mir, dass er keine Beziehung wolle und seine Freiheiten brauche. Ich nickte. Natürlich, wenn das die Bedingung war. Ich war fünfzehn und verliebt, ich hätte vermutlich zu ziemlich allem Ja gesagt. Es tat weh, ihn mit anderen rummachen zu sehen. Jedes Mal schwor ich mir, mich zu trennen. Jedes Mal redeten Nico und Hannes auf mich ein, ich solle mich endlich trennen, weil sie das Geflenne und Gejammere nicht mehr hören konnten. Doch Klas war für mich der Superlativ. Alles war toll an ihm, ohne Einschränkung, einfach nur toll. Die wilden Nächte und flimmernden Tage, die zarten Stunden, die weichen Küsse, die tiefgründigen Blicke, die endlosen Gespräche, der alles verschlingende Sex und meine nie versiegende Gier nach ihm. Danach konnte nicht mehr viel kommen, da war ich mir sicher.

Die Isomatten halfen nicht. Der Boden war zu hart. Mein Rücken schmerzte, mir war kalt, und ich ärgerte mich. Ärgerte mich über mich selbst, weil nach all den Jahren das Klas-Thema noch immer nicht gegessen war. Über Hannes, dem ich die Schuld an meinem emotionalen Aufruhr gab. Über Klas, weil er existierte. Gleichzeitig war ich paradoxerweise fast dankbar, mir über Klas den Kopf zerbrechen zu können, denn so blieb weniger Raum für meine anderen Probleme, die im Hintergrund zappelten, nach Aufmerksamkeit verlangten und nur mit Mühe die Füße stillhielten. Ich musste pinkeln, kroch aus meinem Schlafsack und kletterte so leise wie möglich aus der Beifahrertür. Draußen hockte ich mich zwischen zwei Autos. Als ich mir gerade die Hose hochzog, hörte ich die Beifahrertür klappern. Hannes' Silhouette hob sich gegen die Dunkelheit ab. Er entfernte sich einige Meter von mir, und ich hörte es plätschern.

»Kannste nicht schlafen?«, fragte er.

»Nee, nicht so gut.«

»Was ist los?«

»Na, rate mal.«

»Wenn dich das so stresst, können wir es auch lassen, ehrlich! Ich wollte kein Fass aufmachen.« Reue klang in seiner Stimme mit. Hinterher tat ihm immer alles leid.

»Ich dachte, ich wäre drüber weg.«

Hannes war fertig mit Pinkeln und kam zu mir herüber. »Klang auch so, als wir das letzte Mal drüber geredet haben.«

»Ja. Vielleicht muss ich ihn sehen, um zu wissen, ob es wirklich so ist. Weißt du, ich hab Angst, dass ich zu ewiger unerfüllter Sehnsucht verdammt bin.«

Hannes lachte. »Geil, verdammt zu ewiger Sehnsucht. Insa, sorry, aber dreh mal das Drama runter.«

»Unerfüllte hast du vergessen«, korrigierte ich ihn. »Verdammt zu ewiger unerfüllter Sehnsucht.« Ich fühlte mich nicht ganz ernst genommen, musste aber selbst ein Grinsen unterdrücken.

Die Hintertür schwang auf, und Nico fragte: »Was macht ihr da?«

»Pinkeln«, antworteten wir unisono.

Nico sprang aus dem Bus und stellte sich etwas entfernt an die Sträucher. Danach legten wir uns alle drei ins Bett und ließen die Tür offen stehen, damit Nico und ich rauchen konnten, während Hannes eine Chipstüte aus der Vorratskiste öffnete. Nico erzählte von seiner Arbeit, von Problemen, die er mit einem der Jugendlichen hatte. Mein Körper wurde schwer, die Matratze war so schön weich. Ich kuschelte mich zwischen die beiden, und mir fielen die Augen zu.

Als ich morgens aufwachte, kribbelte mein linker Arm. Ich konnte ihn weder bewegen noch anheben. Er hing von meiner Schulter wie eine Schaumstoffwurst. Schweißtropfen bildeten sich unter meinen Achseln und auf der Stirn, und mein Herz raste. Ich setzte mich auf, ergriff mit dem rechten Arm den linken und schlenkerte ihn hin und her. Hannes war schon wach und sah mir zu.

»Was machst du da?«, fragte er. Ich ignorierte ihn, kniff mir panisch in die taube Haut, und endlich begann mein Arm zu kribbeln. Tausende kleiner Stacheln rasten durch ihn hindurch, und mit ihnen kam die Erleichterung. Gleichzeitig hatte ich das Gefühl, zu fallen. Auch wenn nach zwei Minuten Schlenkern der Arm fast wieder normal war, hieß das noch lange nicht, dass alles gut war. Diesmal hatte ich Glück gehabt, hatte vermutlich einfach unbequem gelegen und die Blutzufuhr abgeklemmt. Das kam vor, wenn drei Leute auf einer einen Meter vierzig breiten Matratze schliefen.

Nach dem Aufstehen tranken wir Kaffee in einem Café und benutzten das Klo. Danach schnappte ich mir meine Zeichenutensilien und verkroch mich in die Grünanlage, vor der wir parkten. Ich musste mich von dem Schreck heute Morgen erholen und irgendwie wieder Boden unter die Füße kriegen. Hannes und Nico reihten sich derweil ein in die Polonaise der Sonntagsspaziergänger. Ich verabscheute Sonntage. Sie erschienen mir wie ein einsturzgefährdeter Hohlraum zwischen der freitäglichen Wochenendanfangs-Euphorie und der viel zu schnell folgenden Wochenanfangs-Beklemmung. Außerdem wuchs sonntags die Familiendichte im öffentlichen Raum auf ein unerträgliches Maß an. Wo man hinsah, schoben sich Eltern mit Kindern durch die Straßen und Parks.

Nach dem Tod meines Vaters war ich nie wieder zu solcher Art von Familienausflug genötigt worden. Einer der Vorteile, wenn der Großteil der Verwandten nichts mehr mit einem zu tun haben will, weil die Mutter sich mit einem Drogenabhängigen eingelassen hatte, der sie in seinen Absturz mit reingerissen habe. Von Seiten der väterlichen Verwandtschaft hieß es, dass meine Mutter ihn auf die schiefe Bahn gebracht hätte. Niemanden interessierte, dass zu dem Zeitpunkt, als sie sich kennenlernten, beide straight und clean gewesen waren und die Welt der Pillen und Pülverchen erst gemeinsam für sich entdeckt hatten. Nur dass die eine den Rückwärtsgang einlegen konnte, während der andere gegen die Wand gefahren war. Einig waren sich beide Seiten in ihrer Missbilligung, dass das junge Paar trotz der Schwangerschaft nicht geheiratet hatte. Der endgültige Bruch meiner Mutter mit allen Angehörigen kam, als der verstoßene Junkie dann auch noch an einer Überdosis gestorben war, dieser Idiot. Erst gab es also Stress, weil er da war, dann, weil er nicht mehr da war. Und natürlich, weil ich da war. Und dann, obwohl sowieso kaum noch Kontakt bestand, wegen Katinka. Noch ein uneheliches Kind, wenn auch von einem anderen, verantwortungsvolleren Vater.

Im Bus stank es ekelerregend, als wir am Mittag zurückkamen und die Tür öffneten. Es dauerte nicht lange, bis wir den Brie entdeckten, der vorn auf dem Armaturenbrett in der Sonne gelegen hatte. Er hatte sich wie Lava ins offene Handschuhfach ergossen. Ein Seitenarm des Käseflusses hatte den Weg in die Lüftung gefunden und wir befürchteten, wie sich später zeigen sollte, nicht zu Unrecht, dass wir davon noch länger etwas haben würden. Wir rissen Fenster und Türen auf und wischten mit Klopapier alles weg, an das wir rankamen. Wir hofften, dass der Rest, der in den Lüftungsschlitzen klebte, einfach unauffällig weggammeln würde.

Wieder auf der Straße drehten wir uns von einem Kreisel zum nächsten. Immer Richtung *Toutes directions.* Wir kamen nur langsam voran, fuhren stetig der Sonne entgegen. Ich schaltete mein Handy ein. Eine Nachricht von Katinka: *Maximal noch bis zum Sommer. Ich zähl auf dich!*

Gegen Abend beschlossen wir, in Chalon-sur-Saône zu übernachten. Wir hatten keine Lust auf das biedere Ambiente von Campingplätzen, und unser Urlaubsbudget würde die Gebühren für den Stellplatz nicht mitmachen. In Innenstadtnähe fanden wir einen staubigen Parkplatz am Fluss, wo unser abgeschrabbelter Bus nicht auffallen würde. Mit Pizza und Rotwein setzten wir uns auf der anderen Seite der Saône auf eine Bank am Hafen. Kein Lüftchen wehte, und es herrschte eine seltsame Stimmung, als würde die Zeit stillstehen. Der Wein fühlte sich angenehm an im Mund, süß und weich. Die Konturen der hübsch hergerichteten Häuser verwischten, und ich verschmolz mit meiner Umgebung. Die Dunkelheit verstärkte diesen Zustand der Auflösung. Ich legte den Kopf in den Nacken und dachte: »So kann es bleiben, genau so. Hier für immer festhängen, in einer Endlosschleife oder einem Standbild, und nichts soll sich mehr bewegen.«

8

Nico schlug vor, in die Berge zu fahren, zu wandern, wilde Tiere und Vögel zu beobachten. Anne hätte ihm wärmstens die Ardèche empfohlen. Hannes und ich mussten nicht lang überzeugt werden, wir waren dabei. Und so folgten wir am nächsten Tag der Rhône Richtung Süden.

Gelb blühende Rapsfelder neben gelb blühendem Ginster und beschaulichen Dörfern, in denen überquellende Blumenarrangements in grellen Farben von den Laternenpfählen hingen. In einem dieser Dörfer machten wir Pause und tranken Kaffee unter fliederfarbenen Sonnenschirmen auf einem kopfsteingepflasterten Platz. Rund herum wuchsen Platanen und erstreckten sich Häuserfassaden mit hölzernen Fensterlädchen und verschlungenen Balkongitterchen – der Diminutiv stellte sich von ganz allein ein, während wir in dieser Umgebung unseren *Café au lait* aus zarten Tässchen mit Blümchenmustern tranken. Alles so niedlich, als wäre die Welt in Ordnung.

Ich stellte mir vor, in solch einem Dorf zu leben. In einem dieser Häuser mit dicken Steinwänden, die Sommer wie Winter die Kälte speicherten. Das schöne Äußere konnte täuschen. Auch in hübschen Dörfern waren Intrigen an der Tagesordnung, die sich zum Teil über Generationen hinwegzogen. Es gab keine Gemeinschaft, egal wie klein sie war, die nicht auf Ausgrenzung fußte. Wer nicht dazugehörte, blieb draußen. So einfach war das. Das hatte ich schon früh gelernt in unserem eigenen kleinen Dorf. Die eine Mutter wurde ausgegrenzt, weil sie als Rabenmutter galt und einfach abgehauen war, die andere, weil die Frauen im Dorf ihr unterstellten, sie würde ihnen ihre langweiligen Männer ausspannen. Einer wurde ausgegrenzt, weil er schwul war, ein anderer, weil er keine Familie gründen wollte. Nicht ausgegrenzt wurde hingegen derjenige, der seine Kinder schlug (Apothekerehepaar), seine Tiere quälte (Nachbarsbauer), seine Nichte missbrauchte (Baumschulenbetreiber). Denn darüber sprach man lieber nicht. Die Dreckwäsche der anderen und so weiter, kannte man ja. Eine Gänsehaut überlief mich. Ich traute der Idylle nicht, die mich umgab. Je niedlicher sie tat, desto mehr gab es zu verbergen.

Nicos Niesanfall riss mich aus meinen trüben Gedanken. Seine Augen tränten, seine Nase lief, und er zeigte auf die hübschen Platanen. Röchelnd schob er seinen Stuhl zurück und eilte zum Bus, der zwei Straßen entfernt geparkt war. Hannes und ich eilten hinterher.

Wir stiegen ein, und ich drückte aufs Gas. Nicos Schleimhäute beruhigten sich erst, nachdem das Dorf zwanzig Kilometer hinter uns lag. Die Straße war eine schnurgerade Linie, die wie ein graues Band über sanfte Hügel führte. Mein Musikwunsch löste Protest aus, aber ich fuhr, was hieß, ich durfte bestimmen. Lauthals sang ich mit den Lassie Singers:

Ich bin das letzte Biest am Himmel
Ich bin das letzte Biest am Firmament
Ich bin das letzte schöne Sternentier
Ich bin das letzte Viehgestirn

Oh, halt mich fest in der Himmelsmitte
halt mich fest ich verbrenne
halt mich fest ich trockne aus
halt mich fest ich verpfusche mein Leben

Nico hielt sich die Ohren zu. Nicht sehr musikpädagogisch, wie ich fand. Er ertrug meine Unfähigkeit nicht, die richtigen Töne zu treffen. Deshalb hatte er damals auch ein Veto eingelegt, als ich in unserer Band nicht nur Trompete spielen, sondern auch singen wollte.

»Die Version von den Neubauten ist viel besser«, sagte er.

»Als meine?«, fragte ich und sang beim nächsten Lied von den Lassie Singers noch lauter mit.

Nico schaltete den CD-Player aus, was gegen die Abmachung verstieß. Ich sang ohne Musik weiter, und Hannes schlug auf dem Armaturenbrett den Takt, während Nico sich noch immer die Ohren zuhielt. Wie wollte er so mit Jugendlichen ein Bandprojekt leiten? Ich grinste bei der Vorstellung, dass er die gesamte Probe über vermutlich mit Ohrenstöpseln herumlief.

Mittags stellten wir den Bus auf dem gigantischen Parkplatz eines riesigen Carrefour-Supermarkts ab. Alles hier war viel zu groß, die Auswahl, die Chipstüten, die Schlangen an den Kassen. Wir kauften ein und tankten. Anschließend setzten wir uns auf den Boden im Bus und schmierten uns Brote. Nico tippte auf seinem Handy herum. Dauernd schrieb er, schon seit wir aus Friesland losgefahren waren, und mindestens genauso häufig bekam er Nachrichten. Ich überlegte noch, wie ich möglichst unauffällig herausbekommen konnte, mit wem er dauernd schrieb, als Hannes ihn geradeheraus fragte.

»Anne«, antwortete Nico und kratzte sich am Hals.

Anne, die neue Mitbewohnerin also. Sie schien in seinem Leben eine größere Rolle zu spielen als angenommen.

»Du und Anne ...«, begann ich, und Nico sah mich an, wartete auf die Fortsetzung meiner Frage, die nicht kam, weil ich mir unsicher war, ob ich die Antwort tatsächlich hören wollte.

»Seid ihr zusammen, oder was?«, fragte Hannes. Er hatte auch diesmal weniger Hemmungen als ich.

»Schon irgendwie.«

Das Brot in meinem Mund formte sich zu einem zähen Klumpen. Ich kaute, doch der Klumpen wuchs, und ich befürchtete, ihn nie hinunterschlucken zu können.

»Alter, da kommst du jetzt erst mit rüber?« Hannes klopfte Nico euphorisch auf den Rücken und zerstrubbelte ihm die Haare. Der ließ es über sich ergehen, ohne mich aus den Augen zu lassen.

»Wow, voll die Neuigkeit!«, sagte ich, bemüht, Begeisterung in meine Stimme zu packen, und hörte selbst, wie forciert es klang. Forciert und dumpf von dem monströsen Teigklumpen in meinem Mund.

Hannes fragte, wie sie zusammengekommen seien, wann wir Anne kennenlernen würden und ob er ein Foto von ihr dabei habe. Nico fixierte mich, als versuchte er, mir mit seinen Augen die Gedanken aus dem Kopf zu saugen. Die waren am Durchdrehen und sausten im Kreis wie der Schneidfaden einer Motorsense, die nichts als Gehäckseltes übrig ließ. Ich starrte zurück und suchte in seinem Blick nach einem Versprechen, das es nie gegeben hatte.

Ich hatte immer gedacht, mit Nico und mir, das wäre eine Möglichkeit, die wir ergreifen könnten, wann immer wir wollten. Kein Blitzeinschlag wie bei Klas, dafür aber was Verlässliches, was ich, sollte sich die Diagnose bestätigen, durchaus zu schätzen wissen würde. Ich war mir sicher, dass er immer mehr für mich empfunden hatte als freundschaftliche Verbundenheit. Allein seine Eifersucht auf Klas. Und Nico hatte nie eine feste Beziehung gehabt, was für mich ein sicheres Zeichen gewesen war, dass er irgendwie auf mich wartete.

»Wie ist sie denn so?«, fragte ich.

»Schwanger«, sagte Nico und wurde rot. Hannes riss die Hände in die Höhe und kreischte. Er lehnte sich zu Nico hinüber und zog ihn in eine Umarmung, wodurch der Blickkontakt zwischen Nico und mir zum Glück abriss. In meinen Ohren rauschte es, und ich schluckte endlich den Brotklumpen hinunter. Ein Fehler, denn auf einmal musste ich würgen. Ich tarnte den Würgereiz mit einem Husten, schnappte nach Luft und ärgerte mich über meine theatralische Reaktion. Gern wäre ich cool geblieben. Aber mir war zum Kotzen zumute. Als wir auf der Party in Pulheim gewesen waren und Nico rausgehauen hatte, dass er Kinder haben wolle, hätte ich schon nachhaken sollen.

»Das Kind ist nicht von mir«, sagte Nico.

»Ist es nicht?« Die Erleichterung in meiner Stimme war mir peinlich. Hannes entließ Nico aus seiner Umklammerung, und Nico erzählte, dass Anne einen Monat, nachdem sie eingezogen war, festgestellt hatte, dass sie schwanger war. Von einem Typen, mit dem sie im Urlaub eine unverbindliche Miniaffäre gehabt hatte. Nicht mal seine Telefonnummer kannte sie.

»Und jetzt willst du die Vaterrolle übernehmen?«, fragte Hannes, während er schwungvoll eine Tomate in Scheiben schnitt, um sie auf seinem Brot zu drapieren.

»Ja, vielleicht. So richtig haben wir das noch nicht besprochen. Aber da wir zusammenwohnen und irgendwie auch zusammen sind, werde ich natürlich viel mit dem Kind zu tun haben. Obwohl sie da nichts von mir erwartet.«

Ich drehte mir eine Zigarette, sprang hinaus und stellte mich hinter den Bus zum Rauchen. Nach der Hälfte der Kippe gesellte sich Nico zu mir.

»Geschockt?«, fragte er.

»Ja.«

Er nickte, nahm mir die Zigarette aus der Hand und zog daran. »Anne und ich waren auch ganz schön überrumpelt. Aber ich lass sie damit natürlich nicht allein.«

Anne und ich, das ging ihm locker von der Zunge, ohne Stolpern, war schon fest integriert in seinem Sprachzentrum, wie tausendmal gesagt. Natürlich rannte er nicht vor der schwangeren Anne davon. Unvorstellbar. Dafür war er viel zu korrekt. Mir war noch immer schlecht. Ich befürchtete, dass Nico von seiner neuen Beziehung und dem Kind, von dieser wie aus dem Nichts aufgetauchten Familie absorbiert werden würde. Dass ich den Freund, den ich kannte, verlieren würde. Ich wollte keinen Nico, der keine Zeit und kein Ohr mehr für mich hätte, der nur noch in seiner abgetrennten Family-Welt leben und mit dem ich keine gemeinsamen Themen mehr finden würde. Wenn er sich über Neugeborenenprobleme austauschen wollte, würde er sicher nicht mich um Rat fragen, denn mir, der Kinderlosen, fehlte es an Erfahrung, um zu Erziehungs-, Zahn- und Durchschlafproblemen etwas sagen zu können. Meine Meinung würde im besten Falle belächelt werden, obwohl ich als Kind selbst das Ziel mütterlicher Erziehungsexperimente gewesen war und damit eine Menge Erfahrungen gesammelt hatte. Meine Aufgabe würde darin bestehen, zu nicken und Verständnis aufzubringen für die schlaflosen Nächte, die vernachlässigte Freundschaft und die Unmenge an Fotos und Anekdoten.

»Schon eine krasse Verantwortung, die du dir da aufhalst. Unabhängig davon, ob das Kind nun von dir ist oder nicht, gewöhnt es sich doch an dich. Dann kannst du nicht einfach wieder abhauen«, sagte ich.

»Warum sollte ich auch.«

Nico war loyal, kein Zweifel. Eine glatte Wand, an der man kratzen konnte, ohne einen Riss zu finden.

»Und was ist mit London?«, fragte ich.

»Was soll damit sein?«

»Da wolltest du doch immer mal hin, Musik machen, Studiomusiker werden, Roadie, was weiß ich.«

Er lachte und schüttelte den Kopf. »Das ist doch unrealistisch. Das könnte ich mir nie leisten, und es ist ja auch nicht so, dass die ausgerechnet auf mich gewartet hätten.«

Die Stimme der Vernunft, eine langweilige Stimme, ich hatte sie nie gemocht.

»Wie lange läuft das denn schon mit Anne und dir?«, fragte ich.

»Seit etwas mehr als drei Monaten.«

»Krass, ihr kennt euch kaum und dann gleich zusammenwohnen und ein Kind?«

»Du verdrehst die Reihenfolge. Erst ist sie bei mir eingezogen, dann hat sie gemerkt, dass sie schwanger ist, und zeitgleich hat das mit uns angefangen.«

»Also schon bevor ihr wusstet, dass sie schwanger ist?«

»Ja.« Seine Augenbrauen zogen sich zusammen, die Fragestunde würde bald beendet sein.

Je mehr meiner Freunde sich in Eltern transformierten, desto weniger konnte ich mir vorstellen, selbst einmal Mutter zu werden. Ein Kind haben zu wollen, es unbedingt haben zu wollen, wie ich es bei Freundinnen oder Bekannten erlebte, die weder Kosten noch Eingriffe scheuten, um sich diesen Wunsch zu erfüllen, war eine Sehnsucht, die ich nicht kannte. Und doch wurde es häufig als zweifelsfreie Tatsache hingestellt, dass ich auch irgendwann Kinder haben wollte. Dann horchte ich in mich hinein, auf der Suche nach dem Keim eines Wunsches, der zum Keim eines Embryos werden könnte. Aber da war nichts.

Nur manchmal ertappte ich mich dabei, ein Kind für die Lösung vieler meiner Probleme zu halten. Ich würde wissen, was ich die nächsten Jahre zu tun hatte. Mein Leben bekäme eine ganz neue Richtung, vielleicht mehr Sinn. Und wenn ich dann über Müdigkeit, Abgekämpftheit und den Stumpfsinn des Alltags jammerte, würde ich auf mehr Verständnis stoßen als jetzt, als die kinderlose Rumhängerin, die ich war.

»Ich weiß nicht, ob ich das könnte, ein Kind großziehen. Das verändert doch alles. Das bestimmt dein ganzes Leben«, sagte ich.

»Ich weiß auch nicht, ob du das könntest. Aber mir trau ich das schon zu. Und du vergisst die schönen Seiten. Es ist ja auch toll, mitzuerleben, wie so ein Mensch heranwächst.« Er lächelte und zwinkerte mir zu. Ich nickte. Ja, sicher, vielleicht war ich auch nur neidisch auf Nico. Oder auf Anne. Oder auf das Kind.

Ob Nico bewusst war, wie sehr diese Familienkonstellation der seiner Herkunftsfamilie ähnelte?

»Dann bist du in der gleichen Position wie Robert. Und was ist, wenn das Kind seinen leiblichen Vater kennenlernen will?«, fragte ich.

»Wird schlecht möglich sein. Anne kennt nur seinen Vornamen und hat keine Ahnung, wo er wohnt. Und nicht jedes Kind hat das Bedürfnis, seine leiblichen Eltern kennenzulernen. Aber wenn es sich ergibt, würde ich mich dem bestimmt nicht in den Weg stellen.«

Mir war nie ganz klar geworden, ob er Leos Existenz nur aus Solidarität mit Robert ignorierte, ob er eigentlich Sandra damit treffen wollte oder ob er sich einfach vor Enttäuschungen schützen wollte.

»Warst du ernsthaft nie neugierig auf Leo?«

Er schüttelte den Kopf, etwas zu heftig. Pass auf, deine Halswirbelsäule, dachte ich und glaubte ihm nicht.

»Ich an deiner Stelle hätte ihn auf jeden Fall schon längst treffen wollen.«

»Tja, nicht nur in dem Punkt sind wir verschieden.«

Hinter uns schlitterte ein Mann mit seinem vollgetürmten Einkaufswagen vorbei, verlor die Kontrolle und wäre fast in das Auto neben uns geknallt, wenn ich mich nicht als Puffer dazwischengeschmissen hätte. Er bedankte sich, ich winkte ab, und er schlitterte weiter.

»Bist du in sie verliebt?«, fragte ich, und die Hitze stieg mir ins Gesicht. Ich wusste, ich war eine miese Freundin, weil ich ihm sein Glück nicht gönnte. Weil es von meiner Vorstellung vom Glück abwich, von meiner Vorstellung unserer gemeinsamen Zukunft, als Freunde oder mehr.

»Ich glaub schon«, antwortete er. »Wir passen zusammen, können gut miteinander reden, interessieren uns für ähnliche Sachen, gehen beide gerne auf Konzerte, ins Kino, lesen die gleichen Bücher. Sie inspiriert mich. Ich freue mich, wenn sie da ist, freue mich darauf, nach dem Urlaub wieder nach Hause zu kommen und sie zu sehen. Ich berühr sie gerne und mag, wie sie riecht.«

»Klingt langweilig.«

»Falsch. Klingt nach besten Voraussetzungen für eine funktionierende Beziehung.«

»Wer es braucht«, sagte ich, trat die Kippe aus und kletterte zurück in den Bus.

Gegen Nachmittag gelangten wir an die Ardèche, wo wir uns auf die Suche nach dem perfekten Parkplatz für die nächsten zwei Tage machten. Wir kamen an einem Wohnmobil vorbei, das wie ein riesengroßer Kühlschrank aussah und vor dem ein braungebrannter älterer Mann in Poloshirt und Bermudashorts Dehnübungen machte.

»Da genießt aber jemand die Freiheit, für die er jahrelang geschuftet hat. Uns geht es da besser, wir haben das jetzt schon«, sagte ich.

Nico zuckte mit den Schultern. »Wer weiß, was der alles in jüngeren Jahren unternommen hat. Das wissen wir doch gar nicht.«

Seit ich ihn auf dem Parkplatz hinter dem Bus hatte stehen lassen, feuerte er Spitzen gegen mich ab. Egal was ich sagte, es kam ein Aber von ihm zurück. Er wusste alles besser, verdrehte die Augen und schnaubte durch die Nase, was nicht auf seine Allergie zurückzuführen war. Dafür kamen die Schnauber zu gezielt.

»Als ob *du* wüsstest, was der früher gemacht hat«, gab ich zurück.

»Hab ich im Gegensatz zu dir nie behauptet.«

»Hä? Ich kenn den doch gar nicht.«

Ich schaltete die von Nico verpönte CD der Lassie Singers wieder ein und sang mit. Wäre ich zehn Jahre älter gewesen, hätte ich bei ihnen dabei sein oder wenigstens bei ihren Konzerten ganz vorn in der ersten Reihe mit meiner Textsicherheit punkten können.

»Pärchen stinken, Pärchen lügen«, sang ich.

Die Stimmung zwischen Nico und mir wurde nicht besser. Mein Fahrstil passte ihm plötzlich nicht mehr. Angeblich bretterte ich mit Absicht in jedes Schlagloch hinein und fuhr zu nah am Fahrbahnrand. Außerdem war mein Musikgeschmack peinlich, und singen konnte ich auch nicht. Ich hatte die Schnauze voll und wollte endlich raus aus dem Bus, irgendwo ankommen und Distanz zwischen mich und Nico bringen. Darum setzte ich bei der nächsten Gelegenheit den Blinker, rollte auf einen Parkplatz und stellte den Motor aus.

»Der perfekte Schlafplatz! Guckt doch mal.« Ich zeigte mit einer ausladenden Geste aus dem Fenster. Wir waren die einzigen Menschen weit und breit. Am Ufer luden Felsen zum Sitzen ein, während die Sonne strahlte, die Ardèche vorüberwirbelte und Berge und bewachsene Hänge die Kulisse rahmten.

»Man hört die Rue Nationale von hier aus.« Nico hielt den Kopf aus der geöffneten Tür.

»Ich hör nichts.« Ich lehnte mich aus dem Fenster. »Das ist der Wind, der in den Bäumen rauscht. Oder dein Tinnitus.«

Wieder schnaubte er und verdrehte die Augen. Diesmal platzte mir der Kragen. »Was ist eigentlich los? Warum hackst du die ganze Zeit auf mir herum?«

»Tu ich gar nicht. Du kannst es nur nicht ertragen, wenn man dir nicht in allem recht gibt.«

»Ah ja, vielleicht solltest du Psychotests für die *Brigitte* entwerfen. Du scheinst dich ja bestens auszukennen.« Ich sah zu Hannes hinüber, der angestrengt durch die Windschutzscheibe starrte.

»Ihr nervt beide, hört mal auf«, sagte er. Offensichtlich begeistert von den Neuigkeiten hatte er Nico die ganze Fahrt lang mit Fragen zu Anne, ihrem Zusammenleben und dem Kind gelöchert. Nico hatte nur einsilbige Antworten gegeben und konzentrierte sich lieber voll und ganz darauf, mich zu kritisieren. Jetzt seufzte er entnervt.

»Schön, wenn Madame es so will, bleiben wir eben hier.« Er hüpfte vom Beifahrersitz und marschierte Richtung Ufer. Ich zog den Schlüssel ab und warf ihn haarscharf an Hannes Kopf vorbei hinter ihm her.

»Ey, spinnst du?« Hannes sah mich erschrocken an.

Ich sprang aus dem Bus. Die Wut und der Frust, die in meinen Eingeweiden schwelten, bahnten sich wie giftiges Gas den Weg an die Oberfläche. Nicos selbstgerechte Art widerte mich genauso an wie Hannes' Lethargie. Während Nico, einmal angefangen, nicht mehr aufhören konnte mit dem Rumgehacke, hielt Hannes sich immer aus allem raus. Außerdem stimmte es nicht, dass ich dauernd recht behalten wollte.

»Du bist doch nur sauer, weil ich meine Zweifel an deiner idyllischen neuen Kleinfamilie habe.«

Nico quetschte einen dieser miesen Lacher hervor, tief aus der Kehle, mit dem er einem zu verstehen geben wollte, dass man Blödsinn redete. Ein Lachen, als würde er mir vor die Füße spucken.

»Das sind keine Zweifel, du gönnst es mir einfach nicht.«

Er hatte recht, aber dies war nicht der Moment, das zuzugeben. Ein Eingeständnis hätte ihm nur Aufwind gegeben.

»Na klar tu ich das. Wenn es das ist, was du wirklich willst …« Ich zog die Schultern hoch. In manchen Situationen war es okay, zu lügen, zum Beispiel wenn man angegriffen wurde. Dann wurde das Lügen zu einer Art Notwehr.

»Tust du nicht!« Nico zeigte mit dem Finger auf mich. »Du findest das total scheiße, und darum ziehst du auch ein Gesicht, als ob du gerade den Gammelbrie aus der Lüftung gelutscht hättest.«

Hannes lachte, hörte aber gleich wieder auf, als ich ihn ansah.

»Das kommt eben alles etwas plötzlich«, sagte ich, und das entsprach der Wahrheit. Am Morgen hatte ich noch nicht einmal gewusst, dass er was mit Anne am Laufen hatte, und jetzt war schon Nachwuchs unterwegs. Nico sah mich an, als erwartete er etwas von mir. Vermutlich eine Entschuldigung.

»Weißt du, ich hab einfach Angst, dass wir uns voneinander entfernen und uns nicht mehr so oft sehen wie vorher«, sagte ich. »Ab jetzt fährst du doch bestimmt nur noch mit Anne und dem Kind in den Urlaub, hast keine Zeit mehr, uns zu besuchen, und wir sehen uns immer seltener.«

Nico holte aus und trat gegen einen Stein, der auf dem Boden lag. Seine Kiefer mahlten. Mit einem Ruck drehte er sich zu mir um und stapfte mit geballten Fäusten auf mich zu, bis er einen Meter vor mir zum Stehen kam. »Genau, da hast du es! Immer geht es nur um dich! Hast du dich auch nur einmal für Hannes gefreut, der sich endlich traut, seinen Traum zu verwirklichen? Seit ich ihn kenne, redet er schon von dieser Werkstatt! Und was ist mit mir? Hast du dich darüber gefreut, dass ich Anne kennengelernt habe? Dass ich endlich das Gefühl habe, anzukommen in Hannover, nach so vielen Jahren? Anstatt mich zu fragen, wie es mir mit der Situation geht und mir beizustehen – denn na klar hab ich auch Schiss –, moserst du nur rum und machst alles schlecht. Dich interessiert doch nur, was das alles für dich bedeutet und was aus dir wird!«

Seine Worte waren wie ein Faustschlag in den Magen. Das hatte er drauf. Wir starrten uns an. Hannes schien mit dem Sitz verschmolzen zu sein, rührte sich keinen Millimeter. Ich fühlte mich alleingelassen, von allen beiden.

»Und du?«, fuhr ich Hannes an. »Ist das so? Bin ich so scheiße? Haust du deshalb nach Friesland ab?«

Er riss die Augen auf, hatte noch nie mit Aggression umgehen können und blockierte völlig, wenn man ihn anschrie. Das

Zusammenleben mit seinen cholerischen Eltern hatte ihn nicht abgestumpft. Im Gegenteil. Er sah mich mit großen Augen an, durch die ich ungefiltert in ihn hineinblicken konnte. Ich selbst zog mich in mich zurück, wenn es mir zu viel wurde und ich Dinge nicht an mich heranlassen wollte. Das galt auch für Nico, der ein Meister darin war, die Schotten dicht zu machen. Hannes hingegen schien jedes Mal aufs Neue überrascht zu sein, wenn er Zeuge von Streit und Aggressionen wurde, fast so, als ob er zwischenzeitlich vergessen hatte, dass es so etwas gab. Manchmal beneidete ich ihn.

»Sorry«, sagte ich leise. »Tut mir leid, ich wollte dich nicht anschreien.« Nicos Vorwürfe klebten an meiner Haut. Ich rieb mir mit beiden Händen übers Gesicht, um ihn nicht ansehen zu müssen. Er hatte sich nicht von der Stelle gerührt und schien selbstgerecht darauf zu warten, dass ich mich zu seinen Anschuldigungen äußerte.

Es war nicht unser erster Streit. Auch diesen würden wir überstehen. Solange wir stritten, waren wir uns immerhin nicht egal.

»Ich lauf mal 'ne Runde«, sagte ich zu Hannes, der noch immer verschreckt auf seinem Sitz saß.

Mit abgewendetem Blick ging ich an Nico vorbei. Keine Ahnung wohin, erst einmal weg vom Bus, weg von ihm und weg von seinen Vorwürfen. Ich bog in einen sandigen Pfad ein, der den Berg hinaufführte, stolperte über eine Baumwurzel, fing mich im letzten Moment und marschierte weiter, ohne mich noch einmal umzusehen.

»Insa, warte!« Hannes' Stimme klang ängstlich, doch ich hielt nicht an. Ich musste Abstand zwischen uns bringen, um den Druck in meiner Brust loszuwerden. Um den Kopf klar zu kriegen und den Dreck abzuschütteln, mit dem Nico mich beworfen hatte. Wenn ich jetzt umdrehte, würde ich Nico anschreien und der Streit würde weiter eskalieren.

9

Der Weg führte in steilen Kurven aufwärts. Innerhalb von wenigen Minuten hatte ich unseren Bus aus den Augen verloren. Bestimmt würden Hannes und Nico gerade über mich sprechen, mein Verhalten und meinen Abgang kommentieren. Ich hasste es, wenn sie über mich redeten, stellte mir das ungefähr so vor: Nico machte schlaue Therapiesprüche, denen Hannes nur mit halbem Ohr zuhörte, weil er beunruhigt war und vor allem wollte, dass wir uns wieder vertrugen. Vielleicht schlug Hannes auch vor, mich zu suchen, was Nico ablehnte, damit ich nicht dachte, dass er mir hinterherrannte.

Schweiß lief mir den Rücken hinunter, und mein Atem klang wie ein defekter Blasebalg. Nach ungefähr zwei Kilometern gelangte ich an eine Gabelung. Hier trafen sich zwei ausgetretene Pfade ohne Wegmarkierungen. Ich entschied mich für den, der weniger zugewachsen war, und bewegte mich nun an der Bergflanke entlang, konnte mich so von der Steigung erholen. Durch Lücken zwischen den Bäumen sah ich den Fluss hindurchblitzen, in den ich mich am liebsten hineingestürzt hätte, um den Schweiß, Nicos Vorwürfe und meinen Ärger abzuwaschen. Den Bus konnte ich von hier nicht sehen. Vermutlich war ich zu weit entfernt, oder sie waren ohne mich weitergefahren. Ich wusste, dass sie mir das nie antun würden, stellte mir aber trotzdem vor, wie es wäre, wieder nach unten zu kommen und die Stelle, an der ich geparkt hatte, verlassen vorzufinden. Mein Rucksack würde einsam an einem Baum lehnen, mein Schlafsack im Sand danebenliegen. Die beiden wären zurück auf der Straße und froh, mich los zu sein. Es funktionierte: Das Selbstmitleid ging auf wie ein Hefeteig und verklebte mir von innen die Poren. Ich hatte nicht vergessen, dass Hannes zuerst Nico von seinem Umzug erzählt hatte. Außerdem stritten sich die beiden fast nie. Immer war ich die Quertreiberin und wollte, zumindest laut Nico, stets recht behalten, war egoistisch und mischte mich in alles ein. Da waren sie doch besser dran ohne mich.

»Es war nur ein Streit, nur ein Streit«, redete ich mir zu. Nicht der erste und sicher nicht der letzte. Und auch dieser konnte nicht all das zerstören, was uns verband. Was wir teilten, war viel größer als eine Handvoll zorniger Sätze. So oft waren wir füreinander dagewesen.

Nach der Trennung von seiner ersten Liebe, Bennie, hatte Hannes über Wochen durchgehangen, sich jeden Abend volllaufen lassen, keinen Appetit mehr gehabt und es nicht ertragen, allein zu sein. Ich schlief jede Nacht bei ihm und hielt ihn im Arm. Nico und ich schleppten ihn auf Konzerte, ins Kino oder in die Natur. Wir hörten ihm zu, kochten ihm Tee, Grog oder Suppe, und als sein Kummer nicht besser wurde, fuhren wir mit ihm nach Spiekeroog. Dort stürmte und regnete es und war arschkalt. Wir mussten uns gegen den Wind stemmen, um von der Stelle zu kommen, kämpften uns durch den Sand, hatten den antriebslosen Hannes zwischen uns eingehakt und zogen ihn streckenweise hinter uns her. Wir brüllten gegen den Sturm an, der die Worte, kaum ausgesprochen, zurückspielte und uns um die Ohren knallte.

»Aaaaaah!«, brüllten wir.

»Ich hasse dich!«, brüllte Hannes, obwohl wir wussten, dass er Bennie nicht hasste.

»Ich hasse dich auch, Bennie!«, brüllte ich, und ich hasste ihn in dem Moment tatsächlich, weil es Hannes seinetwegen so schlecht ging. Am Abend schleppten wir uns völlig durchgepustet in eine der wenigen Kneipen, die im Herbst geöffnet hatten, saßen am Tresen, viel zu viele leere Gläser vor uns, deren Inhalt ich zum Teil auf dem Rückweg wieder auskotzte, alles für Hannes.

Auch Nico fingen wir auf, als er die erste Zeit in Hannover komplett abgeschmiert war. Er traute sich kaum aus seinem Zimmer heraus, weil er seinen beiden Mitbewohnern nicht begegnen wollte, aus Angst, mit ihnen reden zu müssen und nicht zu wissen, was er sagen sollte. Er schrieb uns ewig lange E-Mails, eine Mischung aus sentimentalen Erinnerungen an unsere gemeinsame Zeit im Schuppen und dunklen Songtexten voller Weltschmerz und Wut. Hannes und ich besuchten ihn jedes Wochenende, an dem er nicht zu uns kam, checkten mit ihm die coolen Läden aus, in die er sich allein nicht hineintraute, gingen gemeinsam auf Konzerte, Demos und Veranstaltungen. Wenn wir uns nicht sahen, telefonierten wir.

Würde es ihm in Zukunft dreckig gehen, hätte er seinen Therapeuten oder Anne. Hannes schien das nicht zu stören. Er hatte seine eigenen Pläne, freute sich auf Friesland, nahm seine Zukunft ins Visier und sah nicht zurück. Ich fühlte mich abgehängt und, in dem Punkt hatte Nico recht, fragte mich in der Tat, wo ich bleiben, welche Rolle ich in dem Leben der beiden noch spielen würde.

Der Weg teilte sich erneut, und ich entschied mich für den rechten. Er sah freundlicher aus, die Sonne schien hier noch hin und malte einzelne helle Flecken auf den Boden. Obwohl ich nun wieder bergauf wandern musste, tat mir die Bewegung nach den Tagen im Bus gut. Die Schatten wurden länger, der Wald lichter. Die Aussicht war atemberaubend. Das weite Tal, die unzähligen Grüntöne der Baumkronen, weit unter mir der silberne Fluss.

Was Nico über Anne erzählt hatte, klang eigentlich ganz okay. Vielleicht war ich wirklich nur neidisch und hätte auch gern eine Anne an meiner Seite, wenn auch nicht unbedingt schwanger. Diese Anne konnte froh sein. Einen Typen wie Nico zu finden, war nicht einfach. Auf ihn konnte man sich verlassen, daran hatte ich nie Zweifel gehabt. Ich hoffte darauf, dass er auch für mich da sein würde, vor allem, sollte sich der Krankheitsverdacht bestätigen und es mir mit der Zeit schlimmer und schlimmer gehen. Sollte ich irgendwann auf Hilfe angewiesen sein, vielleicht sogar auf einen Rollstuhl. Im Schnelldurchgang raste eine Flut von Bildern durch meinen Kopf. Nein! So weit wollte ich nicht denken!

Ich stampfte mehrmals so stark mit dem Fuß auf, dass ich keuchen musste, weil der Schmerz meinen Knöchel betäubte. Mit angehaltener Luft zählte ich bis hundert, versuchte die Panik auszubremsen. Eine Welle der Übelkeit überkam mich. Ich hockte mich an den Wegrand und würgte, aber es kam nichts. Schweiß lief mir über das Gesicht und den Rücken hinunter. Ganz langsam richtete ich mich auf, atmete einige Male tief ein und aus. Nico würde mit seiner neuen Familie vermutlich kaum noch Zeit für mich haben. Unsere gemeinsame Chance hatte ich verspielt, vermutlich damals schon, als ich mich gegen ihn und für Klas entschieden hatte. Das Timing war echt mies. Erst Hannes weg und dann auch noch Nico. Ich würde nach meiner Rückkehr allein in der Wohnung sein, einsamer als Robert in seinem großen Haus.

Den Blick starr auf den Boden gerichtet, schob ich mich Schritt für Schritt weiter bergauf. Meine Beine schmerzten. Ich hatte gelesen, dass Überanstrengung einen neuen Schub begünstigen konnte. Ab wann verwandelte sich Anstrengung in Überanstrengung, und wie erkannte ich die Grenze? Ich blieb stehen und verschnaufte, schüttelte meine Beine und Arme aus, dehnte die Muskeln. Irgendwann würde ich umdrehen und zurückgehen müssen, würde mir anhören müssen, dass sie ewig auf mich gewartet hätten und wie blöd es von mir gewesen sei, einfach abzuhauen. Bla, bla, bla.

Rechts neben mir ging es steil bergab, als hätte dort jemand ein Stück vom Berg abgeschnitten. Der Weg führte mich gefährlich nah an der Kante entlang. Ich beugte mich nach vorn, doch es standen zu viele Bäume und Büsche im Weg, um zu erkennen, wo ich aufprallen würde, sollte ich jetzt abrutschen. Immer wieder musste ich mich zwingen, ausreichend Abstand zu halten. Ich stellte mir vor, wie ich vornüberkippen und mich überschlagen würde, wieder und wieder. Wie ich unzählige Frakturen erleiden würde und meine Gliedmaßen in unnatürlichen Winkeln von meinem Rumpf abstünden. Wie schließlich mein Kopf mit einem dumpfen Knall gegen einen Felsen knallen würde. Und dann Stille. Mein Gehirn endlich ausgeschaltet. Nie wieder Angst. Nie wieder diese Leere fühlen.

Meine Beine schmerzten von der Steigung, aber ich wollte nicht stehen bleiben, wollte so lange weitergehen, wie meine Kraft reichte, einfach weil ich es konnte. Wer wusste, ob ich in fünf Jahren, in zehn oder fünfzehn noch auf Berge rennen könnte. Meine Ärztin hatte gesagt, ich solle mir nicht zu viele Sorgen machen, noch sei gar nichts klar. Und außerdem gebe es sanfte Verlaufsformen. Bei niemandem würde die Krankheit gleich ablaufen. Überhaupt müsse man erst einmal abwarten, ob sich der Verdacht bestätigte.

Ich setzte mich auf einen Baumstumpf und sah hinunter ins Tal, sah die Wipfel, die Weite, die Felsen, die untergehende Sonne, die alles in ein goldenes Licht tauchte. Ich zog die Beine an meinen Körper, umfasste sie mit den Armen und sog tief die frische Luft ein. Lauschte auf das Gezwitscher der Vögel. Eine Amsel sang direkt unter mir, klang mal fragend, mal als würde sie schimpfen. Von weit entfernt antwortete eine zweite Amsel, wiederholte die gleiche Abfolge an Tönen. Oder war es die erste, die der zweiten antwortete? Die Schatten zogen sich in die Länge. Wenn ich noch länger hier oben säße, würde ich nicht mehr im Hellen unten angelangen. Ich war mir nicht mal sicher, ob ich es noch schaffen würde, wenn ich jetzt sofort aufbrach.

Als Flachländerin war ich davon ausgegangen, dass der Abstieg wie von allein gehen würde. Leider musste ich feststellen, dass meine All-Stars nicht geeignet waren für dieses

Gelände. Ich rutschte weg und fiel fast hin, als die losen Steine unter meinen Sohlen mir die Füße unter dem Körper wegzogen. An den steilsten Stellen hockte ich mich auf die Fersen, beugte den Oberkörper nach vorne und schlitterte wie beim Abfahrtsski nach unten. Mehrmals landete ich dabei auf dem Hintern.

Das Licht nahm schneller ab als gedacht. Bei der nächsten Abzweigung zögerte ich. Die Stelle kam mir nicht bekannt vor, was sicher daran lag, dass ich auf dem Hinweg von unten hochgestiegen war und die Sonne hell schien. Ich bog links ab, kehrte aber nach hundert Metern wieder um, sah mir die Stelle noch mal an. Doch, der schräg wachsende Baum war mir schon auf dem Hinweg aufgefallen. Dieser Weg musste der richtige sein. Also rutschte ich weiter nach unten. Nach zweihundert Metern erneut Zweifel, diesmal wegen einer Felsengruppe, die ich auf jeden Fall bemerkt hätte. Vier oder fünf aufrecht stehende Steinblöcke, die an Murmeltiere erinnerten. Ich wollte nicht noch einmal umkehren und beschloss, mich erst mal darauf zu konzentrieren, irgendwie vom Berg hinunterzukommen, bevor es stockdunkel sein würde. Immer hektischer stolperte ich bergab, meine Beine zitterten. Die Grenze zwischen Anstrengung und Überanstrengung hatte ich sicher schon längst überschritten.

Neben mir im Gebüsch knackte es. Nicht das erste Mal, nur hatte ich bisher versucht, es zu ignorieren. Mit einem Ruck blieb ich stehen. Diesmal war das Knacken ganz nah dran, klang wie ein brechender Zweig. Ein Kribbeln im Nacken, als würde mich jemand beobachten. Wie wenn ich als Kind spät vom Spielen nach Hause kam und es schon dunkel geworden war. Die Angst, jemand könnte sich in der Scheune verstecken und mich jeden Augenblick von hinten anspringen, ließ mich bei Dunkelheit stets rückwärts, den Blick aufs Scheunentor gerichtet, unseren Hof überqueren. Rückwärts den Berg hinunter wäre allerdings keine gute Idee. Ich zog mir die Kapuze über den Kopf und schlitterte weiter. Als ich über einen faustgroßen Stein stolperte, bückte ich mich und nahm ihn in die Hand, bereit, ihn jederzeit auf den möglichen Angreifer zu schleudern.

Hinter der nächsten Kurve ging es noch steiler bergab. Ich fiel und schürfte mir die linke Hand auf, rappelte mich hoch, neben mir abermals ein lautes Knacken, ganz in meiner Nähe. Ich erstarrte, hielt die Luft an und hörte ein Hecheln. Die Panik rauschte wie ein Peitschenschlag durch mich hindurch. Ich schluckte, atmete, zählte gegen die Angst an. Eins, zwei, drei. Knacks. Vier, fünf. Weiteratmen. Meine Wut auf Nico war verpufft. Sollten sie mich doch mit blöden Sprüchen empfangen. Solange ich nur heil den Bus wiederfinden würde, war mir alles recht. Sechs, sieben, acht. Ein Fuß vor den anderen, jetzt bloß nicht stürzen oder mir etwas verknacksen.

Das Hecheln hörte auf, dann knackte es erneut. Wie erstarrt hielt ich die Luft an, zwang mich, weiterzuzählen, jede Zahl ein Schritt. Vierzehn, fünfzehn, ich stolperte, achtzehn. Knack. Jetzt näherte sich das Hecheln wieder. Zwanzig, dreiundzwanzig, dreiundzwanzig. Meine Hand umklammerte den Stein. Die Angst verwandelte meine Muskeln in verhärtete Knetmasse, klumpig und kalt, wie diese grünen, roten und blauen Knetgummistückchen, die überall im Haus herumlagen, als Katinka ihre exzessive Knetphase hatte. Hartnäckige Stückchen, wenn man drauftrat, blieben sie unter den Socken hängen, sie klebten in den Ritzen vom Küchentisch und zwischen den Bodendielen. Selbst in der Scheune fanden sie sich. Sogar im Dunkeln konnte es vorkommen, dass sie dort hockte und alleine vor sich hin spielte. Katinka war immer mutiger gewesen als ich. Vierundzwanzig. Fünfundzwanzig.

Meine Angst vor dem, was in den Büschen lauerte, war so groß, dass sie die andere, schon fast chronisch gewordene Angst überlagerte. Für einen kurzen Moment vergaß ich meine Furcht, an Multiple Sklerose erkrankt zu sein, ebenso wie die damit verbundene Ungewissheit und den Horror vor dem Alleinsein. Sie rutschte in der Hierarchie der Ängste nach unten und verlor an Bedeutung, war weniger akut und daher zweitrangig. Wenn das möglich war, musste Angst eine relative Größe sein, auf die ich Einfluss nehmen konnte. Ich dachte an Katinka, wie sie als kleines Kind im Schlafanzug und mit ihrer bunten Jacke drüber manchmal spätabends bei uns im Schuppen aufgetaucht war. Katinka hätte bestimmt keine Angst, wenn sie jetzt hier wäre. Hätte sich bestimmt mit forschem Schritt ins Gebüsch geschlagen und einfach nachgesehen, was sich dort versteckte.

Ich klammerte mich an den Stein in meiner Hand und lauschte. Beruhigte mich mit dem Gedanken, dass das Hecheln weniger nach einem Hannibal-Lecter-Verschnitt klang als nach einem Tier. Ich widerstand meinem Fluchtimpuls und tastete mich vor, hinein in das Gestrüpp, bis mein Verfolger nur noch eine geschätzte Armlänge von mir entfernt war. Die Sonne stahl sich durch die Zweige, bohrte ihre letzten Strahlen ins dunkle Dickicht. Bündelte sich in zwei leuchtenden Punkten, etwa dreißig, vierzig Zentimeter über dem Boden. Zwei Augen die mich beobachteten. Nach und nach zeichnete sich im Dämmerlicht die Silhouette des dazugehörigen Körpers ab, das verfilzte Fell, die aufgestellten Ohren. Ein Hund, unverkennbar.

Beide schienen wir abzuwägen, was als Nächstes passieren würde, ob ich den Stein schmeißen, ob er mich anfallen würde. Die Sekunden verstrichen. Ich ließ die Hand sinken. Der Hund ließ mich nicht aus den Augen, folgte der Bewegung meines Armes. Er ging mir bis knapp unters Knie, das Fell mochte einmal blond gewesen sein. Jetzt starrte es vor Dreck, was ihm ein wildes Aussehen verlieh.

»Wer bist du denn?«, flüsterte ich. Er legte den Kopf schief und spitzte die Ohren. Ich redete weiter, erzählte von unserer Reise, von Hannes und Nico, die auf mich warteten. Fragte, ob er nicht mitkommen wolle und ob er Hunger habe. Ganz langsam, um ihn nicht zu erschrecken, ging ich in die Hocke und tastete in meiner Jackentasche nach einem Stück Brot, das ich beim Picknick in Chalon-sur-Saône eingesteckt hatte. Als ich es herausholte, näherte sich der Hund einen Schritt und schnupperte in meine Richtung. Ich warf ihm den Kanten vor die Pfoten, und er schlang ihn mit zwei Bissen hinunter.

»Los, komm, bevor es völlig dunkel ist«, sagte ich und setzte mich langsam wieder in Bewegung, den Berg hinunter. Nach einem kurzen Zögern folgte der Hund mir, immer dicht an den Büschen entlang, bereit, sich jederzeit zu verstecken. Der Abstand zwischen uns verringerte sich, je länger wir liefen, bis er auf gute zwei Meter geschrumpft war. Zu wissen, dass mich kein Gewaltverbrecher verfolgte, gab mir meine Sicherheit zurück. Ich rutschte seltener aus, mein Puls beruhigte sich. Und schon nach der nächsten Biegung konnte ich direkt unter uns den Fluss sehen. Die letzten Meter rannte ich, kniete mich ans Ufer und schöpfte mir Wasser ins Gesicht. Spülte mir den Schweiß von der Stirn und wusch mich unter den Achseln. In einigen Metern Entfernung trank schlabbernd der Hund.

Ich vermutete den Parkplatz links von uns. Wir folgten dem Ufer, umrundeten Felsen, sprangen über Steine. Einmal rutschte ich aus und fing mich im letzten Moment wieder. Der Hund folgte mir, hielt jedoch strikt den Zwei-Meter-Abstand ein. Die ganze Zeit über redete ich leise vor mich hin, summte und sang. Stellte mir vor, dass meine Stimme uns wie eine durchsichtige Schnur miteinander verband. An einer Flussbiegung musste ich mich durch zwei Felsen hindurchzwängen, und dahinter, endlich, lag der Parkplatz. Der Bus stand noch genau dort, wo ich ihn geparkt hatte, drinnen flackerte Kerzenlicht, und ich atmete auf. Durch die offene Tür erkannte ich Hannes' Umriss und rief seinen Namen. Er sprang aus dem Bus und lief mir entgegen.

»Scheiße, wo bist du gewesen?«

Ich winkte ab und deutete hinter mich, dorthin, wo sich der Hund auf den Boden duckte und uns beobachtete.

Hannes formte ein O mit den Lippen und raunte in den Bus hinein: »Guck mal, wen Insa mitgebracht hat.«

Nico streckte den Kopf heraus, und Hannes zeigte auf den kleinen Schatten. Mit respektvollem Abstand musterten wir das verfilzte Tier, das im Dunkeln kaum auszumachen war.

»Wer ist das denn?«, fragte Nico. Ich erzählte ihnen von unserem abenteuerlichen Zusammentreffen.

»Geile Aktion übrigens, einfach abzuhauen!« Nico klang alles andere als begeistert. Ich ging nicht auf seine Bemerkung ein. Es gab Wichtigeres, als über unseren Streit oder mein Fehlverhalten zu diskutieren. Ich lief zum Bus, wühlte in der Vorratskiste und fand eine Packung Knäckebrot. Vom Knistern und meinen Rufen angelockt, näherte sich der Hund. Wir hockten uns alle drei auf den Boden und sahen zu, wie er ein Knäcke nach dem anderen futterte, das ich ihm hinwarf. Nach jedem Stück, das er hinunterschlang, sah er mich mit schräg gelegtem Kopf an und wartete auf Nachschub.

Nico fand, das konnte höchstens ein Appetizer gewesen sein. Fleisch hatten wir nicht dabei, deshalb kochte er einen großen Topf Reis, die Hälfte für uns, die andere für den Hund. Wir aßen Möhren-Paprika-Gemüse dazu, das Hannes lieblos angedünstet hatte. Es war nur halb gar und nicht gewürzt, aber niemand von uns wollte sich länger im Bus aufhalten und verpassen, was als Nächstes geschah. Der Hund hatte sich bis auf wenige Meter an den Bus herangetraut, verfolgte jede unserer Bewegungen und sah inzwischen weniger ängstlich als hungrig aus.

»Der hat doch bestimmt gewildert. Warum hat der denn so einen Hunger?«, fragte Hannes und rührte als kleines Special noch Naturjoghurt in den Hundereis.

»Vielleicht ist er kein guter Jäger. Oder hat sich auf Abfalleimer spezialisiert, was jetzt in der Vorsaison bestimmt nicht sehr ergiebig ist«, sagte Nico.

Das Futter kam gut an. Wir legten dem Hund einen Flickenteppich vor den Bus, der uns sonst als Fußmatte diente, und er ließ sich tatsächlich darauf nieder. Den Kopf auf die Pfoten gebettet, die Augen geschlossen, schien er sofort eingeschlafen zu sein. Nur das Zucken der Ohren, sobald wir etwas sagten, verriet, dass er wach war und ihm nichts entging. Nach einer Weile seufzte er und legte sich auf die Seite. Ich beugte mich vor und schielte unter den Bauch.

»Das ist eine Hündin!«, sagte ich und hätte sie gerne gestreichelt, aber so weit waren wir noch nicht. Um ihren Hals hing ein ausgeblichenes Stück Seil, an den Enden ausgefranst, als wäre es mit der Zeit durchgescheuert worden. Sonst fanden wir nichts. Keine Telefonnummer, keinen Namen, keine dieser Kapseln mit wichtigen Informationen, die man Hunden ans Halsband hängte, falls sie verloren gingen.

»Wenn sie morgen noch da ist, nehmen wir sie mit, oder?«, fragte ich.

Hannes nickte und drückte meinen Arm. Nico wiegte den Kopf von einer Seite auf die andere. »Das sehen wir dann«, sagte er, und ich verkniff mir eine Erwiderung.

Wir einigten uns darauf, die Tür während der Nacht einen Spalt offen stehen zu lassen, damit sich die Hündin nicht so allein fühlte. Bevor ich endlich einschlief, stand ich zweimal auf, um nachzusehen, ob sie noch da war. Sie lag auf dem Teppich und hob jedes Mal den Kopf, wenn sie hörte, wie ich über Nico hinwegkletterte. Und wenn sie mich in der Tür entdeckte, wedelte sie mit dem Schwanz.

»Jetzt reicht's aber, wenn du noch einmal aufstehst, tauschen wir Plätze«, brummte Nico und fand es gar nicht lustig, als ich ihn auf dem Weg zurück ins Bett aus Spaß in den großen Zeh kniff.

10

Am nächsten Morgen fühlte ich mich, als wäre ich den Berg hinuntergestürzt. Ich versuchte, mich aufzusetzen, doch ein dumpfer Schmerz in Beinen und Hintern ließ mich gleich wieder zurück auf die Matratze sacken. Neben mir atmete Hannes durch den geöffneten Mund, und seine schiefen Zähne leuchteten weiß im morgendlichen Licht – zum Ärger seiner Eltern hatte er nie seine Zahnspange getragen, ein kleiner Akt der Rebellion. Durch die Seitentür sah ich die leere Schüssel, aus der die Hündin am Vorabend gefressen hatte. Sie lag nicht mehr auf dem Teppich.

Ich unternahm den nächsten Versuch, setzte mich auf und reckte den Kopf. Die Ardèche sprang noch immer munter um die Felsen herum, hatte vermutlich die ganze Nacht nicht eine Sekunde Pause gemacht. Am Ufer, auf einem flachen Stein, saß Nico, und an seiner Seite entdeckte ich die Hündin. Jedes Mal, wenn er die Hand nach ihr ausstreckte, duckte sie sich und hielt ganz still. Sobald er seine Hand auf ihren Kopf legte, reckte sie sich der Berührung entgegen. Ich wertete es als gutes Zeichen, dass sie nicht weggerannt, sondern noch immer bei uns war.

Nico ließ seine Hand auf ihrem Kopf. Nur seine Lippen bewegten sich. Zu gern hätte ich gehört, was er ihr erzählte. Hannes gähnte und reckte sich. Er drehte sich zu mir und legte einen Arm auf meinen Bauch.

»Bist schon lange wach?«, fragte er.

»Seit gerade eben. Nico ist schon draußen mit der Hündin. Guck mal, wie zutraulich sie ist.«

Zu zweit beobachteten wir, wie Nico mit der rechten Hand eine Strähne an ihrem Hals anhob und sie mit der Schere abschnitt, die wir im Verbandskasten gefunden hatten. Am Vorabend hatten wir beschlossen, ihr das vom Dreck verklumpte Fell zu stutzen, um besser einschätzen zu können, in welcher Verfassung sie sich befand. Außerdem müffelte sie, eine Mischung aus Feuchtigkeit, Misthaufen und, wie ich fand, Frittierfett. Nicos Geschnippel schien sie nicht zu stören. Strähne für Strähne fiel auf den Boden.

»Glaubst du, dass Nico noch sauer auf mich ist?«, fragte ich Hannes. Gestern hatte sich nur noch alles um die Hündin gedreht, auch wenn mir nicht entgangen war, dass Nico meinen Blicken konsequent ausgewichen war. Meiner Meinung nach hatte ich mindestens genauso viel Grund wie er, sauer zu sein.

»Keine Ahnung.« Hannes drehte sich wieder auf den Rücken.

»Was hat er denn gesagt, als ich weg war?«

»Gar nichts. Er hat sich vorne ans Wasser gesetzt und gelesen. Danach ist er spazieren gegangen, und ich bin hier geblieben, falls du zurückkommst. Aber als du dann so lange weggeblieben bist, war er schon besorgt, glaube ich.«

»Wieso, was hat er gesagt?«

»Nicht viel. Hat sich eher aufgeregt, weil du uns hast warten lassen. Aber eigentlich hat er sich Sorgen gemacht.«

»Jaja.«

»Doch, echt.«

Wir wühlten uns aus den Schlafsäcken. Meine Muskeln fühlten sich an, als würden sie in Säure schwimmen. Jede Bewegung tat weh. Hannes kochte Kaffee und Tee, und im Schneckentempo schlich ich hinter ihm zum Ufer hinunter. Die Hündin beäugte uns misstrauisch. Wir hielten ihr unsere Handflächen entgegen, damit sie daran schnuppern konnte. Sie entspannte sich und konzentrierte sich wieder auf Nicos Fellpflege.

»Du kleine Stinknuss, gleich bist du die ekligen Flusen los, und dann geht es dir bestimmt schon viel besser«, sagte ich, und sie wedelte mit dem Schwanz. Ich bot Nico einen Schluck von meinem Kaffee an. Er nahm mir die Tasse aus der Hand und trank.

Ein kurzer Blick, als er sie mir zurückreichte, nur eine Sekunde, doch lang genug, um zu erkennen, dass er mir noch nicht verziehen hatte. Aber immerhin gab es Blickkontakt. Wir hatten auch schon Streits gehabt, nach denen er mich zwei Wochen oder länger nicht angesehen hatte. Ich fragte ihn, ob er Hilfe beim Frisieren brauche, und er schüttelte den Kopf. Ein bräunlich blonder Haufen hatte sich schon neben ihm gesammelt. An den Schnittkanten sah man den Dreck. Sand, Schmodder, Gräser und wer weiß, was sonst noch. Ich streichelte der Hündin über den Kopf, und sie schmiegte sich gegen meine Hand, als wollte sie darin verschwinden.

»Lass mal.« Nico schob meine Hand weg. »Wenn sie so wackelt, schneide ich sie noch aus Versehen.«

Um nicht schon wieder zu diskutieren, sagte ich nichts, obwohl ich fand, dass er sich wichtigmachte. Stattdessen rutschte ich auf dem Felsen nach unten, bis ich mit den Zehen die Wasseroberfläche berührte. »Voll kalt«, rief ich und tauchte beide Füße hinein. Die Kälte drang mir bis in die Knochen. Ich zählte bis sechzig und zog meine Füße wieder heraus. Nach kurzer Zeit kribbelte es, und das Blut schoss zurück bis in die Zehen, wärmte mich von innen.

»Guckt mal, das sieht gar nicht gut aus.« Nico hatte das Seil abgeschnitten und da, wo es um den Hals gelegen hatte, war die Haut aufgescheuert. An einigen Stellen sahen die Wunden entzündet aus, das Gewebe war gerötet, und es hatten sich eitrige Krusten gebildet.

»Wer weiß, was sie sonst noch alles hat«, sagte Nico.

Ich nickte. »Stimmt, vielleicht auch Würmer und Flöhe und so.«

Die Hündin fiepte, als Nico ihr die Haare um die Wunden herum abschnitt. Ich sah sie nachdenklich an. »Wie sie wohl heißt?«

Wir zählten französische Namen und Wörter auf, aber sie reagierte nicht.

»Vorhin hat sie auf ›komm‹ gehört. Wir könnten sie Tom oder *Pomme* nennen«, schlug Nico vor.

Hannes verzog das Gesicht. »*Pomme* wie Apfel?«

»Ja, oder wie Pommes«, sagte ich. Nico lachte, und das ließ mich hoffen, dass er seinen Groll gegen mich im Laufe des Tages vergessen würde.

»Auf keinen Fall, dann bekomme ich jedes Mal Hunger, wenn ich sie rufe«, protestierte Hannes.

»Pommes«, flüsterte ich in ihre Richtung. Sie drehte den Kopf und sah mich an.

Nico fiel mit ein. »Pommes, Pommes«, sangen wir, und sie wedelte mit dem Schwanz. Hannes, der weiter Namen wie *Moustache* wegen ihres Schnurrbarts und *Moufette*, französisch für Stinktier vorschlug, hatte keine Chance. Die Sache war beschlossen.

Ich nickte zufrieden. »Und findet ihr nicht auch, dass sie nach Frittierfett riecht?«

Nico lachte wieder und ergänzte, dass ihr Fell außerdem die Farbe von Pommes hätte. Ich sah zu ihm hinüber, versuchte, seinen Blick aufzufangen, aber so weit war er noch nicht. Den neuen Haarschnitt und die Namensgebung wollten wir trotzdem gebührend feiern. Ich stellte den Sekt, den Piotr uns zum Abschied geschenkt hatte, ins Uferwasser, und Hannes bereitete uns ein deftiges Frühstück mit Spiegeleiern und Baked Beans.

»Wir haben noch immer nicht überlegt, wie es mit ihr weitergeht.« Hannes beobachtete die Hündin, die das Frühstück, das er auf drei Blechteller verteilt hatte, nicht aus den Augen ließ.

»Mitnehmen natürlich«, sagte ich.

Nico blies die Backen auf. »Vielleicht sollten wir ein paar Tage hierbleiben und Zettel aufhängen. Irgendwer wird sie sicher vermissen.«

»Wenn ich mir ihren Zustand und das zerschlissene Seil angucke, gehe ich davon aus, dass sie diesen jemand aber nicht vermisst«, sagte ich.

»Und wer von uns nimmt sie dann genau? So ein Hund, das ist voll viel Arbeit, da muss man Zeit und auch Bock drauf haben«, sagte Nico. »Ich kann bei mir in der Wohnung schon mal keine Haustiere halten.«

»Ich nehm sie«, meldete ich mich sofort.

»Oder ich«, sagte Hannes. »Auf dem Dorf ist es ruhiger für sie als in der Stadt.«

»Ja, aber ich hab mehr Zeit.«

»Noch. Bis du wieder arbeitest. Und bei mir kann meine Oma auf sie aufpassen, wenn ich viel zu tun habe.«

Hannes hatte die besseren Argumente. Das ärgerte mich.

»Aber ich hab sie gefunden.« Ich konnte mir die Bemerkung nicht verkneifen, obwohl ich wusste, dass ich damit nicht durchkommen würde.

»Hä?« Nico schüttelte den Kopf. »Als ob das wichtig wäre. Außerdem hat sie ja wohl eher dich gefunden. Ohnehin sollte es in erster Linie darum gehen, bei wem es ihr am besten ginge, falls wir entscheiden, sie mitzunehmen.«

Ginge, sollte, falls, in erster Linie. Er ging mir gehörig auf die Nerven. Wütend drehte ich mich zu ihm. »Was schlägst du denn vor? Sie hierlassen?«

Nico zuckte mit den Schultern. »Tierheim, Tierschutzverein …« Kaum hatte er es ausgesprochen, legten Hannes und ich los, nannten ihn herzlos und alles Mögliche mehr, bis er den Kopf einzog.

»Dann ist also schon mal klar, dass sie mitkommt«, sagte ich, und die anderen beiden nickten. Ich öffnete den Sekt, verteilte ihn auf drei Becher, und wir stießen auf unsere neue Reisegefährtin an.

Die Frage, bei wem Pommes wohnen würde, war für mich trotzdem noch nicht geklärt. Auch wenn Hannes die besseren Argumente hatte, wollte ich nicht auf sie verzichten. Seitdem sie am Abend zu uns gestoßen war, stellte ich mir vor, wie es wäre, wenn sie bei mir lebte. Wie wir morgens unsere Runde durchs Viertel drehten, sie an allen Ecken stehen blieb und schnüffelte, wie ihr Fell nachwuchs und ich sie bürstete, damit es nicht wieder verfilzte. Schon bald würden die anderen Hunde im Viertel sie kennen, genau wie die dazugehörigen Menschen. Nach der Arbeit, die dann nur noch halbtags sein dürfte, was mir ohnehin entgegenkäme, würde sie mich freudig begrüßen und um mich herumtanzen. Wir würden an der Elbe spazieren gehen, Löcher im Sand buddeln, uns ans Ufer setzen und den Schiffen hinterhergucken. Abends würden wir auf dem Sofa herumhängen und anspruchsvolle oder anspruchslose Filme glotzen.

»Was hältst du davon, wenn wir uns beide um Pommes kümmern? Wenn ick keen Tied hebb, ist sie bei dir, und wenn du viel um die Ohren hast, nehme ich sie«, schlug Hannes vor.

Klang vernünftig. Aber was, wenn sie lieber bei Hannes als bei mir wäre, ihn lieber mochte als mich? Der Gedanke schoss mir wie ein Giftpfeil durch den Kopf. Alle fanden Hannes immer sofort sympathisch, plus er wohnte in einem Fleischesserhaushalt. Wenn sie bei mir wäre, würde ich zum Hundeladen gehen, um ihr tiefgefrorenes Fleisch zu kaufen. Das würde ich mit Reis und Gemüse mischen, wie es Hannes' Freund und Bandkollege Jochen immer tat, auf dessen Terrier Ulfi wir manchmal aufpassten. Ulfi hatte uns jedes Mal davon kuriert, einen eigenen Hund haben zu wollen, denn er war ein feiger und penetranter Kläffer. Was man Jochen gegenüber natürlich nicht sagen durfte.

Hätte Hannes nicht seine Rückkehr nach Friesland geplant, hätte ich Pommes sofort mit ihm geteilt. Man hätte nicht mal wirklich von teilen sprechen können, weil uns eh fast alles gemeinsam gehörte. Das Leben und der Kühlschrankinhalt, warum nicht auch die Verantwortung für eine stoppelhaarige Hündin. Aber nun würde mir die geteilte Fürsorge nur noch drastischer vor Augen führen, dass unsere Leben ab jetzt getrennt verliefen. Ich sparte mir die Antwort auf Hannes' Vorschlag für später auf.

Erst einmal musste Pommes gewaschen werden, wenn sie mit uns reisen sollte.

Nico öffnete die Kisten, die wir seiner Mutter bringen wollten, und wühlte darin herum, auf der Suche nach Tüchern und einem größeren Topf. Ich bot an, ihm zu helfen, doch er lehnte ab, dabei hätte ich zu gern einen Blick auf Sandras Sachen geworfen. Nach einer Weile schlug er mit Wucht die Hintertür zu, sodass das Teesieb, die Kelle und die Tassen an ihren Haken über dem Herd wackelten. Triumphierend hielt er einen großen Einmachtopf in die Höhe, einen dieser alten aus Emaille, und ein orangefarbenes Baumwolltuch. Das Tuch kam mir bekannt vor. Seine Mutter hatte es sich an Sommerabenden häufig um die Schultern gehängt. Ich fragte mich, was wir sonst noch Kurioses durch die Gegend kutschierten, hielt aber den Mund, denn uns allen war klar: Bei dieser Reise ging es nicht um die Kisten und deren Inhalt.

»Super.« Hannes füllte den Topf mit Flusswasser und stellte ihn auf den Herd.

Ich kramte einen Schwamm aus dem Küchenschrank. Nach einer Zigarettenlänge war das Wasser lauwarm. Nico tauchte seine Ökoseife hinein und schnappte sich Pommes, die offensichtlich keine Lust hatte, gewaschen zu werden. Sie strampelte und wand sich aus seinem Griff. Dabei kippte der Topf um, und sie entglitt uns. Wurde unter unseren Händen zu einem glitschigen Wurm, der uns den Schwamm klaute und damit wegrannte. Hannes sprintete hinter ihr her. Die beiden sahen aus, als hätten sie viel Spaß, wie sie um die Bäume herumrannten, Haken schlugen und wahlweise bellten oder kreischten. Pommes überschlug sich. Sand und altes Laub blieben in ihrem nassen Fell kleben. Mir war es egal, das bisschen Dreck tat uns nicht weh und ihr schon mal gar nicht. Im Gegenteil, er gab ihr das wilde Aussehen zurück, das sie durch den radikalen Haarschnitt verloren hatte. Dort, wo der Topf umgekippt war, hatte sich eine Pfütze gebildet. Ich streckte die Hand aus und drückte sie in den lauwarmen Matsch. Ertastete Steinchen, Ameisen und kleine Zweige.

»Iiih, was machst du denn da?«, fragte Nico.

»Siehst du doch.« Ich drückte fester, und die Steinchen bohrten sich in meine Haut. Er schüttelte den Kopf und verdrehte die Augen. Sofort machte es keinen Spaß mehr, und ich kam mir albern vor. Es war unmöglich, sich unvernünftig zu verhalten neben jemandem, der sich an seine Vernunft klammerte, als würde seine Welt zusammenbrechen, sobald er sie kurz losließ.

»Spielverderber«, sagte ich leise. Er stand auf und verschwand im Bus. Aus Prinzip wühlte ich mich noch tiefer ins Erdreich, ertastete noch mehr Steine und etwas Schleimiges, vielleicht einen Wurm. Ich zuckte zurück und wollte gerade aufstehen, um mir im Fluss den Schlamm von der Hand zu waschen, als Nico mir ohne Vorwarnung von hinten auf den Rücken sprang und ich unter Gebrüll in den Matsch knallte. Er hatte sich seine Badehose über den Kopf gezogen, sodass seine Locken aus den Beinlöchern guckten und ihm das Aussehen von Fozzie Bär gaben. Jetzt mischte sich auch Pommes ein, fegte nur Millimeter an meinem Kopf vorbei und wirbelte dabei eine Fontäne an Dreck auf. Als Letzter stürzte sich Hannes auf uns, jauchzte und strampelte mit den Beinen.

Ich wühlte mich unter den beiden hervor und ließ mich erneut mit Schwung auf sie drauffallen. Hannes ächzte und drückte Nicos Gesicht in den Schlamm. Pommes umkreiste uns und kläffte, schien nicht unterscheiden zu können, ob das hier noch Spaß war oder schon Ernst. Ich kniff Hannes in den Oberarm. Der schrie auf und schlug nach mir, während Nico unter uns bockte wie ein Fohlen. Matschklumpen flogen zu allen Seiten. Meine Muskeln protestierten, aber das war mir egal. Die Grenze war tatsächlich verwischt. Spaß, Ernst, wir sprangen von einer Seite zur anderen. Ich erlaubte mir, Nico mein Knie in den Hintern zu rammen, wenn auch mit gebremster Kraft. Dann erwischte ich

Hannes an der Schulter und biss hinein. Dafür durfte er mir an den Haaren ziehen, und nachdem Nico sich endlich unter uns herausgewühlt hatte, nahm er mich in den Schwitzkasten. Er brachte meine Halswirbelsäule zum Knirschen und mich zum Brüllen, während ich ihm so lange den Zeigefinger in die Rippen bohrte, bis er losließ, bis wir alle drei nebeneinander auf dem Boden lagen, nach Luft schnappten und kein bisschen sauberer aussahen als Pommes.

»Ihr seid ja total bescheuert«, sagte Hannes, und wir gaben ihm recht. Waren uns endlich mal alle einig und stießen mit dem Rest Sekt darauf an. Pommes legte sich neben uns, war der Waschtortur fürs Erste entgangen.

»Egal, immerhin haben wir ihr die verkrustetsten Stellen rausgeschnitten, ist ja schon mal was«, sagte Nico und kniete sich vor sie. Er zupfte Sand und Zweige aus ihrem Fell und wickelte sie in das Tuch seiner Mutter ein, sodass nur noch ihr Kopf hinaussah. Zufrieden schnaufend rollte sie sich zusammen. Liebevoll fuhr er ihr mit der Hand über den Rücken, und auf einmal konnte ich ihn mir vorstellen als Vater.

Hannes zog sich aus und sprang nach kurzem Zögern in die Ardèche, kreischte und wedelte mit den Armen. Nico folgte seinem Beispiel.

»Was ist mit dir?«, rief Hannes in meine Richtung.

»Ich will noch ein bisschen dreckig bleiben.« Ich fühlte mich wohl mit der Erde, die auf meiner Haut klebte und die aus meinen Haaren rieselte, wenn ich den Kopf schüttelte.

»Aber dann schläfst du auf dem Boden.«

»Kein Problem.« Ich freute mich darauf, neben Pommes zu liegen und ihr das Fell beim Einschlafen zu kraulen.

Nach einer Weile fing die Schlammschicht auf meinem Körper an zu trocknen und bekam bei jeder Bewegung, die ich machte, Risse. Meine Haut juckte, und dreckig zu sein machte keinen Spaß mehr. Ich zog Schuhe und Socken aus. Hannes und

Nico rannten schlotternd an mir vorbei und wickelten sich in ihre Handtücher. Die Matsche hatte sich wie ein Schutzoverall über meine Kleidung gelegt. Ich breitete die Arme aus, sah an mir herunter und riss den Mund weit auf wie die Untoten aus dem Film *Die Mumie*. Hannes schoss ein Foto von mir, auf das ich mich schon freute. Schließlich setzte ich einen Fuß ins eisige Wasser, zog den zweiten nach und watete bis ins Tiefe. Meine Hose klebte mir an den Beinen, unter mir glitschige Felsen, und dann ließ ich mich in den Fluss fallen, schnappte nach Luft, und mein Herz raste. Ich machte drei, vier Schwimmzüge. Die Kälte brannte. Schnell kehrte ich ans Ufer zurück, kletterte hinaus und riss mir die Kleider vom Körper.

»Alles in einem Abwasch, erspart mir das Wäsche waschen«, keuchte ich und schnappte mir Hannes' Handtuch, das über einem Abschleppseil zwischen zwei Bäumen hing. In frische Klamotten gehüllt machten wir eine Bestandsaufnahme. Ich konnte meinen Kopf nur noch nach rechts drehen, Hannes hatte eine dicke Schramme am Ellbogen und Nico hatte sich die Schulter verzogen.

»Wir werden alt«, sagte ich. »Früher hätten wir so eine harmlose Schlammschlacht besser weggesteckt.«

»Früher hättest du auch keinen Muskelkater gehabt nach deiner kleinen Wanderung gestern«, sagte Nico, und ich hätte ihm gern widersprochen.

Nach einem kurzen Spaziergang, bei dem wir wieder warm wurden, saßen wir um den Campingkocher herum und schlürften chinesische Tütensuppe. Pommes hatte sich neben uns gekuschelt.

»Morgen fahren wir mit ihr zum Tierarzt«, sagte Nico. Hannes und ich nickten.

»Und danach zu einem Laden, um ihr hundegerechtes Futter zu kaufen«, sagte ich, obwohl Pommes auch am zweiten Abend kein Problem mit Reis und Joghurt zu haben schien.

Als wir schon im Bett lagen, Hannes schlief bereits und schnarchte alle paar Atemzüge, stupste ich Nico an. »Bist du noch sauer?«, flüsterte ich.

»Irgendwie schon, aber ist okay, geht vorbei.«

Das war nicht die Antwort, die ich hatte hören wollen. Ich ärgerte mich, ihn überhaupt gefragt zu haben, ärgerte mich, dass er nicht gefragt hatte, ob ich noch sauer sei. »Ich auch noch irgendwie«, sagte ich daher nach einer Weile, war mir aber nicht sicher, ob er mich noch hörte oder bereits schlief. Pommes hatte sich auf den Fahrersitz verkrümelt und war somit außerhalb meiner Reichweite. Ich suchte eine halbwegs bequeme Position auf der Isomatte und schaltete mein Handy ein. Keine Nachrichten.

Haben eine Hündin gefunden, sie kommt mit uns. Bei dir alles klar? schrieb ich an Katinka und dachte, dass sie begeistert wäre von Pommes. Über das Warten auf eine Antwort schlief ich ein.

Auch am Morgen zeigte mein Handy keine neue Nachricht an. Nach dem Frühstück räumten wir den Bus auf, wuschen ab und verstauten alles sicher in den Schränken, die wir verriegelten, damit sie während der Fahrt nicht aufsprangen. Nico rief Pommes, die draußen in der Sonne lag. Er hatte ihren Teppich in den Fußraum unter dem Handschuhfach gelegt, und sie machte es sich dort bequem. Ich setzte mich zu ihr und streichelte sie, darauf achtend, ihre Wunden am Hals nicht zu berühren. Hannes ließ den Motor an, und wir fuhren zurück zur Rue Nationale. Der nächste Ort lag vier Kilometer entfernt. Pommes schien ans Autofahren gewöhnt zu sein, denn sie lehnte entspannt an meinen Beinen. Am Ortseingang hielt Hannes an einer Tankstelle. Da Nico der Einzige von uns war, der halbwegs Französisch sprach, stieg er aus und fragte nach dem nächsten Tierarzt. Hannes und ich beobachteten, wie der Tankwart in diverse Richtungen zeigte und mit den Armen ruderte. Nico nickte, aber sein Gesichtsausdruck verriet, dass er ihm nicht folgen konnte. Schließlich malte der Tankwart ihm die Strecke auf, und wir fanden das Häuschen mit dem Veterinär-Schild an der grauen Fassade tatsächlich auf Anhieb.

»Auf geht's«, sagte ich zu Pommes. Sie folgte uns hinein, bekam eine Wurmkur, eine Salbe für die Wunden, eine Impfung samt Pass und einen Chip. Als wir die Tür nach draußen öffneten, konnte es ihr gar nicht schnell genug gehen. Sie rannte an uns vorbei, und ich dachte schon, na toll, die sehen wir nie wieder. Doch dann blieb sie vor dem Bus stehen und sprang hinein, als Hannes ihr die Tür aufhielt.

Pommes war versorgt, aber die Behandlung hatte ein fettes Loch in unsere Urlaubskasse gerissen.

»Teilen wir, oder übernimmst du das, wo du sie doch so gern zu dir nehmen willst?«, fragte Hannes, und obwohl er zwinkerte und seine Bemerkung damit als Scherz markieren wollte, nervte sie mich.

Der Himmel, am Morgen noch sonnig und vielversprechend, hatte sich inzwischen zugezogen. Ein kühler Wind wehte, es fühlte sich fast herbstlich an. Mir war nach heißem Tee und Wolldecke zumute. Hannes manövrierte uns aus der engen Ausfahrt, musste mehrmals vor- und zurücksetzen, bis wir losfahren konnten. Weit kamen wir jedoch nicht. Solange die Wunden nicht verheilt waren, würden wir Pommes kein Halsband umlegen können. Und da es uns zu gefährlich erschien, ohne Leine mit ihr durch eine Stadt zu spazieren, beschlossen wir, noch ein paar Tage hier in der Nähe auf dem Land zu verbringen. Das Mittelmeer lag quasi um die Ecke.

Wir hielten auf einem Parkplatz im Dorf gleich hinter der Einkaufsstraße, stockten unsere Vorräte auf, kauften drei verschiedene Sorten Hundefutter und eine Wolldecke. Einer von Renates Stammgästen hatte mir von einem Ort gleich bei den Salinen erzählt. Wir folgten der Rhône bis kurz vor Port-Saint-Louisdu-Rhône, um dort mit der Fähre überzusetzen. Die Landschaft wurde flacher, Salinenfelder erstreckten sich zu beiden Seiten der Straße, wechselten sich mit Wiesen und Ackerland ab. Struppige Sträucher, vom Wind zerzauste Gräser, unendlicher Horizont. Meine Brust weitete sich. Ich kurbelte das Fenster hinunter und hielt mein Gesicht in den Wind. Pommes stellte ihre Vorderpfoten auf den Sitz und drängte ihre Nase an meinem Kopf vorbei. Sie roch immer noch streng. Das Haareschneiden hatte den Geruch zwar gemildert, aber nicht beseitigt. Ich legte den Arm um sie und freute mich, als sie mich mit ihrer feuchten Nase anstupste. Django Reinhardt und Stéphane Grappelli begleiteten uns mit ihrem virtuosen Geklimper. Es war, als würden wir auf ihren Akkorden entlangfahren. Als würde die Leichtigkeit ihrer Musik auf uns übergehen.

Am Fähranleger parkten bereits zwei Autos in der Warteschlange. Wir stiegen aus und reckten uns. Die Fähre näherte sich, glitt weiß auf dem Wasser dahin. Die Überfahrt war so kurz, dass es sich kaum lohnte, aus dem Bus zu steigen. Hannes schoss Fotos von Nico und mir, beide gegen das Licht blinzelnd. Von Pommes, den Kopf aus dem Fenster gestreckt, die Nase im Wind. Von Nico und mir mit Pommes in unserer Mitte. Zum Schluss fotografierte ich Hannes und Nico, beide am Zetern, weil ich so lange zum Abdrücken brauchte und die Fähre schon wieder anlegte.

Auf der anderen Flussseite wehte immer noch derselbe Wind, tauchte auch hier alles in eine herbstliche Stimmung. Nach wenigen Metern gelangten wir in ein verschlafenes Dorf. Wir hatten Hunger, es ging auf den Abend zu. Unser Plan war, einen Schlafplatz mit Blick aufs Meer zu suchen, dann kochen, essen und anschließend noch eine Runde mit Pommes drehen. Die meisten Häuser des Dorfes waren niedrig, hellbraun oder grau und mit viel Platz, Gärten und Brachflächen zwischen den Grundstücken. Wir kreuzten unschlüssig umher, wussten nicht genau, wo wir hinsollten, fuhren anscheinend mehrmals im Kreis, denn wir kamen immer wieder an denselben Stellen vorbei.

Hannes fragte: »Wo lang?«, ich rief: »Ans Meer!«, Nico klebte mit der Nase an der Karte, doch fand offensichtlich nicht, wonach er suchte, und sagte: »Halt mal an, dann kann ich wen fragen.«

Er streifte meinen linken Arm mit der Karte, als er sie weglegte. Irgendwas war seltsam. Vorsichtig strich ich mit der rechten Hand über die Haut und fragte mich, ob ich es mir nur einbildete oder ob er sich tatsächlich ein klein wenig taub anfühlte. Wieder einmal schob sich die Angst meine Speiseröhre hinauf, und ihre Aufdringlichkeit nervte mich. Ich versuchte, mich davon zu überzeugen, dass das leichte Missempfinden an meinem verzogenen Halswirbel lag, vielleicht war ein Nerv eingeklemmt. Ich war es leid, dauernd abzuschmieren, wollte einfach nur meinen Urlaub genießen, hatte ein verdammtes Recht darauf, genau wie die anderen auch einfach mal abschalten zu können! Zu der Angst mischte sich Wut, und es tat gut, der Angst etwas entgegenzusetzen. Ich war wütend, weil ich mich vom Leben ungerecht behandelt fühlte. Wütend, weil ich keinen Bock auf diesen ganzen beschissenen Krankenscheiß hatte. Wütend, weil Hannes auszog. Und wütend, weil Nico sich ins Kleinfamiliendasein zurückzog. Ich presste mir die Fingernägel in die Handballen. Sie bohrten sich ins Fleisch, und der Schmerz gab mir nach und nach das Gefühl, die Kontrolle zurückzugewinnen.

»Da, Pizza!«, brüllte Nico plötzlich. Hannes hielt am Straßenrand. Ich sprang als Erste hinaus, kramte das orangene Tuch von Nicos Mutter hervor und band es Pommes um den Bauch, um sie von der Straße ziehen zu können, ohne ihr wehzutun. Die Pizzeria war winzig. Nur zwei Tische mit rostigen Stühlen waren auf dem Gehweg aufgebaut. An den einen setzten wir uns.

Wir orderten den billigsten *vin rouge*. Dazu drei Pizzen, auch die billigsten, *s'il vous plaît*. Entgegen unserer Erwartung war das Essen hervorragend. Ab dem zweiten Glas Wein war auch meine Stimmung hervorragend, ich fühlte mich wieder leicht und beschwingt.

Wir schafften es gerade noch zurück zum Bus, parkten in einer Sackgasse neben einer Lagerhalle, zu müde und betrunken, um weiter nach dem Strand zu suchen.

»Schlaft gut«, sagte ich. Hannes antwortete schon nicht mehr. Er war immer ein schneller und unkomplizierter Schläfer gewesen. Nico drehte den Kopf zu mir. Ich sah sein Gesicht im Licht der Straßenlaterne, seine Augen, die fast schwarz wirkten.

»Schlaf gut«, wiederholte ich, und er nickte, schloss die Augen, und als ich dachte, er wäre schon weggedämmert, sagte er: »Träum was Schönes.«

11

Ich schlug die Augen auf, und schräg über mir schwebte das Gesicht eines alten Mannes, der durchs Fenster spähte. Mit einem Ruck zog ich den Vorhang zu, wobei der ohnehin schon mürbe Stoff einriss. Anscheinend war ich als Erste wach. Nico grunzte im Schlaf, den Kopf unter das Kissen gewühlt, Hannes lag wie ein Z in seinem Schlafsack auf dem Boden und rührte sich nicht. Pommes zuckte mit den Ohren und wedelte mit dem Schwanz, als ich sie ansah.

»Warum bellst du nicht, wenn da einer an unserem Bus ist?«, flüsterte ich ihr zu.

»Was?« Nico bewegte sich, und ich zog ihm das Kissen vom Gesicht. Er blinzelte, geblendet von dem morgendlichen Licht. Ich zeigte zum Fenster, zog den zerfetzten Stoff zur Seite, aber der alte Mann war verschwunden. Ich öffnete die Hintertür, und frische Luft flutete herein. Vorsichtig reckte ich den Kopf aus der Tür und entdeckte den Mann direkt hinter unserem Bus an die Wand der Lagerhalle gelehnt.

»Bonjour«, sagte ich, aber erhielt keine Antwort. Ich knuffte Nico. »Frag ihn mal, wie wir zum Strand kommen.«

»Was? Ich bin noch gar nicht richtig wach. Mach doch selber.«

Aus der Lagerhalle ertönte das Klingeln eines Telefons, und der Mann verschwand nach drinnen.

»Hat sich erledigt«, sagte ich und setzte mich stöhnend auf. Mein Hals schmerzte noch immer. Testweise hob ich den Arm, knetete ihn ein bisschen, war mir nicht sicher, ob er sich normal anfühlte oder nicht. Das Gefühl dafür, was normal wäre, war mir verloren gegangen. Woran sollte ich mich orientieren? Ein normales Armgefühl, das war keine objektive Größe. Ich knetete am anderen Arm herum, schlang dann beide Arme um meinen Oberkörper, um sie gleichzeitig kneten zu können, was auch keine wirkliche Gewissheit brachte.

»Ist dir kalt?«, wollte Nico wissen. Ich schüttelte den Kopf, ließ die Hände sinken und kletterte über ihn hinweg. Ich zog mich an und fütterte Pommes. Nach dem Fressen stromerte sie um den Bus. Der alte Mann war immer noch in der Lagerhalle verschwunden. Nico weckte Hannes, indem er am Fußteil seines Schlafsacks zerrte. Hannes beschwerte sich, und ich kraulte ihm den Kopf zum Trost. Wir drehten eine Runde durchs Dorf, Pommes wieder mit dem Tuch um den Bauch. In dem ersten geöffneten Café tranken Nico und ich Kaffee, Hannes einen Tee, und wir bestellten alle drei Croissants.

Bei unserer Rückkehr war der Mann von heute Morgen wieder da, saß auf einem Hocker in der Tür der Lagerhalle, rauchte und nickte, als wir ihn grüßten.

»Pass auf, drei Tage noch und er redet mit uns«, sagte ich.

»Pass selber auf. Ich frag ihn gleich nach dem Weg.« Nico grinste, und ich klopfte ihm auf die Schulter.

Er drehte sich eine und gesellte sich, offensichtlich in Plauderlaune, zu dem Mann. Ich hörte ihr angeregtes Gemurmel, während ich unseren Kram verstaute und mich hinters Steuer setzte. Hannes plumpste mit der Zahnbürste im Mund auf den Sitz neben mir. Bevor er etwas sagen konnte, öffnete Nico die Tür. Mit Blick auf die Zahnbürste kletterte er über ihn hinweg auf den Mittelsitz, damit Hannes am Fenster sitzen und den Schaum während der Fahrt hinausspucken konnte.

»Alles klar. Wenden, die erste links und dann immer geradeaus.« Nico zeigte in die Richtung, in die wir zu fahren hatten.

Die Straße, auf die der Alte uns geschickt hatte, wurde immer schmaler und ging schließlich über in einen Feldweg, der nur noch aus Schlaglöchern und kleinen Felsbrocken bestand. Ich hatte keine Chance, ihnen auszuweichen.

»Du bist dir aber schon sicher, dass du die Wegbeschreibung richtig verstanden hast?«, fragte ich. Nico nickte. Hinten im Bus schepperte es.

»Der Wasserkessel!« Hannes zwängte sich durch die Sitze hindurch, um das klirrende Geschirr zu sichern. Obwohl wir Schrittgeschwindigkeit fuhren, klammerte ich mich mehr am Lenkrad fest, um nicht vom Sitz zu fallen, als dass ich tatsächlich lenkte. Hannes jammerte von hinten, die Schlaglöcher würden uns den Bus zerlegen, während Nico sich Pommes zwischen die Knie klemmte, damit sie nicht mit dem Kopf gegen die Tür oder das Handschuhfach knallte.

Endlich sah ich rechts von uns einen Grasstreifen. Ich hielt darauf zu, in der Hoffnung, wenigstens mit zwei Rädern über sanfteren Untergrund fahren zu können und auf diese Weise das Gerumpel abzumildern. Hannes, der wieder nach vorne geklettert war, schrie: »Stopp! Was machst du?«

Seine Stimme schrillte noch in meinen Ohren, als ich merkte, wie das rechte Vorderrad versank und sich der Bus gefährlich zur Seite neigte. Im ersten Moment war ich nicht sicher, ob die Außenwelt oder wir selbst in Schräglage geraten waren. Ich sprang auf die Bremse, viel zu spät. Nico und Hannes klammerten sich ans Armaturenbrett. Wir kreischten alle drei in Panik durcheinander. Aus Angst, der Bus könnte jeden Moment umkippen, knallte ich den Rückwärtsgang rein und trat aufs Gaspedal. Wir schwankten gefährlich, Gegenstände schepperten, und Hannes schrie erneut auf. Ich riss den Fuß vom Pedal und stellte den Motor ab.

Der vermeintliche Grasstreifen hatte mich in die Irre gelockt, war nichts als ein unter Gräsern getarnter Graben gewesen, und ich war drauf reingefallen. Die Stille dröhnte lauter als das Pochen meines Herzens und das Rauschen in meinen Ohren. Säure stieg mir die Speiseröhre hinauf, ich schluckte, sie stieg weiter, ich schluckte wieder, sie brannte in meinem Hals. Hannes war der Einzige, der in der Lage war, zu handeln. Er zog den Schlüssel ab und übernahm die Regie.

»Alle raus hier! Los, schnell, auf der Fahrerseite aussteigen, bevor uns die Karre umkippt!«

Ich war dankbar, dass er uns sagte, was zu tun war. Von außen sah die Lage genauso verfahren aus, wie sie sich drinnen angefühlt hatte. Das rechte Vorderrad hing tief im Graben und der Bus lag mit der Achse auf dem Boden auf. Immerhin roch es nicht nach Diesel, woraus wir schlossen, dass der Tank keinen Schaden genommen hatte.

»Was war denn los?«, fragte mich Nico, so blass im Gesicht, dass sich seine Sommersprossen dunkel von der Haut abhoben. »Hast du nicht gesehen, dass da ein Graben ist?«

Der Schreck vibrierte immer noch durch all meine Zellen. Das Gefühl, plötzlich den Boden unter mir zu verlieren, kannte ich, doch hatte ich es nie so real erlebt. War noch nie so ungebremst in einen Kontrollverlust gerast.

»Tut mir leid, ehrlich. Ich dachte, es wäre ein Grasstreifen.«

Eine Mischung aus Scham, Schreck und schlechtem Gewissen drückte mir auf den Magen. Das Gefühl, endgültig die Kontrolle über mein Leben verloren zu haben, über meine Reflexe, meinen Körper. Tränen stiegen mir in die Augen, und ich drehte mich weg, wollte keine Zeugen beim Heulen. Meine Nase lief. Ich zog den Rotz hoch und ließ ich mich auf die staubige Erde fallen, zerrte mir die Kapuze meiner Weste übers Gesicht, umschlang meine Beine und wiegte mich vor und zurück.

Hannes, der in den Graben geklettert war, um den Schaden zu begutachten, kam zu mir und drückte mich an sich. Nico blieb unentschlossen vor uns stehen. Ich hob den Kopf nicht, hatte Angst, einen Vorwurf in seinem Gesicht zu lesen. Unter der Kapuze hindurch sah ich seine schmalen Knöchel, die aus den Turnschuhen ragten. Er hatte die Hände zu zwei Fäusten geballt, die Fingerknöchel standen hervor, verrieten seine Anspannung.

Er räusperte sich, verlagerte das Gewicht etwas zur Seite, dann drehte er sich um und verschwand aus meinem Blickfeld. Kurz darauf plätscherte es. Offensichtlich war ihm der Schreck auf die Blase geschlagen. Bei mir hatte er andere Barrieren geöffnet. Tränen und Schnodder liefen aus mir heraus. Ich war alt genug, um zu wissen, dass mein Rumgeheule den Bus nicht wieder aus dem Graben holen würde, bemühte mich, das Weinen abzustellen, aber schon kam der nächste Schluchzer. Ich schluckte und hielt die Luft an. Die Sonne kroch hinter einer Wolke hervor, und mir brach der Schweiß aus. Noch mehr Körpersäfte. Fluchend schob ich die Kapuze nach hinten und die Ärmel meines T-Shirts hoch. Hannes, der mir die ganze Zeit mit der Hand sanft über den Rücken gefahren war, hielt plötzlich inne. Er umfasste meinen Arm, zog ihn zu sich heran und tippte mit dem Finger auf die Innenseite.

»Die sind neu! Ich dachte, du ritzt schon seit Jahren nicht mehr!«

Nicos Füße bewegten sich wieder auf uns zu. Erneut hielt er vor mir an. Unsere Blicke trafen sich. Er sah noch immer mitgenommen aus, ein leichtes Zucken im Mundwinkel und die steile Falte zwischen den Augenbrauen. Ich kannte seine Gesichtsausdrücke. Kannte die Falte, die erschien, wenn er angestrengt oder genervt war.

»Leute, ich kann nicht mehr. Das ist mir hier alles zu viel Drama. Lasst uns lieber überlegen, wie wir den Bus hier wieder rausbekommen.«

»Seit wann ritzt du wieder?«, fragte Hannes, als hätte Nico nichts gesagt.

Ich ignorierte ihn. »Ich bin im ADAC«, krächzte ich, meine Stimme belegt vom Heulen. Ich griff nach meinem Ärmel, um ihn wieder hinunterzuschieben, aber Hannes hielt meine Hand fest.

»Etwa weil ich ausziehe?« Er zerrte ungeduldig an meinem Arm, als wäre er ein loses, von mir abgetrenntes Körperteil.

»Quatsch! Hör mal auf, dich so aufzuregen, und lass mich beim ADAC anrufen.«

Hannes ließ mich los, stand auf und klopfte sich den Dreck von den Knien.

»Vielleicht sollten wir einfach wieder nach Hause fahren«, sagte er, seine Stimme so leise, dass sie kaum zu hören war.

Nico ließ das Telefon sinken, und mein Bauch verkrampfte sich noch mehr.

»Was soll das denn jetzt?«, fragte er und klang, als würde er gleich auch heulen. »Die ziehen uns hier wieder raus, der ADAC übernimmt die Kosten, und weiter geht's.«

»Genau!« Ich nickte zustimmend, stand auf, holte mir die Klopapierrolle aus dem Handschuhfach, wickelte einen halben Meter ab und schnäuzte mich. Der Schreck verließ langsam meinen Körper, als würde er mit den Tränen, dem Schnodder und dem Schweiß herausgespült werden. Was blieb, war eine lähmende Müdigkeit. Am liebsten hätte ich mich irgendwo in den Schatten gelegt und die Augen geschlossen. Ich musste Nico recht geben. Mir war das auch alles zu viel Drama hier.

»Das könnt ihr nicht ernst meinen. Ich hab da voll viele Kisten für meine Mutter drin. Ihr habt versprochen, dass ihr mitkommt!« Nico schlug mit Wucht gegen die Hecktür, sodass Hannes und ich zusammenzuckten. Doch der Bus wackelte nicht mal, sondern behielt seine aktuelle Schräglage bei.

Hannes nahm die Brille von der Nase und rieb sich die Augen. »Ich weiß. Aber mir macht das alles gerade keinen Spaß mehr. Insa rennt hier die ganze Zeit wie ein stummer Vorwurf herum. Ihr beide zankt euch nur. Und jetzt auch noch der Kackbus und der Kackgraben!«

Er trat gegen einen aus dem Feldweg ragenden Felsbrocken in der Größe eines Fußballs und jaulte vor Schmerz auf. Hüpfte auf einem Bein und brüllte wüste Flüche. Ich hatte den Eindruck, das Fluchen tat ihm gut. Er wurde fast nie laut, und endlich konnte er mal alles rauslassen, was sich angestaut hatte. Das färbte wohl ab, denn plötzlich brüllten wir alle durcheinander.

Hannes: »Scheiße! Scheißstein, Scheißurlaub, Scheißvorwürfe!«

Ich: »Ich mach dir keine Vorwürfe, weder laute noch stille!«

Nico: »Bitte, lasst mich nicht hängen!«

Hannes: »Und ob du mir welche machst! Seit ich dir von meinen Auszugsplänen erzählt habe!«

Ich: »Das stimmt doch gar nicht, du Arsch! Den ganzen Urlaub über hab ich noch nichts dazu gesagt. Frag Nico!«

Nico: »Keine Ahnung, ist mir auch echt egal gerade. Hauptsache, wir fahren nicht zurück!«

Ich: »Reg dich nicht auf, wir kommen mit zu deiner Mutter, haben wir dir doch versprochen.«

Hannes: »Warum hast du mir nicht gesagt, dass es dir so schlecht geht?«

Ich: »Es ist nichts, hör auf zu nerven.«

Nico: »Insa, sag ihm einfach, was der Scheiß soll, damit wir endlich den ADAC anrufen und weiterfahren können!«

Sein genervter Blick in Richtung meines Arms ärgerte mich. Ich fühlte mich in die Ecke gedrängt von Nicos Ungeduld und Hannes' Schuldgefühlen. Hatte selber Schuldgefühle, Hannes gegenüber wegen seiner Schuldgefühle und generell wegen des Unfalls. Ich stopfte mir das nasse Klopapier in die Hosentasche und fischte mein Portemonnaie aus dem Bus, das auf dem Armaturenbrett lag.

»Du hast doch keine Ahnung«, fauchte ich in Nicos Richtung, riss die ADAC-Mitgliedskarte heraus und warf sie ihm zu. Sie landete auf dem Boden zwischen uns, und er hob sie auf.

»Dann erklär es uns doch einfach. Merkst du was? Schon wieder dreht sich alles um dich!«

Ich hätte mich am liebsten auf ihn gestürzt und schrie: »Oder um dich und deine blöden Kisten!«

»Eben, ein einziges Mal will ich etwas von euch, und genau das scheint dein Problem zu sein! Und Hannes, das haut nicht hin, einfach zurückzufahren, nur weil Insa wieder an sich herumschnippelt. Davon abgesehen hatten wir dieses Thema schon zigmal. Ich kann das nicht mehr! Scheiße! Habt ihr überhaupt eine Vorstellung davon, wie groß der Schritt für mich war, diese Reise anzutreten? Wie viel Schiss ich hab vor dem, was mich erwartet?«

»Mach dir nicht ins Hemd, natürlich fahren wir weiter. Und nur zur Erinnerung: Wir veranstalten diese ganze Reise doch nur, damit du deine Mutter sehen kannst!« Ich war so sauer und aufgewühlt, dass ich erst mal schlucken musste, bevor ich weiterreden konnte. »Aber dass mir Hannes' Auszug den Boden unter den Füßen wegzieht, ist kein Geheimnis. Und ich hab nie gesagt, du sollst nicht nach Friesland zurückgehen. Denn na klar ist es toll, dass du deinen Traum verwirklichst, wenn es tatsächlich das ist, was du willst. Und Nico, hoch die Tassen, dass du in Hannover dein Glück gefunden hast. Ich will mich für euch freuen, ganz doll sogar. Aber leider bin ich gerade am Abschmieren, weil ihr beide 1A-Pläne für die Zukunft habt, von denen ich nicht mal weiß, ob ich da überhaupt noch drin vorkomme, und außerdem habe ich eine Scheißangst, weil ... Ich wollt es euch gar nicht sagen, um euch nicht auch noch verrückt zu machen, aber ihr wollt es ja unbedingt wissen. Bei meinem Krankenhausbesuch ist der Verdacht aufgekommen, dass meine neurologischen Störungen der letzten Wochen ein erster Multiple-Sklerose-Schub gewesen sein könnten. Und das Einzige, was ich tun kann, ist abwarten. Sonst nichts. Und das treibt mich verdammt noch mal in den Wahnsinn!«

Ich hatte zwar beiden von meinen Symptomen erzählt, war aber nie auf die Dramatik dahinter eingegangen, und es hatte sie auch nicht genug interessiert, um weiter nachzuhaken. Ich sah zu Nico, der guckte auf den Boden und stocherte mit der

Spitze seines Turnschuhs im Sand herum. Hannes humpelte auf mich zu und schlang seine Arme um mich. Er hängte sich mit seinem gesamten Gewicht an mich dran, und ich stemmte mit aller Kraft die Beine in den Sand, um nicht umzufallen.

»Das stimmt nicht! Das kann gar nicht stimmen. Dir geht's doch wieder gut!«, rief er.

»Ja, tut es, und noch ist ja auch gar nicht klar, ob ich es hab, aber dieses Nichtwissen macht mich völlig fertig!«

Nico stellte sich neben uns. Als wäre ein Vorhang zugegangen, war es auf einmal unmöglich, in seinem Gesicht zu lesen. »Irgendwie schaffst du es, immer noch einen draufzusetzen. Egal wie schlecht es wem geht, dir geht es immer noch beschissener. Tut mir trotzdem echt leid mit der Multiplen Sklerose. Wie wahrscheinlich ist es denn, dass du das hast? Ich versteh nicht, warum du nicht schon früher mit uns geredet hast. Warum, verdammt noch mal, wartest du, bis eh schon alles scheiße ist und nichts mehr geht?« Zum Ende hin war er wieder lauter geworden. Er schüttelte den Kopf und verbarg das Gesicht in den Händen.

Ich hatte das Gefühl, mich verteidigen zu müssen. »Das Timing war bestimmt nicht das günstigste, aber kein Grund, mich anzupflaumen«, fauchte ich unter Hannes Arm hindurch. Der klammerte sich noch immer an meinen Hals.

Nico antwortete nicht. Nach einer Weile nahm er die Hände runter. Seine Augen waren gerötet. Er weinte so gut wie nie und wenn, machte es gleich Eindruck. Er legte eine Hand auf meine Schulter. Mein erster Impuls war, sie abzuschütteln, aber dann nahm er sie von alleine wieder herunter, drehte sich zum Bus, sah zu uns, zum Bus, schien hin- und hergerissen zu sein.

»Sorry, ich kann gerade echt nicht mehr. Wir müssen erst mal irgendwie diesen Karren hier rausholen, den du versenkt hast, danach bereden wir alles Weitere.«

Nicos vorwurfsvoller Ton nervte mich. Schließlich war ich nicht mit Absicht in den Graben gefahren und hatte nicht mit

Absicht den Ärmel meines T-Shirts hochgeschoben. Wenn mir nicht warm gewesen wäre und ich ihn unten gelassen hätte, hätte keiner von beiden die frischen Schnitte gesehen. Hannes umklammerte mich noch immer so fest, als versuchte er, die bedrohliche Krankheit aus mir herauszuquetschen. Ich packte ihn unter den Achseln und zog ihn in eine vertikale Position. Die Haare hingen ihm ins Gesicht. Er wischte sie zur Seite und setzte sich die Brille wieder gerade auf die Nase. Als er wieder auf seinen eigenen Füßen stand, zog ich mein Handy aus der Tasche und suchte die Nummer aus dem Kontaktverzeichnis.

Ich holte mir von Nico die ADAC-Karte zurück, auf der meine Mitgliedsnummer stand, entfernte mich einige Schritte und telefonierte. Der Mann am anderen Ende der Leitung konnte uns nicht lokalisieren, behauptete, diesen Weg gebe es nicht, was mich kein bisschen erstaunte. Ohne länger mit ihm zu diskutieren, bot ich an, in dem Dorf, in dem wir die Nacht verbracht hatten, auf den Abschleppwagen zu warten und ihn zur Unfallstelle zu lotsen.

»Ich gehe. Mein Französisch ist besser als deins«, sagte Nico.

»Lass mal«, winkte ich ab, hatte auch meinen Stolz. »Ich hab das hier verbockt, und ich kümmer mich auch darum, uns hier wieder rauszuholen.«

Doch Nico ließ sich nicht aufhalten, bestand darauf, selbst zu gehen. Er meinte, er würde es nicht länger aushalten, hier herumzusitzen und zu warten.

»Außerdem hilft mir der Spaziergang beim Runterkommen.« Am Ende gab ich nach, und er marschierte mit Pommes an seiner Seite dorthin zurück, von wo wir gekommen waren.

Der Bus sah mitleiderregend aus. Vorsichtig strich ich über den Kotflügel.

»Das mit dem Bus tut mir echt leid«, sagte ich zu Hannes. Der schüttelte den Kopf. »Gibt Schlimmeres. Außerdem habe ich alle anderen Beulen reingefahren. Du hattest schon lange was gut.« Er setzte sich auf den Boden, zog sich Turnschuh und Socke aus und besah sich seinen Zeh, der von dem Tritt gegen den Felsbrocken angeschwollen war. »Weißt du noch, als ich gegen die Schaufensterscheibe von Lidl gefahren bin, weil ich vergessen hatte, dass der Gang noch eingelegt war und deshalb die Kupplung beim Anlassen nicht getreten hab? Die Blicke von den Leuten im Laden und diese riesige Scheibe – wie im Film!« Er grinste.

Ich antwortete nicht, suchte in seinem Gesicht nach der Panik, die eben noch darin gestanden hatte und die sich in Luft aufgelöst zu haben schien.

»Oder damals, als ich rückwärts gegen diesen dicken BMW gefahren bin und die ganzen Agro-Typen aus der Kneipe raus sind und uns fast vermöbelt hätten?« Er lachte jetzt, gab mir einen Schubs, und ich zwang mich, mitzulachen. Ich hatte mit Fragen gerechnet, damit, getröstet zu werden oder ihn trösten zu müssen.

»Und die Wiesel- oder Marderfamilie, die bei dem Regen über die Fahrbahn gerannt ist. Und wir voll gegen den Baum!«

Warum zählte Hannes das alles auf? Bei den meisten Unfällen war ich dabei gewesen, und bei den anderen hatte ich das Gefühl, alles miterlebt zu haben, so oft hatte er davon erzählt. Die Unfallgeschichten gehörten zu seinem festen Repertoire, wenn im Kreise von Freunden oder in der Kneipe Anekdoten aufgetischt wurden. Manchmal erzählten wir sie auch gemeinsam, waren ein eingespieltes Team, kannten unsere jeweiligen Parts genau.

»Da hättest du fast dein Augenlicht verloren.« Ein dicker Ast hatte sich damals durch die Windschutzscheibe gebohrt. Kurz bevor er mein Gesicht erreichte, waren wir zum Stehen gekommen.

»Du übertreibst«, sagte ich. »Außerdem glaube ich immer noch, dass das eine Rattenfamilie war.«

»Die es genauso verdient hätte, dass man für sie bremst.«

»Natürlich, alle verdienen das.«

»Außer Nazis.«

»Ja, und Vergewaltiger.«

Sicher wären uns noch weitere Kandidaten eingefallen, um die es nicht schade gewesen wäre, aber dafür war ich nicht in der Stimmung. Ein Teil von mir hatte gehofft, erleichtert darüber zu sein, mein Geheimnis endlich geteilt zu haben. Aber dem war nicht so, was entweder daran lag, dass ich es nur unter Protest preisgegeben hatte oder dass vor allem Nico so mager reagiert hatte. Fast fühlte ich mich schuldig, ihnen die Bürde dieser schlechten Nachricht auch noch aufgeladen zu haben. Andererseits, hätten sie nicht so ein Theater wegen dem Geritze gemacht, wäre es nicht dazu gekommen. Von Erleichterung war jedenfalls keine Spur. Vielleicht würde sie sich später einstellen. Im Moment fühlte es sich nur an, als würde ich in einer Bewegung festhängen, mitten im Sprung und noch nicht wieder auf dem Boden aufgekommen.

Ich stand auf, zog meinen Tabak aus der Tasche und lief ein paar Schritte in die Richtung, aus der wir gekommen waren. Dabei stieß ich auf alte Reifenspuren, die ihr Profil in den Sand gepresst hatten und ungefähr zehn Meter hinter unserem Bus in den Graben führten. Nach hundert Metern entdeckte ich die nächsten, daneben lag noch ein zerfetzter Reifen. Ich steckte mir die Zigarette an und ging zurück. Die Entdeckungen trösteten mich, ich war offensichtlich nicht die Einzige, die den Graben mit einem Grünstreifen verwechselt hatte. Hannes saß in unveränderter Haltung auf dem Boden und sah auf, als ich neben ihm stehen blieb.

»Ich lass das mit der Werkstatt und red mit meinem alten Chef«, sagte er. »Meine Oma wird auch verstehen, dass ich bei dir bleiben will.«

Ich zog an meiner Zigarette. »Spinn nicht rum und guck dir lieber mal die Reifenspuren da an.«

Er schüttelte den Kopf und blieb sitzen. Sein Vorschlag, bei mir zu bleiben, war verlockend, genau wie eine Waffel Eis, die plötzlich in meine Reichweite gelangte, sodass ich nur die Hand danach auszustrecken bräuchte, um es zu bekommen, was ich aber nicht tun würde, weil sie jemand anderem gehörte und nicht mir.

»Du kannst dich auf mich verlassen, das weißt du«, versicherte er mir.

»Na klar.« Es war schön, das aus seinem Mund zu hören.

Ich lief den Weg in die entgegengesetzte Richtung runter, hielt Ausschau nach weiteren Beweisen und grübelte über Hannes' Worte nach. Sein Angebot anzunehmen, wäre nicht fair. Selbst wenn er in Hamburg bliebe, würde es nicht mehr so sein wie vorher. Abrupt drehte ich um, hatte das Bedürfnis, ihn in den Arm zu nehmen. Er lag im Gras und hatte die Augen geschlossen, ich legte mich neben ihn, mit dem Kopf auf seiner Brust.

»Meinst du, Nico kommt wieder?«, fragte ich, nachdem er schon eine Stunde weg war.

»Na klar, der lässt doch die Kisten seiner Mutter nicht im Stich«, antwortete Hannes, und wir kicherten. Eigentlich war es ein Tabu, über die anderen zu lästern. Aber einen kleinen Scherz konnte ich mir nicht verkneifen.

Als ein Auto den Feldweg hochgefahren kam, sprang ich auf. Doch es war kein Abschleppwagen, nur ein kleiner Twingo. Die beiden Insassen blickten zum Bus, dann bedauernd zu uns, boten uns Äpfel an und rumpelten weiter. Wir legten uns wieder an den Wegrand, aßen die Äpfel und dämmerten vor uns hin. Erst als ich ein näher kommendes Motorengeräusch hörte, schreckte ich aus dem Halbschlaf hoch. Der Abschleppwagen war gigantisch. Der Fahrer sprang heraus, besah sich unseren Bus von unten, klemmte das Seil vorne an den Haken und machte eine Kopfbewegung in Richtung unseres Fahrersitzes. Ich folgte seiner Aufforderung und nahm hinter dem Lenkrad Platz.

»Warte! Der Tank reißt auf, wenn er ihn einfach nach vorne rauszieht!«, schrie Hannes, humpelte hektisch mit den Armen fuchtelnd auf den Abschleppwagen zu und machte dem Fahrer ein Zeichen, dass er sein Fenster herunterkurbeln sollte. Doch der zündete den Motor an, ließ ihn einmal aufheulen, und trat dann aufs Gaspedal. Ich klammerte mich ans Lenkrad, und mit einem Ruck flog unser Bus aus dem Graben wie ein Korken aus der Flasche. In meiner Halswirbelsäule knackte es, ähnlich wie am Vortag bei der Schlammschlacht, nur konnte ich diesmal den Kopf wieder frei bewegen. Ich hob meinen Arm, drückte an ihm herum. Er kribbelte nicht und war auch nicht taub. Vielleicht hatte ich es mir wirklich nur eingebildet. Erleichtert ließ ich mich gegen die Lehne sinken.

Kaum hielt der Fahrer an, schmissen wir uns alle drei unter den Bus und versperrten uns dabei vor Aufregung gegenseitig die Sicht: Hier und da eine Schramme, der Tank etwas eingedellt, aber sonst schien alles okay zu sein. Glück gehabt! Ich unterschrieb den Wisch, den der Fahrer mir hinhielt. Damit hatte er seinen Job erledigt, stieg wieder ein und düste los. Zwei Minuten später war nichts mehr von ihm zu sehen oder zu hören. Als wäre er nie dagewesen. Als hätte unser Bus nie im Graben gehangen. Nichts rührte sich, kein Lüftchen wehte, bis auf einmal das Kreischen der Möwen die Stille durchbrach und die Gräser im aufkommenden Wind raschelten.

Ich bestand darauf, weiterzufahren, fühlte mich wie eine Reiterin, die nach einem Abwurf wieder in den Sattel krabbelte. Der Weg wurde nicht besser. Einen oder zwei Kilometer quälten wir uns noch weiter, bis ich neben einem Salinenbecken in einer Art Haltebucht stoppte. Durch die offenen Fenster roch ich das Meer. Ich vermutete es hinter einer Böschung, die Brandung war bereits zu hören.

Nico hatte seit seiner Rückkehr fast kein Wort mit uns geredet. Schweigend packte er Proviant in eine Tasche. Schweigend folgten Hannes, Pommes und ich ihm Richtung Strand. Der miese Weg endete in den Dünen, und endlich war es da, das Meer, reichte bis zum Horizont, nichts Neues, aber immer wieder überwältigend. Die Dämmerung brach an, der Himmel leuchtete orange, violett und grün. Die Farben vermischten sich in Schlieren wie auf einer Batikhose und spiegelten sich auf dem Wasser. Das Mittelmeer riecht anders als die Nordsee. Weniger organisch, faulig und alt, was am fehlenden Wattenmeer liegen mochte. Der Anblick der unendlich erscheinenden Wasserfläche hatte eine beruhigende Wirkung auf mich. Die bloße Anwesenheit von Meer, Dünen, Strand und Wind reichten, um mich runterzubringen. Die Wellen trugen weiße Kämme, der Sand war fast weiß und unglaublich weich. Pommes raste los, schlug Haken und buddelte an mehreren Stellen gleichzeitig Löcher, als wollte sie ein Tunnelsystem anlegen.

Wir zogen die Schuhe aus und liefen in einer Reihe hintereinander her, Nico vorweg, dann Hannes, der barfuß weniger humpelte als mit Schuhen, und am Schluss ich. Der letzte Rest Muskelkater störte mich nicht mehr. Es tat gut, meine Beine zu spüren, zu merken, wie sie sich anspannten, sich den Weg durch den Sand bahnten. Pommes kümmerte sich nicht um unsere Marschordnung und sprang fröhlich um uns herum. Hannes klopfte sich immer wieder mit der flachen Hand auf den Oberschenkel und versuchte, sie anzulocken, aber sie hatte keine Lust, sondern amüsierte sich lieber allein.

Nico drehte sich die gesamte Zeit kein einziges Mal nach uns um. Ich hatte Lust, mich seinen Plänen, was auch immer die beinhalteten, zu widersetzen, zurück zum Bus zu gehen oder mich an Ort und Stelle in den Sand fallen zu lassen, egal was. Hauptsache, nicht weiter hinter ihm hertrotten. Doch ich kannte ihn gut genug, um zu wissen, dass ich es mir nicht noch weiter mit ihm verscherzen sollte, dass ich, wenn ich jetzt nicht mitzog, eine Grenze überschritt. Also machte ich nichts dergleichen und ließ den Abstand nur langsam größer werden, bis Nico anhielt, die Tasche in den Sand warf und sich danebenfallen ließ. Hannes kniete sich rechts von ihm hin, zu nah, wie ich fand. Ich behielt einen halben Meter Abstand und schmiss mich neben Hannes. Er als Puffer zwischen Nico und mir. Nico öffnete die erste Flasche Wein und reichte sie an Hannes weiter, der nahm einen Schluck und gab sie mir, ich trank, beugte mich nach vorn und reichte sie an Nico zurück. Er hielt die Weinflasche mit ernstem Gesicht vor sich und sagte: »Ihr wisst, wie wichtig ihr für mich seid, und ich will euch nicht verlieren. Ich brauch euch, gerade jetzt auf dieser Reise. Aber so, wie es im Moment ist, funktioniert das nicht. Was auch immer sich in der letzten Zeit angestaut hat, wir müssen darüber reden. Das ist unsere einzige Chance.«

Schön gesagt, dachte ich und fragte mich, ob er diesen Vortrag auf dem Weg ins Dorf einstudiert hatte. Obwohl er mir auf die Nerven ging, tat es gut, zu hören, dass ihm der Fortbestand unserer Freundschaft am Herzen lag. Auch wenn mir etwas mulmig wurde bei dem Gedanken, was sich bei ihm alles angestaut haben mochte. Hannes sah mich an und wirkte betroffen. Dann blickten wir beide zu Nico. Der nickte uns zu, setzte die Flasche an den Mund und nahm als Letzter der Runde einen Schluck. Der Ring war eröffnet.

12

Nachdem die Schleusen einmal geöffnet waren, dauerte es fast die ganze Nacht, sie wieder zu schließen. Nico verglich uns gleich zu Beginn mit seiner anstrengenden Verwandtschaft, was mir gar nicht gefiel. Generell wollte ich mit niemandes Verwandtschaft verglichen werden. Er behauptete, wir wären nicht besser als seine Familie mütterlicherseits, die alle brisanten Themen unter den Teppich kehrte, um pseudoharmonisch so zu tun, als hätten sich alle lieb. Eine Eskalation war mit diesem Gesprächseinstieg vorprogrammiert. Hannes nahm den Vorwurf mit hängendem Kopf entgegen, umklammerte seine Knie und wirkte, als wäre er bereit, ohne Widerspruch alle Schuld auf sich zu laden. Das war seine Strategie, um nicht noch mehr Vorwürfe abzubekommen, eine Strategie, die schon oft aufgegangen war. Vorauseilendes Schuldeingeständnis, um den Umfang der Schuldzuweisungen möglichst gering zu halten. Mir war klar, dass ich den Hauptschuldteil abbekommen würde, das war schon immer so gewesen.

Nico verlangte, dass wir keine Geheimnisse mehr voreinander haben dürften und ehrlich zueinander sein müssten. Sein Therapeut wäre stolz, wenn er ihn so reden hören könnte, dachte ich. Bevor Hannes etwas sagen konnte, richtete Nico das Wort bereits an mich.

»Sorry, im ersten Moment dachte ich, du denkst dir das mit der Multiplen Sklerose vielleicht auch nur aus, um von dem Geritze abzulenken und davon, dass du den Bus versenkt hast. Aber das …«

Ich fiel ihm ins Wort: »Als ob ich das nötig hätte!«

»Ich bleib bei dir in Hamburg«, wiederholte Hannes sein Angebot vom Nachmittag.

»Das wirst du nicht!«, unterbrach Nico ihn.

Das war so typisch von ihm, immer glaubte Nico, besser zu wissen, was für andere gut war. »Ich finde, du solltest uns nicht so bevormunden«, sagte ich.

Wir hielten uns nicht damit auf, um den heißen Brei herumzureden, kannten uns gut genug, um auf diese Art Vorspiel zu verzichten, wussten genau, wo wir den Hebel ansetzen mussten, um gleich in Schwung zu kommen.

Hannes klang wie kurz vorm Heulen. »Warum hast du uns nichts gesagt?«

Ich legte ihm die Hand auf den Arm, streichelte ihn. Wollte ihn trösten. Ertrug es nur schlecht, wenn es ihm schlecht ging. »Noch ist ja gar nicht klar, ob ich es überhaupt hab, und ich dachte, solange es nur ein Verdacht ist, reicht es, wenn ich mich allein verrückt mache.«

»Das Timing war auf jeden Fall perfekt.« Nicos Sarkasmus durfte auf keinen Fall fehlen.

Die nächsten Minuten brüllten er und ich uns an, fuchtelten herum und ließen einander kaum zu Wort kommen, während Hannes seine Hände im Sand einbuddelte. Nico behielt gern die Kontrolle, über andere und über sich selbst. Zu sehen, wie er sie schon in der ersten Runde verlor, überraschte mich. Mit hervortretenden Adern auf der Stirn schrie er mich an und vergaß dabei, seine Anschuldigungen in Ich-Botschaften zu verpacken.

»Du übertreibst mal wieder! Hauptsache, du bist die arme Insa, und alle anderen sagen ›Ooooh …‹. Komm mal runter! Ich hab mich schon entschuldigt, dass ich dachte, du denkst dir das aus. Aber ganz ehrlich, es wäre ja nicht das erste Mal, dass du uns anlügst«, brüllte Nico. »Du weißt schon, als Katinka in die Mistgabel gefallen war und ein Loch im Bein hatte.«

»Stimmt«, sagte Hannes. »Da hast du allen erzählt, deine Mutter wäre das gewesen!«

Das war vor über zehn Jahren. Warum musste Nico jetzt diese alte Geschichte hervorkramen? Und warum fiel Hannes mir in den Rücken? »Hätte ja auch gut sein können«, sagte ich.

»Du spinnst doch! Deine Mutter hat euch nie auch nur ein Haar gekrümmt.« Nico warf eine Handvoll Sand in die Luft, und die Körner flogen nach allen Seiten.

»Äußerlich nicht«, erwiderte ich, und er verdrehte die Augen. Ich fühlte mich in die Enge gedrängt. Die Rolle der Angeklagten lag mir nicht. »Das war eine ganz andere Kategorie von Lüge. Den Verdacht auf Multiple Sklerose habe ich mir bestimmt nicht ausgedacht!«

»Jaja. Aber wenn du deswegen Hannes' Vorschlag annimmst, in Hamburg zu bleiben und auf die Werkstatt zu verzichten, will ich nichts mehr mit dir zu tun haben!«

Ich war Hannes die Antwort auf sein Angebot schuldig geblieben. Mir war klar, dass ich die Zeit nicht zurückdrehen konnte und ich schuld wäre, wenn er unglücklich werden würde, weil er seinen Traum meinetwegen in den Wind geschossen hatte. Diese Verantwortung wollte ich nicht auf mich laden.

»Auch ohne deine Drohungen hatte ich das nicht vor, aber dein Angebot hat mich sehr gerührt, Hannes.«

»Super, dann haben wir das schon mal geklärt.« Nico wollte mit uns einschlagen, aber wir rührten uns beide nicht.

Hannes räusperte sich und richtete sich auf. »Ich hab dir auch was zu sagen, Nico. Ich hab keinen Bock, mir von dir vorschreiben zu lassen, wie und ob ich Insa helfe.«

Das Blau seiner Augen wurde vom Dunkelblau des Himmels verstärkt und glänzte wie Perlmutt, als er mich mit festem Blick ansah. »Insa, du kannst auf mich zählen, das weißt du. Komme, was wolle.«

Ich nickte, schluckte und drückte seine Hand.

Nico schnaubte und schnappte sich meinen Tabak, der neben der Tasche mit dem Essen lag. Ich ignorierte sein Schnauben und hielt Hannes' Blick fest. »Ich hab mich nicht getraut, es vorher auszusprechen. Weißt du, ich wollte es nicht beschreien.«

Hannes verstand mich. Wie auch nicht? Immerhin war er es, der nie unter einer Leiter hindurchgehen würde, der bei jedem Anlass auf Holz klopfte und Salz über seine Schulter warf.

»Trotzdem hättest du es mir erzählen sollen«, sagte er.

»Du hast mir doch auch erst in letzter Minute von deinem Auszug erzählt. Sogar dein Bankberater wusste vor mir Bescheid.«

»Genau wie deine Ärztin.«

»Das ist was anderes. Die Pläne mit der Werkstatt hast du dir selbst ausgesucht.«

Bevor Hannes und ich unseren Disput darüber zu Ende geführt hatten, wer wem wann was hätte erzählen sollen, schaltete sich Nico schon wieder ein.

»Die Frage ist doch«, sagte er und fuchtelte mit seinem Finger vor meinem Gesicht herum, »warum er Schiss hatte, es dir zu sagen.«

»Hatte ich doch gar nicht«, sagte Hannes.

»Warum auch?«, fragte ich.

Nico warf Hannes einen genervten Blick zu. »Hast du mir doch selbst gesagt!«

»Hat er?« Ich sah Hannes an, aber er blickte angestrengt in Pommes' Richtung, die sich im Sand wälzte, und schüttelte den Kopf.

»Quatsch, hab ich nicht.«

Ich umklammerte die Weinflasche. Meine Rührung nach Hannes' Erklärung, ich könnte immer auf ihn zählen, war verpufft. Was, wenn wir tatsächlich nicht besser als Nicos Verwandtschaft waren, wir uns nur etwas vormachten, um uns nicht zu verlieren, um nicht allein zu sein?

»Vielleicht sind wir ja gar keine richtigen Freunde mehr, sondern haben uns viel zu sehr voneinander entfernt, tun nur noch so als ob, weil wir nicht zugeben wollen, dass unsere Zeit abgelaufen ist. Ich hab das Gefühl, alleine auf dem verdammten Bahnsteig zu stehen, während ihr beide euch immer weiter entfernt, der eine bald in seiner Kleinfamilienfalle hockt und der andere mit seinem Bankberater Zukunftspläne schmiedet.«

Nico schnaubte und schüttelte den Kopf, während Hannes in sich zusammensackte und mit trübem Blick aufs Meer starrte. Er nahm einen Schluck Wein. Inzwischen waren wir schon bei der zweiten Flasche.

»Wir werden spießig«, sagte er. »Spießig, langweilig und erwachsen. Die Einzige, die davor noch wegrennt, bist du, Insa. Und geholfen hat es dir auch nicht.«

Ich wollte protestieren, aber mir fiel nichts Schlagfertiges ein. Der Sand rieselte durch meine Finger, malte ein Muster auf meine Jeans. Fahrig wischte ich es weg und schüttelte mein Bein aus.

»Jetzt hört doch mal auf. Selbst wenn sich unsere Leben verändern, bleiben wir doch immer noch wir«, sagte Nico.

Ich mochte mich irren, aber es klang eher wie eine Frage. Auch bei Nico mussten sich Zweifel eingenistet haben. Er hatte selbst oft genug darüber gejammert, dass mehr und mehr Leute aus unserem Freundes- und Bekanntenkreis weggeknickt waren, ihre alten Ideen aufgegeben hatten und so taten, als wären Idealismus und politischer Aktivismus ein Jugendsport, den man als vernünftiger Erwachsener nicht mehr betrieb. Auch ich hatte meine Zweifel, fand das Fragezeichen am Ende von Nicos Satz berechtigt. War mir nicht sicher, ob wir noch immer wir waren, ob es einfach immer so weitergehen würde mit uns. Aber ich hielt den Mund, und wir legten eine Pause ein, um neue Kräfte für die nächste Runde zu sammeln.

Der Abend nervte mich, Nico nervte mich, Hannes nervte mich, und ich nervte mich selbst am meisten. Die Kulisse hätte der perfekte Rahmen sein können für ein idyllisches Picknick oder einen Strandspaziergang, wir hätten Treibholz suchen und ein Feuer machen, Muscheln sammeln oder Sandburgen bauen können. Frustriert nahm ich noch einen Schluck.

»Mal ehrlich, Insa.« Nico nahm als Erster wieder den Faden auf. »Was willst du denn machen, wenn die Diagnose sich bestätigt? Wie verläuft so was? Nur drauf zu hoffen, dass nichts ist, erscheint mir ein bisschen zu wenig. Du musst doch irgendeinen Plan haben.«

Da war sie wieder, Nicos Stimme der Vernunft, wenn auch nicht mehr ganz so fest auf den Beinen, seine Artikulation hatte verwaschene Züge angenommen, was sicher am stetig sinkenden Pegel der zweiten Weinflasche lag.

»Müssen muss ich schon mal gar nichts. Und außerdem verläuft die Krankheit bei allen anders. Ich hab keine Ahnung, was in einem Monat oder in einem Jahr passiert. Weißt du das? Ist doch eine Illusion, zu denken, ich könnte mich auf so was vorbereiten. Lieber genieße ich, dass es mir jetzt gut geht.«

Ich hob die Weinflasche an die Lippen und nahm einen kräftigen Schluck.

»Und bekommst du das hin mit dem Genießen?«

»Geht so.«

Nico lachte, und ich musste grinsen, obwohl die Situation alles andere als lustig war. Hannes zog die Schultern bis zu den Ohren hoch und lachte nicht mit. »Ganz ehrlich, was hast du vor?«, fragte er mich.

Pommes schien erst mal genug vom Buddeln zu haben und legte sich neben uns in die Kuhle, die sie zuletzt ausgehoben hatte. Sie hechelte zufrieden, und ein Sabberfaden hing ihr vom Kinn, den Hannes mit einem Stöckchen auffing und im Sand abwischte.

»Was kann ich schon machen? Ich konzentriere mich darauf, so zu tun, als ob nichts wäre. Was nicht leichter wird, wenn wir permanent darüber reden. Abgesehen davon hab ich eine Scheißangst, was denkst du denn?«

»Genau das! Ich glaube, du hast eine Scheißangst und kloppst deshalb die ganze Zeit Sprüche.«

Das Meer roch nach Fisch und nach Salz, die Wellen schlugen in regelmäßigen Abständen an den Strand. Harmlose Wellen, keine Brecher wie ich sie schon an der Nordsee bei Sturmflut erlebt hatte, mit überschwemmten Hafenbecken und Wassermassen, die hungrig nach dem Land griffen, das die Menschen dem Meer mühevoll geklaut hatten.

»Ich habe keine Ahnung, wie es weitergeht. Ich fühl mich total gelähmt. In drei Monaten sind die nächsten Untersuchungen, bis dahin bleibt mir nichts anderes übrig, als abzuwarten. Und was, wenn nichts Neues dabei herauskommt und ich wieder Monate warten muss? Oder Jahre?«

»So weit darfst du jetzt nicht denken, vielleicht erfährst du in ein paar Wochen auch, dass alles okay ist, und dann war es das«, sagte Nico.

»Und wenn nicht?«

»Und wenn doch? Geh doch nicht immer vom Schlimmsten aus. Niemand von uns weiß, was in ein paar Monaten oder Jahren passiert.«

Er hatte gut reden. Ich ruhte halt nicht so in meiner Mitte wie er.

Nico drehte eine Zigarette, reichte sie unaufgefordert an mich weiter, was ich als Friedensangebot wertete, und rollte eine zweite für sich.

»Soll ich mal meine Tante anrufen? Die ist Ärztin«, fragte er, nachdem er uns Feuer gegeben und einen Zug genommen hatte.

Ich zuckte mit den Schultern. »Mach, wie du meinst.«

Meine Zunge lag inzwischen schwer in meinem Mund. Hannes hickste schon eine Weile, und Nico rauchte eine nach der anderen. Es war Zeit, fand ich, die Insa-Sprechstunde zu beenden. »Lasst uns das Thema wechseln. Ich bin viel zu betrunken und ihr auch. Im Moment können wir eh nichts daran ändern.«

Nico konnte sich ein Aber nicht verkneifen. Doch als ich mir die Hände auf die Ohren legte, klappte er den Mund wieder zu. Eine Weile saßen wir schweigend nebeneinander. Die dritte Flasche ging rum.

»Ich wollte noch was sagen«, eröffnete Hannes die nächste Runde. Er beschwerte sich erneut darüber, dass er sich manchmal von Nico nicht ernst genommen fühlte.

»Mir geht es genauso«, pflichtete ich ihm bei.

»Tut mir leid«, sagte Nico mit spöttisch hochgezogenen Augenbrauen und holte zum Gegenschlag aus, indem er sagte, er würde sich seine Beziehung mit Anne von mir nicht kaputtmachen lassen.

»Wie kommst du denn darauf, würde ich nie tun!«

»Ist ja komisch, fühlt sich nämlich anders an. Seitdem ich dir davon erzählt habe, bist du piksig zu mir.«

»Na, den Ball kann ich dir aber genauso zurückspielen«, sagte ich.

»Und schon hast du ihn wieder«, entgegnete er und tat so, als würde er ausholen und mir einen Ball zuwerfen. Ich warf mich zur Seite und musste lachen, obwohl ich sauer war. Nico begann, alte Geschichten auszupacken, die beweisen sollten, dass ich angeblich früher auch Probleme mit einer seiner Freundinnen gehabt hatte. Was nicht stimmte, aber das wollte er mir nicht glauben. Hannes stand auf und pinkelte ins Meer, hatte schon ziemlich Schlagseite beim Gehen.

»Weißt du was, Nico«, sagte er, als er sich wieder hingesetzt hatte. »Ich glaube, du wärst damals lieber mit Insa zusammen gewesen, und das war das eigentliche Problem. Und wer weiß, vielleicht willst du das ja immer noch, und deshalb ist sie eine Gefahr für deine neue Beziehung.«

Ohne Vorwarnung direkt ins Wespennest gestochen. Ich nahm einen Schluck aus der Flasche und hielt erst mal den Mund. Nach einer gefühlten Ewigkeit nickte Nico und sagte, das habe ihm sein Therapeut auch schon gesagt. Er sah mich herausfordernd an, und seine Stimme war eine Spur zu laut, als müsste er besonders deutlich machen, wie wichtig ihm war, dass seine Message bei mir ankam.

»Darum bin ich so froh, Anne kennengelernt zu haben. Nun weiß ich endlich, welche Art von Beziehung ich mir wirklich wünsche, und die hätte ich mit dir niemals führen können. Wenn ich denn überhaupt gewollt hätte. Was ich aber spätestens jetzt nicht mehr tu. Denn du bist ja bekanntermaßen beziehungsunfähig.«

Das letzte Wort verhakte sich an seiner Zunge, aber ich verstand es trotzdem. Diese Kränkung wollte ich mir nicht gefallen lassen, und wir wurden wieder laut. Nicht zum letzten Mal in dieser Nacht. Unser Schlagabtausch war wie endlose Runden von Wahrheit oder Pflicht, nur dass die Wahrheit Pflicht war. Es gab keine Alternative. Als die letzte Weinflasche sich leerte, stärkten wir uns mit Brot, Käse und Keksen. Sogar für Pommes hatte Nico etwas Wasser und Futter eingepackt. Er würde einen fantastischen Vater abgeben.

»Sind wir nun noch Freunde?«, fragte ich schließlich und suchte nach dem roten Faden unserer großen Aussprache, den ich schon vor Längerem verloren hatte.

»Na klar, hör mal auf«, sagte Nico. »Ist doch normal, dass man sich mal streitet. Dann muss man das eben klären. Was meint ihr, haben wir jetzt alles besprochen, oder gibt es noch irgendwas, das zwischen uns steht?«

Wir lagen im Sand, mit den Köpfen beieinander, sahen hinauf in die Sterne, die unendliche Menge an Sternen, die sich vor meinen Augen drehten und drehten. Da ich immer noch voll im Wahrheitsmodus war, sagte ich: »Ja, da gibt es noch was. Ist schon ewig lange her, da war ich gerade mal vierzehn, und Hannes wollte rausfinden, ob er schwul ist.«

Hannes hickste und unterbrach mich. »Insa, lass gut sein.«

Doch Nico lallte: »Red weiter, heute Nacht kommt alles auf den Tisch.«

Und so verriet ich ein Geheimnis, das Hannes und ich jahrelang gehütet hatten.

Hannes war fünfzehn gewesen und hatte mir schon zwei oder drei Jahre zuvor erzählt, dass er schwul war. Ganz großes Thema natürlich. Nico war übers Wochenende weggefahren, und wir hatten uns für den Abend im Schuppen verabredet.

»Wie willst du wissen, dass du nicht auf Mädchen stehst, wenn du es nie ausprobiert hast«, hatte ich ihn die Woche zuvor gefragt, und das war der Auslöser gewesen.

Ich hielt inne, trank etwas Wasser und spuckte den Sand aus, der mir zwischen den Zähnen knirschte. Nico hatte sich aufgesetzt, sein Kopf zeichnete sich gegen den Himmel ab. Stocksteif saß er über uns. Doch einmal angefangen, war die Geschichte nicht mehr aufzuhalten.

Hannes und ich hatten uns also verabredet, um unser Experiment in die Tat umzusetzen. Wenn ich ehrlich war, glaubte ich nicht, dass Hannes am Ende des Abends weniger schwul sein würde als vorher. Ihm ging es vermutlich genauso. Was uns wohl vor allem antrieb, war die Neugier und der Wunsch, endlich zu erfahren, was es auf sich hatte mit dem Sex. Wir hatten im Laufe der Jahre so viele Erfahrungen miteinander geteilt, uns so oft gegenseitig begleitet, wenn es hieß, neue Wege zu beschreiten, da war es nur folgerichtig, auch diesen gemeinsam zu erkunden.

»Also habt ihr's miteinander gemacht«, sagte Nico, und an seiner Stimme erkannte ich, dass er die Geschichte überhaupt nicht lustig fand.

Tja, dachte ich und nickte. Vielleicht müssen doch nicht immer alle Geheimnisse gelüftet werden. Manchmal war es wohl besser, einfach die Klappe zu halten.

»Wow«, flüsterte Nico.

»Ja, wow«, sagte ich. »Du wolltest es wissen.«

»Hätte ich vorher gewusst, was kommt, hätte ich es nicht wissen wollen«, sagte er und legte sich wieder hin. Ich tastete nach seinem angespannten Körper neben mir, legte meine Hand an seine Wange, spürte, wie er seine Hand auf meine legte und sie drückte, drehte mich ganz zu ihm und umarmte ihn. Seine Augen glitzerten im Licht der Sterne, als er mich ansah. Das mit Nico und mir, das war immer eine Möglichkeit gewesen. Ich fuhr die Linie seines Profils nach. Hatte ihn immer gemocht. Kein Blitzeinschlag wie bei Klas, dafür aber was Verlässliches. Er küsste meine Finger und ohne nachzudenken, gab ich ihm einen Kuss auf die Stirn, auf die Nase und schließlich auf den Mund. In mir eine Traurigkeit, wie ein Abschied. Ich wusste, das mit uns, das war eine Möglichkeit, die sich nicht erfüllen würde. Was ja vielleicht auch gut war. Er küsste mich zurück, biss mir sanft in die Unterlippe, und ich schmeckte seine Zunge, die rau war wie eine Pflanze. Wir schmiegten uns in den Sand, plötzlich war alles ganz ruhig, in mir und in der Welt um uns herum. Die Wellen rauschten, kein Lüftchen wehte.

Hannes räusperte sich, sagte was von Schlafsäcke holen und torkelte davon. Nach zehn Minuten war er wieder da.

»Gut, dass ihr euch wieder lieb habt«, sagte er, breitete unser Schlafzeug im Sand aus und krabbelte in seinen Schlafsack.

Wir lagen alle drei nebeneinander, hielten uns an den Händen, sahen in den Himmel, und ich dachte, dass es den Sternen da oben egal war, was hier unten geschah. Wünschte mir, wir hätten uns niemals wehgetan, und war mir doch sicher, wir würden es wieder tun.

13

Nach dem Streit benahmen wir uns wie unsichere Teenies, die ihre erste Nacht miteinander verbracht hatten. Wir wichen unseren Blicken aus, kicherten unnötig viel, und es war, als stünden wir auf der Bühne und hätten unseren Text vergessen. Die brutale Ehrlichkeit hatte eine Kerbe in unseren natürlichen Schutzwall geschlagen. Die große Aussprache war wie ein Reset gewesen, alle zurück auf Start. Ob sich etwas zwischen uns geändert hatte, war schwer zu sagen. Ziemlich sicher würden wir auch weiterhin unseren festgelegten Strukturen folgen, kannten unsere Rollen, wussten genau, was wir von den anderen zu erwarten hatten und wo unsere Grenzen lagen, auch wenn wir sie nicht immer akzeptierten. Wir waren höflich zueinander, schmierten uns gegenseitig Brote, bereiteten uns Tee oder Kaffee zu, fielen uns nicht ins Wort und drängelten nicht, wenn wir einander im Bus im Weg standen. Was andauernd geschah, denn der Bus war so klein, dass es kaum möglich war, sich darin mit mehr als einer Person zur gleichen Zeit zu bewegen.

Drei Tage blieben wir bei den Salinen, erholten uns von der ganzen Streiterei und erkundeten allein, zu zweit oder alle zusammen die Umgebung. Zum Landesinneren hin erstreckten sich weite Flächen mit vereinzelten Bäumen, vom Wind zerrupften Büschen und struppigen Gräsern. Zwischen den aktiven Salinen lagen immer wieder trockengelegte, fußballfeldgroße sandige Areale. Die raue Pflanzenwelt gab der Gegend eine Atmosphäre, als hätte sich hier vor Kurzem eine Atomkatastrophe ereignet. Das Szenario war nicht allzu weit hergeholt angesichts der Atomkraftwerke, an denen wir in den vergangenen Tagen vorbeigefahren waren und die nicht einmal versuchten, sich unauffällig in der Landschaft zu verbergen. Auf einem war überlebensgroß ein spielendes Kind auf die Fassade gemalt, sollte vermutlich Harmlosigkeit signalisieren. Nach dem Motto, wir tun nichts, wir wollen nur spielen.

Hannes schoss jede Menge Fotos, erkannte in allem interessante Motive. Ich begleitete ihn häufig mit meinem Zeichenblock in der Hand. Wir entdeckten in einer der ehemaligen Salinen einen völlig verrosteten Bootsrumpf, der mit dem Bug im Sand feststeckte, für immer gestrandet. Ein Vogelskelett, die Flügel ausgebreitet, mit letzten Federn an den fast blanken Knochen. Der Wind fuhr darüber hinweg, spielte mit den Überresten, und es war, als würde sich das Gerippe jeden Moment als Geistervogel in die Luft erheben. Im Salinenwasser daneben staksten Flamingos, ihr übertrieben rosa leuchtendes Gefieder stand in krassem Kontrast zur Umgebung, über ihnen kreischten die Möwen. Ich kam kaum hinterher, es gab so vieles zu entdecken. Nach der jahrzehntelang andauernden Insektenära schien für mich nun das Zeitalter der Vögel anzubrechen, und die Blätter meines Zeichenblocks füllten sich.

Pommes' Halswunden waren mittlerweile gut verheilt, und sie fasste immer mehr Vertrauen. Nico versuchte, mit ihr Stöckchen zu spielen. Als er ihren Namen rief, kam sie mit dem Schwanz wedelnd auf ihn zugelaufen. Er hob einen langen, vom Meer glatt geschliffenen Ast über den Kopf, holte aus, um ihn wegzuschleudern, woraufhin Pommes mitten im Rennen erstarrte und sich zitternd auf den Boden presste. Ein weiteres Puzzlestück. Die Bekanntschaft von Stöcken hatte sie gemacht, aber zweifellos nicht, um mit ihnen zu spielen.

Ich schlief viel. Hannes betüddelte mich, und ich musste ihm mehrmals sagen, dass ich eben genau das nicht wollte. Ich wollte nicht wie eine Kranke behandelt werden. Nico riet mir, eine Psychotherapie zu machen, um einen Umgang mit dem Thema zu finden. Diesmal stritt ich mich nicht mit ihm, sondern sagte, ich würde darüber nachdenken. Er beließ es dabei, auch wenn wir beide wussten, dass ich es nicht tun würde.

Nur wenige Male trafen wir auf andere Leute. Es war, als ob wir in einem Paralleluniversum gelandet wären, das uns die Gelegenheit gab, uns wieder zusammenzuraufen, ein kleiner Aufschub, bevor wir wieder in dem Wahnsinn da draußen mitspielen und funktionieren mussten.

Hannes redete weniger als sonst und zog sich zurück, nachdem ich ihm gesagt hatte, er solle das mit dem Betüddeln lassen. Auf Nachfragen winkte er ab. Wenn er allein am Strand herumstrolchte oder mit verlorenem Blick aufs Meer starrte, traute ich mich kaum, ihn anzusprechen. Die Verbindung, die seit dem Kindergarten zwischen uns bestand, veränderte sich gerade. Es tat weh, zu sehen, wie er ohne mich nachdachte, ohne mich seinen Weg ging.

Wir saßen nebeneinander am Strand und sahen den Möwen zu, die über einem Fischschwarm kreisten.

»Ich glaube, es wird uns guttun, nicht mehr zusammenzuwohnen«, sagte Hannes, und mir war, als wäre er noch einen weiteren Meter von mir weggerutscht. »Meinst du nicht?« Er sah mich an mit diesem traurigen James-Dean-Blick, den er früher vor dem Spiegel geübt hatte und der über die Jahre Teil seiner Alltagsmimik geworden war.

»Nein. Aber ich freue mich, wenn es dir guttut.«

Er sah aus, als würde er gleich heulen. In meiner Brust verdichteten sich die Zellen zu einem hornhäutigen Klumpen, als wüchse mir dort eine weitere, dickere Hautschicht, wie ein Schutzschild. Jetzt bloß nicht weinen. Der Wind fegte über den Strand, und ich kniff die Augen zu, damit kein Sand hineinwehte.

»Du weißt schon, was ich meine«, sagte er, und ich schüttelte den Kopf. Wir schwiegen, und möglicherweise hoffte er darauf, dass ich auch ohne Worte verstand, worauf er hinauswollte. Aber so leicht wollte ich es ihm nicht machen.

»Hast du keine Angst, dass wir uns verlieren? Oder ist dir das egal?«, fragte ich.

»Egal bestimmt nicht. Aber warum sollten wir uns verlieren?« Eine Möwe brach in schrilles Gelächter aus, eine andere stimmte mit ein. Hannes legte mir den Arm um die Schultern und lehnte seinen Kopf gegen meinen. »Niemand sonst kennt mich so gut wie du.«

Ja, noch, dachte ich, hatte Angst, dass er mir fremd werden würde, dass der Zenit unserer Freundschaft überschritten war. Ich drückte mein Gesicht an seinen Hals und nahm seinen Geruch in mich auf, subtil, nur wahrnehmbar, weil er mir so vertraut war. Das Gefühl von Verlust, das mit jeder Minute zunahm. Ich stellte mir vor, was mit Hannes alles aus meinem Alltag verschwinden, was es ohne ihn in der Wohnung nicht mehr geben würde: keine Trockenhauben mehr an den Wänden, keine schiefen Holzregale, vollgestopft mit Fundstücken, Steinchen, Aufnähern, alten Schlüsseln und aus Draht gebogenen Fantasietierchen. Keine Trainingsjacken mehr an der Garderobe, keine gemeinsamen Sandwichtoasts und keine Fernsehabende im Bett mit Pizza, Pudding und Sekt.

Das ist das Miese, wenn dir jemand nah ist. Dann verliert sich die Grenze, die einen von dem anderen trennt. Die Verschmelzung, die verdammte. In Zukunft würde dort, wo er jetzt noch war, eine Leerstelle sein. Wäre er mir nie nah gewesen, würde es diese Leerstelle nicht geben. Er hielt eine unsichtbare Schnur in der Hand, an deren Ende ich wie ein Drachen im Wind meine Bahnen ziehen konnte, ohne ihn zu verlieren. Die ständige Verbindung zwischen uns. Ich erklärte ihm, dass ich befürchtete, ohne ihn an meiner Seite einfach zu verschwinden, aus der Tür zu gehen und mit jeder Straße, die ich entlangging, blasser und blasser zu werden, bis ich in ein Loch fallen und einfach nicht mehr da sein würde. Wenn er wegzog, würde sich diese Schnur zwischen uns auflösen. Mir schwindelte angesichts der Freiheit, die das bedeutete und die ich gar nicht haben wollte. Hannes war der Punkt, um den ich kreiste, um mich nicht zu verlieren. Schon immer. In Zukunft wäre es egal, wann ich nach Hause kommen oder was ich essen würde. Es würde keinen interessieren, ob ich überhaupt was aß oder stattdessen auf dem Sofa vergammelte, ob ich in einer Kneipe versackte oder mich auflöste und in einem Gulli versickerte.

All das erzählte ich ihm, während die Möwen weiter um den Fischschwarm stritten. Hannes' Arm auf meiner Schulter versteifte sich, und schließlich rückte er von mir ab. »Nico hat recht«, sagte er. »Es geht wieder mal nur um dich. Du hast dich nicht ein einziges Mal für mich gefreut.«

Betroffen wich ich Hannes' Blick aus. Es stimmte, was er sagte, aber ich konnte mich nicht auf Kommando freuen, konnte gar nichts auf Kommando, hatte ich noch nie gekonnt, wollte ich auch nicht können. Vielleicht würde ich mich irgendwann später für ihn freuen können, aber im Moment wäre es gelogen, und ich hatte keine Lust, ihn anzulügen.

Als wir noch Kinder waren, hatte Hannes mir allein die Striemen auf seinem Hintern gezeigt und die blauen Flecken an seinen Armen, die exakt mit den Fingern seiner Mutter übereinstimmten. Außer mir erzählte er niemandem sonst von ihren Schlägen, aus Angst, sie würde erahnen, dass er es verraten hatte, und ihn dafür erneut bestrafen. Ich verstand seine Angst, fürchtete mich auch vor seinen Eltern. Ohne uns, seine Großeltern und den Schuppen wäre er eingegangen wie ein Baum, den man so lange stutzt, bis er nicht mehr will.

Ich sah seine Eltern so selten wie möglich. Meistens trafen wir uns draußen zum Spielen. Dennoch gab es genug Begegnungen. Zur Konfirmation durfte er Nico und mich einladen. Ich fühlte mich unter Beobachtung, durfte keine falsche Bewegung machen. Hannes' Mutter grüßte meine nicht, und angeblich hatte ich einen schlechten Einfluss auf ihren Sohn. War quasi dauerhaft auf Bewährung. Nichts entging seiner Mutter. Weder der Fleck auf meinem Rock noch die Kratzer an meinen Schuhen noch dass ich den Kuchen mit der Hand aß statt wie alle anderen mit Besteck. Sie selbst zerlegte ihn zwar feinsäuberlich mit der Gabel in große Stücke, als wäre er eine frisch erlegte Beute, aber schob ihn sich dann gierig in die Mundhöhle, wo sie ihn nicht zerkaute, sondern mit der Zunge am Gaumen zerquetschte. Details, die mir wiederum nicht entgingen.

Als Hannes wieder einmal Hausarrest hatte und nicht zu meinem Geburtstag kommen durfte, nahm ich meinen Mut zusammen und klingelte bei ihm. Seine Mutter öffnete und sah aus gefühlten drei Metern Abstand auf mich herunter. Ich sagte, dass das Freiheitsberaubung sei und bestand darauf, dass sie Hannes zu meiner Feier gehen ließe. Sie blieb regungslos in der Tür stehen, mit dem Gesicht eines Reptils, die starren Augen und die flinke Zunge, die alle paar Sekunden hervorschnellte, um blitzschnell über die Lippen zu lecken. Schließlich gab ich auf. Fünf Minuten dauerte mein Besuch, in denen sie kein Wort zu mir sprach. Mit Kälte in den Knochen kehrte ich nach Hause zurück, wo ich einen heißen Kakao trank und mir zusätzlich die Decken meiner Mutter ins Bett holte, um mich aufzuwärmen. Ich war neben seinen Großeltern Hannes' eigentliche Familie, mehr als seine Eltern es jemals sein würden. Auf mich konnte er zählen, immer schon. Auf mich und später auch auf Nico, für eine Weile auch auf Bennie. Aber ich war die Erste gewesen.

Hannes sagte nichts, blickte nur stumm aufs Wasser, und sein Schweigen ließ mich frösteln. Wenn wir uns nicht vertrugen, wenn ich es nicht schaffte, mich zu freuen, bevor der Urlaub vorbei war, dann war es das, dann war unsere Freundschaft unwiederbringlich angeknackst. Ich zog die Beine an den Bauch, umklammerte meine Knie, legte den Kopf darauf und machte eine feste Kugel aus mir.

»Ich will mich für dich freuen, ehrlich. Ich arbeite daran«, versprach ich ihm.

Über Hannes' Gesicht huschte ein Lächeln, das jedoch sofort wieder in den Falten rechts und links von seinem Mund verschwand.

»Weißt du noch, als du dir den Iro geschnitten hast?«, fragte ich. Er nickte.

Das war nach seiner ersten Nacht mit Bennie, ein mehr als symbolischer Akt des Widerstands. Ich war gerade dabei gewesen, den Hühnerstall auszumisten, da lief Hannes mit einem blauen Auge und einem Iro bei mir zu Hause auf. Bläulich violett leuchtete das Veilchen, das ihm sein Vater verpasst hatte, bläulich weiß seine Kopfhaut, die durch die Stoppeln der kahl rasierten Schädelseiten hindurchschimmerte und lila sein Iro. Er hatte ihn mit der kastanienbraunen Tönung seiner Mutter gefärbt, die bei seinem blonden Haar eine andere Farbe angenommen hatte, als die Packung versprach. Bisher kannte ich ihn nur mit dem immer gleichen Pottschnitt, den ihm der Dorffriseur einmal im Monat verpasste. Ich war selten so stolz auf Hannes gewesen wie an diesem Nachmittag.

Alles, was wir gemeinsam erlebt hatten, band uns aneinander, war unauslöschlich. Und jetzt sollte uns der zukünftige Abstand also guttun. Das klang für mich verdächtig nach Nico. Er war schon lange der Meinung, wir wären zu symbiotisch.

»Was ist das für ein neuer Tick, sich ständig an den Haaren zu zupfen. Ist euch das mal aufgefallen? Das macht ihr beide andauernd und am liebsten synchron, voll schräg«, warf Nico uns im Sommer vor, als er uns besuchte.

»Na und! Du hörst doch auch die gleiche Musik wie Hannes und stehst auf dieselbe Jeansmarke wie ich. Ist doch normal, so was.«

Nico verdrehte die Augen. »Hannes schickt keine Mail ab, ohne sie dir vorher zu zeigen.«

»Gar nicht, nur manchmal!« Hannes wurde rot.

»Euch gibt es nur im Doppelpack. Es ist ewig her, dass ich einen von euch mal allein getroffen habe. Entweder ihr kommt zusammen zu mir, oder ich besuche euch, und dann seid ihr immer beide da. Nur auf dem Dorf, wenn ich bei Robert bin und du bei deiner Oma bist, Hannes, dann treff ich dich mal allein.« Nico stieß mir unsanft seinen Zeigefinger in den Arm. »Aber dich, Insa? Dich sehe ich nie ohne Hannes. Das letzte Mal, dass wir uns allein gesehen haben, daran erinnere ich mich nicht mal mehr.«

Manchmal dachte ich, Nico brachte solche Sprüche aus Eifersucht, weil er sich ausgeschlossen fühlte. Es war nicht das erste Mal, dass er sich über Hannes und meine extrem enge Verbindung mokierte. Dass ich ihm von Hannes' und meinem ersten Sex im Schuppen erzählt hatte, war da sicher nicht hilfreich gewesen.

In der Ferne entdeckte ich ein Segelboot, beobachtete, wie es sich im Wind neigte. Ich knuffte Hannes in die Seite. »Hat Nico dir gesagt, dass du dich besser von mir fernhalten sollst?«

»Das hat nichts mit Nico zu tun. Ich glaube einfach, dass es gut ist, sich nicht immer so auf der Pelle zu hocken, öfter mal was allein zu machen oder auch anderen eine Chance zu geben.«

Ich brannte darauf, Anne und Nico zu besuchen, um ihnen dann eine Liste ihrer gemeinsamen Ticks vorzulegen. Vielleicht schnitten sie sich gegenseitig das Essen klein und schoben es sich bissgerecht in den Mund, oder sie ergänzten die angefangenen Sätze des anderen. Das machten Hannes und ich nicht, und solange uns das nicht passierte, war es auch nicht nötig, dass wir auseinanderzogen.

»Etwas, das sich so scheiße anfühlt, kann nicht gut sein. Sich den Zeh einzuhauen, ist auch nicht gut.«

»Und sich in den Arm zu schneiden?«, fragte Hannes. Ich stand auf und rief Pommes, damit sie mit mir zu den ausgetrockneten Salzbecken ging, in denen sämtliches Leben sicher unter den versandeten Salzkrusten begraben lag.

Nach Pommes' Vorbild hatten wir uns eine große Kuhle in den Sand am Strand gebuddelt, in der wir die drei Nächte schliefen, windgeschützt und dicht an dicht, damit uns nicht kalt wurde. Hannes hatte Tassen und Töpfe aus dem Bus geholt und benutzte sie als Sandformen, er baute an einer gigantischen Sandburg. Nico und ich sammelten Muscheln zum Verzieren, die Hannes ablehnte, als wir sie ihm zeigten.

»Das ist mir zu kitschig. Da verliert sich doch die Form.«

»Ja, aber stell dir mal vor, hier und da eine Blume aus Muscheln.« Ich demonstrierte ihm, was mir vorschwebte.

»Auf keinen Fall!«

Weil Hannes sich sträubte, begannen Nico und ich, eine eigene Burg zu bauen, die wir über und über dekorieren wollten.

»Aber keine Blumen«, sagte Nico.

»Na gut, dann eben Totenköpfe.«

Er warf mir eine Muschel an den Kopf, ich duckte mich weg und schaufelte weiter mit den Händen Sand zu einem Hügel, wollte eine Burg bauen, die größer und schöner werden sollte als die von Hannes. Die beiden redeten über die Werkstatt und die neue Wohnungseinrichtung. Ich hörte zu und suchte nach einer Frage, die ich Hannes stellen konnte, um Interesse an seinem neuen Leben zu demonstrieren.

»Meinst du, deine Eltern lassen ihr Auto bei dir in der Werkstatt reparieren?«

Hannes ließ die sandigen Hände sinken, schüttelte den Kopf und zog eine Grimasse.

»Wie willst du es aushalten, fast neben ihnen zu wohnen und ihnen dauernd über den Weg zu laufen? Das könnte ich nicht«, sagte Nico.

»Weil ihr euch immer noch was von euren Müttern erhofft.«

Hannes glättete vorsichtig die Unebenheiten am höchsten Turm.

Ich stellte mir vor, wie es wäre, keinerlei Erwartungen mehr an meine Mutter zu haben, nie wieder von ihr enttäuscht werden zu können. Mir würde etwas fehlen. Sie würde mir fehlen.

Am letzten Abend bei den Salinen machten wir ein Feuer aus angespülten Holzstücken, die wir am Strand gesammelt hatten. Unsere Vorräte neigten sich dem Ende entgegen, sonst wären wir noch länger geblieben. Nico baute einen Joint und reichte ihn herum. Seine Tante, die Ärztin, hatte ihm am Telefon übertrieben viele medizinische Ratschläge für mich durchgegeben. Er wollte mir einen Ernährungsplan erstellen, mir das Rauchen und Alkoholtrinken verbieten. Ich protestierte, noch war ich nicht krank. Hannes schlug sich auf Nicos Seite, meinte, ich wäre noch nie in der Lage gewesen, mich um mich selbst zu kümmern, darum müssten sie das eben übernehmen.

»Ich lass mich doch nicht entmündigen!«, sagte ich und bereute schon, meine Sorgen mit ihnen geteilt zu haben. Wollte nicht dauernd daran erinnert werden und mir vor allem nicht vorschreiben lassen, wie ich zu leben hatte. Aber Nico war nicht zu bremsen.

»Du musst vorsorgen für den *worst case.* Du solltest dringend eine Pflegeversicherung abschließen. Und dir, solange du noch arbeiten kannst, einen vernünftigen Job suchen, der dir ein Minimum an Sicherheit gibt!«

Ich hielt mir die Ohren zu, hatte keine Lust, mir das länger anzuhören. Begriffe wie Pflegeversicherung stressten mich.

»Seht ihr, genau deshalb wollte ich euch nichts erzählen. Bisher ist überhaupt nicht klar, ob mir was fehlt! Ihr übertreibt! Und ich habe keine Lust, mir von euch sagen zu lassen, was ich zu tun oder zu lassen habe. Ich habe das Recht, mein Leben zu verpfuschen, so wie jede andere auch. Außerdem könnte genauso gut auch einer von euch morgen krank werden oder einen Unfall haben oder was weiß ich. Nicht dass ich das hier beschreien will«, fügte ich hinzu, weil Hannes nach einem Stück Holz griff, um darauf zu klopfen.

Nicos Pädagogenfassade bröckelte. Er sah mich an, und die Angst in seinen Augen gab meiner Panik neuen Aufschwung. Nicos Part sollte sein, mich zu beruhigen, mir Sicherheit zu geben. Er starrte mich an, und ich schluckte gegen die Trockenheit in meinem Hals an. Und da war es wieder, das Kribbeln von tausend Ameisen. Direkt unter meiner Haut, sie kitzelten und kratzten. Millionen von Insekten, Trillionen, die jeden Moment aus mir herausbrechen würden, die sich von innen an meiner Haut rieben, mit ihren Borsten, Haaren, Warzen und Schuppen, die mit ihren Mundwerkzeugen an mir saugten und ihre Eier in mein Fleisch legten.

Hannes legte sich mit dem Kopf in meinen Schoß und schlang die Arme um meinen Bauch. Distanz hin, Abstand her. Die unbestätigte Krankheit holte ihn wieder zurück, band ihn an mich. Seine Angst, die meiner so ähnlich war. Das war das Fatale mit uns. Wir waren wie zwei, die im Moor feststeckten und die bei dem Versuch, sich gegenseitig herauszuziehen, immer tiefer im Schlamm versanken.

»Scheiße, ich fühl mich so ohnmächtig. Sag mir, was ich tun kann«, flüsterte Nico.

»Tu einfach so, als ob nichts wäre.«

»Wie soll das denn gehen?«

Ich zuckte mit den Achseln. »Keine Ahnung. Das ist das, was ich versuche. Was anderes bleibt mir nicht übrig, ansonsten dreh ich ja durch.«

Das Feuer knackte. Pommes schnüffelte an der Wasserkante, schmiss sich auf den Boden und wälzte sich umher. Die Chancen standen nicht schlecht, dass es ein toter Fisch war, den sie sich gerade ins Fell schmierte. Nico rannte zu ihr, sie lief ihm bellend entgegen und sprang an ihm hoch. Gemeinsam kamen sie zurück zum Feuer.

»Fehlalarm.« Nico setzte sich außer Atem neben mich. Er streichelte Hannes über den Rücken, der hob seinen Kopf aus meinem Schoß und sah mich an. Dann hängte er sich an meinen Hals. Seine Arme drückten mir die Luft ab.

»Du sollst nicht sterben!«

»Was?! Vom Sterben war nie die Rede, Alter! Hör auf, so eine Panik zu verbreiten!« Ich schubste ihn weg. Er rappelte sich auf und verschränkte die Arme vor der Brust. »Was weiß ich denn.«

Dieser Abstand, vielleicht wird er uns doch guttun, dachte ich, auch wenn es mir schwerfiel, es zuzugeben.

Am Abend lag ich lange wach und konnte nicht einschlafen. Nicos Vortrag über Sicherheit hallte in mir nach. Unabhängig davon, ob ich nun krank war oder nicht, war ich es manchmal leid, von einem Job zum anderen zu springen, immer prekär beschäftigt, ohne zu wissen, was danach kommen würde. Ich sehnte mich nach etwas mehr Stabilität, auch wenn ich es nicht zugeben wollte. Gut möglich also, dass es an der Zeit war, mir zu überlegen, was ich gerne tat, womit ich meine Zeit verbringen wollte, ganz unabhängig von Hannes und Nico. Ich dachte an Renate, die sehr zufrieden in ihrer Kneipe wirkte. Sie hatte mir schon vor Wochen erzählt, dass sie ihr Repertoire an warmen Speisen zu erweitern plante, und gefragt, ob ich nicht als Köchin bei ihr einsteigen wolle. Vor zwei Jahren hatte ich schon einmal bei ihr als Aushilfe gejobbt, war aber am damaligen Koch gescheitert, einem präpotenten Macker, dem sie inzwischen gekündigt hatte. Vielleicht wäre das tatsächlich ein Job, auf den ich Lust hatte und der mehr sein konnte als nur irgendein Aushilfsjob.

»Deine Chance, Schätzchen, du wärst die Chefin in der Küche«, hatte Renate mir versichert.

Ohne Fleisch und Fisch, das war meine Bedingung gewesen.

Wir hatten ausgemacht, uns die Sache durch den Kopf gehen zu lassen. Mir fiel ihre Bemerkung vor der Abreise ein, das Angebot stehe noch. Meine Antwort war ich ihr noch schuldig. Vielleicht sollte ich einfach zusagen.

14

»Ich bin gespannt, ob ich deine Mutter wiedererkenne«, sagte Hannes zu Nico gewandt, der am Steuer saß. »Aber noch viel interessanter wird sein, ob sie uns überhaupt erkennt! Alter, da waren wir erst fünfzehn, als sie uns das letzte Mal gesehen hat. Voll die Kinder!« Wir hatten die Schlaglochpiste diesmal ohne Zwischenfall hinter uns gelassen und glitten nun auf der Landstraße entlang, die uns im Gegensatz makellos wie eine Kegelbahn vorkam.

»Bestimmt erkennt sie uns«, sagte Nico.

Ich knuffte ihn in die Seite. »Wetten, dass sie die Stunden zählt, bis du kommst? Da hat sie doch ewig drauf gewartet.«

»Ist anzunehmen.« Nico schaltete einen Gang höher.

Ich lehnte mich über Hannes' Schoß zur Beifahrertür und ließ die Scheibe hinunter, um eine Fliege rauszulassen, die uns, seit wir losgefahren waren, um die Nasen schwirrte. Draußen war es bewölkt. Ein kühler Wind fuhr durch das geöffnete Fenster herein, und ich kurbelte es sofort wieder hoch, nachdem die Fliege endlich den Weg nach draußen gefunden hatte.

Als ich mich wieder aufrichtete, räusperte Nico sich. »Hört mal, es gibt da noch eine kleine Sache, die ich euch noch sagen wollte. Also, es war gelogen, dass ich mit meiner Mutter telefoniert habe. Sie weiß nicht, dass wir kommen. Soll eine Überraschung werden.«

»Nee, oder?« Hannes Stimme klang schrill.

Nico zog die Schultern hoch, bis sie fast seine Ohren berührten.

»Und wenn sie nicht da ist?«, fragte Hannes

Mit einem tiefen Seufzer ließ Nico die Schultern wieder fallen. »Dann stellen wir ihr den Kram vor die Tür, und gut ist.«

Hannes nahm seine Brille ab und putzte sie, wischte mit dem staubigen Ärmel seiner Jacke daran herum, bis die Gläser dreckiger waren als vorher. Er hauchte sie an und wischte erneut, diesmal mit seinem Shirt. Ich reichte ihm ein Stück Klopapier. Als er es nehmen wollte, ließ er die Brille los, und sie fiel runter. Offensichtlich war er nicht bei der Sache. Nicos Geständnis schien seine volle Aufmerksamkeit in Anspruch zu nehmen. Ich duckte mich unter dem Handschuhfach weg, hob die Brille auf und säuberte sie für ihn.

»Warum hast du uns das nicht vorher gesagt?«, fragte Hannes.

»Weil ihr mich dann dazu gedrängt hättet, es zu klären, und ich hatte keine Lust, schon am Telefon mit ihr zu diskutieren. Doch genau darauf wäre es hinausgelaufen. Außerdem hab ich so den Überraschungsvorteil.«

Nico angelte nach dem Tabak, der auf dem Armaturenbrett lag, und reichte ihn mir, damit ich ihm eine drehte.

»Und so hältst du dir eine Hintertür offen.« Ich gab Nico die fertig gedrehte Kippe. Er nickte, grinste gequält und öffnete sein Fenster. Die kalte Luft pfiff uns um die Ohren, aber ich sagte nichts, zog nur den Reißverschluss meiner Jacke hoch und setzte mir die Kapuze auf.

»Es ist doch bescheuert, die Kisten durch halb Europa zu karren, wenn sie am Ende nicht mal da ist.« Hannes schüttelte den Kopf. Er schien wirklich aufgebracht zu sein. Mich hingegen rührte es eher, wie sehr Nico das Treffen schon im Vorfeld zusetzte.

»Erst mal geh ich davon aus, dass sie da ist. Aber notfalls lassen wir ihr den Kram eben da. Auftrag erledigt, fertig«, sagte Nico.

»Sehr witzig, es ging doch nie nur um die Kisten.« Inzwischen klang Hannes richtig verärgert. »Mann, du hättest echt was sagen können! Von wegen keine Geheimnisse mehr haben und so. Aber okay, ich sag nichts mehr. Deine Entscheidung.«

Hannes hatte jedes Recht, sauer auf Nico zu sein, nach den ganzen moralischen Reden, die er geschwungen hatte, über Ehrlichkeit als Basis unserer Freundschaft und so weiter. Fast freute ich mich über seine Verfehlung. Dass er uns ebenfalls etwas verheimlicht hatte, brachte ihn mir näher, als würden wir wieder in derselben Liga spielen.

»Ich weiß, sorry. Aber eigentlich macht es doch keinen so großen Unterschied, oder?« Nico sah zu Hannes, der stur geradeaus blickte und sich die Brille wieder auf die Nase knallte. Ich fand schon, dass es einen Unterschied machte, es war, als wäre unser Ziel blasser geworden. Trotzdem hielt ich den Mund.

Hannes war jedoch noch nicht fertig mit dem Thema. »Ich dachte, du willst dich mit deiner Mutter vertragen. Nur deshalb bin ich mitgekommen. Scheint ja auf einmal nicht mehr so wichtig zu sein. Hätt ich das gewusst, wäre ich zu Hause geblieben. Hab genug zu tun.«

»Reg dich ab, Alter. Natürlich ist mir das wichtig, aber ich hab auch Schiss. Was denkst du denn? Und unabhängig davon können wir uns doch einfach darüber freuen, dass wir jetzt gemeinsam unterwegs sind. Wer weiß, wann wir sonst noch mal alle zusammen in den Urlaub gefahren wären?«

Ich wühlte in meiner Tasche nach der Packung Kaugummis und steckte mir eins in den Mund. Ich bot Hannes auch eins an. Er schüttelte den Kopf, ließ sich gegen die Lehne fallen und knibbelte stattdessen an den Schwielen an seinen Händen herum, ein Zeugnis seiner Arbeit als Mechaniker.

Zu unserer Erleichterung fanden wir einen Supermarkt, der auch am Sonntag geöffnet hatte, sodass wir unsere Vorräte auffüllen konnten. Hannes und ich stritten, weil er den Wein, die Schoki und die Chips wieder aus dem Einkaufswagen nehmen wollte, er war der Meinung, ich solle mich ab jetzt vernünftig ernähren. Und dann wollte Nico mich auch noch daran hindern, neuen Tabak zu kaufen.

»Hackt es, oder was? Lasst mich in Ruhe mit so einem Scheiß! Ernsthaft, das nervt total!«

Beleidigt kniff Nico die Lippen zusammen und rannte vor zum Auto. Mit vor der Brust verschränkten Armen sah er vom Fahrersitz aus zu, wie wir die Einkäufe verstauten. Den ganzen Weg bis La Grande-Motte schmollte er. Der Ort lag auf unserem Weg, und der Name klang interessant genug, um ihn als nächste Station anzusteuern. Doch bei dem unfassbar tristen Anblick, der sich uns bot, als wir die Stadt erreichten, vergaß Nico, dass er eingeschnappt war.

Der gesamte Ort bestand aus beeindruckend hässlichen weißen Gebäuden mit dunklen Fenstern, die sich wie riesige Pyramiden mit Hunderten Augen aus dem Boden erhoben. Nichts als terrassenartig übereinandergestapelte Wohnetagen für urlaubswütige Touris. Vielleicht sollten die Blöcke an Kreuzfahrtschiffe erinnern, doch auf mich wirkten sie, als wären sie der wahnsinnigen Fantasie eines von der Farbe Weiß besessenen Fisher-Price-Fanatikers entsprungen. Weit und breit nichts, was das Auge entspannte. Wir kurvten durch diese Ferienhölle, und bevor die Laune auf den Nullpunkt sank, düsten wir schnell weiter, auf der Suche nach Erfreulicherem.

Bei der nächsten Pinkelpause trieb uns der kühle Wind schleunigst wieder in den Bus zurück. Ich zog meine dicke Weste an und übernahm das Steuer. Trotz der zusätzlichen Kleidungsschicht fröstelte ich. Bisher hatten wir es nicht gewagt, aber nun schien der Moment gekommen. Ich streckte mutig die Hand aus und schaltete die Heizung ein. Wie befürchtet war es der große Auftritt des stinkenden Bries. Wir stöhnten. Nico riss das Fenster auf und stellte die Heizung wieder ab. Niemand protestierte. Dann doch lieber frieren. Ich wickelte mir ein Tuch um den Hals und zog mir die Ärmel über die Hände.

Wolken schichteten sich übereinander, weiß-grau, blau-grau, schwefel-grau, grau-grau. Windböen pflügten durch die Landschaft, bogen die Bäume, die Büsche, das Schilf und malten Muster in die Felder. Ohne hinzusehen, fischten wir Kassetten aus der Blechkiste, die unterm Beifahrersitz stand. Von jeder Kassette, die wir erwischten, mussten wir ein Lied hören. Das war die Spielregel. Danach wurde die nächste eingelegt. Hannes klopfte den Takt auf seinen Beinen mit, um sich aufzuwärmen. Gemeinsam schunkelten und schaukelten wir auf unseren Sitzen zu Kettcar, Stereo Total, Patti Smith und Tocotronic. Nico sang laut mit. Er hatte eine heisere Stimme, die jede Note traf und die Kassettenmusik übertönte. Ich mochte es, wenn er sang, schon damals, in unserer Band, konnte ich ihm stundenlang zuhören. Er festgekrallt an seiner Gitarre, und ich gab alles an der Trompete, bis mir schwindelig wurde. Hannes, dessen Arme hinterm Schlagzeug umeinander wirbelten, sodass ich befürchtete, sie könnten sich verknoten, wenn er nicht aufpasste.

Ich fuhr auf einen Parkplatz, wartete die letzten Klänge von *Leuchtturm* ab, einem Song der Band Angeschissen, bevor ich den Motor ausstellte und ausstieg. Ich sprang auf der Stelle und rannte im Kreis um den Bus herum, um mich aufzuwärmen, während Nico einen Tee kochte. Bevor wir weiterfuhren, holte ich die gelbe Wolldecke von hinten und legte sie über unsere Beine. Am späten Nachmittag erreichten wir endlich Narbonne, wo wir am Ufer des Canal de la Robine parkten. Das Wetter war noch immer durchwachsen, aber immerhin regnete es nicht. Dennoch entschieden wir, eine Kleinigkeit im Bus zu essen, da es drinnen windgeschützter war als draußen. Ich füllte meine Wasserflasche auf, Nico schmierte uns Brote. Kauend saßen wir zusammen auf dem Bett, während Pommes auf ihrem Teppich Trockenfutter knusperte.

»Ich würd heute gern allein los«, sagte Nico. »Ich brauch mal meine Ruhe, war seit einer Woche kaum mal für mich.«

Hannes und ich sahen uns an, kauten, schluckten, bissen erneut von unseren Broten mit Feigenmarmelade ab. Zu wenig fruchtig für meinen Geschmack, aber wir hatten etwas Neues ausprobieren wollen.

»Vielleicht geh ich auch allein los.« Hannes legte seine Hand auf meinen Unterarm. »Oder ist das doof für dich?«

Ich schüttelte seine Hand von meinem Arm. »Im Gegenteil. Ich brauch auch mal meine Ruhe.« Wie zum Beweis stand ich auf, schmierte mir noch eine Stulle zum Mitnehmen, diesmal mit Erdnussbutter und Honig, schnappte meine Tasche und schob die Seitentür auf.

In drei Stunden wollten wir uns wiedertreffen. Ich hatte also Zeit. Unschlüssig sah ich den Kanal hinunter, dann wandte ich mich nach links und marschierte los. Plötzlich Pfotengetrippel auf dem Pflaster. Pommes lief hinter mir her und sah mich mit schräg gestelltem Kopf an. Ich kehrte zum Bus zurück. »Wer nimmt Pommes mit?«

Hannes streckte den Zeigefinger in die Höhe, als wäre er in der Schule. Er rief ihren Namen, und sie sprang in den Bus. Ich marschierte aufs Neue los, lauschte auf den Rhythmus meiner Schritte, den Autoverkehr, das Gurren der Tauben. Seltsam, nach so langer Zeit allein zu sein. Ich fühlte mich nackt oder wie nach einer langen Grippe, wenn man zum ersten Mal wieder das Haus verlässt. Der Raum um mich herum war viel zu weit und ich viel zu klein, die Maßstäbe hatten sich verschoben. Wie auf einer schmalen Linie balancierte ich die Straße entlang. Unter meinen Füßen ein Steg aus Watte. Schritt für Schritt, immer einen Fuß vor den anderen, Hacke, Spitze, ich probierte eine Variation, erst Spitze, dann Hacke. Die Sohlen meiner Turnschuhe klatschten aufs Pflaster, wenig elegant, alles andere als eine Seiltänzerin.

Wenn ich ehrlich war, hatte ich keine Ahnung, was ich mit den drei freien Stunden anfangen sollte. In meinen Hosentaschen befanden sich eine Haarspange, zwei Kassenzettel – einer vom Bäcker, der andere vom letzten Großeinkauf – und vierzehn Euro dreiundsechzig. Ich könnte einen Kaffee trinken gehen.

Die Abwesenheit von Hannes, Nico und Pommes wog schwerer, als ihre Anwesenheit es getan hätte. Wären wir uns nie begegnet, würde diese Leere nicht existieren. Allerdings wäre dann vielleicht eine andere an ihre Stelle getreten, ziemlich sicher sogar, denn irgendwer ging ja immer und ließ ein Loch zurück.

Ich setzte weiter einen Fuß vor den anderen wie auf einer Linie. Wenn ich danebentrat, würde sie zerreißen. Flügel flatterten wild in meiner Brust, als wären Hunderte von Schmetterlingen dort eingesperrt. Sie wollten abheben, aber hatten keine Chance. Hätten mich mitnehmen müssen. Mein Körper fühlte sich unendlich schwer an, war nicht der einer Seiltänzerin, war zu plump, um abzuheben.

Je näher ich dem Zentrum kam, desto mehr Leute kamen mir entgegen. Ich hielt den Kopf gesenkt, sah auf ihre Schuhe. Pumps, Stiefel, Turnschuhe. Mit den Fingern fuhr ich an den Hauswänden entlang, ließ meine Nägel über die Steine kratzen, drückte fester dagegen, auf der Suche nach Halt. Meine Fingerspitzen brannten, die Wand war grobkörnig wie Schmirgelpapier, hatte mir die Nägel runtergeschliffen und machte sich nun an der Haut zu schaffen. Der Schmerz schoss durch die Hand und den Arm hinauf bis in meine Brust.

Ich könnte in ein Café gehen. Oder mir einen Platz suchen zum Zeichnen. Oder zum Bus zurückgehen und auf die anderen warten. Oder ich tat nichts von alledem, lief so lange weiter, bis sich meine Finger aufgelöst hatten, mein Arm, ich selbst. Ich blieb unschlüssig stehen, sah auf meine schmerzenden Fingerspitzen, steckte sie in den Mund, und die Feuchtigkeit beruhigte die offenen Stellen ein wenig. Die Hände tief in die Taschen vergraben lief ich weiter. Eine Straße entlang, noch eine und noch eine, an alten Häusern vorbei, Kirchen, überall weiße Verzierungen, hohe Fenster, verschnörkelte Balkone, Läden, Kanal, Fußgänger, Platanen.

Als ich den Kanal überquerte, verlor ich meine Linie, auf der ich bis hierhin balanciert war, und stapfte nun die Straße entlang, ohne noch weiter auf meine Schritte zu achten. Vor der Markthalle drehte ich mich um die eigene Achse, drehte mich so schnell, dass die Farben verschwammen, die Häuser um mich herumwirbelten und mit ihnen die Motorroller, Autos, Menschen und Tauben.

Mir war schwindelig, und ich ließ mich auf die Mauer am Kanal sinken. In meinem Rücken Boote, die träge schaukelten. Das Flattern in meiner Brust nahm wieder zu. Ich atmete mitten hinein in das Flügelgeschlage, schloss die Augen, um mich herum eine durchsichtige Wand, die mich umgab. Ich hatte keine Ahnung, wie lange ich schon unterwegs war, hatte vergessen, auf die Uhr zu sehen, als wir verabredet hatten, uns in drei Stunden wieder zu treffen. Erschöpft trank ich einen Schluck Wasser, kramte mein Handy aus der Umhängetasche und schaltete es ein.

Eine Nachricht von Katinka. *Hab den Absprung geschafft, wohn jetzt im Schuppen.*

Der Schuppen erschien mir Lichtjahre entfernt. Ich schloss die Augen und stellte mir vor, wie sie auf dem Mäusesofa lag, bis zur Nasenspitze in einen Schlafsack gewickelt, und in ein Tagebuch schrieb, sich dann einen Tee kochte und Kekse aß, die sie von der Tanke mitgebracht hatte.

Seit wann? Und was sagt Mama dazu? schrieb ich zurück, weniger aus Sorge um meine Mutter als aus Neugier.

Katinkas Antwort kam prompt. *Seit gestern. Kein Wort zu ihr!!!*

Vielleicht wusste meine Mutter längst Bescheid. Möglich, dass Hannes' Oma was mitbekommen hatte, schließlich stand der Schuppen in ihrem Garten. Aber selbst wenn sie es schon wusste, saß meine Mutter Katinkas Krise vermutlich einfach aus. Eine sturer als die andere würden beide auf ihrem Hintern hocken und darauf warten, dass die andere Seite sich bewegte. Spätestens zum Winter hin wird es Katinka zu kalt werden, dachte ich, musste grinsen und wählte ihre Nummer. Nach dem ersten Tuten nahm sie ab.

»Ich geh nicht zurück, das kannst du vergessen!«

»Weiß Mama, wo du bist?«

»Mir doch egal! Die kann sich ruhig Sorgen machen!«

Wenn sie sich denn überhaupt sorgte. Ich malte mir aus, wie meine Mutter, sollte Hannes' Oma ihr noch nichts gesagt haben, erst nach Tagen zu den Bullen ging. Auf die Frage, warum sie nicht schon früher gekommen sei, würde sie sagen, sie hätte gedacht, ihre Tochter käme von allein zurück. Das hätte mit dem Fahrrad ihrer älteren Tochter auch geklappt.

Sie hatte sich damals mein Fahrrad geliehen, weil es einfacher war, als ihres zu reparieren, und dann hatte sie es vorm Laden stehen lassen, weil sie vergessen hatte, dass sie es geliehen hatte. Das war ihr erst am nächsten Tag wieder eingefallen. Abgeschlossen hatte sie es auch nicht, und natürlich war es geklaut worden. Zum Glück fand Hannes es zufällig in einem zugemüllten Gebüsch hinter der Turnhalle und brachte es zurück. Anstatt Reue zu zeigen, sagte sie, sie habe so viel um die Ohren, sie könne sich nicht um alles kümmern. Als ich mich beschwerte, gab sie bloß zurück, ich solle aufpassen, kein Magengeschwür zu bekommen, und es gebe keinen Grund, sich aufzuregen, denn das Rad sei ja wieder aufgetaucht. Obwohl ich protestierte, reparierte Hannes schließlich sogar auch noch ihr Fahrrad. Ihre Rechnung war aufgegangen. Ihr Vertrauen darauf, dass die Dinge sich jedes Mal von allein erledigten, nervte mich kolossal.

»Ich ruf sie an. Sie hat bestimmt noch gar nicht mitgekriegt, dass du weg bist.« Die perfekte Gelegenheit, meiner Mutter Dampf zu machen.

»Nein!«

»Doch!«

Bis ich Katinka davon überzeugen konnte, dass Wegrennen auch keine Lösung war, vergingen einige Minuten. Ich machte ihr klar, dass sie irgendwann wieder herauskommen musste aus dem Schuppen, unsere Mutter immer den längeren Atem haben würde als wir.

»Okay, aber lass sie noch etwas zappeln. Sag es ihr nicht vor morgen.«

Mit Verweis auf die hohen Kosten verabschiedete ich mich und legte auf.

Es war gut, wieder Kontakt mit Katinka aufgenommen zu haben. Als sie klein war, hatte ich sie vorne auf dem Fahrrad im Kindersitz herumgekarrt, bis ihre Knie über meinen Lenker hinausragten. Sie war mir ständig gefolgt, hatte mich bewundert und genervt, aber sie gehörte zu mir, denn sie war meine Schwester. Wir hielten zusammen. Das war ausgemacht, schon lange, denn bei der Mutter, die wir hatten, war es wichtig, eine Verbündete zu haben.

Als Katinka klein war, hatte sie häufig mit bei mir im Bett geschlafen, und ich hatte ihr Bücher vorgelesen. Sie liebte Kinderlexika, die wir in der Bibliothek ausliehen. Wenn wir am Strand waren, suchte sie nach Krebsen, buddelte im Watt nach Kleintieren und pulte an ihnen herum. Irgendwann hatte sie mir mal erzählt, sie wolle Biologie studieren. Ob das wohl immer noch so war? Nachdem ich von zu Hause ausgezogen war, hatte sie mich anfangs häufig, später seltener besucht. Ich erinnerte mich, dass ich, als sie fünfzehn war, einmal die Unterschrift unserer Mutter gefälscht hatte, damit Katinka sich ein Nasenpiercing stechen lassen konnte. Meine Mutter hatte mir das übelgenommen, das Fälschen mehr als das Piercing. Ich wünschte mir für Katinka, dass sie nicht alleine mit dem ganzen Mist war, dass sie jetzt gerade eine Freundin oder einen Freund bei sich hatte. Doch war ich mir auf einmal nicht mehr sicher, ob sie überhaupt Freunde hatte. Früher, als sie klein war, als ich noch dort gewohnt habe, hatte sie jedenfalls nie welche mit nach Hause gebracht.

Mir war bis vor Kurzem nicht in den Sinn gekommen, dass ich

wichtig für meine Schwester sein könnte. Oder hatte ich mich nur aus der Verantwortung stehlen wollen? Das hätte Nico mir jetzt bestimmt vorgeworfen und damit vermutlich nicht ganz danebengelegen. Und wenn sie zu mir zöge? In Hannes' freies Zimmer? Schließlich hatte ich ihr versprochen, mich um sie zu kümmern.

Ich stellte mir vor, wie Katinka und ich den Flur strichen und mit Girlanden verzierten, wie wir Blumenkästen an den Fensterbänken befestigten, etwas, das ich seit Jahren machen wollte, aber Hannes hatte sich immer darüber lustig gemacht. Wie wir zusammen auf dem Flohmarkt waren, uns gegenseitig Klamotten andrehten, uns im Kino um Popcorn stritten, Rollschuh liefen, im Park saßen und Bier tranken, sonntagabends verkatert Krimis oder Schnulzen glotzten. Ich stellte mir Hannes' Zimmer vor, nicht mehr mit seinem Kram, sondern mit ihrem vollgestopft. Mit ihrem Sessel, ihrem Kleiderständer und dem alten Holzregal, das ich ihr bei meinem Auszug vermacht hatte.

Nichts überstürzen, sagte ich mir, obwohl ich der Vorstellung etwas abgewinnen konnte, und schaltete das Handy aus.

Sicher würde nicht alles nur Sonne sein, wenn sie bei mir einzöge. Katinka, wie sie nach der Schule nach Hause käme, ihre dreckigen Sachen auf dem Boden verteilte: ihre Schuhe, ihre Jacke, ihre Handschuhe und ihren Rucksack. Wie sie sich müde und maulig aufs Sofa schmeißen und jammern würde, wenn ich nicht eingekauft und nicht gekocht hatte.

Nichts überstürzen, so ein Angebot musste überdacht werden. Wenn es nicht hinhaute, würde ich ihr schlecht sagen können: »Pech gehabt, sieh zu und such dir was anderes.«

Mir war kalt. Ich zog mir die Kapuze tiefer ins Gesicht und stopfte mein Handy und die Wasserflasche zurück in die Tasche. Die Markthalle ließ ich links liegen und folgte dem Kanal. Boote schwankten kaum merklich in der Strömung. Einige waren bewohnt. Wäsche baumelte auf Leinen. Auf einem Stuhl aus gebogenem Bambus saß ein Mann. Er schaukelte auf dem Stuhl auf seinem schaukelnden Boot, zwei gegenläufige Bewegungen, und ich fragte mich, ob sie sich aufhoben oder verstärkten.

Ich trat in den Schatten einer Brücke, meine Augen gewöhnten sich nicht schnell genug an das dunkle Licht, und ich wäre fast über einen Mann gestolpert, der auf dem Boden lag. Neben ihm standen drei oder vier Plastiktüten, aus denen T-Shirts, Socken, Turnschuhe, ein Regenschirm und Bücher quollen. Unter der Brücke war es klamm und roch nach Urin. Ich fröstelte, beugte mich über ihn, um mich zu vergewissern, dass er noch atmete, und stellte beruhigt fest, dass sich der silberne Stern in seinem rechten Nasenflügel regelmäßig hob und wieder senkte. Über seine Beine liefen Hunderte von Ameisen. Sie überholten sich gegenseitig, und anstatt einander auszuweichen, kletterten sie übereinander weg, ohne abzubremsen, immer in Eile.

Ich war sechs, als ich begann, Insekten zu zeichnen. Quer durch unsere Küche führte eine Ameisenstraße. Jeden Morgen, wenn meine Mutter und ich herunterkamen, sahen wir sie in langen Reihen über die Spüle patrouillieren, am kleinen Schrank darunter hinauf- und hinabmarschieren. Sie krabbelten auf dem Boden, auf dem Mülleimer, im Mülleimer, auf dem Tisch, transportierten Brotkrümel, Kokosflocken, Paprikakerne und Zuckerkörner. Sie schmolzen zu einem schwarzen wimmelnden Klumpen zusammen, wenn sie tote Fliegen zerlegten und abtransportierten.

An eine Situation erinnere ich mich noch genau. Ich saß auf den Fliesen, auf meinem Bein ein Klecks Honig. Es wuselte und kribbelte, als sie mich belagerten, Tausende Körper, Beine, Köpfe und Beißwerkzeuge, ein bekanntes Gefühl, nicht erst seit dem Tod meines Vaters ein halbes Jahr zuvor. Doch statt unter, wimmelte es nun auf meiner Haut. Ich tauchte meine Hand ins Honigglas, schmierte mir die Beine mit der klebrigen Flüssigkeit ein und beobachtete, wie sie sich schwarz färbten. Das Bild dieser bebenden Masse, die sich wie ein fremder Organismus meiner bemächtigte, war wie ein Spiegel der mich innerlich zerreißenden Unruhe, die mich immer wieder überkam und nicht selten in Panikanfällen mündete. Momente, in denen ich mir am liebsten die Haut hinuntergerissen hätte, in denen ich mich kratzte, bis es blutete, um dem Jucken und Drängen in mir ein Ende zu bereiten. Der Anblick der Ameisen auf meinem Körper ekelte und faszinierte mich zugleich, ein Bild, das sich tief einbrannte und einen Sonderplatz in meinen Erinnerungen erhielt, jederzeit abrufbar.

Der Mann vor mir auf dem Boden war zwar nicht mit Honig bekleckert, war aber auch kein Hindernis für sie. Seinetwegen würden sie ihre Route nicht verlegen.

Als ich nach Hamburg zog, schockierte mich die Menge der auf der Straße lebenden Drogenabhängigen. Allein oder in Gruppen saßen sie in Parks oder auf Plätzen, redeten, stritten, schliefen oder schnorrten. Es war Herbst, und die Nächte waren kühl. Ich ertrug ihre Anonymität nicht, wollte ihre Namen wissen, ihre Geschichten erfahren, wollte es für mich. Mich interessierte, ob sie ihre Familien oder Freunde nur noch selten oder gar nicht sahen. Ich stellte mir vor, wie ihre letzten Kontakte abrissen wie Sehnen an einem Arm, und fragte mich, ob es jemanden gab, der sie vermisste, der auf sie wartete, der sie noch nicht aufgegeben hatte.

Hannes meinte, ich hätte einen Helferkomplex. Aber mir ging es nicht ums Helfen, ich wollte einfach nur verstehen, näher an sie herankommen. Ich stellte mir vor, wie es wäre, eine von ihnen zu sein. Den ganzen Tag auf der Straße, den nächsten Schuss vor Augen. Neben mir der verschlissene Rucksack meines Vaters, darin meine letzten Besitztümer. Drei Unterhosen, eine Regenjacke, ein paar Tampons, ein Notizbuch und ein Bleistiftstummel.

Der Mann vor mir seufzte im Schlaf, und ich trat einen Schritt zurück. Seine Haut hatte einen Graustich, und Schatten lagen unter seinen Augen. Ich schätzte ihn auf Mitte oder Ende zwanzig, vielleicht siebenundzwanzig, so alt wie mein Vater gewesen war, als er starb. Für mich würde er immer so alt sein wie der Mann, der vor mir auf dem Boden lag. Im nächsten Jahr würde ich ihn überrunden, aber noch waren wir Altersgenossen, mein Vater und ich.

Einige Monate nachdem ich nach Hamburg gezogen war, begann ich als Aushilfskraft in einer stationären Drogeneinrichtung zu arbeiten. Abends nahm ich die ständig wechselnden Bewohner in Empfang, deckte den Abendbrottisch, sorgte dafür, dass er abgedeckt und das Geschirr in die Spülmaschine eingeräumt wurde. Das Einschalten der Maschine fiel in meinen Zuständigkeitsbereich ebenso wie das Ausschalten des Fernsehers um zehn Uhr abends, Letzteres immer unter großem Protest. Die Nacht hindurch musste ich stündlich im Wechsel mit meiner Kollegin überprüfen, ob noch alle lebten. Einige Bewohner erschraken, wenn ich vor dem Bett stand und auf ihren Atem lauschte, wollten mich im ersten Reflex angreifen, der Reflex eine Folge ihres jahrelangen Lebens auf der Straße. Doch die meisten schliefen und atmeten tief und fest.

Das Konsumieren von Drogen war in der Einrichtung verboten, aber niemand kontrollierte die Taschen, und keiner ging davon aus, dass sich die Bewohner an das Verbot hielten. Ich arbeitete bereits zwei Jahre dort – meine längste Anstellung bisher –, als ich eines Nachts einen jungen Mann in seinem Bett fand, die Nadel noch in der Vene, keine Atemgeräusche mehr. Danach kündigte ich, hatte genug gesehen, wusste nun, dass es einfach so passieren konnte.

Meine Mutter sortierte nach dem Tod meines Vaters seine wenigen Sachen aus. Später fand ich den Rucksack mit seinen Notizbüchern, in die er Gedichte geschrieben hatte. Die Bücher nahm ich an mich und versteckte sie unter meinem Bett. Meine Mutter fragte nie danach. Die Gedichte waren wirre Abhandlungen über den Sinn des Lebens, die sich in kindlicher Schreibschrift über viele Seiten erstreckten und nie zu einem Ergebnis kamen.

Der Typ vor mir auf dem Boden bewegte den Arm, auf dem sein Gesicht ruhte und holte mich zurück in die Gegenwart. Ich setzte meinen Weg fort, wollte nicht warten, bis er aufwachte, wollte ihm nicht erklären müssen, warum ich ihn beobachtete. Ich bog in die nächste Straße ein, lief weiter durch eine kleine Gasse, zu beiden Seiten mehrstöckige Häuser, die Wände fleckig, aus einem Fenster schallte Hip-Hop. In einer Toreinfahrt mauzte eine Katze, als sie mich sah. Der Wind nahm zu, und ich beschleunigte meinen Schritt, wollte zurück zum Bus, mir einen Tee kochen und auf die anderen warten.

Ich war nicht die Einzige mit dieser Idee. Hannes saß mit seiner Lieblingstasse auf der Vorratskiste und hörte Musik.

»Nicht dass die Batterie leer geht«, sagte ich zur Begrüßung, streichelte Pommes, die mir schwanzwedelnd entgegenkam, schnappte mir auch eine Tasse und ließ mich Hannes gegenüber auf der umgedrehten Abwaschschüssel nieder.

»Warst du gar nicht los?«, fragte ich.

Er zog die Schultern hoch. »Doch, aber war komisch, auf einmal so allein.«

»Ich glaube, das hat uns ganz gutgetan«, zitierte ich ihn und goss mir Tee aus der Kanne ein, die auf dem Armaturenbrett stand.

»Du klingst sauer.«

»Was? Nee, sorry, war nur ein Spruch.«

Ich zeigte ihm die SMS von Katinka.

»Der gute alte Schuppen.« Hannes lächelte.

Ich schloss die Augen und fühlte mich erschöpft. Die Glieder taten mir weh, von der Kälte bestimmt oder von den Nächten am Strand. Hauptsache, es gab eine Erklärung, die nichts mit der Krankheit zu tun hatte.

»Katinka tut mir leid«, sagte ich, und Hannes nickte.

»Ich hätte mich schon viel früher kümmern sollen.« Er nickte erneut. Eine Welle Selbstekel überrollte mich. Ich war kein Stück besser als meine Mutter, hatte Katinka ebenfalls vergessen und verraten, war eine beschissene Schwester. Kein Wunder, dass sie mir aus dem Weg ging.

»Sie könnte bei mir einziehen«, sagte ich.

»Ernsthaft?«

»Komm bloß nicht auf die Idee, es ihr auszureden!«

»Warum sollte ich?«

Ich dachte an den Multiple-Sklerose-Verdacht, hatte einen Moment damit gerechnet, dass Hannes mir sagen würde, dass ich vielleicht nicht in der Lage sein würde, mich um sie zu kümmern. Aber so war er nicht oder er traute sich nicht, mich damit zu konfrontieren. Nico hätte damit keine Probleme gehabt.

Ich schüttelte den Kopf, hob einen Mundwinkel und trat mit meinem rechten Fuß auf seinen linken, woraufhin er mir mit seinem rechten auf meinen rechten Fuß trat und ich mit meinem linken auf seinen rechten. Dann zog er den untersten heraus und stellte ihn auf meinen linken Fuß und ich zog meinen rechten unter seinem rechten hervor und stellte ihn auf seinen linken. Schneller und schneller wechselten unsere Füße die Positionen, bis ich fast von der Abwaschschüssel fiel und mein Tee überschwappte.

»Wie findest du die Idee?«

Er zuckte mit den Schultern und nahm einen Schluck.

»Dat muttst du sülvens weten. Hast du sie schon gefragt?«

»Noch nicht.«

»Gut, besser nichts überstürzen«, sagte er. Ich musste grinsen. Hannes und ich dachten doch gleich.

Als Nico kam, erwähnten weder Hannes noch ich Katinka. Wir saßen in Decken gehüllt auf dem Bett und sahen hinaus. Auf dem Kanal schaukelten die Boote mit ihren Holzaufbauten, den

Terrassen und Kräuterkästen im zunehmenden Wind. Die ersten Tropfen fielen, und binnen Kurzem wackelte der Bus von den Schauerböen – ein Wort, das ich für seinen Klang liebte, wenn auch nicht für seine Bedeutung. Wir sahen hinaus und gerieten ins Schwärmen. Stellten uns vor, wie es wäre, auf einem Boot die Flüsse und Kanäle entlangzuschippern bis nach Paris oder Holland oder bis ans Schwarze Meer.

»Aber woher das Geld nehmen für so einen Kutter? Und wovon leben?«, fragte Nico, und ich hielt ihm schnell den Mund zu, damit er keine Gelegenheit hatte, unseren Traum mit seinen realistischen Überlegungen zu vermiesen. Nico wand sich und biss mir in die Hand.

»Aua! Da ergibt sich schon was, da ergibt sich doch immer was«, sagte ich.

15

Der Sturm wurde immer stärker. Wir zündeten Kerzen an, kochten Tee, die Scheiben beschlugen, und ich zeigte auch Nico Katinkas SMS.

»Ich hab überlegt, ihr Hannes' freies Zimmer anzubieten. Sie kann sich ja keine Wohnung leisten und würde gern in der Stadt wohnen. Und vielleicht tut uns das ja gut.«

»Ich find die Idee super! Sie kann auch mein Hochbett haben. Ich wette, die ersten Monate stopft sie nur Fastfood in sich rein. Genau wie du am Anfang«, sagte Hannes.

Ich grinste. Nach der jahrelangen Vollwertküche meiner Mutter waren Fertig- und Tiefkühlgerichte zum Ausdruck meiner neuen Freiheit geworden, zumindest so lange, bis ich sie nicht mehr sehen konnte und wieder selber kochte.

»Überleg dir das gut. Sie ist sechzehn und kein kleines Kind mehr. Ich arbeite mit Teens in dem Alter, und das ist echt nicht easy.« Nico erfüllte seinen persönlichen Auftrag, Bremsklotz am Bein zu sein, damit auch ja niemand vom Boden abhob. Ich erinnerte mich nicht, ob er immer schon so vernünftig gewesen war oder es erst wurde, nachdem seine Mutter abgehauen war.

»Ich weiß, ich war auch mal so alt«, sagte ich.

»Sorry, ich wollte nur sagen, dass das eine große Verantwortung ist. Aber eigentlich keine doofe Idee, wenn es das ist, was ihr wirklich wollt.«

Ich hatte keine Ahnung, ob ich wirklich wollte, hielt aber den Mund, um nicht den nächsten schlauen Spruch abzukriegen.

»Ich kann mir euch voll gut zusammen vorstellen. Abends schön kochen, am Wochenende ins Kino, Falafel essen, Billard spielen.« Hannes war wie immer bereit, mit mir, für mich oder, wenn nötig, statt meiner zu träumen. Er hatte ein Talent, sich die Dinge rosig auszumalen, war darin das genaue Gegenteil von Nico. Doch ging Katinka gern ins Kino? Spielte sie Billard? Mochte sie Falafel? Ich wusste es nicht.

Ich versuchte mir wieder vorzustellen, wie es wäre, meine kleine Schwester jeden Tag zu sehen. Wir beide lesend im Bett mit heißem Kakao, und draußen rauschte der Regen. Katinka in der Badewanne, während ich mit Druck auf der Blase gegen die verschlossene Tür hämmerte. Wie wir uns, sie müde, ich unterzuckert, um das letzte Eis im Gefrierfach kloppten. Wie es eben so war unter Schwestern. Hoffentlich hatte sie den Schlafsack, den meine Mutter mir für die Reise leihen wollte, mit in den Schuppen genommen.

»Ihr findet die Idee nicht völlig abgehoben?«

Hannes schüttelte den Kopf, hob den rechten Daumen und strahlte mich an, und Nico sagte: »Nee, Quatsch, überleg es dir nur gut.«

»Jaja, ich weiß. Nichts überstürzen.«

»Das wird ja immer schlimmer.« Hannes zeigte nach draußen. Ich breitete die gelbe Decke über uns und sah aus dem Fenster. Es war früher Abend, aber durch das Unwetter fast schon dunkel und kein Mensch mehr auf der Straße. Hoffentlich wehen die Böen den Regen nicht unter die Brücke zu dem Mann, dachte ich.

Nico las, ich zeichnete, Hannes machte uns noch mehr Tee, kochte Suppe und Kakao und jammerte über das Wetter. Als er nichts mehr fand, das er uns zubereiten konnte, setzte er sich seine Stirnlampe auf und nahm die Motorabdeckung zwischen den Vordersitzen ab. Ich hörte das Klirren von Schraubenschlüsseln.

»Was machst du da?«, fragte ich.

»Nichts. Was gucken.«

»Und was?«

»Nichts.«

Nico sah mich an, zog eine Augenbraue hoch, und wir mussten kichern. Dann las er weiter. Er lag auf dem Bauch, ich neben ihm auf dem Rücken, sah ihm beim Lesen zu und steckte ihm aus Langeweile den Zeigefinger ins Nasenloch.

»Ey!« Er schnaubte und drehte mir den Rücken zu. Mir war kalt. Ich kuschelte mich von hinten an ihn ran, schloss die Augen und döste ein, bis Hannes mit viel Getöse die Motorabdeckung wieder an ihren Platz bugsierte und festspannte. Danach machte er es sich auf der vorderen Sitzbank bequem und flickte die zerrissenen Vorhänge.

Da wir uns abwechselten, war ich in der Nacht wieder an der Reihe, auf dem Boden zu schlafen. Der Sturm heulte und wütete, und der Bus wackelte, als wären wir auf hoher See. Der Regen trommelte ohne Unterlass aufs Dach, und außerhalb der dünnen Blechwände versank die Welt. Ich lag wach und grübelte, fürchtete mich davor, eine falsche Entscheidung zu treffen und Katinka etwas anzubieten, was ich am Ende nicht halten könnte, davor, ihr nicht gewachsen zu sein, ihr und ihren Neurosen, die sich nicht immer mit den meinen verstanden.

In meiner Erinnerung tauchte ein Bild auf von Katinka und mir beim Picknick am Tief, sie war vier und ich vierzehn. Zwischen uns eine Decke, darauf ihre Teddys und Puppen, Kekse und Äpfel. Sie wollte Familie spielen, ich sollte den Vater geben, sie die Mutter. Meine Rolle war es, bei der Arbeit zu sein und mich ansonsten im Hintergrund zu halten. Die Puppen wollten nicht von den Äpfeln essen und wurden von der ärgerlichen Mutter verprügelt, mit Unterstützung der bösen Teddys. Ich als der Vater sah mir das Ganze an und fragte mich, warum meine Schwester so abging, hätte ihr am liebsten den Stock, mit dem sie auf die Puppen eindrosch, abgenommen, war aber in der Rolle des Vaters zu Passivität verdammt. Nach ein oder zwei Minuten wendete sich das Blatt, und die Puppen begannen, auf die Äpfel einzuprügeln, bis sie von den steifen Puppenfingern durchlöchert waren. Ich schob das Bild wieder zur Seite. Meine Schwester und ich hatten beide einen Schaden, das war nichts Neues, wer hatte den nicht. Auch wenn ich Katinka die letzte Zeit nicht viel gesehen hatte, kannte ich ihre Marotten. Sie mochte am liebsten die Käsekruste vom Auflauf und klaute sie, wenn man nicht hinsah. Da würde ich aufpassen müssen. Außerdem hatte sie Angst vor Kellern. Die Kohlen würde ich im Winter allein holen müssen. Katinka und ich, ich und Katinka. So wie früher, aber wahrscheinlich doch ganz anders.

Im Bus war es kalt und klamm. Ich trug zwei Paar Socken, eine Jogginghose und einen Wollpulli in meinem Schlafsack und hätte mir auch gut noch eine Regenjacke samt Kapuze überziehen können, denn mitten in der Nacht wachte ich davon auf, dass es auf meinen Kopf regnete. Es war kein einzelnes Tröpfchen, wie es sich durch Kondenswasser hätte bilden können, sondern von einem Moment auf den anderen ein stetes Tröpfeln, aus dem schnell ein Rinnsal wurde. Wasser lief von meiner Schläfe in mein Ohr und dann den Hals hinunter. Ich wühlte mich aus dem Schlafsack und kramte Töpfe, Tassen und Schüsseln aus dem Küchenschrank, mit denen ich das Wasser auffangen konnte. Nico und Hannes wachten von dem Lärm auf, und wir suchten im Schein einer Kerze und Hannes' Stirnlampe nach der Ursache, die jedoch nicht zu erkennen war. Wir vermuteten, dass sich das Leck irgendwo bei der Dachluke befand. Die undichten Stellen vermehrten sich in besorgniserregender Geschwindigkeit. Unter jede platzierten wir ein Gefäß. Danach waren wir zu wach und zu beunruhigt, um wieder einschlafen zu können, befürchteten, der Regen könnte noch weitere Wege zu uns hereinfinden.

Hannes schlug vor, Kniffel zu spielen. Wir befestigten seine Stirnlampe am Regal überm Bett, nahmen eine Möhre aus unserer Essensbox und schnitzten fünf Würfel daraus. Nico steigerte sich voll rein, schlug vor Wut gegen die Wand, wenn er die große Straße streichen musste oder den Bonus nicht bekam, und brach dafür in Jubel aus, die Arme in die Luft gereckt, wenn er wieder mal gewann.

»Du übertreibst«, sagte ich, aber er meinte, das würde ich nur so sehen, weil ich voll am Ablosen sei. Hannes schnitzte immer wieder an den Möhren herum, um ihre Form zu optimieren, bis sie so klein waren, dass die Punkte, die ich mit einem Kuli hineingestochen hatte, kaum noch Platz fanden. Bei der sechsten oder siebten Runde lag ich ausnahmsweise in Führung. Nico, der dieses Mal nichts auf die Reihe bekam, riss in einem Wutanfall die Hintertür auf, und ein riesiger Schwall Wasser pladderte ins Bett. Unbeeindruckt schleuderte er die Würfel hinaus in die Nacht. Hannes und ich kreischten, bewarfen ihn mit Kissen und beschimpften ihn.

Obwohl die Tür nur eine Sekunde offen gestanden hatte, war die eine Seite der Matratze komplett durchnässt. Nico meinte, wir sollten uns nicht so anstellen. Er verschwand mit der Stirnlampe unterm Bett und ließ mich und Hannes, der mit einem Handtuch an der Matratze herumwischte, im Dunkeln zurück. Wir hörten, wie Nico in den Kisten seiner Mutter wühlte. Nach zwei Minuten tauchte er wieder auf, in den Händen ein Regencape und ein kariertes Plastiktischtuch. Beides drapierte er über die durchnässten Stellen.

»Das hat Robert zehn Jahre lang aufbewahrt?«, fragte ich und zeigte auf mehrere kleine Löcher und Risse in der Tischdecke.

Hannes lachte. »Was karren wir hier eigentlich durch die Gegend? Sind ihre gebrauchten Taschentücher und ihre alte Zahnbürste auch dabei?«

»Die Zahnbürste hat sie mitgenommen, als sie gegangen ist«, sagte Nico und lachte mit. »Ist doch egal, was da drin ist.«

Ich hätte zu gerne nachgesehen, aber Nico weigerte sich, uns Einblick zu geben. Als würde es sich um kompromittierende Familiengeheimnisse handeln.

Da die Sammlung an Töpfen und Bechern meinen Schlafplatz

besetzte und die Matratze zu einem Drittel durchnässt war, verzog ich mich nach vorn. Ich verscheuchte Pommes vom Fahrersitz, woraufhin sie sich unterm Handschuhfach zusammenrollte, und legte mich quer über die Vordersitze. Die Gangschaltung bohrte sich in mein Bein, meine Blase drückte, und der Regen trommelte nach wie vor aufs Dach. Ich stand wieder auf, öffnete ein Glas mit Gurken und kippte den Inhalt in einen der wenigen Plastikbehälter, den wir nicht aufgestellt hatten, um den Regen aufzufangen. So leise wie möglich pinkelte ich in das leere Glas. Ich würde nicht draußen mit dem im Sturm zappelnden Schirm kämpfen, während ich versuchte, mir die Hose herunterzuziehen, nur um am Ende womöglich in einer Pfütze zu landen. Unauffällig leerte ich das Glas aus dem Fenster.

»Was machst du da?«, fragte Nico verschlafen.

»Nichts, alles gut. Penn weiter.« Ich wand mich wieder um die Gangschaltung, zerrte den Gurt unter meinem Steißbein hervor und versuchte, ebenfalls wieder einzuschlafen.

Am nächsten Morgen war der Wetterspuk vorüber. Ein Sonnenstrahl schien mir direkt ins Gesicht und weckte mich. Rund um den Bus hatten sich dicke Pfützen gesammelt. Meine Gelenke knackten, als ich mich bewegte. Zum Frühstück gingen wir in ein Café und machten hinterher noch gemeinsam einen Spaziergang durch die Stadt. Bei unserer Rückkehr war die Matratze, die wir aufs Dach in die Sonne gelegt hatten, fast trocken. Wir packten unsere Sachen zusammen und waren alle ein bisschen aufgeregt, denn heute würden wir Spanien erreichen. Das hatten wir beim Essen beschlossen.

Auch über die französisch-spanische Grenze rollten wir, ohne kontrolliert zu werden. Deutsches Kennzeichen, helle Hautfarbe, ein Freifahrtschein. Wir ließen uns Zeit, zuckelten von Dorf zu Dorf und benutzten vor allem kleine Straßen, ganz so, als wollten wir den Besuch bei Klas in Barcelona und die Ankunft bei Nicos

Mutter hinauszögern. Am Cap de Creus legten wir eine Pause ein. Ich kochte Kaffee, den wir mit Blick auf das aufgewühlte Meer tranken. Die Gischt sprühte, die Wellen überschlugen sich, es roch nach Salz und Fisch. Pommes stromerte herum. Ihre Wunden waren fast verheilt, und sie hatte etwas zugenommen.

Nach der Pause löste ich Hannes ab und übernahm das Steuer. Ich genoss die Aussicht beim Fahren, links die Küste, hinter uns die Pyrenäen, Blumen zu beiden Seiten.

»In zwei Tagen sind wir bei deiner Mutter«, sagte ich, und Nico nickte. Das bedeutete, morgen wären wir schon bei Klas. Mein Magen zog sich zusammen.

»Und wenn sie nicht da ist?«, fragte Nico.

»Und wenn sie da ist?«, fragte ich zurück.

Er hob die Schultern, und ich wartete vergeblich darauf, dass sie wieder hinuntersacken würden.

»Du könntest sie anrufen. Dann ist die erste Hürde genommen.«

»Das ist doch alles Quatsch!«

»Wieso, was denn?«

»Ich weiß auch nicht. Die ganze Aktion! Die Kisten mit ihrem alten Müll, den wir durch die Gegend karren, der Besuch! Leo, an dem ich nicht vorbeikomme, wenn ich meine Mutter sehen will, obwohl ich ihn gar nicht kennenlernen will!«

Er schlug mit der Hand aufs Armaturenbrett. Vor Schreck fuhr ich einen Schlenker.

»Vielleicht ist er ja voll nett …«, sagte ich und zog den Kopf ein, weil ich einen erneuten Ausbruch erwartete.

»Eben! Was ist, wenn wir uns gut verstehen? Das kann ich Robert nicht antun, und meiner Mutter würde ich es auch nicht gönnen.«

Ich wusste nicht, was ich darauf antworten sollte, wollte nicht in Nicos Haut stecken. Gefangen zwischen dem Wunsch nach Versöhnung und seiner zehn Jahre alten Wut.

»Wir müssen ja auch nicht zu ihr«, sagte Hannes nach einigen Minuten.

»Und wozu sind wir dann so weit gefahren? Um unseren besten Freund Klas zu besuchen?«, fragte Nico mit schriller Stimme, und wir brachen alle drei in Lachen aus. An der nächsten Kreuzung folgte ich nicht den Schildern nach Barcelona, sondern bog links ab.

»Was machst du?« Hannes sah irritiert zu mir herüber.

»Einen Schlafplatz suchen.«

»Warum? Wir könnten es heute noch locker bis Barcelona schaffen.«

»Eben darum.«

Wir landeten in Sa Riera und hatten von der Steilküste aus einen filmreifen Blick über die Bucht bis weit übers Meer. Ich stellte den Motor ab und kletterte nach hinten. Diesmal packte ich die Tasche. Brot, Käse, Hundefutter, Handtücher, Decken, Gurken und Chips, scheuchte die beiden aus dem Bus und schloss ab.

»Was zu trinken suchen wir auf dem Weg«, sagte ich und lief mit Pommes vorneweg.

Wir fanden einen kleinen Laden, in dem wir zwei Literflaschen kaltes Bier kauften, und setzten uns damit auf einen Felsen an der Bucht, gleich beim Strand. Wenige Meter unter uns vergnügte sich eine Hundeclique. Pommes raste los, mitten rein ins Getümmel, quietschte, als sie neugierig umringt wurde, peste über den Strand und schlug Haken, verfolgt vom Rudel. Schließlich schmiss sie sich auf den Boden, wurde beschnüffelt, und nach einer Weile löste sich der Pulk in Zweier- und Dreiergrüppchen auf.

Hannes, Nico und ich waren nicht ganz so ausgelassen. An diesem Abend schwiegen wir die meiste Zeit. Ich fühlte mich in einer Gedankenspirale gefangen, die mich abwechselnd zu Katinka und Klas führte. Nico war vermutlich mit dem Kopf bei seiner Mutter und Leo, vielleicht auch bei Anne und dem Kind, das wuchs und wuchs. Und Hannes dachte wahrscheinlich an seine Werkstatt oder an nichts. Wie auch immer er das hinbekam. Zumindest behauptete er manchmal, wenn ich ihn fragte, an nichts zu denken, konnte mir dann aber nicht erklären, wie er das machte. Meine Gedanken waren immer da, immer wach, selbst im Traum, sie schliefen nie, wie aufgeregte Krabbeltierchen, die durcheinander brummten und flogen und von innen an meine Schädeldecke prallten. Katinka, Klas, Käse, küssen, Kuchen, Karies, Zahnarzt, Spritze, Joints, Farben, Himmel, fliegen, Vogel, Spinne, Netz, klebrig, spucken, Gift, Hitchcock, Vögel, Fernseher, Katinka, Küche, Käsetoasts, Kissen, küssen, Klas und immer so weiter.

Als es dunkel wurde, rannten wir bis an die Wasserkante und zogen uns aus. Wäre es ein Film gewesen, hätten wir uns an den Händen haltend Seite an Seite mit einem strahlenden Lächeln ins Wasser geworfen, und alles wäre endlich gut gewesen, Schlussbild, Ende und Abspann. Aber weder befanden wir uns in einem Film, noch lachten wir glücklich, als wir gemeinsam losrannten. Und davon abgesehen, glaubte ich nicht an Happy Ends. Als Zuschauerin wurde einem nur das bittere Ende vorenthalten.

Das Wasser war eisig, und ich sträubte mich, weiterzulaufen, noch bevor es mir bis zu den Knien reichte. Nico und Hannes zerrten mich vorwärts. Nico kreischte, als ich ihn schubste, und er plumpste wenig elegant ins Wasser. Hannes zog mich weiter, bis wir beide stolperten und untertauchten. Die Kälte brannte auf der Haut. Ich fluchte, schluckte Wasser, hustete, fluchte erneut. Als ich meinen Atem wiederfand, schwamm ich, ohne auf Hannes und Nico zu warten, auf eine Felsgruppe zu, die nicht romantisch von der untergehenden Sonne angestrahlt wurde, denn die war schon längst hinter den Hügeln verschwunden. Pommes hatte sich geweigert, sich dieser Gruppendynamik anzuschließen. Sie stand wasserscheu am Strand, und ihr penetrantes Bellen hallte von den Felsen wider.

16

Gedrückte Stimmung beim Frühstück. Nico jammerte, er hätte fast die ganze Nacht wachgelegen und sich gefragt, ob es richtig sei, seine Mutter zu treffen.

»Und zu welchem Ergebnis bist du gekommen?«, fragte Hannes.

»Unentschieden, aber ich fahr hin.«

»Dann ist es nicht unentschieden«, sagte ich, hatte selbst nicht gut geschlafen, mich unruhig hin und her gewälzt, und meine Gedanken waren immer wieder die gleichen Runden abgelaufen wie schon am Strand: auf Klas zugehen, ihm aus dem Weg gehen, Katinka anrufen, Klas nicht sehen, ihm nicht aus dem Weg gehen, Katinka nicht anrufen, nie wieder zum Arzt gehen, auf Klas zugehen, ihm aus dem Weg gehen ... Wenn ich gewusst hätte, dass Nicos Gedanken ähnliche Pirouetten drehten, hätten wir uns bei einem nächtlichen Plausch austauschen können.

Mein Schädel fühlte sich an wie unter einer Nebelglocke, und mir fehlte der Antrieb, um aufzustehen. Also blieb ich während des Frühstücks einfach im Bett.

»Ich brauch Kaffee, Kaffee, Kaffee!« Ich streckte Nico, der am Herd stand und die zweite Kanne Espresso an diesem Morgen zubereitete, meinen leeren Blechbecher entgegen.

»Gierschlund!« Er goss mir ein, und ich sank ins Kissen zurück.

Hannes tippte auf seinem Handy herum. »In Friesland sind zwölf Grad. Haben wir ein Glück. Grüße von meiner Oma.« Er saß mit seinem Tee in der Seitentür, hielt das Gesicht in die Sonne und lächelte zufrieden, unbeeindruckt von Nicos und meinen nächtlichen Qualen. Ich gähnte und warf ihm eine Socke an den Kopf. Sofort sprang er auf, zog mir die Decke weg und kitzelte mich an den Füßen.

»Hey, du Honk! Pass doch auf, mein Kaffee!«

Er verdrehte die Augen und setzte sich wieder zu Nico in die Tür. Pommes fraß außerhalb meines Sichtfelds, ich hörte ihr Trockenfutter im Blechnapf klappern.

»Okay, ich hab eine Idee«, sagte Hannes. »Drei Zettel. Auf dem ersten steht *Zurückfahren.* Auf dem zweiten *Direkt zu Nicos Mutter.* Auf dem dritten *Erst Klas, danach Nicos Mutter.* Einer von uns muss ziehen, und was auf dem gezogenen Zettel steht, das machen wir.«

»Aha, und wer soll ziehen?«, fragte ich.

»Was hast du denn für einen Vorschlag?«

»Wer am längsten die Luft anhalten kann, wer gestern am seltensten Pinkeln war, wer die meisten Handynummern auswendig kennt, was weiß denn ich?«

Schließlich einigten wir uns darauf, auszuwürfeln, wer zog. Hannes schnitzte einen neuen Möhrenwürfel, ich warf vom Bett aus eine Zwei, Nico eine Fünf und Hannes eine Drei. Er beschriftete die drei Zettel, knüllte sie zusammen, warf sie in einen Becher und reichte ihn Nico.

»Ich dachte, wer die niedrigste Zahl würfelt, ist dran«, sagte er.

»Nichts da, du hast gewonnen, betrachte es als Ehre.«

Nico schnaubte, nahm ihm den Becher ab und versenkte die Hand darin, tastete mit seinen Fingerspitzen nach den Papierschnipseln, ohne sich festlegen zu wollen.

»Ist das verbindlich?«, fragte er, und Hannes rollte mit den Augen.

»Los jetzt!«, sagte ich.

Trotzig blickte Nico mich an, zog die Finger zurück, zeigte uns seine leere Handfläche, setzte den Becher an den Mund, kaute und schluckte. Ich lachte und warf ein Kissen nach ihm, das er auffing und zurückschmiss. Hannes verschränkte die Arme vor der Brust und blies die Backen auf.

»Ich seid echt scheiße«, sagte er und klang beleidigt.

Breit grinsend ließ Nico sich aufs Bett fallen, beugte sich über mein Gesicht und streckte mir die Zunge entgegen. Darauf lagen vollgesabbert die drei Papierkügelchen. Ich lachte und schubste Nico von mir herunter. Der spuckte sich die Zettel in die Hand und wandte sich an Hannes.

»Das war trotzdem 'ne gute Idee, ernsthaft. Ich weiß nämlich jetzt, was ich will.«

»Und was?«, fragte ich.

Nico machte eine Kunstpause. Hannes haute theatralisch mit der Stirn gegen den Vordersitz und stöhnte, ich stieß Nico ungeduldig mit dem Fuß an.

»Aua. Ist ja schon gut. Also, ich finde, wir sollten an unserem ursprünglichen Plan festhalten, erst zu Klas und dann zu meiner Mutter.«

»Und zu Leo«, sagte Hannes.

Nico nickte. »Und zu Leo. Der scheint es euch ja ganz besonders angetan zu haben, warum auch immer.«

Nicos Entscheidung sorgte für Unruhe in meinem Bauch, und doch musste ich zugeben, ich wäre enttäuscht gewesen, wenn sie anders ausgefallen wäre. Klas war Gift für mich, und trotzdem wollte ich ihn treffen, rannte sehenden Auges in mein Verderben. Mir war einfach nicht zu trauen. Und weil mir nicht zu trauen war, nickte ich mit einem breiten Lächeln, klatschte in die schweißigen Hände und verschwieg, dass ich für nichts garantieren konnte.

Nico hob feierlich die Hand, Hannes ließ ihn einschlagen, und dann hob auch ich meine Hand und schlug ein. Was auch immer uns erwartete, war besiegelt. Mein Magen grummelte laut, und ich bot Nico mein Müsli an. Mir war der Appetit vergangen.

Hannes bestand darauf, zu fahren. Er meinte, auf uns beide Wankelmütigen wolle er gerade nicht setzen. Aus den Boxen schepperte Tonino Carotones *Me Cago En El Amor* – ich scheiß auf die Liebe, ein würdiges Motto für diesen Tag.

Gegen Mittag erreichten wir den Großraum Barcelona. Klas wohnte in einem besetzten Haus in L'Hospitalet de Llobregat, das direkt südlich an Barcelona dranklebte. Wir hatten eine vage Wegbeschreibung, aber natürlich verfuhren wir uns, und ich war froh, nicht am Steuer zu sitzen. Es gab nur entweder riesige mehrspurige Straßen, die an Autobahnen erinnerten, oder schmale Einbahnstraßen mit dicht an dicht geparkten Autos. In weiten Kreisen umfuhren wir Klas' Haus. Motorradfahrer schnitten uns, Lieferwagen rasten noch schnell bei Rot über die Ampel und hupten, wenn Hannes beim ersten Anzeichen von Gelb in die Bremsen stieg. Ich hatte mir das alles anders vorgestellt, weniger Wohnblocks, mehr Mittelmeerlook.

»Beim nächsten freien Parkplatz halte ich an, und dann laufen wir«, sagte Hannes und wischte sich den Schweiß von der Stirn. Die Sonne knallte durch die Scheibe, und trotz heruntergelassener Fenster staute sich die Hitze im Bus. Pommes hechelte mir ihren fischigen Atem entgegen. Mein Blutzuckerspiegel war kurz vor Ohnmacht, und als Hannes den Bus endlich auf einem Sandplatz mit einer ausreichend großen Parklücke abgestellt hatte, kletterte ich mit zittrigen Knien nach hinten und schmierte mir eine dicke Stulle mit Erdnussmus und Marmelade. Auf die erste folgten zwei weitere, danach hatte ich das Zittern meiner Hände unter Kontrolle. Nur das flattrige Gefühl im Magen war geblieben.

Ich sah an mir hinunter. Turnschuhe, Jeans und ein nicht mehr ganz sauberes T-Shirt. Wenn ich mich jetzt umzog, war mir der Spott der anderen beiden sicher. Ich lugte in den Rückspiegel und prüfte mein Haar, das in Pulheim das letzte Mal eine Dusche gesehen hatte. Seitdem war es nur noch mit Fluss- oder Meerwasser in Berührung gekommen. Ich strubbelte es in Position und setzte meine Sonnenbrille auf.

Klas wohnte nur zehn Gehminuten vom Parkplatz entfernt. Nico nahm meine Hand und drückte sie. Ich klammerte mich daran fest, als wäre sie eine Garantie dafür, diesen Besuch ohne größere Schäden zu überstehen. Das Haus befand sich an einer Kreuzung. Drei Stockwerke aus grauem Stein, der über die vielen Jahre, die er den Elementen und Autoabgasen ausgesetzt war, ein finster-dunkles Aussehen angenommen hatte. Es erinnerte mich an das Haus in dem Film *Delicatessen.* Ich legte den Kopf in den Nacken und ließ meinen Blick über die Fassade wandern. Die Fenster im unteren Stockwerk waren vergittert, wie auch bei allen anderen Gebäuden, an denen wir vorbeigekommen waren. Die Haustür war zusätzlich mit einer aufgeschweißten, rostigen Metallplatte verstärkt. An der Wand daneben Tags, Konzert- und Demoankündigungen, die Plakate zum Teil halb abgerissen, zum Teil überklebt.

Hannes klingelte. Jemand sprang die Treppe hinunter, schob den Riegel beiseite und öffnete die Tür. Klas strahlte und breitete die Arme aus. Bei seinem Anblick wurde mir übel. Er fiel Hannes um den Hals oder Hannes ihm, so genau war es nicht zu erkennen. Darauf folgte ein kompliziertes und etwas peinliches Ghettofaustabgeklatsche mit Nico. Dann erst sah er mich an, wusste offensichtlich nicht, wie er mich begrüßen sollte. Mein Körper glich dem eines dieser urzeitlichen Insekten, die in einem Tropfen Harz zur Unbeweglichkeit verdammt waren. Nach einem kurzen Zögern gab er mir zwei keusche Wangenküsse, sehr neutral.

Klas war etwas voller im Gesicht geworden, trug die Haare länger, aber seine Augen leuchteten wie früher unter den kräftigen Brauen, und er hatte noch immer diese Narbe an der Unterlippe, da, wo er sich als Kind bei einem Sturz mit dem Fahrrad draufgebissen hatte.

Pommes zwängte sich an ihm vorbei ins Haus, kletterte auf den ersten Absatz und wartete darauf, dass wir nachkamen. Wir hielten uns mit Smalltalk auf, die Fahrt, puh, anstrengend, das Wetter, jaja, heiß, miserable Wegbeschreibung, haha, und die

Parkplatzsituation erst. Pommes jaulte, und Hannes erzählte, wie wir sie gefunden hatten. Ich war froh, einfach herumstehen und darauf warten zu können, dass der Harztropfen, der mich gefangen hielt, von meiner Körperwärme aufgeweicht würde und von mir abperlte. Pommes sprang die Stufen wieder hinunter, bellte und umkreiste uns. Ich hockte mich hin und hielt mich an ihr fest. Auf der Treppe nach oben legte mir Hannes seine Hand auf den Rücken, der leichte Druck war eine Mischung aus Schieben und Stützen, ich konnte beides gebrauchen.

Klas führte uns in den ersten Stock, wo sich die Küche und die Gemeinschaftsräume befanden. An der Decke des Esszimmers brannte ein Kronleuchter, nur die angrenzende Küche besaß ein Fenster und damit Tageslicht. Am Tisch saß eine Frau und schnitt Gemüse. Klas stellte sie uns als seine Mitbewohnerin Berta vor.

Ihn mit ihr Spanisch sprechen zu hören, klang fremd in meinen Ohren, verdeutlichte mir die vergangene Zeit und den räumlichen Abstand zwischen unseren Lebenswelten. Ich hatte keine Ahnung, was bei ihm in den Jahren, die wir uns nicht gesehen hatten, passiert war, wusste nichts von seinen aktuellen Lebensumständen, wusste nicht, was er den Tag über so trieb, ob er eine Beziehung hatte, seit wann er in diesem Haus lebte, was seine Schuppenflechte machte, ob seine Zwillingsschwester noch immer in Kanada lebte und ob er endlich die Führerscheinprüfung bestanden hatte, durch die er dreimal gefallen war. Jetzt ärgerte ich mich, Hannes nicht vorher ausgefragt zu haben.

Wir setzten uns an den Tisch, Klas rief vom Herd Fragen herüber. Wir waren ins Englische gewechselt, neben Deutsch, Spanisch und Katalanisch die vierte Sprache, die in diesem Raum gesprochen wurde, allerdings die einzige, die wir alle verstanden. Hannes erzählte von unserer Hinreise, von dem Graben, dem Unwetter und den Kisten unter unserem Bett. Nico und ich hielten die meiste Zeit über die Klappe, saßen eng nebeneinander und folgten der Unterhaltung. Ich für meinen Teil war so angespannt, dass mir das Atmen schwer fiel.

»Alles okay?«, flüsterte Nico mir zu. Ich schüttelte den Kopf, und er zog eine Grimasse.

Klas hatte Reis mit Tofu und Gemüse gekocht, und Berta hatte einen Salat zubereitet. Ich konzentrierte mich auf das, was auf meinem Teller los war, vermied Klas' Blick, hielt mit dem linken Bein Körperkontakt zu Pommes und mit dem rechten zu Nico. Nach dem Essen verabschiedete sich Berta. Als Klas mich ansprach, biss ich mir vor Schreck von innen auf die Wange.

»Was macht das Zeichnen?«, fragte er, und ich antwortete, dass die Insektenära zur Neige ging und ich mich aktuell in Richtung Vogelphase bewegte.

»Vögel, aha«, sagte er und spießte ein Stück Tomate auf seine Gabel. »Und sonst so?« Er grinste.

Ich zuckte mit den Schultern. »Alles bestens, wie immer.« Ich sah ihm in die Augen, hielt seinem Blick stand, bis das Grinsen aus seinem Gesicht verschwunden war. Neben mir schniefte Nico. Die Straßen L'Hospitalets waren von Platanen gesäumt, und seine Nase reagierte sofort. Durch das geöffnete Fenster drang nicht nur der Lärm von Motorrädern und Autos, sondern es kamen auch Pollen und Staub hinein.

»Kaffee?« Ich stand auf, um mich aus der Starre zu befreien, die mich befallen hatte, seit Klas uns die Tür geöffnet hatte. Niemand antwortete, und ich sah in die Runde. Hannes, Nico und Klas blickten zurück, als hätten sie mich nicht gehört. »Was jetzt, wollt ihr welchen oder nicht?« Erst jetzt nickten alle drei.

Ich hatte mich gerade umgedreht, da schob Klas seinen Stuhl zurück. »Ich helf dir, du weißt doch gar nicht, wo was steht.« Er folgte mir in die Küche, zeigte auf eine große Espressokanne und reichte mir eine Dose mit Kaffee. Die hätte ich auch alleine gefunden, aber trotzdem nett.

»Danke«, sagte ich und nahm sie ihm ab. Ich hantierte mit

der Kanne, Klas trug Tassen und Milch zum Esstisch und verteilte sie auf dem Tisch. Das Wasser fing an zu blubbern, Dampf stieg auf, und Kaffeeduft erfüllte die Luft. Die Küchenablage war aus hellem Marmor. An der Wand hing ein Backofengitter mit Kellen und Sieben an Fleischerhaken. Auf dem Fensterbrett ließ eine Basilikumpflanze ihre Blätter hängen, die Erde war knochentrocken. Ich nahm den Topf, ging damit zur Spüle und ließ einen dünnem Strahl Wasser hineinlaufen. Dort, wo die Feuchtigkeit in die Erde sickerte, stiegen Blasen auf.

»Fertig?«, fragte Klas direkt hinter mir, und ich ließ erschrocken den Blumentopf in die Spüle fallen.

»Ihr habt vergessen, den Basilikum zu gießen«, sagte ich. Klas schob mich zur Seite und nahm den Topf aus der Spüle. Sein Geruch hatte sich verändert. Ich lehnte mich eine Sekunde an ihn. Es war wie ein Reflex, als würde mein Körper den seinen begrüßen wollen, eine vertraute Geste.

»Schön, dich zu sehen, Insa«, sagte er.

Ich tippte auf den Ring in seinem linken Ohr. Das Loch hatte ich ihm gestochen, vorher Wodka darübergekippt, die Flasche hatten wir hinterher geleert. Er lächelte, und um seine Augen zeigten sich Falten, die ich noch nicht kannte.

Hannes suchte meinen Blick, als ich die Espressokanne an den Tisch brachte, in seinen Augen ein Fragezeichen, was mich nervte. Ich ignorierte ihn, verteilte den Kaffee auf unsere vier Tassen, setzte mich, schaufelte Zucker in meinen und rührte um. Klas brachte ein Paket mit tellergroßen Blätterteigkeksen, die nach Anis schmeckten und mir das T-Shirt vollkrümelten.

»Wir können gleich eine Hausführung machen. Dann zeig ich euch euer Zimmer«, schlug er vor und schlürfte von seinem Kaffee. Dabei hob er die Oberlippe an wie Donald Duck. Ich war seltsamerweise gerührt, hatte ganz vergessen, dass er das immer machte. Nico beugte sich zu Pommes hinab, die es sich unter dem Tisch bequem gemacht hatte, und kraulte sie. Ich ärgerte mich, nicht selbst auf die Idee gekommen zu sein. Ein Hund war immer ein guter Grund, mal kurz abzutauchen. Ich würde warten müssen, bis Nico wieder auftauchte, sonst sähe es aus, als hätten wir eine Gelegenheit gesucht, um heimlich zu tuscheln.

Wir durften im Zimmer von Klas' Mitbewohner Oscar schlafen, der auf Reisen war. Ein breites Bett, ein Schrank, ein Tisch und neben dem Bett eine weitere Matratze. Bunte Fliesen auf dem Boden, hübsch, aber fußkalt, dazu bodentiefe Fenster, die auf einen vollgestellten Balkon führten. Auch hier vertrocknete Pflanzen.

»Gießt denn hier niemand die Blumen?«, wollte ich wissen, doch bekam keine Antwort.

Klas' Zimmer lag auf demselben Stockwerk, gleich gegenüber. Auch hier der neue Geruch, unter dem der alte noch lauerte. Das Schmuckstück des Hauses war die Dachterrasse, samt Hängematte, Palmen, einem Zitronenbäumchen und Fettpflanzen, Sukkulenten, wie Klas uns erklärte, um die sich dann doch jemand zu kümmern schien, denn die saftigen Blätter wiegten sich zufrieden in der leichten Brise, die nach Abgasen roch. Ich legte mich in die Hängematte und schaukelte.

»Kann ich nicht hier schlafen?«

Klas zuckte mit den Schultern. »Tu, was du willst.«

Der Nachmittag ging damit drauf, die Rucksäcke zu holen und den Verstärker herüberzutragen, der gleich ausprobiert wurde. Alle durften eine Runde auf Klas' Bass spielen, und er ermutigte uns, die Drehknöpfe am Verstärker auszuprobieren.

»Drehen sich wie durch Butter«, sagte ich, und Klas nickte begeistert. »Ja, genau, meine Rede!«

Da wir seit Langem mal wieder ein richtiges Bad zur Verfügung hatten, duschten wir nacheinander, alle nur kurz, weil der Boiler sonst mit dem Aufheizen des Wassers nicht hinterherkam. Gegen Abend fuhren wir nach Barcelona rein, in die Innenstadt, wo wir auf einem von alten Häusern umstellten Platz Falafel aßen. In den kleinen Gassen roch es nach Pisse, das Tageslicht drang kaum bis zum feuchten Boden. Die Kälte, die aus den Mauern stieg, ließ mich frösteln, ein Gruß aus einem anderen Jahrhundert.

Nachdem wir uns die Bäuche vollgeschlagen hatten, brachten wir Pommes zurück zum Bus. Sie legte sich sofort auf ihren Deckenberg, schien froh zu sein, nach dem Stadtstress ihre Ruhe zu haben. Beruhigt zogen wir weiter, sprangen über die Sperre der Metro und fuhren in ein Viertel oberhalb des Stadtkerns zu einem Konzert, das in einem besetzten autonomen Zentrum stattfand.

Es spielten zwei lokale Hardcore-Bands, der Sound war ein einziger akustischer Brei. Wir tranken draußen auf dem Gehweg Dosenbier, über uns ein Park, unter uns die Stadt. Klas schien fast alle zu kennen. Dauernd stellte er uns jemanden vor. Ich konnte mir die Namen nicht merken, wechselte ein paar Sätze auf Englisch, verstand nur einen Teil dessen, was gesagt wurde. Namen und Gesichter vermischten sich in meinem Kopf zu einem unübersichtlichen Puzzle. Nico hing die meiste Zeit drinnen im Saal rum. Dort war es dunkel und verraucht, die Stimmung war ausgelassen, und es roch nach Schimmel. Hannes dagegen sabbelte ununterbrochen mit allen und jedem, switchte zwischen Englisch und Deutsch und etwas, das mir wie eine Mischung aus Latein, Italienisch, Spanisch und Fantasiesprache vorkam hin und her. Aber die anderen schienen ihn zu verstehen, jedenfalls taten sie so. Mit Klas quatschte er über alte und weniger alte Zeiten, über seine Werkstattpläne und den Umzug nach Friesland, über neue Bands und das Buchladenkollektiv, in das Klas eingestiegen war. Das Bier schmeckte nach Dose, trotzdem trank ich weiter.

Nachdem das Konzert vorbei war, zerstreuten sich die Leute. Hannes verabschiedete sich, wollte in irgendeinen Schwulenclub.

Klas schloss sich ihm an. Zu meiner Erleichterung. Nein, falsch, zu meiner Enttäuschung. Nein, auch falsch. Vermutlich beides.

Nico und ich nahmen die Metro und erwischten um kurz nach zwölf gerade noch die Anschlussverbindung. Auf dem Weg von der Haltestelle zum Parkplatz verliefen wir uns. Ich hakte mich bei ihm ein, genoss es, mich an ihm festhalten zu können. Ich hatte den Eindruck, dass es ihm ähnlich ging, denn er ließ sich von mir vorwärts ziehen, und als meine Kraft nachließ, zog er mich, ein gegenseitiges Ruckeln und Schwanken. Wir brauchten fast eine Stunde, bis wir wieder auf dem Sandplatz bei unserem Bus waren. Pommes weigerte sich, mitzukommen. Wir lockten, pfiffen und schoben sie, aber sie wand sich aus unserem Griff, kroch unter den Sitz, legte den Kopf auf ihre Pfoten und ließ keinen Zweifel daran, dass sie ihre Ruhe haben wollte. Mir behagte es nicht, sie die ganze Nacht über allein im Bus zu lassen.

»Kein Problem, dann schlaf ich bei ihr«, sagte Nico.

»Und dein Schlafkram?«

Er winkte ab.

»Okay, dann gute Nacht euch beiden«, sagte ich und blieb unschlüssig noch einen Moment mit der Tür in der Hand stehen.

»Penn doch auch hier«, schlug Nico vor, Besorgnis in seinem Blick. Er kannte mich, wusste, mir war nicht zu trauen. Ich zögerte, schüttelte dann den Kopf, umarmte ihn, drehte mich um und lief los.

In der WG war alles still. Entweder war keiner zu Hause, oder alle waren schon ins Bett gegangen. Ich legte mich in die Hängematte auf dem Balkon und schlief ein, bevor ich den Sternenhimmel genießen konnte, der aufgrund der exzessiven Straßenbeleuchtung ohnehin weniger spektakulär war als erhofft. Stunden später weckte mich der Rauch einer Zigarette. Klas' Silhouette zeichnete sich gegen die orangefarbenen Lichter der Stadt ab, die flimmernd in den Himmel zu steigen schienen.

»Hey«, sagte er.

»Hey!«, sagte ich und machte ihm Platz neben mir. Wir schaukelten und rauchten die Zigarette gemeinsam zu Ende. Vernunft und Verlangen sind sich selten einig. Klas blieb, Arm in Arm rauchten wir noch eine und tranken Wein, der mir in der Kehle brannte. Es war wie früher und doch anders, sein Körper neben meinem. Und auch wenn ich sie verabscheute, die schmalzigen Klischees, trafen sie doch zu, dieses alberne Herzklopfen, dieser peinliche Schweiß in den Handflächen. Einmal war keinmal, das weiß man doch. Auch wenn es nicht stimmte, sagte ich es mir und ließ mich fallen. Wir waren keine sechzehn mehr, wir waren reifer geworden und hatten andere Probleme als damals. Ich erzählte ihm nichts von der drohenden Diagnose, sie gehörte nicht hierher, spielte keine Rolle an diesem Abend, genauso wenig wie die Angst, meine Freunde zu verlieren, die Sorgen um meine Zukunft oder um Katinka.

Unsere Körper waren dieselben, wenn auch älter. Ein Wiedererkennen, als wir uns berührten, der Rausch und die Euphorie, das Fliegen und Abheben, und danach der Absturz, früher oder später kam immer ein Absturz. Aber wer weiß, diesmal vielleicht auch nicht, denn heute war nicht früher, und ich hatte mich verändert, obwohl mir nicht zu trauen war. Und bis jetzt hatte ich trotz des Taumels nicht den Kontakt zu mir verloren, bereute noch nichts von dem, was gerade zwischen Klas und mir geschah, war endlich mal nur im Moment und schwebte auf einer Wolke, die in der Dunkelheit ihre Farbe wechselte.

Im Morgengrauen schliefen wir aneinandergekuschelt ein. Ich war nicht überrascht, als ich mich am Mittag allein in der Hängematte wiederfand. Selbst jetzt spürte ich keine Reue, kein kaltes Sehnen. Ich wusste nicht, ob ich mich darüber freuen durfte oder ob der Absturz diesmal nur zeitverzögert kommen würde. Ich horchte in mich hinein, lugte auch in die dunklen Ecken, aber in mir waberte nur eine träge Zufriedenheit, wie sie sich gern nach gutem Sex einstellte, eine Art wehmütiges Ziehen, zu süß, um es Traurigkeit nennen zu können.

Ich zog mich an. Unten in der Küche traf ich auf Hannes, der Tee trank und Olivenöl über sein Brot kippte.

»Wo sind die anderen?«, fragte ich.

»Nico ist mit Pommes spazieren, Berta hast du gerade verpasst, Klas arbeitet bis heute Abend, und ich bin eben erst nach Hause gekommen.«

»War's gut?«

Sein Grinsen war Antwort genug. Ich ging rüber in die Küche und fand einen Rest lauwarmen Kaffee in der Espressokanne.

»Und wie war es bei dir noch so?«, wollte Hannes wissen.

»Auch gut«, sagte ich betont gleichgültig. Ich ließ mich auf die Eckbank fallen und zog einen Comic unter meinem Hintern hervor.

Hannes versuchte, meinen Blick einzufangen. »Habt ihr …?«

Ich antwortete nicht, schlug das Heft auf, blätterte darin herum und versuchte, mein Grinsen dahinter zu verbergen. Ich hörte Hannes kauen und spürte, dass er mich ansah. Er beugte sich vor und boxte mir gegen den Arm.

»O Mann, nerv mich nicht!«, sagte ich, mühsam ein Lachen unterdrückend. »Ich frag dich doch auch nicht, ob und mit wem du heute Nacht gevögelt hast.«

»Kannst du gerne tun.« Er strahlte mich an, und ich wusste, dass er mir nur zu gern seine nächtlichen Abenteuer en détail schildern würde. Und da sprudelte es auch schon ohne Aufforderung aus ihm heraus. Namen von Clubs, von Männern, von Bands und Songs und wer wo mit wem. Auch Klas' Name fiel. Ich hörte nur mit halbem Ohr zu, blätterte im Comic und sah mir die Bilder an. Verzerrte Fratzen, Kampfszenen, phallusartige Waffen, verbogene Glieder und apokalyptische Landschaften.

»Was machen wir heute?«, unterbrach ich seinen Monolog, klappte das Comicheft zu und warf es zurück auf die Eckbank.

Jetzt war mir doch flau im Magen, ob vom Alkohol, dem Schlafmangel oder dem emotionalen Aufruhr war schwer zu sagen. Ich riss ein Stück von dem Baguette ab, das auf dem Tisch lag, roch daran, brachte es aber nicht über mich, reinzubeißen. »Ich geh zum Gemüseladen, brauch was Frisches«, sagte ich und stand auf.

Hannes schob seinen Stuhl zurück und schloss sich mir an.

Das dämmrige Licht im Haus hatte uns nicht auf die Wucht der Sonne vorbereitet, die uns draußen empfing. Ich zog meinen Kapuzenpulli aus, und die Berührung der Sonnenstrahlen ließ meine Haut kribbeln. Mir wurde schwindelig, ich stützte mich an der Hauswand ab, ging in die Hocke und steckte den Kopf zwischen die Knie.

»Alles klar?« Hannes klang alarmiert, seine Stimme schrillte in meinen Ohren. Er legte mir eine Hand aufs Haar, sie wog tonnenschwer, und ich schüttelte sie ab. Zentimeterweise schob ich mich die Hauswand hoch und hob erst ganz zum Schluss den Kopf. Der Schwindel war wie ein Sturz gewesen, ein Fallen in einen unendlichen leeren Raum. Wie weit habe ich eigentlich noch alles im Griff, fragte ich mich und rief mir ins Gedächtnis, dass mir in der Vergangenheit unendlich oft schwindelig geworden war. Vor allem in Situationen, in denen ich übermüdet oder emotional aufgewühlt war, manchmal auch, wenn ich am Vortag zu viel getrunken hatte. Im Moment traf alles drei zu.

»War halt 'ne aufregende Nacht.« Ich streckte ihm die Zunge raus.

Er klatschte in die Hände. »War es denn wenigstens gut?«, fragte er und nahm meinen Arm, als bräuchte ich eine Stütze.

»Ja«, sagte ich, und wir mussten beide lachen.

So wie ich am Vortag Klas' Blick ausgewichen war, vermied Nico es nun, mir in die Augen zu sehen, als wir uns, ausgestattet mit Obst, Saft, Baguette, Hummus und Oliven, in einem Park im

Zentrum von Barcelona trafen. Nicht ein einziges Mal sah er mich an. Das Baguette schmeckte nach Chlor und Traurigkeit.

»Wann fahren wir weiter?«, fragte ich.

Hannes kramte etwas aus seiner hinteren Hosentasche.

»Hier, den Flyer hat mir Berta heute Morgen beim Frühstück gegeben. Eine Soliparty für politische Gefangene, die sie mit ein paar Leuten organisiert. Ist in einer besetzten Fabrikhalle. Wollen wir das nicht noch mitnehmen?«

Drum 'n' Bass stand auf dem Flyer, den Nico Hannes aus der Hand nahm. Gemeinsam suchten wir auf dem Stadtplan den Ort, wo die Party stattfinden sollte.

»Geht Klas auch hin?«, fragte ich Hannes.

»Unwahrscheinlich, nicht seine Musik.«

Wieder hielten sich meine Erleichterung und meine Enttäuschung die Waage. Wenn wir unser Getechtel fortsetzten, würde ich früher oder später meinen Sicherheitsabstand verlieren. Wie ich Klas einschätzte, hätte er auch dieses Mal sicher kein Problem damit, mir die Tür vor der Nase zuzuknallen, wenn es ihm zu viel wurde. Dazu wollte ich es nicht kommen lassen.

Den Rest des Tages erkundeten wir die Stadt, liefen durch kleine Gassen und fette Straßen, an unzähligen Häuserblocks vorbei bis zu den Bergen, die sich an die Stadt schmiegten. Meine Augen brannten vom vielen Gucken und meine Füße vom vielen Gehen. Müdigkeit lullte mich ein und dämpfte mein Hirn.

Pommes' Wunden waren gut verheilt, und wir kauften ihr ein blaues Laufgeschirr, das sich gut mit ihrem nachwachsenden Fell vertrug. Sie schüttelte und kratzte sich, offensichtlich störten sie die Riemen am Bauch, doch sie würde sich daran gewöhnen müssen. Passend zum Laufgeschirr bekam sie eine Leine und eine Adresskapsel, falls sie mal verloren ginge. Die Kapseln gab es nur im Zweierpack. Also befestigte ich die verbliebene an meiner Tasche und trug meine Daten ein, halb im Spaß, halb für den Fall, dass ich selbst mal verloren gehen sollte.

Klas trafen wir erst am Abend wieder. Er kam pünktlich zum Essen. Wir hatten gefüllte Zucchini gemacht und Apfelkuchen gebacken. Nachdem wir den Tisch abgeräumt hatten, verzog ich mich wieder in die Hängematte, Hannes rollte sich auf die Matratze, und wir versprachen, uns gegenseitig zu wecken, damit wir die Party nicht verpennten. Doch wieder war es der Rauch von Klas' Zigarette, der mich nach einer Stunde weckte.

»Hannes hat mir letzte Nacht das mit der Multiplen Sklerose erzählt«, sagte er und reichte mir einen Kaffee. Danke, Hannes, dachte ich, das wäre doch nicht nötig gewesen.

Klas suchte meinen Blick. »Wenn du Hilfe brauchst oder so, kannst du auf mich zählen.«

»Ach ja? Zum einen ist längst nicht klar, ob ich überhaupt krank bin. Und zum anderen verlass ich mich lieber nicht auf dich. Kann mich nicht daran erinnern, dass ich bisher auf dich zählen konnte.«

Er rupfte eine Blüte von einer der Sukkulenten und pflückte sie auseinander. »Ich hab dir nie etwas versprochen«, sagte er, und die Wut kroch mir die Kehle hinauf. Jaja, keine Versprechungen. Das war von Anfang an sein Credo gewesen.

»Ich komm gut ohne dich zurecht«, sagte ich.

»Das weiß ich, aber wenn ich was für dich tun kann, sag Bescheid.«

Wie großzügig, dass er mir seine Hilfe anbot und dazu in einem Ton, als würde er mir ein Geschenk überreichen. Mit zweitausend Kilometern zwischen uns kein großes Risiko, was könnte er schon tun im Fall der Fälle. Doch die Zeiten hatten sich geändert, ich war nicht mehr dankbar über jeden Krümel, den er mir hinwarf.

»Ist nett gemeint, aber ich verlass mich lieber nicht auf dich. Du hast mich so oft enttäuscht, da reicht der Rest meines Lebens nicht aus, um mich davon zu erholen, geschweige denn, mich jemals wieder auf eine Beziehung einzulassen.«

Er riss die Augen auf und schüttelte den Kopf. »Nee, echt nicht. Das tust du nicht, mir die Verantwortung für dein verkorkstes Liebesleben aufzudrücken. Du warst doch damals schon nicht in der Lage, dich auf mich einzulassen! Außer Hannes, Hannes, Hannes und vielleicht noch Nico hast du doch keinen Menschen wirklich an dich rangelassen. Davon mal ganz abgesehen, hast du meines Wissens nach genauso von unseren Freiheiten profitiert und nichts anbrennen lassen.«

»Klar hab ich nicht nur zu Hause gesessen und auf dich gewartet, aber meine Mieshaftigkeit ist an deine nie herangekommen.«

»Deine was?« Er lachte, und trotz meines Ärgers musste ich mitlachen.

»Du weißt schon, was ich meine. Außerdem wäre das mit uns beiden so oder so nie gutgegangen«, sagte ich und während ich es aussprach, fühlte es sich an, als würde sich endlich eine Leerstelle in mir schließen.

Klas legte den Kopf schief und sah mich einen Moment lang prüfend an. »Jedenfalls nicht, solange Hannes und du so eng aufeinanderkleben«, sagte er dann. »Bei euch passt doch keiner mehr dazwischen. Hat ganz schön gedauert, bis ich das eingesehen hab.«

Sein Blick war schwer zu deuten, er hatte sich schon immer gut hinter seinen schönen Augen verstecken können. Er zog seinen Tabak aus der Hosentasche, der Geruch von Dope stieg mir in die Nase, und tatsächlich fischte er einen fertig gedrehten Joint heraus. Als er ihn anzündete, beleuchtete die Flamme sein Gesicht. Nachdem er dran gezogen hatte, hielt er die Luft an und reichte mir den Joint weiter. Ich nahm ihn, rutschte zur Seite, und er legte sich zu mir in die Hängematte. Dort, wo sein Körper meinen berührte, übertrug sich die Wärme wie von einer Heizdecke. Ich wartete auf das gewohnte Kribbeln, das sich jedoch nicht einstellen wollte. Einfach so, als wäre es ausgeknipst.

»Schön war es trotzdem, dich mal wieder getroffen zu haben«, sagte er, und ich nickte, sein Gesicht, so nah vor meinem, dass es verschwamm. Trotzdem erkannte ich seine Wimpern, die sich nach außen bogen, die feinen Fältchen, die ihn weniger perfekt aussehen ließen. Als sich seine Lippen auf meinen Mund legten, schloss ich diesmal nicht die Augen, behielt ihn im Blick, beobachtete ihn, beobachtete mich. Dann schob ich ihn weg, und es war viel leichter, als ich gedacht hatte. Der Klas, von dem ich all die Jahre geträumt hatte, existierte nicht, hatte nie existiert und würde auch niemals existieren. In meiner Vorstellung war er unnahbar und doch nah, undurchschaubar und doch verbindlich, fremd und doch vertraut, war gleichzeitig wie ich und wie er, und vielleicht wäre es nicht zu ertragen gewesen, wenn es wahr geworden wäre, und ich wäre irgendwann geplatzt oder innerlich verbrannt und dann verglüht. Das letzte Sternentier.

»Mach's gut, Klas«, sagte ich.

Abschiede waren noch nie meins gewesen, auch dieser hier stimmte mich melancholisch. Trotzdem bereute ich nichts, war mir sicher, das Richtige getan zu haben. Allein dafür hatte sich die Reise für mich schon gelohnt.

Ich stand auf und fühlte mich leicht. Eine Leichtigkeit, die nach kaltem Rauch schmeckte.

17

Mit gepackten Sachen verabschiedeten wir uns von Klas. Er wollte es heute Abend etwas ruhiger angehen und zu Hause bleiben, was mir sehr recht war. Wir fuhren in unserem Bus zur Party, so konnten wir direkt ins Bett fallen, wenn wir zu fertig waren, um weiterzufeiern.

Die Straßen waren in orangefarbenes Licht getaucht, und trotz der späten Uhrzeit wirkte die Stadt belebt. Fast alle Kneipen und Cafés waren gefüllt, Autos, Leute, Hunde und Mopeds kreuzten unseren Weg, und wir kamen nur langsam voran. Da wir ständig an Ampeln halten mussten oder anderweitig feststeckten, hatte ich, obwohl ich am Steuer saß, genug Gelegenheit, das belebte Treiben zu beobachten.

Das besetzte Fabrikgebäude befand sich in Barcelona in einem Viertel am Meer, das zu großen Teilen aus Werkstätten, Lagerhallen und alten Fertigungshallen aus dunklem Backstein bestand. Die alten Zeiten, in denen hier harte körperliche Arbeit geleistet wurde, waren noch zu erahnen. Ich malte mir aus, wie das ausgesehen haben musste. Rauch, der aus den gemauerten Schornsteinen quoll, Unmengen an Arbeiterinnen und Arbeitern, die aus den Werkstoren strömten, auf der damals vielleicht noch unbefestigten Straße nach Hause stapften, wo sie im Schein einer schwachen Lampe ihr Essen zubereiteten. Als ich den anderen meine Vision beschrieb, wollte Nico wissen, ob ich in letzter Zeit viel Dickens gelesen hätte.

Ich zwinkerte ihm zu und hielt vor der nächsten roten Ampel. Die vielen Baulücken, dazu die neuen Bürotürme und hässlichen Autohäuser, die sich zwischen die alten Bauten drängten, ließen erahnen, dass es nur eine Frage der Zeit war, bis die letzten Reste des alten Viertels wie in vielen anderen Teilen der Stadt auch hier bald verschwunden waren.

Es war unschwer zu erkennen, welches der Gebäude die besetzte Fabrik war. Drei ausgebaute Laster parkten davor, Bässe wummerten, eine Handvoll Leute stand mit Bierdosen auf dem Gehweg und unterhielt sich, Hunde jagten umeinander herum, und zusammengeschlossene Fahrräder lehnten an der Wand. Wir füllten Wasser und Futter in Pommes' Näpfe und schlossen den Bus ab. Gegen eine Soli-Spende, die für die Unterstützung von politischen Gefangenen benutzt werden sollte und deren Betrag wir uns selbst aussuchen konnten, bekam jeder von uns am Eingang einen Stempel auf die Hand. Wir betraten den Vorraum. Der Geruch von Feuchtigkeit vermischte sich mit dem Geruch von Zigarettenqualm und Bier. Die Ausmaße der Halle waren enorm. Zu beiden Seiten der riesigen Tanzfläche waren Metallskulpturen aufgestellt, und Graffitis bedeckten die Wände. Die aus grobem Holz gezimmerte Theke gegenüber vom Eingangsbereich wirkte verloren in dem gigantischen Raum. Auch hier gab es wieder nur Bierdosen zu kaufen. In Spanien existierte kein Pfandsystem, wie wir es aus Deutschland kannten, und Dosen waren billiger als Flaschen. Wir stießen miteinander an und setzten uns auf einen Stapel Paletten, der in einer der Ecken stand. Bisher war die Zahl der Gäste überschaubar. Um die Halle zu füllen, müsste sie sich mindestens verdoppeln oder verdreifachen.

»Du und Klas, habt ihr euch gestritten?«, fragte Hannes, er schrie, um die Musik zu übertönen.

Ich schüttelte den Kopf. »Ich würde es eher ein klärendes Gespräch nennen.«

Hannes zog die Augenbrauen hoch, dabei schob sich seine Brille nach oben und gab ihm ein onkelhaftes Aussehen. Ganz als wollte er den Eindruck noch unterstreichen, hob er jetzt den Zeigefinger. »Siehste, dann war es also doch gut, dass wir ihn besucht haben, so konntet ihr euch mal aussprechen.«

»Apropos aussprechen: Wer hat dir eigentlich erlaubt, Klas das mit der Multiplen Sklerose zu erzählen?«

Hannes ließ die Augenbrauen sinken, und die Brille rutschte wieder runter auf seine Nase, langsam glitt auch sein Zeigefinger abwärts, zeigte nun Richtung Boden, hing am Ende seines Arms wie ein vergessenes Spielzeug. »Ich dachte, das wäre kein Geheimnis mehr.«

»Aber auch nichts, worüber geklatscht werden soll!« Generell hatte ich keine Lust, dass über mich getratscht wurde, und schon gar nicht mit Klas. Das müsste Hannes eigentlich wissen. »Er hat mich behandelt, als wäre ich unfähig, allein klarzukommen.«

Nico öffnete den Mund, ich nickte ihm zu und wartete darauf, dass er einen Spruch abließ, was er sich dann aber doch verkniff. Stattdessen ergriff er Partei für mich. »Ich finde auch, das ist allein Insas Sache, wer davon erfahren soll.«

»Genau!« Ich nickte und zielte nun meinerseits mit dem Zeigefinger auf Hannes, der daraufhin den Kopf einzog, was auch sonst. »Wem hast du sonst noch alles davon erzählt?«

Er wurde rot und quetschte an seiner Dose herum. Ich stieß ihn an. »Sag schon.«

»Nur meiner Oma.«

Ich stöhnte. Ausgerechnet! Wenn seine Oma es wusste, hatte sie es vielleicht schon meiner Mutter berichtet. Obwohl, dann hätte sie mich sicherlich schon angerufen. Na ja, oder auch nicht. Vielleicht hatte sie es auch gleich wieder vergessen.

»Scheiße, Alter! Ich erzähl dir nie wieder was!«

»Tut mir leid«, sagte Hannes und drückte weiter an seiner Dose herum. Seine reuevolle Miene nervte mich, ich hatte sie schon zu oft gesehen. Überhaupt konnte mich nur noch wenig an ihm überraschen. Wir kannten uns einfach zu gut. Vielleicht war es tatsächlich an der Zeit, sich nicht mehr jeden Tag zu sehen. Hannes und ich waren uns so nah, dass niemand dazwischenpasste, hatte Klas behauptet. Vielleicht waren wir uns so nah, dass Hannes mich abschirmte und ich ihn, wir uns gegenseitig blockierten.

Wir setzten uns zu dritt nach draußen auf die Bordsteinkante, jeder in seine eigenen Gedanken versunken. Immer mehr Gäste strömten herbei, allein, in Gruppen, auf Rädern, auf Mopeds, in Autos oder zu Fuß. Filmreife Begrüßungsszenen spielten sich ab. Leute, die sich dramatisch kreischend in die Arme fielen, als hätten sie sich seit Jahren nicht gesehen, die aufeinander einredeten, alle gleichzeitig, und ich fragte mich, ob auch irgendwer irgendwem zuhörte.

»Los geht's, tanzen!« Nico sprang auf, zog mich hoch, und ich widersetzte mich nicht. Dann packte er Hannes mit der anderen Hand, und gemeinsam schlängelten wir uns durch das Gedränge und zeigten unsere Stempel vor. Hannes verloren wir gleich wieder an zwei bärtige Typen, die sich im Eingangsbereich unterhielten und die er zu kennen schien. Nico steuerte direkt auf die inzwischen nicht mehr ganz so leere Tanzfläche zu.

»Auch noch ein Bier?«, brüllte ich, und er nickte.

Berta stand hinterm Tresen und fragte, ob wir Klas mitgebracht hätten. Ich schüttelte den Kopf. Sie lachte.

»Hätte mich auch gewundert. Nicht seine Musik. Aber ich dachte, für dich würde er vielleicht eine Ausnahme machen. Du glaubst gar nicht, wie aufgeregt er vor deinem Besuch war!«

Ich zog eine Grimasse und schüttelte ungläubig den Kopf.

»Ernsthaft, er hat extra zwei Tage lang das Haus geputzt. Du kannst gern öfter kommen!«

Und selbst wenn er aufgeregt war, mir doch egal, sagte ich mir, der Drops war gelutscht. Die Bässe vibrierten in meinem Hals und in meinem Bauch, wummerten in meinen Ohren, und ich nickte im Takt. Berta stellte mir einen Freund vor, er sprach kein Englisch, und sie redeten Spanisch, und ich verstand kein Wort. Leute schoben sich an mir vorbei, um ihre Getränke zu bestellen, und ich verabschiedete mich, machte mich auf die Suche nach dem Klo. Als ich eintrat, stolperte ich fast über einen Schlauch, der quer über dem Boden lag. Die Spülung funktionierte offenbar nicht. Stattdessen standen Eimer bereit, die mit dem unter dem Waschbecken angeschlossenen Schlauch aufgefüllt werden mussten. Ich bezweifelte, dass das System zu späterer Stunde noch funktionieren würde. Um dem Ganzen eine Chance zu geben, etwas länger durchzuhalten, füllte ich alle drei Eimer und noch zwei leere Wasserkanister auf. Auf dem Weg zurück zur Tanzfläche fiel mir ein, dass ich vergessen hatte, Bier zu kaufen, und ich arbeitete mich erneut zur Theke vor.

Inzwischen drängelten sich die Leute überall in der Halle. Alle um mich herum tanzten, und wenn ich vorankommen wollte, war es einfacher, dem Beat zu folgen, als mich gegen ihn zu sträuben. Von Nico keine Spur. Ich verstaute seine Dose in meiner Hosentasche, wo sie mir unangenehm das Bein kühlte. Die wachsende Menge der Tanzenden sog mich immer tiefer hinein, bis ich mich in der Mitte der Tanzfläche wiederfand. Um mich herum viel schwarze Kleidung, Dreadlocks, Piercings und Tattoos. Dornen, die sich um Arme schlangen, Skelette, aufgerissene Mäuler, Fratzen und Reißzähne. Ich tanzte, bis mir der Schweiß den Rücken hinunterlief. Plötzlich packte mich eine Hand am Arm, ich drehte mich um und sah Nicos Grinsen. Er stand schon nicht mehr ganz gerade. Ich reichte ihm sein inzwischen gut angewärmtes Bier. Er öffnete es, trank und verzog das Gesicht. Dann hakte er mich unter, und wir schlenkerten wild hin und her, hüpften zusammen im Takt, bis wir außer Atem waren und ich Seitenstechen bekam.

»Wo ist Hannes?«, schrie ich.

»Draußen.«

Wir schoben uns hinaus. Die frische Luft drängte angenehm kühl in meine Bronchien, und ich atmete tief durch. Hannes redete noch immer mit den zwei Bärtigen. Er versuchte, uns zu erklären, wer sie waren und woher sie sich kannten, eine wirre

Geschichte. Sein hektisches Gerede und das wilde Gefuchtel seiner Hände strengten mich an. Seine riesigen Pupillen sahen aus wie mit schwarzem Edding nachkoloriert, offensichtlich war er nicht nur vom Bier breit, sondern hatte Pillen geschmissen. Obwohl wir schon öfter etwas auf Partys genommen hatten, nervte es mich in diesem Moment. Mit der über mir schwebenden Diagnose wollte ich mein Nervensystem nicht unnötig belasten, würde bis auf Weiteres nichts anderes als Alkohol und Gras konsumieren. Scheinheilig erschien mir Hannes' Getue im Supermarkt vor ein paar Tagen, als er mir die Chips verbieten wollte, ich fand ihn unsolidarisch. Sein widersprüchliches Verhalten war ein gefundenes Fressen für meine seit Wochen vor sich hin fermentierende Enttäuschung. Mir war klar, dass er in meinen Augen gerade nichts richtig machen konnte, egal um was es ging. Als hätte ich mir bewusst oder unbewusst vorgenommen, ihn scheiße zu finden, vielleicht weil ich glaubte, nur so den notwendigen Abstand zu ihm zu bekommen, nur so nicht abzuschmieren, wenn unsere Wege sich trennten.

Ich drehte mich um und zwängte mich an den sich unterhaltenden Grüppchen vorbei zurück in die Halle. Schon wieder drückte meine Blase. Vor den Klos hatte sich eine Schlange gebildet, und ich stellte mich an, dankbar, für die nächsten Minuten ein klares Ziel vor Augen zu haben. Um mich herum wurde geknutscht, gekreischt, gelacht, wurden Drogen eingenommen, geraucht oder durch die Nase gezogen, und als ich endlich an der Reihe war mit Pinkeln, vögelten in der Kabine neben mir, den Geräuschen nach zu urteilen, zwei, drei oder mehr Personen. Zu meiner Überraschung funktionierte das Spülsystem noch immer. Ich drückte den wieder aufgefüllten Eimer der nächsten Wartenden in die Hand, schubste mich dann noch mal zum Wasserhahn durch, hielt den Kopf darunter und öffnete den Mund. Schaler Chlorgeschmack, ich schüttelte mich, ein Schluck reichte.

Rund um die Theke herrschte dichtes Gedränge. Ich hatte immer noch Durst und bestellte ein Wasser. Es war erfrischend kalt, ich trank in großen Schlucken und schrak zusammen, als Hannes plötzlich neben mir auftauchte. Er schrie mir was ins Ohr, aber ich verstand kein Wort. Meine Ohren dröhnten, mein Glas war leer, und ich bestellte noch ein Bier, hatte den Überblick verloren, das wievielte es war in dieser Nacht.

Als ich mich umdrehte, war Hannes schon wieder verschwunden, stattdessen zappelte Nico an mir vorbei. Ich streckte den Arm aus und erwischte ihn am Hosenbund. Er drehte sich um, seine Augen nun ebenfalls große schwarze Billardkugeln, er also auch auf Pillen. Er umarmte mich, brüllte mir etwas zu, das mit der Musik zu einem Brei verschmolz. Dann zappelte er weiter, winkte mir zu, und ich folgte ihm auf die Tanzfläche. Der Beat war härter als noch vor einer Stunde. Mein Körper bewegte sich wie von allein. Nico wankte neben mir und hielt sich an meinem T-Shirt fest. Ich zog ihn ins Zentrum der Tanzfläche. Die Musik setzte keine Sekunde aus, umspülte uns wie Wasser. Wir bewegten uns im Rhythmus, waren Marionetten und Taktgeber zur gleichen Zeit. Ich nur ein winziger Teil der pulsierenden Masse, trug keine Verantwortung, musste nichts anderes tun, als auf den Beinen und halbwegs im Takt zu bleiben.

Der Saal war kaum beleuchtet. Die Gesichter der anderen huschten wie Schatten an mir vorüber, wirbelten um mich herum, der Raum drehte sich wie ein riesiger Kreisel, und ich mittendrin. Nico hatte mein T-Shirt schon vor einer Weile losgelassen, ich hatte keine Ahnung, wann genau, sah mich nach ihm um, konnte ihn nirgends entdecken und schloss die Augen. Ich ließ mich treiben, war in der Musik, die Musik in mir, fühlte mich high, obwohl ich nicht auf Pillen oder Speed war, wie vermutlich die meisten anderen.

Ich tanzte, bis meine Beine zitterten, war wie in einem Rausch, fühlte mich frei, war froh, dass Hannes nicht an meiner Seite klebte, und stolz, Klas hinter mir gelassen zu haben.

Nico erschien in meinem Gesichtsfeld, und ich schrie ihm ins Ohr: »Das mit Klas ist echt vorbei, bin endlich drüber weg. So schnell muss ich ihn nicht wiedersehen.«

Nico lachte und zeigte an den Rand der Tanzfläche. Dort stand Hannes und winkte uns zu, an seiner Seite Klas. Ich schüttelte den Kopf und hielt mich an Nico fest, um nicht umzufallen, schloss die Augen, und das Karussell in meinem Kopf fing an zu eiern, als hätte es einen Knick in der Achse. Das Bier und der Joint heute Nachmittag und der Schlafmangel und die Aufregung und jetzt schon wieder Klas, mir wurde schlecht. Nico hielt mich fest, bis der Schwindel verflogen war. Weiter ging es, nur nicht den Takt verlieren. Ich spürte, wie sich die Menschen immer dichter um mich herumdrängten. Doch auf einmal war ich nicht mehr Teil der Menge, fühlte mich vielmehr bedroht, isoliert und exponiert. Der Anblick von Hannes und Klas hatte mich aus dem Tritt gebracht. Sie sollten mich einfach in Ruhe lassen. Wie eine Kugel der Lottofee ploppte ich aus dem dichten Gewühl der Tanzenden. Die Zusatzzahl ist Insa, hörte ich kichernd die Lottefee-Stimme in meinem Kopf.

Ich hielt mich an Nico fest, versuchte, mich wieder in die Musik und die Bewegung fallen zu lassen, hatte jegliches Zeitgefühl verloren. Ob es draußen noch immer dunkel war oder ob es schon dämmerte? Vielleicht würde sie auch nie aufhören, diese Nacht, der Tanz immer weitergehen. Vorsichtig öffnete ich wieder meine Augen. Hannes winkte mir erneut zu, löste sich aus einer Gruppe von Leuten und stürzte auf mich zu.

»AllesgutbeidirmeineliebsteFreundin?« Er lallte so stark, dass ich ihn kaum verstand, brabbelte etwas von einem Schweißkurs, den er geben wollte, zusammen mit Berta, irgendwo da hinten in einer der anderen Hallen, da wäre eine coole Werkstatt, er könnte auch hierbleiben, scheiß auf Friesland, schrilles Gelächter. Ich ertrug sein Gelaber nicht. Um ihn auszubremsen, fragte ich ihn, welchen Drogencocktail er intus habe, und sein Gelächter erstarb.

Er starrte mich an, wirkte verwirrt, hatte offensichtlich den Faden verloren. Impulsiv zog er mich in eine Umarmung und hielt mein Gesicht an seine Brust gepresst. Ich bekam keine Luft und boxte ihn gegen die Schulter, bis er mich losließ. Berta winkte von der Tür, drehte eine Pirouette und kam auf uns zugestürmt. Obwohl ich langsam müde wurde, ließ ich mich von ihrer Energie mitziehen, wollte nicht die Langweilige sein, die als Einzige schon schlapp machte. Berta reichte mir einen Joint und zog mich mit ihrer guten Laune wieder hinein ins Meer der Tanzenden. Ich war zurück, bereit für die nächste Runde.

Langsam wiegte ich mich auf der Stelle vor und zurück, zu mehr reichte es trotz aller Bemühung nicht. Meine Füße waren zwei qualmende Fleischklumpen, meine Kleider ein aufgeweichter Mief, in meinem Kopf endlich mal kein Platz für Gedanken. Wie in Trance bewegte ich mich, die schlechte Luft brannte mir in der Lunge, dicke Rauchschwaden von Hunderten oder Tausenden Zigaretten, die an diesem Abend schon geraucht worden waren. Ich wischte mir den Schweiß von der Stirn und stolperte nach draußen, wo ich mich an die Wand lehnte und tief durchatmete.

Durch den Lärm, der mich umgab, drang ein vertrautes Lachen an mein Ohr. Klas, ohne Zweifel, begleitet von Hannes' hellem Kichern. Ich sah mich um und bereute es sofort. Ich hätte einfach ins Bett gehen sollen, auf direktem Weg, hätte schon vor Langem ins Bett gehen sollen. Hätte, hätte. Dann wäre mir der Anblick erspart geblieben, gleich neben der Eingangstür, für alle gut sichtbar: Klas, der Hannes im Arm hielt, ihn an sich drückte, und Hannes, der sich gefährlich schwankend an Klas festkrallte. Praktischerweise standen die beiden so, dass ich sie im Profil sah und mir kein Detail entging. Klas, der sich zu Hannes beugte und seine leicht geöffneten Lippen auf dessen Mund legte, ein langer Kuss, mit Zunge und Lippengeknabber. Wie ein Schlag ins Gesicht. Hannes öffnete die Augen, nur einen Spalt, aber weit genug, um mich zu sehen. Er taumelte, riss sich von Klas los, öffnete den Mund, als wollte er etwas sagen, aber es kam kein Ton heraus. Klas hatte mich nun auch entdeckt. Trotz der Dunkelheit erkannte ich ein Lächeln auf seinem Gesicht, das wie eine Spinne in seinem Mundwinkel gelauert hatte.

Am liebsten hätte ich die beiden vors Knie getreten, doch stattdessen rannte ich los, drängelte mich an ihnen vorbei, hinein in den zuckenden Leib aus vielen Hundert Partygästen.

Ich trank zu viel Bier und kippte eine halbleere Weinflasche in mich hinein, die ich in einer Ecke fand. Hauptsache den Kopf zum Schweigen bringen, egal wie, wollte einfach nur abtauchen, weg sein, jegliche Synapsentätigkeit ausknipsen. Ich schleppte mich zu einem am Rand der Tanzfläche aufgebauten Palettenstapel und setzte mich. Neben mir klebten zwei Personen aufeinander, schwer zu erkennen, ob sie knutschten, schliefen oder tot waren. Es war mir egal.

Ich rauchte, bis die Glut mir die Finger verbrannte, ohne den Schmerz zu spüren. Das Selbstmitleid der Betrunkenen, ein Meer aus Ekel, klebrig, schmierig, stinkend. Ich fühlte mich einsam, war mir sicher, der Krankheitsverdacht würde sich bewahrheiten und mich innerhalb kürzester Zeit all meiner viel zu wenig genutzten Selbständigkeit berauben. Panikwellen erfassten mich und nahmen mir die Luft. Mein Magen krampfte, ich beugte mich vor und kotzte Wein und Bier hinter die Paletten. Dann rollte ich mich zusammen, schloss die Augen, und sofort war das Bild von Hannes und Klas wieder da. Die Brust wie zugeschnürt schlief ich ein.

Es war schon nach Mittag, als ich von lautem Scheppern geweckt wurde, hervorgerufen von einem mit leeren Flaschen beladenen Einkaufswagen, den eine Frau an mir vorbeischob. Die Party war offensichtlich vorbei, dröhnende Stille umgab mich. Jemand hatte die gelbe Decke aus dem Bus über mich gebreitet, Nico oder

Hannes vermutlich. Ich rappelte mich hoch und schleppte mich nach draußen. Gegen Morgen musste es geregnet haben, und die reingewaschene Luft umfing mich. Als ich den Bus erreichte, stand die Tür offen. Drinnen fand ich niemanden, nur zerpflücktes Brot auf dem Küchenbrett, daneben eine zermatschte Tomate und eine aufgerissene Kekspackung. Von Pommes fehlte jede Spur. Ein Adrenalinschub katapultierte mich wieder nach draußen. Die Straße war wie ausgestorben. Ich rief nach ihr, rannte an den geparkten Autos vorbei, drehte um und lief in die Halle zurück. Der typische Nach-Party-Geruch schlug mir entgegen. Kalter Rauch, schales Bier, Pisse und Kotze. Ich machte einen Bogen um eine Lache im Eingangsbereich. In der Halle fegte ein Typ die Tanzfläche, zwei andere schleppten Boxen, Flaschen wurden in Kisten gestellt. Auf dem Tresen stapelten sich Kartons, davor lagen gefüllte Müllbeutel und bildeten einen schwarzen Plastikberg, hinter dem ich Berta entdeckte.

»Hast du Pommes gesehen?«, fragte ich sie.

»Hannes und Nico haben sie mit zum Strand genommen, schon vor Stunden.«

Erleichterung, doch keine Sekunde später das Gefühl, abgehängt worden zu sein. Bestimmt war ich die Einzige, die das Ende der Party verschlafen hatte. Die meisten waren vermutlich immer noch drauf, genau wie Nico und Hannes, die gerade an irgendeinem Strand weiterfeierten. Ungebremst ballerten sie sich dicht, als gäbe es kein Morgen, als wären wir unverwundbar, würden ewig so fit, jung und unverwüstlich sein wie jetzt in diesem Moment. Ich schlich zum Bus zurück, kochte Kaffee und bereitete mir ein Müsli mit Apfelstückchen, Nüssen und Joghurt zu. Vorsichtig balancierte ich Schüssel und Tasse, setzte mich in die Seitentür und schaltete mein Handy ein. Eine Nachricht von Katinka vom Vortag. *Danke, dass du Mama nicht angerufen hast.*

Das hatte ich komplett vergessen. Na ja, umso besser, wenn sie es als ein Entgegenkommen meinerseits wertete.

Bist du noch im Schuppen? schrieb ich. Ihre Antwort kam sofort: *Bin das Wochenende bei Papa. Danach mal gucken.* Ich aß mein Müsli und tippte: *Okay, ich ruf die Tage mal an.* Dann schaltete ich das Handy aus und ging zurück in die Halle. Berta wischte gerade den Tresen ab. »Braucht ihr Hilfe?«, fragte ich.

Sie händigte mir Wischer und Eimer aus. Ich beseitigte zuerst meine eigene Kotzlache und feudelte danach die Tanzfläche. Das Wasser färbte sich bereits nach zwei gewischten Quadratmetern tiefschwarz, sodass das Leeren und Befüllen des Eimers mehr Zeit in Anspruch nahm als das Putzen selbst. Trotzdem war ich fertig, bevor die anderen zurück waren. Nico, Hannes und Pommes ließen auf sich warten. Berta kam mit zwei Tassen Kaffee auf mich zu, und wir setzten uns nach draußen in die Sonne vor unseren Bus. Sie warf einen Blick hinein und hielt sich die Nase zu.

»Gemütlich, aber was stinkt da so?«

Vermutlich meinte sie den Brie. »Hannes' alte Socken«, sagte ich, und sie verzog das Gesicht. »Krass, wäscht er die nie?«

Berta erzählte mir, dass sie sich mit zwei Freundinnen in einem der Räume, die vom Innenhof der ehemaligen Fabrik abgingen, eine Metallwerkstatt eingerichtet hatte. Sie zeigte mir die Skulptur, an der sie gerade arbeitete. Fahrradketten, Ritzel, Sprungfedern und Kugellager, die sich drehten, schwangen, umeinander kreisten und in ihrer Gesamtheit eine aufsteigende Spirale bildeten.

»Alles Fahrradteile?«

Sie nickte.

»Hannes hat letzte Nacht gesagt, dass er hier mit dir einen Workshop geben will.«

Berta sah mich überrascht an, dann lachte sie. »Interessant. Ich hab ihn gefragt, ob er nicht mitmachen will, meinte allerdings als Kursteilnehmer und nicht als Lehrer.« Ich grinste, und sie schüttelte den Kopf, beugte sich zu mir und sagte: »Jetzt mal ehrlich, so ein Schrauber hat doch keine Ahnung von den Feinheiten der Metallverarbeitung. Aber der war so dicht, kein Wunder, dass er nur die Hälfte mitbekommen hat.«

Sie kramte in einer Schublade und zeigte mir Fotos von einer Ausstellung, an der sie teilgenommen hatte. Ich erzählte ihr von meinen Zeichnungen, und sie meinte, sie würde sie gern sehen. Also bot ich an, sie aus dem Bus zu holen, und wir schlenderten langsam zurück über den Hof. Als wir die Halle durchquerten, waren Eimer und Wischer verschwunden. Der Eingangsbereich war auch schon geputzt. Draußen angekommen sah ich, dass die Scheiben vom Bus beschlagen waren und öffnete die Tür. Pommes sprang mir entgegen. Hannes saß auf dem Beifahrersitz und schnitt sich die Fingernägel. Nico lag im Bett, die Augen geschlossen, den Mund leicht geöffnet, und schien zu schlafen.

»Hey! Da bist du ja, wollte dich gerade suchen.« Hannes strahlte mich an.

»Und, war es schön am Strand?«, fragte ich und kramte in meinem Rucksack nach dem Zeichenblock.

»Ja, total.«

»Das freut mich für euch.«

»Wir wollten dich nicht wecken. Aber zugedeckt haben wir dich.«

Er streckte die Hand nach mir aus, doch ich wich ihm aus.

»Tut mir echt leid wegen letzter Nacht. Das mit Klas. Auch wenn ich weiß, dass es kaum zu entschuldigen ist.«

Das sah ich auch so. Ich vermied es, ihn anzusehen, wusste auch so, was ich für einen Gesichtsausdruck in seinem Gesicht finden würde.

»Nachdem du uns erwischt hast, sind wir auch gleich wieder rein. Hab ihn nicht mehr gesehen danach, und eigentlich ist auch gar nichts richtig passiert. Außerdem hat er angefangen.«

Das glaubte ich gern. Klas wusste genau, wie er mich treffen konnte. Ohne Zweifel war das seine Antwort auf meine Abfuhr.

»Insa, sei nicht sauer, bitte!« Der schleppende Klang von Hannes' verdrogter Stimme war kaum zu ertragen.

»Alter, leg dich mal hin, du bist doch total durch«, sagte ich, sprang wieder hinaus und ließ die Tür leise ins Schloss fallen, um Nico nicht zu wecken.

Berta und ich setzten uns auf die Stufen vor dem Eingang zur Halle, sie blätterte durch meine Zeichnungen, würdigte den Stil und die Motivauswahl. Obwohl wir uns kaum kannten, war es leicht, sich mit ihr zu unterhalten. Als wir den Block durchgeblättert hatten, brachte ich ihn zurück zum Bus. Nico saß in seinen Schlafsack gehüllt im Bett und trank Orangensaft aus einer Flasche. Hannes lag hinter ihm und schlief endlich. Ich hoffte, er würde so bald nicht wieder aufwachen.

»Und, was hast du noch vor heute?«, fragte ich Nico.

»Was futtern.«

»Klingt gut, bin dabei.«

Er sprang auf, um sich vorher noch schnell die Zähne zu putzen. Ich nutzte die Zeit und verabschiedete mich von Berta. Wir tauschten E-Mail-Adressen aus und versprachen, uns gegenseitig zu besuchen, sollte sich die Gelegenheit ergeben. Nico gesellte sich zu uns, umarmte Berta zum Abschied, und wir liefen Richtung Zentrum. In einem Park spielte eine Band Rumba Catalana. Einige Leute saßen im Gras und quatschten, andere tanzten. Wir setzten uns mit auf den Rasen und aßen die Pizzen, die wir unterwegs gekauft hatten. Die Luft war mild, und Nico nieste, schon wieder die Platanen. Ich reichte ihm meine Serviette und sagte: »Hannes und Klas haben rumgemacht.«

»Ich weiß. Was ist eigentlich an dem Kerl dran, dass ihr euch alle so um ihn reißt?«

»Ich nicht mehr, ich bin drüber hinweg, ernsthaft. Aber ich bin so sauer. Manchmal weiß ich echt nicht, ob Hannes und ich wirklich noch Freunde sind.«

Nico verdrehte die Augen. »Hör mal auf, immer gleich so ein

Drama aus allem zu machen. Ja, es war daneben, aber du kannst dir nicht vorstellen, wie scheiße es ihm deswegen geht.«

Doch, das konnte ich, aber er hätte sich vorher mal Gedanken machen sollen. »Vielleicht hat er recht, und es ist tatsächlich gut, wenn wir nicht mehr so eng aufeinanderhocken.«

Nico nickte und wuschelte mir durchs Haar. Wieder einmal löste sich der Tag in Blautönen auf, Pastellfarben, die meine Wut genauso wie meine Enttäuschung verdünnten und sie in Traurigkeit verwandelten.

»Hey, guck nicht so betrübt. Das mit Klas war doch so oder so passé, oder nicht?«

Ich nickte und pulte die Paprikastücke von meiner Pizza, bot sie Nico an, der mir bereitwillig sein Stück hinhielt, damit ich sie drauflegen konnte. Dafür bekam ich seine Pilze, er legte sie ordentlich auf die Stellen, wo ich vorher die Paprika heruntergezupft hatte. Wenn es so weiterging, würde ich nach diesem Urlaub keine Pizza mehr sehen können. Es war an der Zeit, endlich mal wieder was Vernünftiges zu kochen.

Nicos Handy klingelte, er stand auf und entfernte sich. Ich vermutete, dass er mit Anne sprach. Der unsichere Blick, den er mir zugeworfen hatte, als er sich meldete, verriet ihn. Ich bereute es, damals, als er uns von ihr erzählt hatte, nicht netter reagiert zu haben. Wenn es das war, wonach er sich sehnte, sollte ich ihm Anne und das Kind gönnen, dann sollte ich mich endlich für ihn freuen.

»Grüße«, rief ich und winkte. Er nickte und drehte mir den Rücken zu.

»Grüße zurück«, sagte er, nachdem er aufgelegt hatte und sich wieder zu uns setzte. »Anne fragt, wann sie euch endlich kennenlernt.«

»Meinetwegen können wir auf dem Rückweg über Hannover fahren.« Ich war zufrieden mit meinem Tonfall, euphorisch, aber nicht aufgesetzt.

»Nur, wenn du nett zu ihr bist.« Nico zog die Stirn in Falten. Ich fletschte die Zähne und knurrte. Er wiegte den Kopf, schien sich nicht sicher zu sein. »Mal sehen, ich muss noch mal drüber nachdenken, ob mir das nicht zu schnell geht. Vielleicht muss ich Anne erst noch besser auf euch vorbereiten.«

»Traust du mir nicht?«

»Geht so.« Er grinste, und ich wusste, es war kein Scherz, nahm es ihm aber nicht übel, denn ich wusste ja selbst, dass mir nicht zu trauen war. Ich wollte Anne mögen und wünschte mir, dass sie mich mochte, wollte eine tolle beste Freundin ihres neuen Freundes sein.

Ein Typ kam auf uns zu und zeigte auf meinen Tabak. Ich reichte ihm den Beutel, und er drehte sich eine Zigarette.

»Was ist eigentlich mit Katinka, hast du noch mal darüber nachgedacht, sie zu fragen, ob sie zu dir ziehen will?«, fragte Nico.

»Ja, dauernd. Aber was ist, wenn sie Nein sagt?«

»Wäre das so schlimm?«

Ich nickte. Warum es mir so schlimm vorkam, wenn sie ablehnte, verstand ich selbst nicht. Dann würde eben jemand anderes einziehen, dann müsste ich mich nicht um sie kümmern, wäre frei und könnte machen, was ich wollte. Eine erschlagende Menge an Möglichkeiten, die mich überforderte.

»Wenn ich mich um sie kümmern würde, dann hätte ich einen Plan für die nächsten Jahre, eine Struktur an der ich mich entlanghangeln könnte.«

Nico schien zu verstehen, er nickte. Ich atmete tief ein, hielt die Luft an, bevor ich sie mit Schwung wieder ausstieß. Die Zeit saugte mir Stunden und Tage aus dem Leben, ohne dass ich sie davon abhalten konnte. Egal wofür ich mich entschied, unabhängig davon, ob ich mich jemals für irgendetwas entscheiden würde, die Zeit lief einfach weiter. Nico schubste mich. Ich fiel auf den Rücken und blieb liegen, die Beine wie ein Käfer in die Luft gereckt.

»Raff dich auf, du hast doch tausend Ideen. Es wird Zeit, dass du mal in die Hufe kommst, anstatt dein Leben mit Grübeleien und Selbstmitleid zu verdaddeln.«

Ich drehte mich zur Seite und setzte mich wieder auf. »So leid tu ich mir nun auch wieder nicht.«

Wir aßen unsere Pizzen auf und gingen, die meiste Zeit schweigend, zurück zum Bus.

Hannes schlief noch immer und würde, wie ich ihn kannte, bis zum nächsten Morgen durchschlafen.

»Bereit für die letzte Station?«, fragte ich Nico.

Er zog die Schultern hoch und schüttelte den Kopf. »Nicht wirklich, aber wenn ich darauf warte, wird das nie was. Also Augen zu und durch.«

18

Wir fuhren am Montjuïc vorbei und Richtung Stadtrand. Hannes rührte sich, wie erwartet, nicht. Wir hätten ihn vermutlich samt Matratze unterwegs ausladen können, und er wäre nicht aufgewacht. Eine lange Tour hatten wir uns für heute nicht vorgenommen, zumal Nicos Mutter nur eine Dreiviertelstunde von Barcelona entfernt wohnte. Wir wollten nur raus aus der Stadt und einen ruhigen Ort zum Schlafen finden. Nahe der Mündung des Llobregats gelangten wir an einen Strand, der weder bebaut war, noch den Eindruck erweckte, als würden die Bullen uns dort in der Nacht verscheuchen. Nico und ich buddelten uns eine Kuhle, in die wir uns geschützt vor dem Wind in unsere Schlafsäcke legten. Pommes machte es sich zwischen uns gemütlich, und ich kraulte sie hinter den Ohren.

»Danke, dass du mitgekommen bist«, sagte Nico nach einiger Zeit, und ich schrak hoch, war bereits durch die ersten Nebelschichten in den Schlaf gefallen.

»Immer wieder gerne«, sagte ich, drehte mich auf die Seite und schlief wieder ein.

Mitten in der Nacht wurde ich wach, weil Nico aus seinem Schlafsack kroch. Pommes grunzte, reckte sich und bohrte dabei ihre Krallen in mein Bein. Ich setzte mich auf. Nico stapfte durch den Sand und ließ sich nahe der Wasserkante nieder. Es war nicht schwer zu erraten, was ihn vom Schlafen abhielt. Ich hoffte, dass seine Mutter zu Hause sein würde, damit Nico die erste Begegnung mit ihr in zehn Jahren endlich hinter sich brachte. Seine Gestalt verschmolz mit der Dunkelheit, und ich widerstand dem Impuls, aufzustehen und mich zu ihm zu setzen, kannte ihn gut genug, um zu wissen, wann es besser war, ihn in

Ruhe zu lassen. Nach mehr als einer Stunde kam er zurück und krabbelte wieder in seinen Schlafsack. Ich streckte meinen Arm nach ihm aus, und er kuschelte sich hinein, verbarg das Gesicht an meinem Hals. So schliefen wir erneut ein.

Hannes weckte uns, oder besser gesagt, Pommes weckte uns. Sie sprang auf und wedelte mit dem Schwanz, weil Hannes endlich aufgewacht war und aus dem Bus kletterte. In seinem Gesicht zeichnete sich ein dickes Fragezeichen ab, sein Blick irrte von links nach rechts, scannte die unbekannte Landschaft. Ich hob meine rechte Hand und winkte ihm aus der Kuhle heraus zu. Er kam zu uns rübergetrottet.

»Wo sind wir, und wie lange hab ich geschlafen?«

»Zwei Tage. Du hast den Besuch bei Nicos Mutter verpasst, wir sind schon wieder auf dem Rückweg«, sagte ich und freute mich über sein entsetztes Gesicht.

»Das wäre was, wenn es schon hinter mir liegen würde«, brummte Nico verpennt.

Der Himmel war bedeckt, obwohl die Nacht sternenklar gewesen war und anderes versprochen hatte. Es sah nach Regen aus. Wir klärten Hannes darüber auf, wo wir uns befanden. Er fuhr sich mit den Händen durchs Haar und gähnte. Dann riss er sich die Klamotten vom Leib und rannte los, sprang ins Wasser, kreischte und prustete. Schon nach einer Minute sprintete er wieder an uns vorbei Richtung Bus. Er ließ es sich natürlich nicht entgehen, uns unterwegs nass zu spritzen, und rief: »Wollt ihr nicht auch reinspringen?«

Ich wollte nicht, ging davon aus, später bei Nicos Mutter duschen zu können.

Nico rauchte entgegen seiner Gewohnheit schon vor dem Frühstück. Auch seine Jogging-Disziplin hatte im Laufe der Reise stark abgenommen. Er wirkte angespannt, hatte Ringe unter den Augen, und seine Kiefermuskeln zeichneten sich deutlich unter der Haut ab. Hannes servierte uns ein üppiges Essen mit

Rührei und Tomatensalat, getoastetem Brot und Apfelspalten. Er schien etwas gutmachen zu wollen, sogar die Milch für den Kaffee hatte er mit einer Gabel aufgeschäumt. Ich war trotzdem immer noch wütend auf ihn, versuchte aber, nett zu sein, um Nico nicht zusätzlich zu stressen. Mit jedem Bissen schluckte ich ein weiteres Stück Wut hinunter. Hannes und ich bemühten uns um einen unbeschwerten Ton, machten Witze, um Nico abzulenken, waren ein eingespieltes Team und warfen uns die Sprüche und Scherze zu wie Bälle, ohne dass sie den Boden berührten. Hannes blickte mich immer wieder reuevoll an. Ich konterte mit einem neutralen bis distanzierten Ausdruck, hatte nicht vor, ihn so schnell von seinem schlechten Gewissen zu erlösen.

Von außen betrachtet waren wir einfach drei Freunde beim Frühstück am Strand, der eine etwas abwesend mit weniger Appetit, die anderen beiden dafür mit umso größerem. Eine Löcher buddelnde Hündin, die nassen Haare von Hannes, unser Gelächter, das von außen sicher fröhlicher klang, als es war, die Schlafsäcke in der Kuhle, der Bus mit geöffneten Türen, das Bett mit den zerwühlten Decken. Klischeebilder aus einem perfekten Urlaub oder aus der Zigarettenwerbung. Doch hier konnten wir uns genauso gut oder schlecht verstehen wie an jedem anderen Ort. Hier konnte ich genauso glücklich oder zerrissen sein wie in Hamburg oder auf dem Dorf. Es lag immer nur an mir.

»Los jetzt«, sagte Nico plötzlich, sprang auf, und Sand rieselte über das Frühstückstablett. Hannes und ich wischten die feinen Körnchen von Tellern, Käse und Salat. Nico schnappte sich unsere Schlafsäcke – die nächste Ladung Sand regnete auf das Tablett – und rannte zum Bus. Nun sprang auch noch Pommes auf, düste hinter ihm her, und eine ganze Sandfontäne ergoss sich über unsere Frühstücksreste, die endgültig nicht mehr zu retten waren. Ich gab auf, schüttelte die Kissen aus und folgte Nico. Innerhalb von zehn Minuten waren wir abfahrbereit. Nico schwang sich hinters Lenkrad. Er bestand darauf, die letzten Kilometer zu fahren.

Sant Pere de Ribes, das Dorf, in dem seine Mutter wohnte, lag westlich von Barcelona, auf der Höhe von Sitges in den Bergen. Weiße Häuser zogen sich die Hügel entlang, dazwischen blitzte immer wieder das Meer auf. An den Hängen Olivenbäume, Kiefern und Weinreben.

Wir parkten im Ortskern. Das Dorf wirkte verschlafen, es gab kaum Verkehr, Sonntag eben. Von der Hauptstraße zweigten rechts und links Gassen ab, und wir drehten uns mit der Landkarte in der Hand im Kreis, um die zu finden, in der Nicos Mutter wohnte. Vor Aufregung hatte ich das Gefühl, nur noch einatmen zu können, viele kleine Schnapper, bald würde mein Bauch eine pralle Kugel sein. Wir lasen uns die Straßennamen gegenseitig laut vor, ansonsten schwiegen wir. Nur Pommes machte Alarm, wenn uns hinter Toren oder Zäunen andere Hunde anbellten. Auf einem der Plätze ließ ich den Blick über die drei Straßencafés schweifen. Rechnete ein wenig damit, dass Sandra an einem der Tische saß oder sie wie früher auf ihrem Fahrrad, die Körbe voll Gemüse, an uns vorbeiradelte. Doch keine der Frauen, die dort saßen und denen wir begegneten, kam mir bekannt vor. Pommes riss an ihrer Leine, weil sie ein Stück Brot auf dem Bordstein entdeckt hatte. Plötzlich blieb Nico stehen, und ich rannte in ihn hinein. Er zeigte auf das nächste Straßenschild, und wir versammelten uns darum, als wäre es ein Ausstellungsstück.

»*Here we are*«, sagte Hannes und brach die Stille.

»Yeah!« Ich imitierte einen Trommelwirbel, der sich anhörte, als würde ich gurgeln.

Hannes kicherte, Nico reagierte nicht. Ich fragte Hannes, ob er ein Foto von uns machen könne, als Beweis dafür, dass wir angekommen waren. Aber dann sah ich zu Nico hinüber. Zwischen seinen Augenbrauen klemmte die strenge Falte. Es war offensichtlich nicht der passende Moment für ein Fotoshooting.

Hintereinander bogen wir in die Straße ein. Eine Polonaise ohne Party, Musik und Konfetti. Ich streckte die Hand aus, wollte Nico an der Schulter berühren, damit er wusste, dass wir bei ihm waren. Aber er wirkte so darauf konzentriert, nicht anwesend zu sein, dass ich die Hand wieder sinken ließ.

»Vier, sechs, acht ...« Hannes zählte laut die Hausnummern mit. Vor der Zehn hielten wir an. Waren da. Das Haus war das letzte in der Straße. Weiß getüncht, zweistöckig und nicht viel breiter als eine Doppelgarage. Davor eine niedrige Mauer mit Blumenkästen, in denen Rosmarin, Lavendel und grellpink blühende Pflanzen wuchsen. Ich zupfte eine der Blüten ab und zerrieb sie zwischen meinen Fingern. Hannes zischte mir zu, ich solle das lassen, aber ich drehte mich nicht mal zu ihm um. Nico legte die Hand auf die Mauer, tastete daran herum, als würde er sie auf ihre Festigkeit überprüfen, trat einen Schritt zurück und betrachtete eingehend das Haus, in dem seine Mutter lebte. Im Obergeschoss stand ein Fenster offen, und ein Radio dudelte.

Wenn aus dem Nachbarhaus nicht eine Frau mit ihrem Pinscher gekommen wäre, der Pommes angekläfft hätte. Wenn sie sich nicht auf die Hinterbeine gestellt und mit sich überschlagender Stimme zurückgebellt hätte, den kleinen Pinscher angeifernd, als wäre er der Feind ihres Lebens. Wenn mir die Leine nicht aus der Hand geglitten wäre und Pommes sich daraufhin nicht auf den kleinen Kläffer gestürzt hätte. Wenn sich nicht innerhalb von wenigen Sekunden ein Kampf zwischen den beiden Hunden entwickelt hätte und wir drei nicht dazwischengegangen wären, an Pommes zerrend und ihren Namen rufend, während die Pinscher-Frau vor allem damit beschäftigt war, uns zu beschimpfen. Wenn das alles nicht passiert wäre, dann hätten wir vielleicht ewig dort gestanden und darauf gewartet, dass Nico was unternahm. Vielleicht wären wir sogar unverrichteter Dinge wieder abgezogen.

So aber gab es einen riesigen Tumult. Und nachdem Pommes

sich wieder beruhigt hatte und die zeternde Nachbarin samt Pinscher abgezogen war, drehte ich mich zum Haus um und sah Sandra am offenen Fenster stehen. Sie beobachtete die Szenerie, war vermutlich von dem Krach angelockt worden. Keine Ahnung, wie lang Nico sie schon entdeckt hatte. Er hatte den Kopf in den Nacken gelegt, die Augen zu Schlitzen verengt und die Falte stand mal wieder zwischen seinen Brauen, und dann fielen die ersten Tropfen aus dem grauen Himmel.

Ich zögerte, wusste nicht, ob ich winken oder etwas zur Begrüßung rufen sollte. Aber da ich hier nicht die Protagonistin war, hielt ich mich zurück, fühlte mich wie hinter einer dieser auf den Boden gemalten Wartelinien bei der Post oder der Bank.

Ein Schmetterling umflatterte die pinken Blüten Ein zweiter gesellte sich dazu, umflatterte den ersten, vollführte eine komplizierte Choreografie. Unübersichtliches Geflatter. Frühling eben. Es tröpfelte stärker. Ich sah in den Himmel, die Wolken hatten sich zu einer Art Gebirge gestapelt, unten die tiefer hängenden dunkelgrauen, oben die dicken hellen. Nun hatte auch Hannes Sandra entdeckt. Er sah zu ihr hinauf, sein Blick wanderte zu mir, weiter zu Nico und wieder hoch zum Fenster, dann hob er die Hand und winkte.

»Hallo«, rief er und Nicos Mutter ließ den Fensterrahmen los, an den sie sich gekrallt hatte.

»Ich mach euch auf«, rief sie und verschwand aus dem Blickfeld.

Nico hatte die Hände in den Hosentaschen vergraben. Die Tür öffnete sich. Sandra klammerte sich an die Klinke, so wie sie sich zuvor an den Fensterrahmen geklammert hatte. Zehn Jahre waren vergangen, in denen sie sich das Haar kurz geschnitten hatte, einige Falten dazugekommen waren und sie ihre Blümchenkleider gegen Jeans und Karohemd ausgetauscht hatte.

Hannes schob sich an Nico vorbei, streckte Sandra die Hand entgegen, und ich war ihm dankbar, dass er die Initiative ergriff.

Ich selbst stand noch immer hinter der imaginären Wartelinie, und Nico sah aus wie ausgestopft. Er rührte sich nicht, und ich war mir nicht einmal sicher, ob er noch atmete. Sandra ließ den Türgriff los, griff nach Hannes' Hand und lächelte. Ein Lächeln, bei dem sich die Falten in ihrem Gesicht vertieften. Der angespannte Zug um den Mund unterstrich ihre Ähnlichkeit mit Nico.

»Das ist ja mal eine Überraschung.« Ihre Stimme klang, als wäre sie gerannt, und ihr flattriger Blick huschte von Hannes zu Nico, von Nico zu mir und von mir zu Pommes, die sich bemühte, ins Haus zu gelangen. »Was ist denn mit dir passiert?«, fragte sie und beugte sich zu ihr hinunter, verstrubbelte ihr das Fell, das zwar nachgewachsen war, aber noch immer aussah, als hätte sich eine Horde von Nagetieren über sie hergemacht. Sie massierte ihr die Ohren, als wären sie Therapiebälle von der Art, wie sie Neurotiker bei Bedarf kneteten. Pommes entwand sich, flitzte ins Haus und schnüffelte die Ecken ab. Hinterm Eingangsbereich konnte ich in einen weiten Raum sehen, der fast die gesamte untere Etage einzunehmen schien. Die Wände waren mit irgendeinem Naturmaterial verputzt, Lehm oder so, eine glattgestrichene Fläche, auf der man die Striche des Spachtels noch sah, was vermutlich beabsichtigt war. Flecken in derselben Farbe entdeckte ich auf Sandras Hemd. Offensichtlich war sie am Renovieren.

»Wir bringen dir deine Kisten vorbei«, sagte Nico und räusperte sich.

Sandra ging einen Schritt auf ihn zu und streckte die rechte Hand aus. Sie trug keinen Ring, ihre Haut wirkte rau, als hätte sie sie länger nicht eingecremt. Kurz bevor ihre Fingerspitzen seinen Arm berührten, stockte sie. Die Hand schwebte in der Luft zwischen den beiden und sank langsam wieder herab. Nicos Miene blieb undurchdringlich. Ich fragte mich, wie er das hinbekam, diese Unnahbarkeit, diese stumme Autorität, die andere auf Abstand hielt. Nervös verlagerte ich mein Gewicht von einem Bein aufs andere, wusste, gleich wäre ich an der Reihe, gleich würde ich einen Schritt nach vorne machen, aus dem Wartebereich heraus. In dem Moment wandte sie sich mir auch schon zu, hatte kein Problem damit, mich zu berühren, umfasste meinen Unterarm und zog mich zu sich heran in eine ungelenke Umarmung. Ich kam mir fast vor wie eine Verräterin, weil Nico zuvor keine Begrüßung zugelassen hatte.

»Kommt rein, wollt ihr Tee oder Kaffee?« Sie ließ mich los, wies auf die Essecke und sagte: »Nehmt doch Platz, ich setz nur eben Wasser auf.« Wieder dieser flatterige Blick, der nicht wusste, wo er landen sollte.

Die Küche und das Esszimmer waren durch einen hüfthohen Mauervorsprung voneinander getrennt, auf dem ein Korb mit Zwiebeln und Knoblauch stand. Wir setzten uns an einen runden Holztisch, hatten keine Gelegenheit, uns zu beraten, ob wir die Einladung annehmen sollten. Ich sah Hannes an, der eine Art Schulterzucken hinbekam, ohne auch nur einen Muskel zu rühren. Nico saß aufrecht und steif, als wäre er an die Rückenlehne gefesselt, den Blick starr auf die Tischplatte gerichtet.

»Wie seid ihr denn hergekommen?«, fragte Sandra, ging an den Schrank und holte Tassen heraus.

»Mit unserem alten Bus«, antwortete ich.

»Aha, cool, und seit wann seid ihr unterwegs?«

Nico rutschte mit dem Stuhl nach hinten, verursachte ein schrilles Quietschen auf den Fliesen, das in den Ohren schmerzte, und sagte: »Ich hol die Karre mal her, dann können wir ausladen.«

»Aber müsst ihr denn gleich wieder los?« Sandras Stimme klang fast so schrill wie das Stuhlbeinquietschen. Sie stellte die Tasse, die sie in der Hand gehalten hatte, auf der Küchenablage ab. Auf halbem Weg zur Tür blieb Nico stehen. »Nee, müssen wir nicht. Aber trotzdem lade ich den Kram lieber gleich aus, falls wir doch schneller wieder fahren als gedacht.«

Mit zwei Schritten war er an der Tür und stürmte raus. Ich sprang auf und rannte hinter ihm her. Hannes, Pommes und Sandra blieben allein zurück.

Nico joggte fast, ich hatte Schwierigkeiten, ihn einzuholen. Der feine Regen drang durch meine Kleidung, und ich fröstelte. Im Rennen riss Nico seinen Tabak aus der Hosentasche und versuchte, sich eine zu drehen, aber seine Hände zitterten so stark, dass ihm das Blättchen aus der Hand fiel. Als ich ihn erreicht hatte, nahm ich ihm den Beutel ab, wartete, bis wir im Bus saßen, drehte ihm dann eine Kippe, zündete sie an und steckte sie ihm zwischen die Lippen. Trotz des Regens kurbelte er das Fenster herunter, um den Rauch rauszulassen, machte aber keine Anstalten, den Motor anzulassen.

»Soll ich fahren?«

Er schüttelte den Kopf und haute aufs Lenkrad. »Ich kann das nicht, was mach ich hier eigentlich?!«

»Wir können aber auch nicht einfach abhauen. Hannes und Pommes sind noch da drin«, sagte ich und musste lachen bei der Vorstellung, was für ein Gesicht Hannes ziehen würde, wenn wir ohne ihn die Biege machten. Nico zog genervt die Augenbrauen zusammen, aber als ich eine perfekte Imitation von Hannes für ihn gab, der entsetzte Gesichtsausdruck, der offen stehende Mund, die aufgerissenen Augen, musste er doch grinsen.

»Wir könnten ihm eine SMS schicken«, schlug ich vor. »Ihm sagen, dass er sich mit Pommes hinausschleichen soll, dann warten wir mit laufendem Motor vorne an der Straße, und die beiden springen rein.«

Nico machte Hannes nach, wie er an Pommes hing und mit einem heldenhaften Sprung hinter ihr her in den Bus hechtete, Sandra zum Abschied hoheitlich zuwinkend wie die Queen. Wir brüllten vor Lachen, schafften es kaum, zu reden, kreischten und japsten, obwohl nichts an der Situation wirklich lustig war.

»Oder die beiden bleiben da, wir fahren weiter nach Portugal, machen uns einen netten Urlaub und holen sie auf dem Rückweg wieder ab«, sagte ich und knuffte Nico in die Seite. Der krabbelte nach hinten und kramte in seinem Rucksack. Dann hielt er mir die Dose mit dem Gras hin. Erst lehnte ich ab, so früh am Tag war mir eigentlich noch nicht danach, aber dann drehte ich uns doch eine kleine Tüte, die wir rauchten, während der Regen immer stärker wurde.

»Wat willst moken«, imitierte ich Hannes' Tonfall, woraufhin wir wieder losgackerten, zwei aufgedrehte Hühner. Nachdem wir fertig geraucht und uns wieder beruhigt hatten, steckte Nico den Schlüssel ins Zündschloss. Dann hielt er inne, drehte sich zu mir, und unsere Blicke verhakten sich.

»Bereit?«, fragte ich.

»Eher breit als bereit«, gab Nico zurück, und wir kicherten über den mehr als flachen Wortwitz, aber es gab Situationen, in denen jeder Flachwitz ein Strohhalm ist. »Ich weiß einfach nicht, was ich zu ihr sagen soll«, sagte er, und das Lachen war aus seiner Stimme verschwunden.

»Du musst doch gar nichts sagen. Erst mal bringst du ihr die Kisten, und alles andere ergibt sich.«

Er schüttelte den Kopf. »Solche Sachen ergeben sich nicht einfach so. Es liegt ja an mir, ob ich sie auf damals ansprechen und das Fass aufmachen soll.«

Ich musste an Sandras flatterigen Blick denken. Begriff auf einmal, dass nicht nur Unsicherheit darin gelegen hatte, sondern auch Angst, weil sie befürchtete, dass wir gekommen waren, um Gericht über sie zu halten.

»Ich glaube, sie weiß noch viel weniger, wie sie mit der Situation umgehen soll, als du. Außerdem hast du den Überraschungsvorteil.«

»Und sie den Heimvorteil.«

Er zupfte an seinen Locken herum, zog sie in die Länge und ließ sie wieder los, woraufhin sie zurück in ihre eigentlich Form schnellten wie eine Spirale. Ich hätte auch gern mal daran gezupft, war mir aber nicht sicher, ob das der richtige Moment war.

»Und wenn erst dieser Leo kommt, dann dreh ich ja voll an der Orgel.«

»Meinst du, sie hat ihm schon Bescheid gegeben? Vielleicht versteckt er sich ja sogar irgendwo im Haus?«

»Meinst du?«

»Kann doch sein, dass er sich bisher nicht runtergetraut hat, und wenn wir gleich wiederkommen, sitzt er mit am Tisch.«

Nico verbarg das Gesicht in den Händen und wischte sich über die Augen. Erst dachte ich, er würde weinen, aber als er mich wieder ansah, konnte ich keine Tränen entdecken.

»Los jetzt, bringen wir es hinter uns.«

Ich beugte mich vor und zupfte nun doch an einer seiner Locken. Sie sprang zurück, als ich sie losließ, und ich drückte ihm einen Kuss auf die Wange. Nico seufzte, ließ den Motor an und fuhr langsam, ob nun wegen des Joints oder weil er die Ankunft noch etwas rauszögern wollte, den Weg zurück, den wir gerade gelaufen waren.

Die Haustür stand offen. Hannes kam hinausgerannt, und über die Erleichterung in seinem Gesicht mussten wir erneut lachen. Wer weiß, vielleicht hatte er wirklich gedacht, wir lassen ihn allein zurück.

»Wo wart ihr denn?« Er war sichtlich darum bemüht, nicht so laut zu reden, damit Sandra ihn durch die offene Tür nicht hören konnte.

»Haben uns verfahren«, sagte ich.

»Was? Das ist ein Dorf!«

»War ein Scherz, reg dich ab. Was habt ihr denn in der Zwischenzeit gemacht?« Mir war es wichtiger, von ihm, der er vor Ort gewesen war, Infos zu bekommen, als seine Fragen zu beantworten. Doch viele Infos bekam ich nicht.

»Tee getrunken«, sagte Hannes achselzuckend.

»Und? Hat sie dich mal allein gelassen?«, wollte Nico wissen. »War sie mal lange genug draußen, um zu telefonieren?«

»Nee, aber wenn wir noch länger hier herumtuscheln, hat sie jetzt auf jeden Fall genug Zeit dafür.«

Wir sahen alle drei zum Haus hinüber, in dem sich nichts rührte.

»Worüber habt ihr denn nun geredet?«, fragte Nico.

Hannes zuckte mit den Schultern. »Smalltalk. Das Wetter, das Dorf, die Reise.«

Sandra kam heraus, warf einen Blick in den Bus und pfiff anerkennend. Ich zeigte auf die Kisten. Sie öffnete die erste, zog ein halb zerfleddertes Buch mit Kinderliedern, einen zehn Jahre alten Kalender und ein staubiges Körnerkissen heraus und schüttelte den Kopf.

»Wow, alles Sachen, die ich schon ewig vermisst habe.«

Ihr Lachen klang eine Oktave zu hoch. Sie hatte vermutlich einen Witz machen wollen, aber Nico reagierte giftig.

»Hättest du eben selbst vorbeikommen und deinen Kram abholen oder wegschmeißen müssen.«

Sandra tat mir leid, auch wenn ich ganz klar auf Nicos Seite stand. Sie war die Böse, die ihn verlassen hatte, und Nico hatte alles Recht, sie anzupampen, hatte zehn Jahre Angepampe nachzuholen.

Wir schleppten die Kisten auf die überdachte Terrasse hinter dem Haus und stapelten sie übereinander. Leo ließ sich die ganze Zeit über nicht blicken, dabei hätte ich ihn zu gern endlich kennengelernt. Schon seit damals juckte mich die Neugier, seit Nico uns erzählt hatte, dass nicht Robert sein biologischer Vater war, sondern ein gewisser Leo. Wie ein Wunder war es mir vorgekommen, dass er einen zweiten Vater geschenkt bekommen hatte. Einfach so. Ich war fünf gewesen, als er starb. Meine Erinnerung an ihn beschränkte sich auf wenige Situationen, sowohl erlebte als auch erzählte und erträumte. Wie auswendig gelernt klang es, wenn meine Mutter die immer gleichen Geschichten hervorkramte, die sich in unserer kurzen Zeit als dreiköpfige Kleinfamilie ereignet haben. Auch war ich mir nie sicher, ob ihre Geschichten der Wahrheit entsprachen, insofern Erinnerungen überhaupt einer Wahrheit entsprechen konnten. Schließlich gab es immer mehrere Versionen eines Geschehnisses, aus jeder Teilnehmerperspektive eine. Erinnerungen wuchern und verformen sich mit den Jahren, werfen Falten und bekommen immer neue Anstriche. Was ich aber mit Sicherheit sagen konnte, war, dass meine Mutter ihren eigenen Geschichten glaubte, jedenfalls mehr als ich. Trotzdem wünschte ich mir, dass sie mir mehr über meinen Vater erzählt hätte als die folgenden drei Episoden:

1.: Wie mein Vater direkt nach meiner Geburt mit leeren Händen meine Mutter im Krankenhaus besucht hatte, bei meinem Anblick in Tränen ausgebrochen war und geschworen hatte, in den Entzug zu gehen, gleich heute und hier. Tatsächlich soll er danach sechs Monate lang clean gewesen sein. »Das erste halbe Jahr war er voll da, hat dich überall mit hingeschleppt, war so stolz auf dich. Dieses halbe Jahr, das war sein Geschenk an dich.« Das waren die Worte meiner Mutter.

2.: Wie mein Vater für meinen zweiten Geburtstag ein Dreirad vom Flohmarkt mitgebracht und tagelang daran herumgebastelt hatte, bis es wie neu gewesen war. An das Dreirad erinnerte ich mich gut. Es war gelb, wie ein Postrad, mit zwei Körbchen, einem vorne am Lenker und einem auf dem Gepäckträger. Darin transportierte ich selbst gebastelte Pakete und Briefe und verteilte sie in der Nachbarschaft.

3. und damit die letzte Anekdote: Wie mein Vater eines Morgens nicht mehr aufgewacht war. Er hatte bei einem Freund übernachtet, der Schiss gekriegt hatte und erst mal abgehauen war. Als er sich endlich wieder zurücktraute, hatte der Körper

meines Vaters schon angefangen, zu stinken, denn es war Sommer gewesen, und die Sonne hatte durchs Fenster geschienen. So hatte er, bereits tot, sein letztes Sonnenbad genommen. In Hamburg, in einem Viertel, das ich kaum kannte. Es lag außerhalb an der Autobahn, auf der anderen Elbseite. Ich war nur einmal dort gewesen, um mir anzusehen, wo er seine letzten Stunden oder Tage oder vielleicht auch Monate verbracht hatte.

Meine Mutter fühlte sich mitverantwortlich für seinen Tod. Ich muss neun oder zehn gewesen sein, als sie mir ihre Schuldgefühle vor die Füße knallte und mir im selben Zuge gleich die Hälfte davon abgab. »Ich hab ihn nicht genug geliebt, ansonsten wäre er nicht gestorben. Wenn ich ihn nur mehr geliebt hätte, dann hätte ich ihn auffangen können. Aber da warst auch noch du, und ich musste meine Liebe zwischen euch aufteilen, und dann ist er vom Rand gefallen und immer weiter gestürzt.«

Ich war zwar noch klein, aber dass ich meinem Vater die Liebe gestohlen hatte, die ihn am Leben gehalten hätte, dass er nicht gestorben wäre, wenn meine Mutter mich weniger und ihn mehr geliebt hätte, das merkte ich mir. Von nun an teilten wir uns die Schuld am Tod meines Vaters.

Als Teenie hatte ich mir oft vorgestellt, dass ein Missverständnis vorlag und mein Vater noch lebte. Es konnte ja sein, dass der Körper, den die zuständigen Beamten für den meines Vaters hielten, schon so unkenntlich gewesen war, als sie ihn fanden, dass ihnen ein Fehler unterlaufen war. Bei einem Junkie guckte doch niemand so genau hin. Als Nico uns dann von seinem zweiten Vater erzählt hatte, dachte ich, wenn ihm so etwas passierte, konnte mein Vater vielleicht auch einfach so wieder auftauchen.

Das Ausladen der Kisten dauerte knappe fünf Minuten. Danach standen wir in der Einfahrt herum und scharrten mit den Füßen. Nico starrte auf die kahle Fläche, wo gerade noch die Kartons gestanden hatten, und sah aus wie ein Aufziehkaninchen aus Blech, das mitten in der Bewegung erstarrt war. Dann plötzlich sprang er in den Bus, fegte und räumte alles, was er zuvor hatte zur Seite schieben müssen, um Platz zu machen für den Kram seiner Mutter, wieder zurück unters Bett. Den Werkzeugkasten, die Abwaschschüssel, die Isomatten und einiges andere, das uns den Hinweg über immer wieder im Weg gewesen war.

Er brauchte nur fünf Minuten, in denen wir anderen ihm zusahen und verlegen schwiegen.

»Habt ihr Hunger?«, fragte Sandra und unterbrach die Stille. »Ich kann uns was kochen, und in der Zwischenzeit besorgt ihr uns einen Wein.«

»Hunger, ja!«, rief Hannes sofort und hatte damit eine Entscheidung getroffen.

Wir zogen los, Pommes bellte auf der Höhe des Pinscherhauses, und Hannes lenkte sie ab, indem er sie in der Seite kitzelte. Der Bus blieb wie ein Pfand in der Einfahrt zurück. Nachdem wir den Wein besorgt hatten, setzten wir uns noch in eins der Straßencafés auf dem Platz und bestellten Carajillos, Espresso mit Brandy. Ermattet stießen wir an. Die erste Begegnung mit Sandra hatte uns allen zugesetzt.

»Ich weiß gar nicht, wie ich mich verhalten soll, ob ich mit ihr reden oder nett zu ihr sein darf«, sagte ich.

Nico runzelte die Stirn. »Du erwartest von mir jetzt keinen Leitfaden, oder? Mach einfach, was du willst!« Er legte den Kopf in den Nacken und kippte seinen Carajillo. Dann tippte er auf seinem Handy herum.

»Schreibst du Anne gerade, wie nervig ich bin?«, wollte ich wissen und zwinkerte Nico zu.

»Genau. Außerdem hab ich ihr gerade den Tipp gegeben, den Vermieter anzurufen, wenn die Sicherung in unserer Küche noch mal rausfliegt.«

Hannes lachte, ich musste gegen meinen Willen mitlachen,

und selbst Nico schaffte es, seine Mundwinkel leicht anzuheben.

»Geht doch«, sagte ich und knuffte ihn gegen den Arm.

»Sandra hat uns bestimmt weggeschickt, damit sie mit diesem Leo reden kann«, sagte Hannes, und ich gab ihm recht. Nico zuckte nur mit den Achseln.

»Schmierst du gerade ab?«, fragte ich ihn, und er nickte.

»Schon irgendwie, aber ist okay. Hab nichts anderes erwartet. Deshalb seid ihr ja mitgekommen, um mich aufzuheitern, wenn ich abkacke.«

Ich nahm seine Hand, Hannes seine andere, und zu meiner Überraschung ließ er es zu. Kinder spielten auf dem Platz, rannten schreiend hinter einem Ball und den Tauben her. Nico zog seine Hände aus unseren und drehte sich eine Kippe. Ich versuchte mir vorzustellen, wie es ihm gehen mochte, aber es gelang mir nicht. Nach einer weiteren halben Stunde, in der wir fast nicht mehr geredet hatten und in der Nico meine Wade mit seinem Fuß gestreichelt hatte, vermutlich weil er dachte, meine Wade wäre Pommes, kehrten wir zum Haus zurück. Sandra hatte den Tisch gedeckt. Vier Teller. Leo würde also nicht kommen. Eine große Schüssel mit Spinatpasta und eine zweite mit Salat standen bereit, dazu der Wein und Kerzen – sie hatte sich ins Zeug gelegt. Ich fragte mich, wie es für sie sein mochte, ihren Sohn als knapp Sechzehnjährigen verlassen zu haben und ihn jetzt, nach Jahren, als erwachsenen Mann mit Dreitagebart wiederzusehen.

Die Unterhaltung bestritten Hannes, Sandra und ich. Wir plauderten über die Leute im Dorf, an die sie sich erinnerte. Ich erzählte von meinem Job als Briefträgerin, von denen, die mich beschimpften, weil ich ihnen Mahnungen brachte, und von denen, die mich mit Kaffee empfingen, weil ich die einzige Person war, mit der sie den Tag über ein Wort wechselten.

»Traurig, oder?« Sandra schob ihren Stuhl zurück, und wir räumten gemeinsam den Tisch ab.

Nach dem Essen bekamen wir eine Tour durchs Haus. Die oberen Räume waren klein. In Sandras Zimmer stand ein Schreibtisch aus dunklem Holz mit Büchern und Zetteln bedeckt neben der Balkontür. Eine Kleiderstange mit weiteren Karohemden, hellen Blusen und schlichten Kleidern reichte von einer Wand zur anderen, die Wände waren in Grautönen gestrichen. Ihre Blümchenphase schien ein für alle Mal vorbei zu sein. Mich hätte interessiert, ob sie den Sarah-Kay-Stil damals für Robert angenommen hatte und sich nun an Leo anpasste oder ob sie in der neuen Lebensphase selbst das Bedürfnis gehabt hatte, ihren Stil zu ändern. Die neue Sandra gefiel mir besser.

Schwungvoll öffnete sie nun die Tür neben ihrem Zimmer. Darin befand sich ein Hochbett mit Stufen, die gleichzeitig Regale bildeten, auf denen sich Bücher und CDs stapelten.

»Hier wohnt Carla«, sagte sie.

»Wer?«, fragte ich.

»Unsere Mitbewohnerin.«

»Cooles Hochbett.« Hannes trat näher, um sich das komplizierte Konstrukt anzusehen.

»Ja, hat sie selbst gebaut. Sie ist Tischlerin, genau wie Leo. Die beiden haben eine Werkstatt hier im Dorf.«

»Und du?«, fragte ich.

»Ich nicht.« Sandra lachte. »Ich unterrichte Deutsch an einer internationalen Schule und habe zusammen mit meinem Freund und einer Freundin ein Atelier in Barcelona, wo wir mit Stoffen arbeiten. Wir nähen Taschen, machen Siebdruck und so.«

»Dein Freund? Bist du nicht mit Leo zusammen?« Die Frage war schneller draußen, als ich denken konnte.

Sandra schüttelte den Kopf und sah fast schon bestürzt aus. »Wie kommst du denn darauf? Wir waren nie zusammen.«

Die Verwirrung, die ich fühlte, spiegelte sich in Hannes' und Nicos Gesichtern wieder. Log sie, oder hatte Robert jahrelang gelogen? Keiner von uns antwortete, um Robert nicht auffliegen zu lassen, falls er uns die ganzen Jahre was vorgemacht hatte. Nico starrte gleich wieder auf den Boden, die Kieferknochen angespannt. Hannes suchte meinen Blick, zog vielsagend die Augenbrauen hoch, und ich blies die Backen auf als Zeichen, dass mich die Mitteilung auch verwirrte.

Als Letztes führte Sandra uns in Leos Zimmer. Es war sein Fenster gewesen, an dem sie gestanden hatte, als Pommes und der Nachbarshund miteinander gekämpft hatten. Die Möbel waren in der Mitte des Raumes zusammengeschoben und mit einer Plane abgedeckt. Eine Leiter stand an der Wand, und in einem Eimer lagen zwei dicke Quasten, noch feucht und in derselben Farbe, die ich zuvor schon auf Sandras Hemd entdeckt hatte. Sie war vermutlich gerade dabei gewesen, die Wände neu zu verputzen, bevor wir sie unterbrochen hatten. Hannes lehnte sich über die Plane und zeigte auf etwas, das darunter lag und das ich nicht erkennen konnte, weil sich das Licht, das durch das Fenster fiel, auf der Plastikoberfläche spiegelte.

»Sind das alles Platten?«

»Ja, Leos Sammlung. Könnt ihr gerne durchgucken, wenn ihr wollt.«

Nico schien vergessen zu haben, dass Leo für ihn tabu war. Er und Hannes hoben die Plane an, knieten sich nebeneinander auf den Boden und wühlten sich wie auf einem Flohmarkt durch die Scheiben. Sie zogen einzelne heraus, betrachteten sie und kommentierten die Cover.

»Was für Schätze«, rief Hannes begeistert. »Wo ist Leo denn jetzt?«

»In seiner Werkstatt. Wenn ihr wollt, können wir ihn dort besuchen, ist nur zehn Minuten zu Fuß von hier.« Sandra sah Nico fragend an.

»Super, voll gerne«, hörte ich mich sagen. Es war mir einfach so herausgerutscht. Nicos Interesse für Leos Plattensammlung hatte bei mir die Hoffnung aufkeimen lassen, dass alles doch noch irgendwie gut würde. Er sich mit seiner Mutter versöhnen und mit Leo anfreunden würde. Eine Hoffnung, von der ich bis zu diesem Moment gar nicht gewusst hatte, dass sie in mir schwelte.

»Okay«, sagte Sandra, bevor einer der anderen reagieren konnte. »Ich ruf ihn an und gebe ihm Bescheid.« Sie ließ uns allein in Leos Zimmer zurück und rannte die Treppe hinunter.

»Na toll.« Nico ließ von den Platten ab und stand auf. Sein Blick war wieder so düster wie zuvor.

19

Die Werkstatt befand sich im Hinterhof einer Eisenwarenhandlung. Das Kreischen einer Kreissäge wies uns den Weg. Ich nahm Nicos Hand, aber er zog sie mit einem Ruck weg.

»Hallo, Leo!«, rief Sandra durch die Tür und trat ein. Die Säge verstummte. Nico versperrte mir die Sicht, und Hannes stützte sich auf meine Schultern, um über uns hinweggucken zu können. Einige Sekunden lang geschah nichts, dann sagte Sandra: »Kommt doch rein!«

Hannes schob mich von hinten an, ich prallte gegen Nico, der nach vorne stolperte, und nachdem wir uns einmal in Bewegung gesetzt hatten, schafften wir es auch durch die Tür. Die Wolken von heute Morgen hatten sich verzogen, die Sonne schien durch zwei breite Fenster, und in den Lichtstrahlen tanzte der Holzstaub. Nico nieste sieben-, achtmal hintereinander.

»Allergie«, erklärte ich, drängelte mich am niesenden Nico vorbei und quetschte mich in die Ecke zwischen einem Schrank und der Kreissäge, an der Leo stand.

»Hast du immer noch so viel Probleme damit?«, fragte Sandra. Nico antwortete nicht.

Die gesamte Fensterseite wurde von einer Werkbank eingenommen, auf der sich zugeschnittenes Holz neben Werkzeugen stapelte. An den Wänden reihten sich Schränke und Regale, vollbepackt mit Brettern, Balken, Leisten und Werkzeugen. Der typische Geruch nach Holz und Leim, nach Sägespänen und Lack hing in der Luft. Ich fuhr mit dem Finger über den Tisch neben mir, malte einen Stern in den Staub und wischte den Finger dann an meiner Hose ab. Nicos Nase hatte sich beruhigt, nachdem er sie in den Ausschnitt seines Shirts gesteckt hatte.

»Hallo, schön, dass ihr da seid!« Leo streckte Nico die Hand entgegen, und zu meiner Erleichterung ergriff er sie, wenn er sie auch nach einer Sekunde gleich wieder losließ. Dann war ich an der Reihe. Ich musterte Leos Gesicht. Wenn man es wusste, war sie zu erkennen, die Ähnlichkeit mit Nico. Das lockige Haar, die Statur, der Mund samt spöttischem Zug und den Grübchen rechts und links.

»Insa«, stellte ich mich vor und wollte auf einmal, dass er mich mochte, wollte es unbedingt.

»Woran arbeitest du gerade?«, fragte Hannes, und Leo zeigte auf einen Stapel Bretter. »Regale für eine Messe, bin etwas unter Zeitdruck. Die Lieferung muss nächste Woche fertig sein.«

Ich hielt mich im Hintergrund, während Hannes mit Leo fachsimpelte und Nico, der inzwischen mit einer Staubmaske ausgestattet war, zuhörte oder wenigstens so tat, als würde er zuhören. Sandra hatte sich auf einen Stuhl gesetzt und beobachtete die Szenerie. Die Jahre, die sie in Nicos Leben verpasst hatte, mussten ihr unüberwindlich vorkommen, zumindest aber unwiederbringlich. Und das waren sie auch. Unwiederbringlich.

Ich ging hinaus an die frische Luft und ließ mich auf einen Stapel Paletten fallen. Pommes pinkelte an den einzigen Baum, der einsam im Hof stand, und legte sich zu meinen Füßen in den Sand. Ich stellte mir vor, wie es wäre, eine Werkstatt zu haben, so wie Leo oder Berta oder wie Hannes bald, oder ein Atelier mit Freunden zu teilen, so wie Sandra es machte. Wenn ich nur so viel Leidenschaft für eine Sache aufbringen könnte. Aber da war nichts, kein Verlangen, keine Leidenschaft, die mich dazu bewegen würde. Entweder hatte ich die große Passion meines Lebens noch nicht entdeckt, oder sie war unerkannt an mir vorbeigehuscht. Am ehesten waren es vielleicht Zeichnen und Kochen, beides fiel mir leicht und machte mir Spaß. Aber dieser Drang, all meine Zeit und Energie in eine Sache zu investieren, mein Leben nur einer spezifischen Tätigkeit zu widmen, lag mir fern.

Nico kam aus der Werkstatt, zog sich die Maske vom Gesicht und setzte sich neben mich auf den Palettenstapel. Er drehte sich eine, reichte mir den Tabak, und wir bliesen den Qualm in den Innenhof, wo er sich in Spiralen nach oben drehte.

»Und?«, fragte ich. Er zuckte mit den Schultern, zog die Augenbrauen zusammen, pustete Rauch aus und schloss die Augen. Pommes döste in der Sonne, seufzte und streckte sich. Ob sie wohl noch manchmal an ihr altes Leben zurückdachte? Ich beugte mich vor, kraulte ihr linkes Ohr, und sie grunzte.

»Schon verrückt, oder?«, sagte ich und meinte Leo und Sandra, deren Stimmen sich mit der von Hannes vermischten, meinte Pommes, die keinerlei Zweifel zu haben schien, wo ihr neuer Platz war, meinte uns drei, die wir plötzlich so alt waren, und meinte Nico, der mit seiner Freundin ein Kind erwartete. Eine Taube landete im Innenhof und pickte nach was Essbarem. Pommes' Muskeln spannten sich an. Ich legte ihr die Hand über die Augen, und sie versuchte, daran vorbeizuschielen. Die Taube erhob sich und flog davon. Es war an der Zeit. Ich konnte es nicht länger hinausschieben. Es war an der Zeit, endlich Entscheidungen zu treffen ohne Angst davor, dass die ausgeschlagenen Optionen vielleicht die besseren gewesen wären.

Nico drückte seine Zigarette aus, blickte sich suchend nach einem Aschenbecher um und verstaute den Stummel schließlich in der Hosentasche. Er stand auf, und ich folgte ihm wieder in die Werkstatt. Hannes machte den Eindruck, als wäre er am liebsten dort eingezogen. Das Schuppensyndrom, wie ich es nannte. Sein Talent, sich sofort einzubringen und zu Hause zu fühlen, wenn es was zu basteln gab, und dabei alles andere zu vergessen. Nico begegnete Leo mit Höflichkeit. Entweder riss er sich zusammen, oder die Therapie zeigte ihre Wirkung, jedenfalls schaffte er es, ein Minimum an Kommunikation zu betreiben. Wenn ich so unter Beobachtung gestanden hätte, von Sandra, Hannes und mir, die auf jedes Wort von ihm lauschten, auf jede Geste oder Mimik achteten, wäre ich vermutlich auch angespannt gewesen.

Leo schloss die Werkstatt ab, und wir schlenderten zurück zum Haus. Er und Sandra wollten noch zu einer gemeinsamen Freundin gehen, die ihren Geburtstag feierte. Als wir allein waren, äußerte ich den Verdacht, dass es sich um einen vorgeschobenen Grund handelte, damit die beiden Zeit allein herausschinden und sich unter vier Augen über die Situation austauschen konnten. Aber Hannes meinte, dass das Quatsch sei. Er stellte sich auf Sandras und Leos Seite, was ich ihm vorwarf, ohne genau sagen zu können, welches die Nicht-Sandra-und-Leo-Seite war.

»Die beiden sind wirklich voll korrekt. Und wie geil sind bitte die Werkstatt und die Platten? Wusstet ihr, dass Leo auch DJ ist? Und Nico, es ist echt der Hammer, wie ähnlich ihr euch seht!«

Hannes' Aufregung nervte. Er begriff nicht, dass Nico offensichtlich keinen Bock hatte, darüber zu reden.

»So einen Vater hätte ich auch gerne, du hast echt Glück!«, sagte er und schaffte es immerhin, Nico mit diesem Spruch aus der Reserve zu locken.

»Alter, wann schnallst du es endlich? Robert ist mein Vater!«

Hannes öffnete den Mund, schien etwas sagen zu wollen, überlegte es sich dann glücklicherweise anders. Egal was es gewesen wäre, Nico hätte es nicht hören wollen, da war ich mir sicher. Ich warf Hannes einen genervten Blick zu, und er schlug die Augen nieder. Wir holten unsere Jacken aus dem Bus und bogen in einen Feldweg ein, der aus dem Dorf hinausführte.

Ob Nico und Anne ihrem Kind wohl die Wahrheit sagen würden über seinen Erzeuger? Nico wollte der Welt offensichtlich beweisen, dass die Gene für ein gutes Eltern-Kind-Verhältnis unerheblich waren, worin ich ihm recht gab. Und doch glaubte ich ihm nicht, wenn er behauptete, Leo sei ihm egal. Ich jedenfalls mochte sein Lächeln. Ein wenig erinnerte er mich an meinen Vater oder zumindest an das Bild, das ich mir von ihm gemacht hatte. Vielleicht wünschte ich mir auch nur, dass mein Vater wäre wie er, wenn er noch leben würde.

»Gib Leo eine Chance«, sagte ich zu Nico. Der seufzte und verdrehte die Augen.

»Das müsst ihr schon mir überlassen. Ich brauch das nicht, dass ihr mir die ganze Zeit reinredet.«

»Aber wozu sind wir dann mitgekommen?«, fragte Hannes.

»Ja, das frage ich mich auch gerade«, sagte Nico und grinste. Hannes stieß ein kurzes Lachen aus, das viel zu laut war für diesen mageren Scherz. Ein Lachen, das ihm wie Fallobst aus dem Mund fiel. Ich trat instinktiv einen Schritt zur Seite, um nicht davon getroffen zu werden.

Hannes' Nähe war mir zu viel. Ich überlegte, ob das in den Salinen losgegangen war oder schon früher, vielleicht sogar noch in Hamburg. Oder hing es mit der Klas-Sache zusammen? Gut möglich, dass ein kleiner Groll zurückgeblieben war. Nicht nur sein Lachen, auch seine Sprüche und seine Begeisterung für jeden Scheiß, die mich sonst mitreißen konnte, strengten mich an. Dazu seine unbedachten Kommentare, seine Scherze, seine Arme und Beine, die immer im Weg waren.

Wir stapften planlos einen Feldweg entlang, der uns in die Hügel hineinführte, die Sant Pere de Ribes umgaben. Um uns herum erstreckten sich Weinstöcke, Olivenhaine und Artischockenfelder, gelb blühender Ginster und eine Unmenge an weißen Blumen, die für ihre geringe Größe einen übertrieben starken Geruch verströmten. Der Weg wurde zu einer Art Ziegenpfad, der Boden war rissig und mit Steinen übersät. Oben auf dem Gipfel stand eine Kiefer, die ihre riesige Krone über uns ausbreitete. Vom Stamm lösten sich Rindenstreifen und flatterten wie Papierfetzen im Wind, der vom Meer kam, das türkis in der Ferne leuchtete. Wir lehnten uns mit dem Rücken an die Kiefer.

Pommes schnüffelte die Hügelkuppe ab und vollführte kleine Sprünge, wenn sie eine Feldmaus aufspürte.

»Und was hast du jetzt vor?«, fragte ich an Nico gewandt, doch offensichtlich fühlte sich Hannes angesprochen, der gerade dabei war, einen grünlichen Stein aus der Erde zu pulen.

»Seid bitte nicht sauer, aber ich überlege, ob ich schon früher fahre. Ich werde langsam hibbelig, erst recht, nachdem ich Leos Werkstatt gesehen habe. Echt inspirierend. Tja, mein Zeitplan war von Anfang an eng gestrickt, bis zur Eröffnung muss ich noch tausend Sachen machen, aber ich wollte dich auf deiner Mission nicht allein lassen, Nico …«

»Ich meinte eigentlich gar nicht dich«, stoppte ich seinen Redefluss.

»Ach so.« Hannes sah von mir zu Nico, dessen Blick sich in der Ferne verlor. Ich war mir nicht mal sicher, ob er uns zugehört hatte.

»Willst du fliegen, oder wie stellst du dir das vor?«, fragte ich Hannes nun doch.

»Wenn ich einen billigen Flug finde. Wäre das denn okay für euch? Ist ja schließlich unser gemeinsamer Urlaub, und wer weiß, wann wir …«

»Ja, ich weiß«, unterbrach ich ihn erneut. »Wer weiß, wann wir mal wieder alle gemeinsam verreisen und so weiter.«

Hannes warf den Stein in die Höhe und fing ihn auf, warf ihn hoch, fing ihn auf, hoch, runter, hoch, runter. Nico stand auf.

»Ich geh mal gucken, was hinter den Hügeln so los ist, wartet nicht auf mich, ich brauche etwas Ruhe.«

Pommes rannte ein paar Meter hinter ihm her, kehrte dann zu Hannes und mir zurück, drehte sich wieder um und bellte in die Richtung, in die Nico gerade verschwunden war. Ich rief sie, kraulte ihr den Nacken, und sie legte ihren Kopf auf mein linkes Bein.

»Hat sich ganz schön an uns gewöhnt, was?«, sagte ich an Hannes gewandt und zupfte Kletten aus ihrem nachwachsenden Fell.

»Ja, schon. Sag mal, meinst du, Nico ist abgehauen, weil ich vielleicht früher zurückfahren will?«

»Der hat im Moment andere Probleme. Aber andere Frage: Glaubst du, Leo ist mit der Mitbewohnerin, mit dieser Carla, zusammen?«

Hannes zuckte mit den Schultern und kratzte mit dem Fingernagel des rechten Zeigefingers den Dreck unter den Nägeln der linken Hand weg.

»Keine Ahnung. Ich blick da nicht durch.«

Der Geruch der Pinie legte sich auf uns wie eine Duftglocke, in der Ferne krähte ein Hahn. Hannes sah mich an, die hellen Augen weit geöffnet. Dieser unverstellte Blick, noch immer derselbe wie im Kindergarten. Es strengte mich an, die ganze Zeit sauer auf ihn zu sein. Er war nicht perfekt, aber wer war das schon? Letztendlich war und blieb er mein ältester und engster Freund. Niemand kannte mich so gut wie er, und niemand sonst war mir so nah. Ich fuhr ihm mit der Hand durch die Haare, dünne Strähnen, die im Wind zappelten.

»Wärst du sauer, wenn ich jetzt schon fahre?«, fragte er.

Ich schüttelte den Kopf. In mir war eher so etwas wie Erleichterung, auch wenn ich selbst kaum glauben konnte, dass sie echt war. Ich hätte stinkig, traurig, verletzt oder enttäuscht sein müssen, denn wenn Hannes jetzt aufbrach, würde unsere gemeinsame Zeit, unsere Zeit als wirklich enge beste Freunde, die alles miteinander teilten, zu Ende gehen. Meine Erleichterung kam mir fast wie ein Verrat an uns vor.

»Fahr ruhig«, sagte ich dennoch.

Hannes nickte. »Okay.«

Vielleicht tat die Erleichterung auch nur so, als ob sie eine wäre. War eigentlich ein getarntes Beleidigt-, Traurig- oder Wütendsein, und ich machte mir nur was vor. Wollte mir nicht eingestehen müssen, dass ich nach wie vor nicht darauf klarkam, dass ich Hannes nicht mehr jeden Tag sehen würde. Vielleicht log ich mir selbst in die Tasche, damit der Abschied nicht so dramatisch ausfiel oder damit ich mir nicht eingestehen musste, dass ich mich noch immer nicht für ihn freute, ihm seine Zukunftspläne missgönnte, weil ich keine tragende Rolle in ihnen spielte.

Ich sah Hannes von der Seite an, und für einen Moment sah es aus, als würde er weinen. Überfordert von all den Emotionen wandte ich den Blick ab und kraulte Pommes, die sich genüsslich auf den Rücken rollte und mir ihren Bauch entgegenstreckte.

»Dann bleibt Pommes aber erst mal bei mir, weil im Flieger ist ja schlecht mit ihr«, sagte ich.

»Ja, na klar. Pommes nehmt ihr mit.«

»Und danach?«

»Mal bei dir und mal bei mir. Haben wir doch schon drüber geredet.« Hannes lächelte mich schief an.

Meine Mundwinkel hoben sich wie von allein. Obwohl er mich oft nervte, wusste ich in diesem Moment, dass er mir noch immer der Liebste war.

Die Sonne verschwand hinter einem Hügel. Die Dämmerung war kürzer als in Norddeutschland, verwandelte den Tag viel zu schnell in die Nacht, und schon, nur einen kurzen Moment später, umschloss uns die Dunkelheit wie eine wabernde Masse.

Hannes stand auf. »Kommst du mit zurück? Mir ist kalt.«

»Ich bleib noch ein bisschen hier. Geh ruhig schon vor.«

Er drückte mir einen Kuss auf die Wange, stand auf, und seine Schritte entfernten sich. Ich atmete tief durch, sah in den nun fast vollständig dunklen Himmel. Das Gefühl der Erleichterung verließ mich, es verschwand, als hätte jemand einen Stöpsel gezogen. Stattdessen überkam mich das dumpfe Gefühl, das ich von jeher mit Abschied verband. Meine Brust fühlte sich an wie von innen mit Watte gepolstert, die jede Schwingung, jedes Echo und jeglichen Schmerz abfing. Die meine Angst dämpfte, ihn zu verlieren, oder mich selbst zu verlieren, wenn wir nicht mehr ständig voneinander wussten, wie es uns ging, was wir taten und was wir unternahmen. Ein Teil von mir verstand, dass es an der Zeit war, unsere symbiotische Beziehung zu lockern. Uns mehr Luft zu lassen. Doch ein anderer Teil fand den Gedanken absolut indiskutabel. Vernunft und Gefühl waren mal wieder nicht einer Meinung. Plötzlich sehnte ich mich nach Hamburg, meiner Wohnung und meinem Viertel. Sehnte mich nach Gewissheiten und fürchtete mich vor einem Alltag, von dem ich nicht wusste, womit ich ihn nach meiner Rückkehr füllen sollte.

Die Panik ließ nicht lange auf sich warten, hatte schon gelauert, begrub mich unter sich und verbrannte mich mit ihrer eisigen Hitze. Mein Zwerchfell kontrahierte, Säure stieg mir in die Nase und brannte, Tränen liefen mir übers Gesicht. Ich keuchte, stützte mich mit den Händen auf dem Boden ab und presste meinen Rücken fest gegen den Stamm der Kiefer, sodass mir die grobe Rinde gegen die Wirbelsäule drückte. Ein Stein bohrte sich in meine rechte Handfläche, ich kratzte den Sand von den Seiten weg, legte ihn frei und umklammerte ihn. Seine spitzen Kanten schnitten mir in die Haut, und der Schmerz war glasklar und scharf umrandet, wie ein Lichtstrahl, der die Dunkelheit zerteilte.

In meinem Kopf wirbelten albtraumhafte Bilder, ein ganzes Fotoalbum mit dem Titel *Insas schauderhafte Zukunftsszenarien:* Hannes' leeres Zimmer, ein dunkles Loch, kalt und nach Schimmel stinkend; ich, schwer erkrankt und fast gelähmt an einem Ort, der mir fremd war, medizinisches Gerät um mich herum; ein weißer Raum, in der Mitte ein Aufzug, und ich fiel, fiel ins Dunkle, wie in einen Fahrstuhlschacht hinab; Katinka, die nach mir rief, wollte, dass ich sie von zu Hause rausholte, aber ich hatte kein Geld und keine Wohnung, in die ich sie hätte holen können; ich, wie ich bibbernd unter einem Haufen Decken auf der Straße lag, mein Hirn hatte einen Kurzschluss erlitten, und keiner wollte mehr etwas mit mir zu tun haben.

Pommes bellte, und Nicos Stimme drang wie durch einen Tunnel von weit her zu mir durch. Er legte die Arme um mich, und ich ließ mich völlig fertig gegen ihn fallen. Nach und nach löste sich die Anspannung, die Bilder verloren an Kraft, und ich nahm wieder den Ort um mich herum wahr, die Kiefer, den sandigen Boden, die Hügel. Ich heftete meinen Blick an die Lichter am Horizont. Nico strich mir über den Rücken, und langsam kam ich zur Ruhe. Ich weiß nicht genau, wie lange wir so dasaßen, vermutlich viel kürzer, als es mir vorkam. Ich löste mich aus Nicos Umarmung und richtete mich auf, um mehrmals tief ein- und ausatmen zu können.

»Was war los?«, fragte er nach einer Weile.

Es fiel mir schwer, meine Panik in Worte zu fassen, obwohl ich Nico wirklich vermitteln wollte, welche Dämonen in mir wüteten. Er sah mich an, alle Aufmerksamkeit auf mich gerichtet. Noch einmal atmete ich durch, riss mich zusammen. »Es ist dieses beschissene Nicht-Wissen, ein Gefühl, als gäbe es keine Sicherheit mehr, keine Konstante, keinen Halt, weder finanziell noch gesundheitlich. Ich falle und falle, und da ist keine Notbremse. Manchmal wünsche ich mir, endlich unten aufzuschlagen, einfach damit der Absturz ein Ende hat. Und das alles auch noch ohne Hannes. Keine Ahnung, ob ich das schaffe. Und ja, ich weiß, du findest mich egoistisch, aber ich komme da nicht gegen an.«

Nico streichelte mir wieder über den Rücken, und ich schluckte meine Tränen herunter. Er sah mir fest in die Augen und sagte: »Ich glaube, es ist wichtig, dass du jetzt für dich selbst Entscheidungen fällst. Ich verstehe ja, dass das Warten doof ist und Hannes dir fehlen wird und so. Aber noch ist gar nicht klar, ob du überhaupt krank bist! Und du hast auch gesagt, dass viele, selbst wenn sie die Diagnose bekommen, jahrelang relativ unbeeinträchtigt leben können. Wenn du all deine Entscheidungen nur noch von der möglichen Erkrankung abhängig machst und nichts anderes tust, als zu warten, ist klar, dass du durchdrehst. Und bloß weil Hannes und ich mit unseren eigenen Projekten beschäftigt sind, heißt das noch lange nicht, dass du nicht mehr auf uns zählen kannst. Nur haben wir auch unsere eigenen Leben, was aber nicht heißt, dass wir dich nicht mehr lieben. Also, mach irgendwas, das dir Spaß bringt und dir eine Struktur gibt. Du hast doch genug Möglichkeiten. Was ist mit dem Job bei Renate? Oder studier was, mach eine Ausbildung, zieh mit Katinka zusammen, was weiß ich.«

Ich drehte mich zu ihm um, umarmte ihn, und dann rollten doch noch ein paar Tränen. Endlich stand ich auf, fuhr mir mit den Händen übers Gesicht, sprang ein paar Mal auf und ab und zappelte mit den Armen und Beinen, versuchte, den letzten Rest meines Anfalls abzuschütteln. »Du hast ja recht. Ich rede mit Katinka, wenn ich wieder da bin, und schlag ihr das mit dem Zimmer vor.«

Nico hob den rechten Daumen und konnte es dann doch nicht lassen, mir noch mal denselben Ratschlag mit auf den Weg zu geben, den er neulich schon angebracht hatte. »Aber du solltest ihr dann von der Sache mit der Multiplen Sklerose erzählen.«

»Du hast doch gerade selbst gesagt, dass es noch Jahre dauern kann, bis ich Gewissheit habe. Und für den Fall, dass ich echt krank bin, kann der Verlauf so soft sein, kann es so lange dauern, bis es schlimmer wird, dass Katinka längst sonst wo lebt. Sie wird ja nicht ewig bei ihrer popeligen Schwester bleiben wollen. Also warum sie jetzt schon verrückt machen, wenn vielleicht gar nichts ist?«

Nico sah mich an und zog die Augenbrauen hoch, sodass sie unter seinen Haaren verschwanden. Ich zuckte mit den Schultern und spürte, wie mein Widerwille, irgendwem davon zu erzählen, die Speiseröhre entlang nach oben kroch. Ich wusste selbst, dass das nicht der eigentliche Grund war.

»Wenn ich ehrlich sein soll, dann geht es nicht darum, dass

Katinka sich nicht verrückt machen sollte, sondern darum, dass ich selbst keine Lust habe, mich verrückt zu machen und ständig damit konfrontiert zu werden. Und je mehr Leute davon wissen, desto mehr Platz nimmt die Krankheit in meinem Leben ein.«

»Kann ich verstehen«, sagte Nico. »Aber du denkst doch so oder so dauernd daran, und je stärker du versuchst, es nicht zu tun, desto penetranter drängen sich die Gedanken daran auf, oder nicht?«

Ich nickte.

»Eben. Ich meinte vorhin ja schon, dass du dich dadurch nicht davon abhalten lassen solltest, dein Leben zu leben. Aber ich finde, wenn Katinka bei dir einziehen will, ist es nur fair, es ihr zu sagen.«

»Wenn sie denn überhaupt einziehen will.«

»Ja genau, wenn.«

»Okay, wenn sie wirklich zu mir nach Hamburg kommt, dann sage ich es ihr, und wenn nicht, dann nicht.«

Nico zwinkerte mir zu und drückte meinen Arm. Ich holte tief Luft, hielt sie für einen Moment in den Lungen fest und ließ sie dann ganz langsam wieder hinaus. Ich fühlte mich erleichtert und gleichzeitig verlegen. Mit einem schiefen Grinsen sah ich Nico an.

»Besser?«, fragte er, und ich nickte.

»Was ist mit dir? Wollen wir zurück, oder brauchst du noch, um dich deiner Family erneut zu stellen?«

»Alles okay. Los komm, ich hab Hunger.«

Schweigend stolperten wir nebeneinander den Pfad hinunter, was in der Dunkelheit gar nicht so leicht war. Wir fluchten, wenn wir fast fielen, und hielten uns aneinander fest.

»Hast du Hannes eigentlich ausreden können, früher zu fahren?«, wollte Nico wissen, als wir endlich wieder auf dem breiten Weg waren.

»Hab ich gar nicht erst versucht.«

»Warum nicht?«

»Weil wenn er jetzt fährt, ist der Moment endlich vorbei, in dem wir uns Tschüs sagen müssen. So wie beim Zahnziehen. Der Ruck, wenn er herausgerissen wird, ist schlimm. Aber viel schlimmer ist die Angst davor. Danach tut es vielleicht noch weh, aber du weißt, dass es bald besser wird.«

»Wenn du meinst.«

»Es geht ja eh kein Weg dran vorbei. Hannes zieht aus, und es wird nicht leichter, wenn wir jetzt noch ewig herumeiern. Und so ganz langsam gewöhne ich mich an den Gedanken, auch wenn er mir nicht gefällt. Aber ich komm schon klar. Das eben war nur ein kleiner Rückfall. Eigentlich hab ich echt keine Lust mehr auf Dramen«, sagte ich.

Nico lachte. »Und das aus deinem Munde. Woher die Läuterung?«

Ich grinste und zuckte mit den Schultern.

Als wir Sandras Haus erreichten, ging ich direkt ins Bad und duschte. Leo kochte, und es roch nach Paprika, Sellerie und Zwiebel. Er hatte eine kräftige Gemüsesuppe und Pa amb tomàquet zubereitet. Letzteres war geröstetes Brot, mit Knoblauch und Tomate abgerieben und mit Olivenöl beträufelt. Wir setzten uns zusammen an den großen Tisch ins Wohnzimmer und aßen alle mit erstaunlich gutem Appetit. Hannes und Leo unterhielten sich über Musik. Sandra fragte Nico nach Robert, nach Roberts Mutter und nach seinem Job. Er antwortete höflich, wie er einer Fahrerin beim Trampen oder von der Mitfahrzentrale geantwortet hätte. Ich hörte mal hier ein bisschen zu, mal dort, genoss das leckere Essen und war froh, dass die Stimmung nicht so angespannt war wie am Nachmittag.

Nachdem wir abgeräumt hatten, suchte Hannes an Sandras PC nach einem günstigen Flug. Er hatte Glück und fand ein Angebot für den nächsten Tag. Erleichtert klatschte er in die Hände, hörte jedoch sofort damit auf, als unsere Blicke sich trafen. Dabei hatte ich ihm zugelächelt und den rechten Daumen in die Höhe gereckt.

Leo und ich schleppten die Kisten mit den Platten herunter, und wir wühlten darin herum. Auch Nico, der sich anfänglich zurückhielt, setzte sich zu uns auf den Boden, zog andächtig einzelne Platten heraus und fachsimpelte mit Leo über die Bands und Alben. Wir hörten The Ex, No Means No, Le Tigre und spanische Bands wie Barricada, Eskorbuto, Amparanoia. Nico fischte eine Platte von Hans-A-Plast raus und ging zum Plattenspieler, legte sie auf, und kaum erklangen die ersten Takte von *Rock 'n' Roll Freitag*, sang Hannes schon mit. Nico, Leo und ich fielen auch ein, nur Sandra wollte nicht. Sie lächelte forciert, stand auf und verschwand im Bad.

Nachdem das Lied vorbei war, Sandra hatte sich wieder aufs Sofa gesetzt, legte ich was Ruhigeres auf. Es freute mich, dass Nico und Leo ein gemeinsames Thema gefunden hatten, aber Sandra tat mir leid. Seit ihrem Gespräch beim Essen behandelte Nico sie so, als wäre sie gar nicht anwesend. Sie versank von Stunde zu Stunde tiefer in den Sofapolstern und klammerte sich an ihrem Wein fest. Gegen null Uhr stand sie auf, wünschte uns eine gute Nacht und, schon mit dem Fuß auf der ersten Treppenstufe, platzte es schließlich doch aus ihr heraus. Endlich.

»Ich weiß, dass es schwer nachvollziehbar ist, was ich getan habe. Ich will mich auch gar nicht rechtfertigen. Aber du sollst wissen, Nico, dass ich damals ehrlich versucht habe, alles richtig zu machen. Ich wollte unbedingt eine gute Mutter, Ehefrau und Nachbarin sein, die Konflikte zwischen dir und Robert schlichten, die immer mehr ausgeartet sind, das Haus und den Haushalt zusammenhalten. Nebenbei habe ich gearbeitet, selbst Marmelade eingekocht, die Mediatorin bei Familienstreitereien gegeben, mich durch deine Phase der Pubertät gequält, in der ich dir ständig peinlich war. Ich habe versucht, allen gerecht zu werden, hab mich dabei selbst verloren, mich nicht mehr wiedererkannt, mich geschämt für die dienstfertige, selbstaufopfernde Frau, die ich geworden war. Alles war zu eng, die Wände um mich herum genauso wie dieses verdammte Dorf. In mir das Gefühl, zu ersticken, innerlich abzusterben oder längst gestorben zu sein, als wäre ich eigentlich gar nicht mehr da. Das war nicht mein Leben. Das war das Leben einer Frau, die mir fremd war, die seltsam redete, sich seltsam kleidete. Das war nicht mehr ich, und du warst kein kleines Kind mehr. Du warst schon sechzehn, fast siebzehn, und ich war mir sicher, du würdest es verkraften, dass ich gehe. Und glaub mir, ich hab nie bereut, dich bekommen zu haben, im Gegenteil. Ich hab dich vermisst, dauernd, jeden Tag.«

Wir schwiegen. Aus den Boxen dröhnte *Timebomb* von Chumbawamba, und Leo regelte die Lautstärke herunter.

»Ich weiß, dass mich alle verurteilen, mich Rabenmutter nennen«, fuhr Sandra nach einer kurzen Pause fort. »Aber ich bin mir sicher, wenn ich als Kerl die Entscheidung getroffen hätte, woanders noch mal von vorne anzufangen, dann hätte ich nur halb so viel Dreck abbekommen. Und das ist nicht fair.«

Das stimmte, wenn Männer abhauten, kam immer irgendwann der blöde Spruch mit dem Zigarettenholen und dass er davon nie wieder zurückgekommen ist. Das Klischee vom einsamen Wolf, der sich dem Ruf der Freiheit nicht entziehen konnte. Die alleingelassenen Frauen wurden zwar bedauert, aber standen gleichzeitig unter Verdacht, mit ihrem Verhalten, wie auch immer, selbst schuld zu sein an der Flucht ihrer Kerle.

»Du hättest doch einfach mit Nico zusammen abhauen können«, sagte ich.

Sofort schaltete Nico sich ein: »Erstens hätte ich das nicht gewollt, und zweitens hätte Robert das nicht überstanden.« Er warf mir einen genervten Blick zu. Offensichtlich war es nicht gewünscht, dass ich mich einmischte. Meine Dreckwäsche, deine Dreckwäsche.

»Du bastelst dir aus Robert das arme Opfer, das er so nie war. Er hat genauso Anteil gehabt an der Geschichte«, sagte Sandra an Nico gewandt.

Auch wenn mir die schmutzige Wäsche von Nicos Familie so vertraut war wie meine eigene oder die von Hannes, trat ich den Rückzug an.

»Ich geh mal eine rauchen«, sagte ich, nahm meinen Tabak in die Hand, ging nach draußen und setzte mich auf die Mauer vor dem Haus. Als ich mir gerade die Zigarette ansteckte, öffnete sich die Tür erneut, und Leo kam heraus. Er setzte sich neben mich, schnappte sich meinen Tabak und drehte sich auch eine.

»Habt ihr eigentlich damals echt geglaubt, dass das klappen würde, du, Sandra und Robert?«, fragte ich ihn.

Er nickte. Ich schüttelte den Kopf, und er lachte. Sein Lachen klang ernst, klang genau wie Nicos, und ich bekam eine Gänsehaut.

»Und warst du nie neugierig darauf, Nico kennenzulernen?«

Er schloss die Augen für einen Moment, dann lehnte er sich nach vorn und streifte die Asche seiner Zigarette an der Kante der Mauer ab.

»Na klar war ich neugierig, aber ich hatte eine Abmachung mit Sandra und Robert und wollte ihnen nicht reingrätschen.«

»Klingt nach Ausrede.«

Rauch quoll ihm aus der Nase. »Du hast leicht reden. Aber vielleicht hast du ja recht. Wie auch immer, jetzt, wo er schon hier ist, freue ich mich natürlich darauf, ihn kennenzulernen.«

Wäre ich Nico, würde ich Leo eine Chance geben. Robert war alt genug und musste damit klarkommen. Ich drückte die Zigarette aus und zog mich in den Bus zurück.

20

Im Bus zündete ich eine Kerze an und goss mir ein Glas Wein ein. Ich fühlte mich erschöpft von dem emotionsreichen Tag. Aber das Gespräch mit Nico und der Entschluss, Katinka Hannes' Zimmer anzubieten, hatten das Chaos in meinem Kopf gelichtet. Als wäre das Wollknäuel aus offenen Fragen und verbliebenen Enden nur noch halb so verknotet wie vorher, dadurch dass ich mir über einige Dinge klarer geworden war. Hannes würden wir am nächsten Tag zum Flughafen bringen, und dann war der Abschied von ihm endlich überstanden. Nur die Frage danach, was ich mit meinem Leben anfangen sollte, nervte mich nach wie vor. Es ging mir nicht mal darum, den großen Sinn zu finden, an den glaubte ich schon lange nicht mehr. Vielmehr wollte ich etwas finden, womit ich meine Zeit und meinen Geldbeutel füllen konnte, ohne Nerv und mit einem Mindestmaß an Spaß.

Die einzige Option, die konkret genug war, um sie ohne große Hindernisse umsetzen zu können, und die mir nicht schon im Vorfeld beim bloßen Gedanken daran das Gefühl gab, im Treibsand zu versinken, war der Job bei Renate. Seitdem sie mir den Vorschlag unterbreitet hatte, die Kneipenküche zu übernehmen, fielen mir immer wieder mal Gerichte ein, die sich in meinem Kopf zu einer kleinen Speisekarte zusammenfügten. Wechselnde Tagessuppen, spanische Tortilla, gefüllte Blätterteigröllchen, ein, zwei Salate, vegane Torte und selbstgemachtes Eis. Das Ende der Reise und damit des Aufschubs, den ich mir selbst gegeben hatte, rückte immer näher, und es war an der Zeit, mir selbst in den Hintern zu treten. Ich kramte mein Handy aus dem Rucksack und suchte nach Renates Nummer.

Wenn dein Angebot noch steht, bin ich dabei! schrieb ich und schickte die Nachricht ab. Bevor ich Zeit hatte, mich selbst dazu zu beglückwünschen, endlich eine Entscheidung gefällt zu haben, öffnete sich die Seitentür, und Hannes drängelte sich herein, dicht gefolgt von Pommes.

»Oha, ich hoffe, die kriegen das hin«, sagte er, nickte vielsagend in Richtung Haus und ließ sich neben mich aufs Bett fallen.

Ich nickte nur.

»Morgen also«, sagte er und klang, als würde er in den Krieg ziehen und von mir eine Art Segen erwarten.

Ich reagierte nicht.

»Schon auch schade. Ich wäre echt gerne mit euch zurückgefahren, aber mir juckt es ganz schön in den Fingern. Eigentlich war es schon Wahnsinn, überhaupt mitzukommen.«

»Ja, vermutlich«, sagte ich jetzt doch.

Hannes nahm meine Hand und hielt sie fest. Ich biss mir auf die Lippe, weil ich allein sein wollte, weil ich keine Lust mehr auf Dramen hatte, aber vor allem, weil ich mich nicht von ihm verabschieden wollte. Tränen stiegen mir in die Augen, und ich war froh, dass der Bus nur schummerig von einer einzelnen Kerze beleuchtet wurde.

»Hey«, flüsterte Hannes, der manchmal auch ohne Licht begriff, wie es mir ging. Er nahm mich in den Arm, und ich spürte, dass auch er von einem Schluchzer geschüttelt wurde. Wir drückten uns aneinander, hielten uns umklammert, und für den Moment war es okay, der Traurigkeit nachzugeben. Nach einigen Minuten beruhigten wir uns wieder. Ich angelte nach einer Klopapierrolle, und wir schnäuzten uns im Chor die Nasen.

»Ich hab mich in den letzten Wochen echt bemüht, dich scheiße zu finden, damit es nicht so wehtut, wenn du gehst. Hat aber nur zum Teil geklappt«, sagte ich.

»Und ich hab mich, wenn auch nicht unbedingt mit Absicht, echt scheiße benommen in der letzten Zeit, vor allem bei der

Geschichte mit Klas. Das war so was von daneben! Vielleicht wollte ich unbewusst, dass du froh bist, wenn du mich endlich los bist.« Er lachte kurz auf, und ich boxte ihn gegen die Schulter. »Aber ich bin trotzdem für dich da. Auch wenn es dir schlechter gehen sollte, also wegen der Krankheit und so, du weißt schon«, sagte er.

Ich nickte und hielt mein Handy hoch. »Habe gerade Renate geschrieben, dass ich ihr Jobangebot annehme.« Hannes klatschte begeistert in die Hände, und ich lachte. »Und wenn ich wieder da bin, frag ich Katinka, ob sie bei mir einzieht.« Er klatschte erneut und drückte mich, bis ich ihm japsend auf den Rücken klopfte, weil ich Angst um meine Rippen hatte.

»Und komm ja nicht auf die Idee, Katinka schon was von meinen Plänen zu verraten, bevor ich wieder da bin. Und noch was: Kein Wort über die mögliche Multiple Sklerose, weder zu ihr noch zu meiner Mutter. Und sag deiner Oma, dass sie dichthalten soll.«

Hannes nickte und hielt zwei Finger wie zum Schwur in die Höhe. »Hab ich ihr schon gesagt. Und versprochen, ich erzähle es niemandem weiter …« Er verschloss seine Lippen mit einem imaginären Reißverschluss. »Aber irgendwann musst du es ihnen sagen.«

»Ja, keine Sorge. Das mach ich, sobald es konkreter wird mit Katinkas Einzug und der Diagnose.«

Bevor Hannes etwas erwidern konnte, öffnete sich die Schiebetür erneut, und Nico schlüpfte zu uns herein. »Hier seid ihr! Ihr könnt mich doch nicht einfach mit denen allein lassen.«

Ich rutschte zur Seite, damit er sich zu uns legen konnte. »So schlimm? Ich dachte, du wolltest uns nicht dabeihaben.«

Er zuckte mit den Schultern und angelte nach meinem Tabak. »Keine Ahnung, ich wollte eher mich nicht dabeihaben.«

Mit Schwung warf er sich aufs Bett und drängelte sich zwischen uns. Ich breitete meinen Arm aus, er robbte näher und lehnte seinen Kopf gegen meine Schulter. In Leos Zimmer brannte noch Licht, bestimmt redete er mit Sandra. Ob sie nach der Aufregung heute wohl würde schlafen können? Ich sah sie vor mir, wie sie sich ans Treppengeländer klammerte, die Augen weit aufgerissen und rote Flecken an Hals und Gesicht. Wir saßen doch alle im gleichen Boot mit unseren Ängsten, Problemen und Neurosen, hatten doch irgendwie alle einen an der Waffel, Hannes, Nico, ich und Katinka, unsere Mütter und unsere Väter. Vielleicht wollte ich kein Kind, um diesen Kreislauf zu durchbrechen, um nicht daran schuld zu sein, dass die nächste Generation vermutlich genauso verkorkst werden würde wie unsere, und die danach wieder und die danach und die danach und immer so weiter.

»Redet ihr denn morgen noch weiter?«, fragte ich.

Nico nickte. »Ich hab übrigens vorhin, als ich allein unterwegs war, mit Robert telefoniert.«

Es war typisch für ihn, erst jetzt damit herauszurücken.

»Und?« Ich stupste ihn an.

»Er wollte mir erst nicht glauben, dass Sandra und Leo nicht zusammen sind. Aber dann hat er zugegeben, dass seine Behauptung vielleicht doch eher auf Eifersucht und verletztem Stolz basierte als auf Tatsachen. All die Jahre! Krass, oder? Aber was ändert das, abgehauen ist abgehauen, ob sie nun ein Paar sind oder nicht«, sagte Nico, aber ich fand, es änderte die ganze Geschichte grundlegend.

Nico stand auf, machte Musik an und kramte in den verbliebenen Sachen unter dem Bett herum. Ich hörte es klirren, dann tauchte er wieder auf, streckte uns die Zunge raus und hielt drei Gläser und eine Flasche Portwein in die Höhe.

»Wo kommt die denn her?«, fragte Hannes, nahm ihm die Gläser ab und stellte sie auf die Ablage neben dem Bett.

»Hab ich aufbewahrt für eine besondere Gelegenheit – wie zum Beispiel deinen letzten Abend hier mit uns, Alter.«

Als Nico sich wieder zu uns aufs Bett gesetzt hatte, legte Hannes ihm die Hand aufs Bein, und mir war klar, was nun kommen würde.

»Du bist doch nicht sauer, dass ich fahre?«, fragte er Nico mit einem kurzen Seitenblick in meine Richtung.

Nico kraulte ihm den Hinterkopf. »Nee, bin ich nicht.«

Hannes grinste mit nur einem Mundwinkel. »Unser letzter Urlaubsabend«, sagte er theatralisch und drückte uns beide an sich.

Mein Handy piepte, und eine Nachricht von Renate erschien auf dem Bildschirm. *Freu mich sehr, dass du dabei bist!* Mit einem warmen Gefühl im Bauch schrieb ich zurück *Ich mich auch!* und schaltete das Telefon aus.

Nico verteilte den Portwein gleichmäßig auf unsere Gläser, und wir stießen an, auf uns, auf unsere Freundschaft, auf den Urlaub und die Zukunft. Dann zauberte er noch einen Joint hervor, wir legten uns nebeneinander aufs Bett, kifften und hörten ... But Alive.

Sie schreien dich an, werd endlich älter.
Werd vernünftig, los, werd alt.
Und Jahr für Jahr wirds immer kälter
Und ich mein, es war schon ziemlich kalt.
Wir müssen vor dem, was zählt, hier nicht entfliehen,
Nur weil die Jahre weiterziehen.

Ich drehte mich zu Hannes. »Was ich dich die ganze Zeit fragen wollte, was ist eigentlich mit den Konzerten auf der Hebebühne, die du uns vor über zehn Jahren versprochen hast? Und mit den Horrorfilmen, die du in die Grube projizieren wolltest? Und dem Autokino?«

Er kicherte. »Machen wir, machen wir alles. Oder wir drehen selbst einen Horrorfilm.«

»Auch cool! Oder einen Vampirfilm mit deiner Mutter in der Hauptrolle.«

Wir stellten uns vor, wie Hannes' Mutter an einem Seil aus der Grube gezogen wurde, sodass es aussah, als würde sie schweben. Nahaufnahme auf ihre flinke Zungenspitze, die hervorschnellte, und dann auf die Oberlippe, die sich wie in einem Krampf nach oben wölbte und die spitzen, blutgetränkten Zähne entblößte. Wir kreischten, brüllten durcheinander, unterbrachen uns gegenseitig, lachten, und Hannes bekam einen Schluckauf.

»Hört auf!« Ich hielt mir den Bauch. »Sonst krieg ich Albträume heute Nacht.«

Doch wir waren nicht zu bremsen, eine Idee jagte die nächste. Wir überlegten uns die besten Spezialeffekte und Kameraeinstellungen und einen passenden Soundtrack. Die Hebebühne käme natürlich zum Einsatz, darauf eine Truppe mieser Vampirjäger, die die Vampire mit einer Flex angreifen würden.

»Das machen wir, echt jetzt, das müssen wir drehen. Und Pommes rennt mit einem noch blutigen Knochen durchs Bild!«

Hannes kritzelte auf einem Blatt herum, skizzierte Werkzeuge, die zu Waffen wurden, schrieb auf eine Seite die Namen der Vampire, auf die andere die der Jägerinnen, malte Pfeile, um diejenigen zu markieren, die im Laufe der Handlung die Seiten wechseln würden. Wer waren die Guten, wer die Bösen? Am liebsten wollten wir selbst die Vampire spielen und uns am Blut berauschen. Wir als die Schatten der Nacht, die die Gesetze brachen. Echte Underdogs. Also flog Hannes' Mutter als Hauptbesetzung der Vampiranführerin raus und bekam eine Nebenrolle als Denunziantin, die nur verschont blieb, weil keiner von uns ihr Blut trinken wollte.

Die Kerze flackerte und erlosch. Hannes schmiss sich auf uns und tat, als würde er uns die Halsschlagader durchbeißen wollen.

»Alter, mein Rücken, pass doch auf!«, Nico ächzte und nahm ihn in den Schwitzkasten. Hannes wehrte sich strampelnd, der

Bus schwankte, und die Tassen schepperten an ihren Haken. Vor lauter Vampirbegeisterung schien Nico sein Familiendilemma vergessen zu haben. Ich lag eingequetscht zwischen den beiden, zu bekifft, um mich zu bewegen, wollte in diesem Augenblick an keinem anderen Ort sein als in unserem Bus, mit Hannes und Nico. Ich fühlte mich aufgehoben und wusste, uns konnte nichts passieren, solange wir nur zusammenhielten. Und wenn doch, wären wir füreinander da.

Danksagung

Ich danke euch für eure Unterstützung bei der Entstehung dieses Buches!

Isabella Caldart und ihr Blog novellieren. Jana Schroeter und Karin Nassauer. Rolf, Andrea, Astrid Gläsel, Karsten, Vroni, Roni, Kazze, Florian, Filip und meine Schwestern. Alex und die Vila Antonia, Marlene, Katrin, Fyonn, Carla Swiderski und Jasmin Centner, Mimi Wulz und alle anderen.

Abdrucknachweise

Zitat aus *Für immer 16* von … But Alive © Marcus Wiebusch. Abdruck mit freundlicher Genehmigung.

Zitat aus *Letztes Biest (Am Himmel)* in der Interpretation der Lassie Singers, Originalversion von den Einstürzenden Neubauten. Textcopyright © Blixa Bargeld c/o Bargeld Entertainment, Songcopyright, © Lyrics: Blixa Bargeld, Music: Blixa Bargeld, N. U. Unruh, Mark Chung, FM Einheit, Alexander Hacke. Abdruck mit freundlicher Genehmigung.

Originalfassung der Einstürzenden Neubauten von *Letztes Biest (Am Himmel)*

Ich bin das letzte Biest am Himmel
Ich bin das letzte Biest am Himmel
Das letzte Biest am Himmel
Geh im Osten auf
Der Osten ist rot
Und im Westen unter
Ich bin das letzte Biest am Himmel

Die letzte Bestie am Firmament
Halt mich fest
Halt mich fest
In der Himmelsmitte
Ich bin das letzte Biest am Himmel
Ich bin das letzte Biest am Himmel
Halt mich fest, ich trockne aus
Es zerfällt mein Licht
Halt mich fest im Zenit
Weit weg, zwei, drei, mehr Parsec, weg von hier!
Ich bin das letzte Biest am Himmel
Ich bin das letzte schöne Sternentier
Ich bin das letzte fiebrige Gestirn
Halt mich fest, halt mich fest
Halt mich fest
In der Morgendämmerung

Anne-Marie Garat

Der große Nordwesten

Nach dem Tod ihres Mannes verlassen das Starlett Lorna und ihre sechsjährige Tochter Jessie Ende der Dreißiger überstürzt Hollywood. Ihre Reise führt sie in den Nordwesten Kanadas und nach Alaska. Ausgestattet mit einer mysteriösen Karte, einem Gewehr und dem gestohlenen Geld von Jessies verstorbenem Vater stellen sich Mutter und Tochter der Wildnis und Lornas geheimnisvoller Vergangenheit. Zum Glück treffen sie auf Kaska, einer Gwich'in, die ihr Überleben in der rauen Natur sichert. Doch was verbirgt Lorna, die bei jeder Station der Reise einen neuen Namen annimmt? Und warum ist ihnen das FBI auf den Fersen?

»Der große Nordwesten« ist eine fesselnde Geschichte über zwei Frauen auf der Suche nach Identität und über Nordamerika und seine Legenden: die der First Nations, Goldsucher, Kopfgeldjäger und Trapper, der Western und Abenteuerromane.

Hardcover · ISBN 978-3-8337-4281-1
E-Book · ISBN 978-3-8337-4409-9

AUSGEZEICHNET MIT DEM FRANZ-HESSEL-PREIS

»Ein episches Roadmovie, eine literarische Flucht durch Alaska und Kanada. … Beim Lesen dieses mal unverblümten, mal poetischen Romans wechselt man zwischen Lachen und Rührung, liest oft mit angehaltenem Atem. … Als Leser spürt man Anne-Marie Garats Freude am Schreiben und folgt ihr bis in die kleinsten Verästelungen ihrer Fantasie. … Eine Schriftstellerin, wie man sie liebt.«
Jurybegründung anlässlich der Preisverleihung für »Der große Nordwesten«

Paula McGrath
Dann rennen wir

2012. Eine Ärztin zögert, eine neue Stelle in London anzunehmen, obwohl die es ihr ermöglichen würde, der zunehmend angespannten Atmosphäre in dem Dubliner Krankenhaus zu entkommen, in dem sie praktiziert. Aber wer würde sich um ihre an Alzheimer erkrankte, pflegebedürftige Mutter kümmern?
1982. Die sechzehnjährige Jasmine läuft von zu Hause weg, um Boxerin zu werden. Ein Sport, der im Irland der 1980er Jahre für Mädchen verboten ist.
2012. In Maryland hat die junge Ali gerade ihre Mutter verloren. Ihre Großeltern, die sie nie zuvor gesehen hat, wollen sie adoptieren. Um ihnen zu entfliehen, schließt sie sich einer Biker-Gang an.
In Paula McGraths vielstimmigem Roman verbindet eine generations und ortsübergreifende Geschichte des Weglaufens drei Frauen, die sich danach sehnen, ihr eigenes Leben zu leben.

Hardcover · ISBN 978-3-8337-4419-8
E-Book · ISBN 978-3-8337-4473-0

»Ein fesselnder, bewegender und sehr unterhaltsamer Roman. Ich bin begeistert.«
Roddy Doyle, Autor

»Der Schreibstil ist flüssig und zugänglich, die Dialoge und das Setting authentisch, was Paula McGrath sowohl als vollendete Geschichtenerzählerin als auch als ausgezeichnete Beobachterin menschlicher Interaktionen ausweist.« *Sunday Independent*

MP3-CD · ISBN 978-3-8337-4477-8